Le défi d'Autumn

Après une nuit d'amour

KAREN BOOTH

Le défi d'Autumn

Traduction française de
ELSA GANEM

PASSIONS

HARLEQUIN

Collection : PASSIONS

Titre original :
BEST LAID WEDDING PLANS

HARPERCOLLINS FRANCE
83-85, boulevard Vincent-Auriol, 75646 PARIS CEDEX 13
Service Lectrices — Tél. : 01 45 82 47 47 - www.harlequin.fr
ISBN 978-2-2804-6851-0 — ISSN 1950-2761

Composé et édité par HarperCollins France.
Imprimé en avril 2022 par CPI Black Print (Barcelone)
en utilisant 100% d'électricité renouvelable.
Dépôt légal : mai 2022.

FSC www.fsc.org
MIXTE
Papier issu de sources responsables
FSC® C159065

Pour limiter l'empreinte environnementale de ses livres, HarperCollins France s'engage à n'utiliser que du papier fabriqué à partir de bois provenant de forêts gérées durablement et de manière responsable.

Cher lecteur,

Je suis excitée de vous présenter ma contribution à la série « Les héritiers de Moonlight Ridge » ! Cette collaboration avec deux de mes meilleures amies autrices, Joss Wood et Reese Ryan, est née à la conférence Romance Writers of America de 2019 à New York. Après avoir bu, mangé, longuement discuté et dansé pendant des heures à la soirée Harlequin, nous sommes devenues quasiment inséparables. Nous nous sommes dit combien nous avions adoré travailler ensemble sur d'autres séries de la collection Passions comme « *Secrets of the A-List* » et « *Texas Cattleman's Club* ». Et cela nous a fait réfléchir…

Voilà comment est apparue la famille Holloway, Mack, Grey et Travis, ainsi que le patriarche Jameson. Nous voulions trois héros avec des origines différentes, alors nous avons fait d'eux des frères adoptifs. Ça a bien fonctionné parce que Jameson, leur père adoptif, a un cœur immense. Nous avons installé la série dans la magnifique Asheville en Caroline du Nord, parce que cela faisait un joli décor pour ces trois héros très différents qui rentraient au bercail, affrontaient les obstacles de leur histoire partagée et faisaient de la place pour l'amour dans leurs vies.

J'espère que vous adorerez ce livre. Contactez-moi à l'adresse karen@karenbooth.net pour m'en parler !

Karen

Pour Joss Wood et Reese Ryan,
mes chères amies et sœurs de Harlequin.
Je vous aime tellement !

- 1 -

Autumn Kincaid était plutôt fière de sa nature optimiste. Pour elle, chaque minute était une chance de vivre l'instant présent. Malheureusement, cela ne suffisait pas à empêcher son passé de la poursuivre. L'exemple parfait, c'était le gros titre détestable ce matin sur le site de ragots : « Une *wedding-planner* abandonnée devant l'autel : la fille du producteur hollywoodien controversé humiliée ».

Elle serra le volant de sa BMW grise tandis qu'elle se rapprochait de l'entrée de Moonlight Ridge, le luxueux lieu de villégiature de montagne à Asheville, en Caroline du Nord, où en tant qu'entrepreneuse indépendante, elle organisait tous les mariages en partageant les bénéfices. Cela faisait presque trois mois que son fiancé l'avait plaquée. Ce n'était pas récent. Mais le tabloïde avait choisi de ressortir sa triste histoire de future mariée organisatrice de mariage abandonnée, sujet qu'ils avaient déjà couvert à l'époque parce que cela leur donnait une excuse de parler de son père. Ce dernier était devenu un sujet lucratif. Et comme cela lui était déjà arrivé tant de fois auparavant, Autumn en payait le prix.

Elle soupira en se garant sur la place de parking, puis descendit de sa voiture et se dirigea vers l'entrée principale de l'auberge historique de Moonlight Ridge. Le mot « auberge » était complètement inapproprié. C'était autant une auberge qu'un manoir est une maison. C'était un vieux bâtiment de presque cent ans élégant et décoré avec des détails en pierre sculptée à la main, des bois exotiques et des sols en marbre. Autumn adorait organiser des mariages à Moonlight Ridge, mais la mauvaise publicité dont elle avait fait l'objet dernièrement menaçait son contrat avec cet établissement de luxe. C'était déjà assez dur de convaincre les fiancés d'aujourd'hui que ce lieu désuet était le décor idéal pour un mariage, mais les rénovations récentes avaient légèrement changé la donne. Sa tâche aurait pu être plus facile, si les tabloïdes n'étaient pas intervenus.

Son estomac se noua à l'idée de devoir encore arranger les choses, mais elle devait regarder vers l'avenir et gérer les aléas de la vie. Alors, la tête haute, elle entra et traversa le hall avant de monter le grand escalier menant aux bureaux administratifs du deuxième étage pour retrouver sa meilleure amie, Molly Haskell, qui était aussi directrice générale de l'établissement.

Malgré tout, Autumn voyait deux points positifs. D'abord, elle ne vivait plus à Los Angeles et avait eu l'intelligence de ne pas s'installer à New York où elle n'aurait pas pu échapper à l'onde de choc des tabloïdes. Sa ville d'adoption était calme et sereine. Les gens étaient adorables. Elle pouvait être relativement anonyme ici. C'était tout ce qu'elle voulait vraiment : être libre. Être simplement Autumn, l'organisatrice de mariage. Cela ne semblait pourtant pas compliqué.

Tandis qu'Autumn s'arrêtait sur le pas de la porte du bureau de la directrice, elle vit son deuxième point positif : sa meilleure amie, raison pour laquelle elle était revenue à Asheville au départ.

Derrière son bureau, Molly leva les yeux, son téléphone à l'oreille. Ses yeux verts habituellement brillants étaient voilés par l'inquiétude. Elle fit signe à Autumn d'entrer, puis fit tourner son fauteuil et regarda le paysage luxuriant par la fenêtre. Le mois de juin à Asheville était vraiment très beau avec les arbres et les fleurs en bouton. Autumn s'assit et attendit patiemment, même si sa jambe ne s'arrêtait pas de gigoter.

— Je comprends. J'espère que vous trouverez un autre lieu pour le mariage, dit Molly à la personne au téléphone.

L'estomac d'Autumn se serra. Encore une future mariée qui annulait ? C'était déjà arrivé, juste après la première vague de mauvaise publicité qui avait annoncé qu'Autumn avait été violemment abandonnée devant l'autel. Comme si avoir le cœur brisé ne suffisait pas, elle devait subir l'humiliation et le désastre professionnel.

— Certainement. Je vais demander au service de comptabilité de vous renvoyer le chèque de caution immédiatement. N'hésitez pas à nous recontacter si vous changez d'avis.

Molly pivota dans son fauteuil, raccrocha et adressa un sourire plein de douceur à son amie. Il semblait empreint de pitié.

— Comment tu te sens ? Tu tiens le coup ?

— J'allais dire que j'allais bien, mais je n'en suis plus si sûre. C'était une autre annulation ?

— J'en ai bien peur, répondit Molly avec une grimace. Blair Morgan. Sa mère a appelé pour dire qu'ils étaient contrariés par cette mauvaise publicité. On dirait qu'il n'avait pas réalisé avant qui est ton père.

La déception que ressentit Autumn était immense. Elle avait travaillé dur pour séduire Blair et son fiancé, mais elle savait depuis le début que la mère de la mariée était intransigeante.

— J'aimerais pouvoir dire que je suis surprise, mais ce n'est pas le cas. Je suis juste déçue. Et gênée.

— Désolée.

— Est-ce que M. Holloway est au courant pour l'article cette fois-ci ? Je sais que tu avais réussi à faire en sorte qu'il ne voie pas le premier.

Jameson Holloway était le propriétaire de Moonlight

Ridge. Autumn détestait l'idée de décevoir Jameson. C'était un homme gentil et généreux. Et il avait une réputation à entretenir. C'était un personnage très apprécié à Asheville.

— Je ne crois pas qu'il sache. Mack et moi faisons notre possible pour lui éviter toute nouvelle stressante. Et les cigares.

Autumn émit un petit rire. La passion de Jameson pour les cigares était bien connue, mais il avait eu un accident cérébral quelques mois plus tôt et il n'avait plus le droit de fumer. Par chance, il semblait bien se rétablir dans sa maison sur la propriété de Moonlight Ridge. Pourtant, tout le monde s'inquiétait, surtout ses trois fils adoptifs : Mack, Grey et Travis. Ils vivaient tous les trois loin, mais revenaient à Asheville pour veiller sur Moonlight Ridge le temps que leur père se remette. Mack avait été le premier à prendre la relève, ce qui avait été une aubaine pour Molly ; elle et Mack, qui avaient formé un couple dans leur jeunesse, étaient retombés amoureux l'un de l'autre.

— J'espère qu'il continuera à ignorer tout ça, dit Autumn. Je veux dire, Jared m'a larguée il y a trois mois. Ça devrait être de l'histoire ancienne, non ?

Molly se leva, contourna son bureau et s'accroupit pour prendre la main de son amie. Elle leva ses grands yeux verts vers elle et coinça une mèche de ses cheveux blonds derrière son oreille.

— Oui et non. Je pense que tu es tellement pressée d'aller de l'avant que tu oublies que c'est encore frais dans l'esprit des gens.

Vraiment ? Autumn ne voulait pas le croire.

— Je suis forte. Tu le sais. Je me secoue et j'avance.

— Et je pense que tu t'en sors très bien. Je sais les efforts que tu fais.

Autumn avait rencontré Molly quand elles avaient onze ans. La famille d'Autumn était venue de Los Angeles pour des vacances à Moonlight Ridge. Le père de Molly avait travaillé pour Jameson et quand il était mort, ce dernier avait autorisé sa famille à vivre sur la propriété. Les deux jeunes filles s'étaient rapprochées quand le chien de la famille s'était échappé près de l'étang alors qu'Autumn le promenait. Molly l'avait alors aidée à le retrouver avant que son père, qui n'était pas commode, l'apprenne. Une amitié était alors née, mais elle s'était renforcée quand la famille d'Autumn était revenue l'année suivante. Par la suite, les filles restèrent en contact, mais elles se perdirent lentement de vue en grandissant. Mais elles savaient toutes les deux que leur amitié était du genre de celle qui pouvait supporter le temps et la distance, et qu'une fois réunies, elles seraient de nouveau instantanément les meilleures amies du monde. C'était ce qui avait conforté Autumn dans l'idée de venir à Asheville quand la situation à LA avait dégénéré.

— Merci, dit Autumn. Je veux que tu saches que je ne laisserai plus aucune future mariée nous lâcher.

Molly se mordit la lèvre inférieure, et Autumn sentit son hésitation.

— À ce propos… Mack m'a dit ce matin qu'il pense que ses frères vont s'impliquer un peu plus dans la partie mariage de l'entreprise. En tout cas, pendant quelque temps. Jusqu'à ce que ça reparte, et que les affaires soient un peu plus stables. Peut-être avec un peu plus de réservations.

Autumn ne s'y attendait pas. Elle s'attendait à ce que Molly lui mette un peu la pression, mais pas les frères.

— Que connaissent-ils des mariages ? Mack a des brasseries, Travis est chef cuisinier et l'autre frère architecte, non ?

— Oui. Grey est spécialiste en architecture écologique. Il aide les grosses entreprises à construire des bâtiments qui respectent l'environnement. Et je crois que c'est avec lui que tu vas travailler.

— Le bâtiment et les futures mariées. C'est tout à fait logique.

Autumn ne voulait lever les yeux au plafond, mais c'était Molly, et elle connaissait le sens de l'humour de son amie.

— Mack doit encore lui en parler. Il arrive à Asheville aujourd'hui.

— Pour combien de temps ?

— Pour l'été. Il était catégorique à ce sujet. Il ne veut pas rester plus longtemps que nécessaire.

Autumn n'aimait pas l'idée d'avoir Grey Holloway sur le dos, mais avait-elle le choix ? Elle était à l'origine de certains problèmes et devait essayer de les régler.

— D'accord.

— Écoute. Je pense que ce sera positif. Grey sait gérer une entreprise et il a un véritable don avec les chiffres. Il connaît beaucoup de familles d'Asheville, ça pourrait être pratique.

Molly se releva et retourna à son fauteuil.

Autumn croisa ses bras sur son ventre. Ce n'était pas le langage corporel d'une personne qui se sentait abattue, mais c'était sa réaction naturelle. Tout se passait tellement bien jusqu'à ce que Jared la quitte. Il semblait parfait pour elle : c'était un homme avec de l'ambition, mais qui était aussi terre à terre et sincère. Mais leur amour, et leur mariage de rêve, s'était effondré quand Jared avait reçu une offre d'emploi très alléchante de la part d'une grande firme de courtage à New York. Il avait demandé à Autumn de le suivre mais à contrecœur, et c'est là qu'elle avait commencé à sentir que quelque chose n'allait pas. Il craignait que la notoriété de la famille d'Autumn porte préjudice à sa nouvelle carrière. Il ne l'avait pas dit comme ça, mais elle l'avait lu sur son visage. Elle aurait juste voulu qu'il ne choisisse pas d'appliquer sa décision seulement trois jours avant leur mariage. Un préavis aurait été le bienvenu.

Malgré son chagrin, Autumn ne regrettait pas son choix d'être restée à Asheville. Elle avait bâti sa carrière ici. Molly était à ses côtés, et elle se sentait en sécurité.

— C'est ma faute. Je n'ai pas choisi le bon.

— Je sais. Je suis désolée.

Les larmes piquaient les yeux d'Autumn, mais elle ne pleurerait pas, même devant sa meilleure amie. Elle devait se ressaisir.

— C'est bon. Jared et moi n'étions simplement pas faits l'un pour l'autre.

Elle retira ses lunettes et essuya les verres avec le rebord de son chemisier. Tout devint flou autour d'elle, alors elle se dépêcha de les remettre sur son nez.

— Ne t'inquiète pas. Tout va s'arranger, personnellement et professionnellement. Avec l'aide de Grey.

Autumn était toujours dubitative à ce sujet.

— Et si je dis non ? Je ne suis pas employée par Moonlight Ridge. Je suis indépendante. Techniquement, je travaille pour moi.

Molly fit la moue, semblant une nouvelle fois mal à l'aise.

— Mais tu risquerais de perdre des revenus substantiels. Pourrais-tu te le permettre ? Si j'étais toi, je ferais tout pour satisfaire les frères Holloway.

— Mon contrat est-il menacé ?

— Les mariages sont une importante source de revenus pour l'établissement, et les frères veulent remanier tous les secteurs. Ils veulent s'assurer que l'avenir financier de l'entreprise Jameson est solide. S'il n'y a pas d'amélioration, Moonlight Ridge pourrait être en danger.

— Alors c'est un oui.

— N'imaginons pas le pire. Concentrons-nous sur la meilleure manière de montrer à Grey que tu travailles dur et fais tout ce que tu peux pour organiser les meilleurs mariages à Moonlight Ridge.

Autumn n'était pas convaincue, mais sa nature optimiste l'emporta.

— D'accord. Je ferai tout ce que tu penses nécessaire. Ce ne sont pas quelques cailloux sur mon chemin qui vont me faire abandonner.

— J'aime cet esprit.

Molly afficha un large sourire et se leva de son bureau. Autumn prit cela comme un signe que leur réunion informelle était terminée et se redressa à son tour.

— Et vois le bon côté des choses.

— Le bon côté ?

Molly posa sa main sur l'épaule de son amie.

— Oui. Grey est super sexy et célibataire.

— Je ne suis pas sûre que ce soit une bonne idée de sortir avec un mec qui a mon avenir professionnel entre les mains.

C'était même plus que ça ; c'était toute sa vie. Elle avait décidé de rester ici, elle devait faire en sorte que ça marche.

— Ça ne veut pas dire que ça ne sera pas amusant de travailler avec lui, dit Molly avec un air interrogatif. Mais, tout bien réfléchi, je ne suis pas sûre de l'avoir déjà vu s'amuser.

Vivement que je le rencontre.

— Doucement, Molly. Évite de survendre Grey Holloway.

Même si Grey Holloway était revenu récemment à Asheville, en entrant dans la maison de son père adoptif, il avait l'impression de faire un voyage dans le temps.

— Mack ? héla-t-il dans le grand hall, à la recherche de son frère qui lui avait demandé de le retrouver ici.

— Je suis en haut, cria-t-il à l'étage.

— J'arrive.

Grey traversa la spacieuse cuisine ouverte et passa devant la salle à manger pour atteindre l'escalier. James avait vécu pendant des années dans cette maison, une grange rénovée sur les terres immenses de Moonlight Ridge. Tout ici lui rappelait son passé ici : les innombrables photos de lui et ses frères sur le mur, la table à manger en bois poli avec les chaises alignées, et la vue sur les collines, l'herbe verte et les bosquets d'arbres.

Si certaines images étaient apparentes, la plupart étaient dans la tête de Grey, aussi précieuses que l'air qu'il respirait. Comme quand Jameson l'avait sauvé, à huit ans, de sa situation familiale instable et accueilli dans ce foyer aimant. Il avait fait la même chose pour Mack et Travis. Plus de vingt ans plus tard, Grey ne pouvait pas être plus reconnaissant. Il était sûr qu'il en était de même pour ses frères.

Une partie de leur passé commun était toutefois moins rose, comme l'accident de voiture qui avait creusé un fossé immense entre les trois frères. Cette nuit-là dans le vieux pick-up de Mack, ils avaient connu le chaos dans la tempête. Les esprits s'étaient échauffés, et dans un moment de négligence que Grey détestait se rappeler, il avait perdu son calme et s'était énervé sur ses frères. Ces années à être le garçon calme et conciliateur l'avaient soudainement rattrapé. Il s'était lâché et avait dit des choses pas jolies qu'il aurait aimé pouvoir retirer. Et là, Mack avait mal évalué un virage sur l'ancienne route forestière, et ils avaient fini tous les trois dans le ravin. Leurs vies avaient changé à jamais.

Ils avaient failli perdre Travis. Et Grey s'était juré cette nuit-là de ne plus jamais perdre son sang-froid.

En y repensant, Grey sentit sa gorge se serrer. Malgré la promesse qu'il s'était faite, son sentiment de culpabilité ne disparaîtrait jamais. Même si Mack et Travis n'étaient pas tout blancs non plus dans cette histoire. Mack avait été l'instigateur et Travis… eh bien, ils ne se seraient tout simplement jamais trouvés là s'il n'avait pas couru après une fille qui ne voulait pas de lui. Ils n'étaient peut-être pas frères biologiques et ne se ressemblaient pas, mais la force de leur lien les avait rendus invincibles. Grey n'était pas sûr que leur relation redeviendrait un jour comme autrefois, mais lui et Mack essayaient de changer les choses. Travis était plus difficile à cerner, mais c'était aussi lui qui avait payé le plus cher cet accident.

En haut de l'escalier se trouvaient les anciennes chambres de Mack, Travis et Grey qui avaient bien changé. Après une décennie à supplier les trois frères de venir en même temps pour enfin se réconcilier, Jameson avait vidé et rénové tout l'étage pour transformer chaque chambre en suite. « Plein de place pour que vous puissiez venir avec des copines, avait-il dit. Ou peut-être un jour, des femmes et des petits-enfants. » Jameson était aussi sentimental que têtu. Grâce à ces travaux, Mack avait pu embaucher facilement Giada, l'infirmière à domicile de Jameson. Elle était femme de ménage à Moonlight Ridge, quand ils étaient petits, avant de devenir infirmière. Après plusieurs années dans un service des urgences en Floride, elle était de retour à Asheville pour veiller sur Jameson et vivait désormais dans l'ancienne chambre de Mack.

Au bout du couloir se trouvait le bureau de leur père. La lumière indiqua à Grey où se trouvait son frère.

— Pops sait-il que tu fouilles dans son bureau ?

On aurait dit qu'une tornade était passée dans une usine de matériel de bureau. Il y avait des piles de papier, des classeurs et des livres partout.

— Te voilà, dit Mack en posant un carton de papiers de banque sur le bureau de Jameson avant de s'avancer vers Grey pour le prendre dans ses bras. Comment s'est passé ton voyage ?

Grey tapota le dos de Mack. Malgré cette étreinte, il avait toujours l'impression qu'un mur se dressait entre eux.

— Ça va. J'ai eu une escale à Charlotte, mais j'en ai profité pour bosser.

— Ça avance avec les plans de la brasserie ? demanda Mack, les yeux brillants.

— J'ai presque fini.

Grey travaillait actuellement sur les plans architecturaux pour la brasserie que Mack prévoyait d'installer dans la grange abandonnée sur la propriété. Mack était devenu un vrai magnat de la bière ces dix dernières années, avec vingt-cinq antennes de sa Craft Beer Brewery à travers le pays. Mack avait un architecte, mais il avait demandé à Grey de dessiner celui-là. Mack lui avait ainsi tendu une branche d'olivier, et Grey avait été heureux de la saisir.

— Fantastique. Je suis ravi qu'on travaille ensemble.

— Moi aussi. Il faudra qu'on aille voir les lieux et qu'on discute des détails. Je suis là jusqu'à Labor Day, alors le plus tôt sera le mieux.

Grey avait du mal à croire qu'il était de retour à Asheville pour une durée prolongée. Quand il était parti pour New York pour faire ses études d'architecture plus de dix ans plus tôt, il n'était jamais revenu plus d'un week-end. Trop de fantômes le hantaient ici. Trop de risques d'aborder des sujets délicats.

— Absolument. Moonlight Ridge est dans une mauvaise posture financière, alors nous devons ouvrir la brasserie aussi vite que possible.

— J'en suis conscient.

Le don de Grey pour les chiffres avait poussé Mack à lui demander de jeter un œil aux rapports financiers de l'établissement après le retour de l'hôpital de Jameson. Le moins qu'on puisse dire, c'était qu'il y avait des irrégularités. Grey soupçonnait que quelqu'un s'était servi dans la caisse, mais il était difficile d'identifier le coupable pour le moment.

— J'ai engagé une comptable judiciaire, dit-il. Comme

la majeure partie des rapports de l'entreprise sont au format papier, je lui ai demandé de venir travailler sur place. Je l'ai installée dans l'un des chalets.

— C'est un soulagement, réagit Mack. Je ne sais pas par où on aurait commencé.

— Comme Pops vit au rez-de-chaussée le temps de sa convalescence, on devrait pouvoir récupérer tous ces dossiers.

— Il faut lui éviter le stress, donc garder tout ça secret, dit Mack. On devrait probablement ne pas le dire à Giada non plus. Je ne sais pas ce qu'elle partage avec lui.

— Où sont-ils, tous les deux, d'ailleurs ?

— Ils sont sortis promener les chiens. Tu devrais les voir. C'est hilarant. Elle se tient à lui, il marmonne, et ils éclatent de rire. J'ai l'impression qu'il y a de l'amour dans l'air.

Grey retira un tas de papiers d'un bout du canapé et s'assit.

— De l'amour ?

Grey ne voulait pas avoir l'air aussi étonné, mais leur Pops était en convalescence.

Mack haussa les épaules.

— Molly et moi nous sommes remis ensemble.

Mack n'avait pas juste renoué avec son amour d'enfance, ils parlaient de faire construire ensemble une maison sur les terres de Moonlight Ridge. Mack, l'homme qui ne restait jamais longtemps en place, avait décidé de se poser à Asheville. De manière permanente.

— Comment va-t-elle ?

Mack regarda par la fenêtre, et un sourire idiot étira ses lèvres. Il devait penser à elle. Était-il si heureux ? Cela déconcertait Grey. Il n'avait jamais ressenti ça pour personne.

— Tu peux garder un secret ? demanda Mack.

— Je ne suis pas connu pour parler.

— Je m'apprête à demander Molly en mariage. J'ai acheté la bague. Je veux fixer une date.

Grey n'arrivait pas à imaginer s'enthousiasmer comme

ça pour un tel bouleversement, surtout quand ça pouvait être une erreur. Mais il savait aussi qu'une fois que Mack avait pris une décision, rien ne pouvait le faire renoncer.

— Tu dois être nerveux.

— Étonnamment, non. Je lui ai déjà dit que je voulais l'épouser. Alors c'est juste une formalité. Je crois que j'en ai marre de rester assis à attendre que la vie arrive.

— On ne peut pas vraiment dire que tu es resté assis. Tu as réussi. Tu as bâti une entreprise florissante.

— Ce n'est pas pareil. Je le sais maintenant.

Grey espérait que ça continuerait ainsi pour son frère sur le long terme, mais il ne pouvait pas exprimer ses doutes. Lui et Mack essayaient de reconstruire leur relation.

— Félicitations. Je suis fier de toi.

— Merci. J'aimerais me marier ici sur la propriété.

— C'est logique. Cela ferait plaisir à Pops, c'est sûr.

— Et ce serait bon pour Moonlight Ridge. Un peu de bonne publicité. L'entreprise de mariage est mal en point.

— Je l'ai remarqué quand j'ai étudié les chiffres.

Les frères s'étaient engagés à redonner à l'entreprise familiale sa gloire et sa rentabilité d'autrefois. Et les mariages étaient un élément clé de leur stratégie.

— J'espérais que tu jetterais un œil critique à la gestion de cette branche de l'entreprise. De la même manière que tu as vérifié les finances.

— Je connais les chiffres et l'architecture. Mais je n'y connais rien en mariage.

— Ce n'est pas nécessaire. On a juste besoin de trouver une solution pour renverser la situation financière. On ne sait pas si c'est la source des irrégularités comptables, ou si c'est qu'on n'arrive pas à suivre la concurrence parce qu'on est un peu démodés. On s'occupe déjà de ce point avec les rénovations. Mais peut-être que ça ne va pas assez vite pour les jeunes futures mariées ? Molly dit qu'en général, les mères adorent Moonlight Ridge, mais les filles veulent quelque chose de moderne. Encore une fois, l'autre possibilité serait que le problème vienne de notre organisatrice de mariage, Autumn Kincaid. Les médias ne lui ont pas fait de cadeau récemment.

— Pourquoi ?

— C'est la fille de Leo Kincaid, donc elle se retrouve régulièrement sur les sites de ragots. Et comme son fiancé a annulé leur mariage au dernier moment, ils s'en sont donné à cœur joie.

Grey ne suivait pas particulièrement ce genre de presses, mais il aurait fallu vivre dans une grotte pour ne pas avoir entendu parler de Leo Kincaid. Ce dernier était accusé de harcèlement sexuel par une douzaine de femmes d'Hollywood.

— Waouh.

— Je sais. Ça fait peur. Nous n'avons jamais eu d'employé controversé. Et on perd des contrats à cause de cette affaire. Beaucoup de ces familles aisées ne veulent rien avoir à faire avec l'établissement.

— Tu pourrais mettre fin à son contrat.

— J'espère que tu pourras trouver une autre solution avant d'en arriver là. C'est la meilleure amie de Molly. Papa l'apprécie beaucoup. Et nous avons plusieurs gros mariages de prévus cet été pour lesquels nous aurons besoin d'Autumn.

Grey n'était toujours pas sûr de ses capacités à aider dans cette affaire, mais les mariages étaient importants pour Moonlight Ridge, et il était venu passer l'été à Asheville en partie pour être un meilleur fils et un meilleur frère. Il devait essayer.

— Quelque chose me dit qu'elle ne va pas apprécier mon intervention. D'autant plus que je n'y connais rien sur le sujet.

— Ce n'est pas plus mal. Tu auras un regard neuf.

Des voix et des aboiements montèrent du bas de la maison.

Giada et leur père étaient de retour de leur promenade avec les deux golden retrievers.

— Grey ? Tu es là ? J'ai vu une voiture que je ne connais pas, dit la voix de Jameson au loin.

— C'est celle que j'ai louée, Pops. Mack et moi descendons.

Il se retourna vers son frère qui se dirigeait comme lui vers la porte.

— J'ai l'impression que tu me confies beaucoup de choses, dit-il à Mack.

Ce dernier semblait avoir envie de passer son bras sur l'épaule de Grey, sans trop savoir comment il réagirait. Alors il se contenta de dire :

— Tout le monde sur le pont. On a désespérément besoin d'aide.

- 2 -

Autumn ne dormit pas de la nuit. En fait, elle n'avait quasiment pas dormi de tout le week-end. Ce que Molly avait dit résonnait dans sa tête. *Si j'étais toi, je ferais tout pour satisfaire les frères Holloway.* Elle ne savait pas trop quoi faire pour plaire à Grey Holloway, mais elle avait mis tous ses espoirs dans Asheville. Elle s'était éloignée de sa famille et de Jared. Elle avait tout misé sur cette ville et Moonlight Ridge. Alors elle devait tout faire pour que ça marche.

Lundi matin, Autumn commença sa journée en décidant de s'attaquer au sujet Grey Holloway. S'il devait mettre son nez dans ses affaires, elle voulait lui faire une bonne première impression. Elle avait un faible pour les viennoiseries, alors elle décida d'en apporter au chalet qu'il occuperait pour l'été. Grey avait peut-être la réputation d'être froid, mais elle était sûre qu'un bon petit déjeuner le réchaufferait.

Autumn se rendit en voiturette de golf au chalet de Grey, dans un coin reculé de Moonlight Ridge. Elle adorait s'éloigner de la présence imposante de l'auberge principale. Même si elle avait plus que son lot de solitude en tant que femme célibataire et entrepreneuse indépendante, elle appréciait toujours avoir une minute de calme pour réfléchir.

Cette histoire de site de ragots planait toujours au-dessus d'elle, lui rappelant les événements de ces derniers mois, quand elle était passée du bonheur au désespoir. Malgré sa nature solaire, les souvenirs de cette période lui faisaient toujours mal, comme le jour où Jared était parti et qu'elle avait dû appeler leurs invités pour leur dire que le mariage était annulé. C'était déjà dur d'entendre la pitié dans la voix de ses amis et de ses proches, mais le pire avait été l'ironie d'être une *wedding-planner* larguée par son fiancé. Cela avait heurté sa fierté et ébranlé sa confiance en elle.

Elle arriva devant chez Grey et arrêta le moteur. Elle récupéra ce qu'elle avait préparé pour le petit déjeuner et s'avança sur le sentier sinueux bordé de plantes vivaces en fleurs, vers le chalet de pierre naturelle au toit en ardoise grise avec ces grandes fenêtres desquelles il devait y avoir une magnifique vue sur les montagnes.

Mais à cet instant, ce fut un autre spectacle qui s'offrit à elle. Grey Holloway était en train de faire des pompes sur son patio. Elle resta là un instant à le regarder. Ses biceps se gonflaient, et des perles de sueur luisaient sur sa peau. *Oh ! mon Dieu !* C'était le mois de juin, mais l'air autour d'elle lui parut soudainement inhabituellement chaud. Moite. Quand la famille d'Autumn venait passer les vacances ici dans sa jeunesse, elle passait tout son temps avec Molly. Elle n'avait vu Grey que de loin, et seulement un instant fugace la dernière fois qu'il était passé à Moonlight Ridge. Elle ne savait pas qu'il cachait un corps aussi bien sculpté sous ses chemises impeccables. Peut-être que travailler avec Grey ne serait pas si mal que ça après tout.

Elle ne savait pas comment interrompre son entraînement, mais cela serait bien pire s'il s'arrêtait, levait la tête et la surprenait cachée derrière les fourrés. Elle s'éclaircit la voix, mais il continua. Elle essaya une deuxième fois, plus fort, mais il était très concentré.

— Hello, lança-t-elle en se remettant à marcher sur le chemin. Bonjour. Désolée de vous interrompre.

Grey se figea en haut d'une pompe et tourna la tête avec un regard contrarié.

Autumn se demanda si elle avait bien fait d'opter pour cette approche, mais elle ne pouvait pas revenir en arrière maintenant. Elle était là avec ses muffins. Elle devait trouver un moyen de contourner le caractère revêche de Grey.

— Je suis désolée de me présenter à l'improviste, mais je ne savais pas comment vous joindre, alors je me suis dit que j'allais passer.

Il se leva quand elle arriva juste devant le patio. Il était… *waouh.* « Magnifique » fut le premier mot qui lui vint à l'esprit tandis qu'il attrapait une serviette pour essuyer la transpiration sur son visage. Il était grand et extrêmement bien bâti, avec des épaules musclées et une taille mince. Ses épais cheveux châtains étaient plus courts sur les côtés, joliment ébouriffés sur le dessus et un peu mouillés par la sueur, tout comme son T-shirt qui collait à son torse. Même à cette distance, elle pouvait voir l'intensité de ses yeux bleus, sombres et orageux.

Ou peut-être que c'était le choc.

— Je suis vraiment désolée, lâcha-t-elle. J'aurais dû trouver un moyen de vous annoncer ma venue.

Pourquoi fais-tu ça ? Réfléchis, Autumn. Réfléchis.

— Vous êtes Autumn Kincaid ?

Sa voix grave et neutre ne montrait aucune émotion, ce qu'elle prit comme un bon signe. Au moins, il n'avait pas l'air en colère. Mais il n'y avait pourtant pas grand-chose d'accueillant dans son attitude.

— C'est bien moi. J'ai cru comprendre que nous allions travailler ensemble, dit-elle en levant la boîte de gâteaux. J'ai apporté le petit déjeuner.

— Généralement, je ne mange rien avant le déjeuner.

Elle n'avait pas prévu ça. Pas étonnant qu'il ait ce corps.

— Peut-être que c'est le jour pour changer un peu votre routine. J'ai pour habitude d'essayer de nouvelles choses aussi souvent que possible. Cela rend la vie beaucoup plus intéressante.

Il la fixa avec un air profondément perplexe.

— La vie est assez intéressante sans rajouter de la nouveauté.

Il secoua la tête comme s'il essayait de chasser certaines pensées. Cela donna très envie à Autumn de savoir ce qui pouvait lui passer par la tête à cet instant et si cela pouvait la concerner. Avec un peu de chance, il ne pensait pas qu'elle était cinglée, mais si c'était le cas… eh bien, ce ne serait pas le premier.

Elle prit l'initiative de poser tout ce qu'elle avait apporté sur la table en bois où se trouvait une bouteille d'eau. Après une respiration libératrice, elle lui tendit la main.

— Reprenons à zéro. Je suis Autumn Kincaid. Spécialiste en organisation de mariage qui livre des petits déjeuners non désirés et interrompt les gens pendant leur séance de sport.

Elle aperçut au coin de sa bouche un léger sourire qu'elle prit comme un encouragement et trouva très attirant. Cela lui donna envie d'essayer de le faire apparaître aussi souvent que possible. Il s'essuya la main avec la serviette avant de serrer la sienne avec hésitation.

— Grey Holloway. Spécialiste en pompes et présentations gênantes, apparemment. Je suis désolé, mais vous m'avez surpris.

— La prochaine fois, j'appellerai avant. Rappelez-moi de prendre votre numéro.

Il sourit à nouveau et cette fois, l'expression dans ses yeux s'adoucit.

— Promis, dit-il en regardant la table. Je vous en prie. Asseyez-vous.

— Merci.

Autumn tira une chaise et s'installa.

— Vous prendrez au moins du café ? lui proposa-t-elle.

— Toujours, répondit-il en s'asseyant à côté d'elle. Je m'excuse pour mon choix de tenue. Si j'avais su qu'on aurait un rendez-vous professionnel, je me serais habillé en circonstances.

Autumn lui jeta un coup d'œil en essayant de l'imaginer autrement. Elle tendit à Grey l'un des gobelets qu'elle avait apportés ainsi qu'un pot de crème et un sachet de sucre.

— Je ne savais pas comment vous aimiez votre café.

— Noir, c'est bien. Merci, dit-il après avoir bu une gorgée.

Cette pensée fit frémir Autumn. Elle déchira trois sachets de sucre, retira le couvercle de son gobelet et les versa dedans.

— Je ne sais pas comment vous pouvez le boire comme ça.

— Je l'ai toujours pris comme ça, dit-il en haussant les épaules.

— J'ai besoin d'au moins un peu de sucre pour adoucir l'amertume.

Il la regarda de nouveau avec son regard interrogateur, comme si elle était un casse-tête qu'il essayait de résoudre. S'il savait qu'elle faisait la même chose, qu'elle tentait de découvrir s'il allait l'empêcher de faire la seule chose qui la passionnait vraiment : organiser des mariages à Moonlight Ridge.

Il prit une autre gorgée de café.

— Je n'aime pas trop l'amertume non plus. Mais je pense que j'y suis juste habitué.

Grey ne savait pas trop quoi faire, mais il était certain d'une chose : Autumn était superbe. Ses cheveux blond foncé ondulés tombaient sur ses épaules, complétant très bien ses lunettes à la monture noire qui lui donnaient un air studieux. C'était définitivement un genre qui l'attirait. Mais sa personnalité était complètement à l'opposé de la sienne. Peut-être que cette nature enjouée et solaire était typique des organisateurs de mariage, mais il semblait y avoir un décalage avec la situation dans laquelle elle était. Sa place était en jeu. Et elle était coincée avec un architecte qui allait se mêler de ses affaires.

— Je dois dire que vous semblez très heureuse pour une femme qui a récemment été le sujet de ragot à l'échelle nationale à cause d'un fiancé qui l'a quittée.

Choquée, Autumn écarquilla ses yeux marron.

— Waouh. Vous n'y allez pas par quatre chemins. Vous préférez passer directement au sujet le plus douloureux ?

— C'est la vérité, non ?

— Si. Tout comme c'est la vérité que j'avais des bagues plein la bouche et le visage qui ressemblait à une calculatrice quand j'avais quinze ans. Vous voulez voir des photos de moi adolescente ?

C'était maintenant au tour de Grey d'être surpris. Il n'avait pas l'intention de provoquer une réaction aussi vive.

— Je suis désolé si ma remarque était déplacée. Je voulais juste dire que vous semblez très heureuse. Je ne suis pas sûr que je le serais si j'étais dans votre situation.

— Si je me laissais abattre à chaque fois que quelque chose de négatif arrivait, je ne serais jamais heureuse. Par chance, je suis une optimiste.

Grey appréciait l'idée d'accepter sa disposition naturelle plutôt que de laisser les circonstances imposer un état d'esprit. C'était ce qu'il avait essayé de montrer en ne mangeant pas ce qu'elle avait rapporté de la boulangerie.

— Puis je ne peux pas me permettre d'être austère, continua-t-elle. Les couples veulent une *wedding-planner* optimiste. Ils veulent quelqu'un qui ne se laisse pas décontenancer et peut gérer les problèmes sans jamais perdre le sourire.

— Alors c'est du faux ?

— Si nécessaire, oui.

Cela semblait être un autre point commun. Grey avait

appris depuis longtemps que dissimuler les émotions vives permettait de s'assurer une vie stable. Quand Grey était très jeune et vivait encore avec ses parents biologiques, il faisait de son mieux pour avoir un comportement parfait afin de ne pas les provoquer. Son père se mettait facilement en colère, et sa mère était alcoolique, ce qui s'avérait au final être une combinaison fatale. Plus tard dans sa vie, la seule fois où Grey s'était lâché, lui et ses frères avaient fini au fond d'un ravin.

— J'apprécie votre implication dans votre travail. Nous avons besoin de ce genre de professionnalisme à Moonlight Ridge.

Une légère brise fit voler les cheveux d'Autumn autour de son visage. Elle avait une peau de pêche sans défaut, des lèvres pulpeuses roses, et son éclat intérieur rayonnait à l'extérieur. Il se demanda à quoi pensait son fiancé quand il avait décidé de la quitter, surtout à un moment aussi inopportun.

— C'est plus que du professionnalisme. Je travaille avec des gens à un moment de leurs vies qui est à la fois heureux et incroyablement stressant. Ce serait un échec si je ne les soulageais pas de leurs inquiétudes pour qu'ils puissent se concentrer sur les bons côtés. Je risquerais de gâcher l'un des jours les plus importants de leurs vies.

Grey aurait pu donner son avis sur le mariage et le fait que ce jour si important finissait bien souvent par n'être rien d'autre qu'un mauvais souvenir, mais le moment ne semblait pas approprié.

— Je ne me doutais pas qu'il fallait être aussi psychologue pour organiser des mariages.

— Parfois, j'ai l'impression d'être une thérapeute, mais ça se limite à écouter et faire preuve d'empathie.

Elle sourit avec douceur et ouvrit la boîte de pâtisserie.

Elle sortit un gros muffin pour elle, puis fit glisser la boîte vers lui sur la table.

Grey leva une main.

— Oh ! non merci. Comme je vous l'ai dit, je ne prends pas de petit déjeuner normalement.

— Ce n'est pas un petit déjeuner. C'est un test de personnalité. Si vous pouvez résister à ce qu'il y a dans cette boîte, je saurai que je vous ai bien déchiffré.

— Ne pas manger de muffin n'est pas un défaut.

— Il y a des scones aussi. Et je ne dis pas que ce n'est pas bien, mais je veux savoir à quel point vous êtes entêté.

— Je ne suis pas entêté.

— Dit-il avec entêtement…

Grey aurait voulu se sentir contrarié, mais la vérité, c'était qu'il appréciait cet échange plein d'esprit avec Autumn.

— Je peux résister à tout. J'ai une volonté de fer.

— Vous ne vous laissez pas tenter ? Jamais ?

Elle enleva le papier avec ses doigts parfaitement manucurés et prit une bouchée de muffin. Elle ferma les yeux alors qu'un bonheur absolu apparaissait sur son visage.

— Hmmm. Qu'est-ce que c'est bon. Pomme-cannelle. On dirait un gros câlin sucré. Hmmm.

Ses yeux s'ouvrirent lentement, et elle se lécha la lèvre.

Soudain, la tentation et la bouche d'Autumn s'imposèrent dans la tête de Grey. Cela faisait longtemps qu'il n'avait pas été seul avec une femme. Même s'ils étaient techniquement en rendez-vous professionnel, il aurait bien aimé lui enlever ses lunettes et passer la main dans ses cheveux et les doigts derrière sa nuque pour l'embrasser. C'était une pensée purement charnelle, sans aucune émotion. Grey ne croyait pas aux histoires d'amour. Mais il croyait au sexe.

— Je vous crois.

— Il y a une danoise au fruit de la passion aussi. Elle est super bonne. Sucrée et collante. Absolument délicieuse.

Grey sentit la tension monter dans son ventre alors que le parfum sucré titillait ses narines, et qu'Autumn *le* titillait. Mais il ne céderait pas. Il ne montrerait pas la moindre faiblesse. Cela n'avait rien à voir avec les pâtisseries. Il s'agissait de démontrer qu'il ne pouvait pas craquer aussi facilement. Pas pour les douceurs. Ni pour la beauté.

— Ça ira. Merci.

Un petit soupir de frustration lui échappa.

— Très bien. Comme vous voulez.

— Voulez-vous parler de votre travail ce matin ?

— Oui. Molly m'a dit que vous et vos frères vous souciiez de ma façon de gérer l'organisation de mariages ici, à Moonlight Ridge. Je veux que vous sachiez que, même si nous avons eu quelques annulations, ce n'est qu'un contretemps mineur, et tout est sous contrôle. Nous allons avoir un automne et des fêtes de fin d'année très chargés.

Grey prit une autre gorgée de café.

— D'accord. Alors, je sais que ce n'est pas un sujet amusant, mais qu'en est-il de cette mauvaise publicité ? Nous avons une clientèle très sélecte pour les mariages, non ? Des familles riches et bien établies ? Je doute qu'ils veuillent prendre le risque de travailler avec quelqu'un qui est lié à la moindre controverse. Personne ne veut finir dans les gros titres des journaux à scandale.

— Les tabloïdes se fichent de nos clients. Tout ce qu'ils veulent, c'est me mettre dans l'embarras.

— Vous pensez que c'est à cause de votre père ?

— Oui. C'est pourquoi je n'ai plus aucun contact avec lui et donc pourquoi j'ai déménagé à Asheville au départ. Pour rester loin de tout ça. Pour rester loin de lui.

— On dirait que la controverse vous a quand même suivie.

— Les torchons à ragots trouveront n'importe quelle excuse pour écrire à propos des rois d'Hollywood et les faire descendre de leur piédestal. Et ces gens pensent que je suis née avec une cuillère en argent dans la bouche.

Encore une fois, il fut de nouveau distrait par la pensée de la bouche d'Autumn. La façon dont elle bougeait quand elle parlait était séduisante. Il avait envie d'en entendre plus.

— Et vous l'êtes ? Née avec une cuillère en argent ?

— Si vous demandez si j'ai grandi dans une famille très en vue, avec tout ce que j'aurais pu vouloir, alors oui. Mais mes origines font de moi une personne particulièrement adaptée à ce travail. Je peux comprendre ces familles puissantes. Je comprends leurs fonctionnements souvent défectueux. Je peux apprivoiser la fiancée gâtée. J'ai connu des dizaines de femmes comme ça.

L'enfance de Grey n'aurait pas pu être plus différente de celle d'Autumn. Mais il comprenait ce qu'elle voulait dire.

— Vous avez de bons arguments.

— C'est pour ça que je ne pense pas que vous et vos frères ayez besoin de me surveiller. Je n'ai pas besoin d'aide, Grey. Tout va bien se passer. Vous pouvez vous concentrer sur les rénovations, ce qui m'aidera encore plus sur le long terme. Chaque restauration est une nouvelle raison de faire un mariage ici.

Comme il s'y attendait, Autumn ne voulait pas qu'il interfère. Alors pourquoi était-il déçu ? D'autant plus qu'il avait insisté auprès de Mack sur le fait qu'il n'était pas qualifié pour cette tâche. À cause d'Autumn ? La blonde déconcertante avec qui il était si agréable de discuter ? Peut-être.

— Faisons un marché. Dégotez un gros contrat pour remplacer celui qui vient d'être annulé, et je dirai à mes frères qu'on doit renoncer.

Autumn finit son muffin et lécha un peu de sucre sur son pouce. Grey essaya de ne pas la fixer, mais sentit quand même un courant électrique dans son dos.

— Vous pouvez définir « gros contrat » ?

— Quel a été votre plus gros mariage l'année dernière ?

— Le mariage des Fitch-Knight. Ils ont dépensé presque 100 000 dollars.

— Vous pouvez en trouver un autre comme ça ?

Elle écarquilla les yeux de manière comique.

— Les mariages comme ça ne poussent pas sur les arbres. Mais j'ai une piste qui pourrait correspondre. Ça ne sera pas une mince affaire, mais je vais essayer. Vous pensez que ça suffira à convaincre vos frères de me laisser travailler sans votre supervision ?

— Je pense que ça suffira pour les calmer.

Elle acquiesça lentement, perdue dans ses pensées.

— D'accord. Molly a mentionné le fait que vous pourriez peut-être m'aider avec certaines vieilles familles d'Asheville. Je viens de LA. Je n'ai pas de liens de longues dates avec cette ville. En plus, avoir l'un des fils de Jameson sous la main pourrait m'aider à signer le contrat.

— Les gens adorent mon père.

— Bien sûr. Et si quelqu'un peut vendre un mariage à quelqu'un, ça devrait être vous.

Elle regarda par-dessus son épaule, jetant un œil à la propriété et aux jolies collines qui entouraient le lac.

— Vous en savez probablement plus sur Moonlight Ridge que n'importe qui. Je devine que vous adorez cet endroit.

Grey ressentit un petit pincement au cœur. Il adorait cet endroit à une époque, mais il n'avait plus l'impression d'être chez lui ici. C'était probablement à cause du temps et de la distance, mais c'était lui qui avait choisi de partir. Les trois frères avaient ressenti le besoin de prendre leur envol après l'accident qui avait bouleversé leurs vies.

— Je l'aime bien. Oui. Mais si vous voulez quelqu'un qui vous en parle avec émotion et les yeux mouillés, alors ça ne sera pas moi.

— Cela ne me surprend pas.

— Vous pensez m'avoir percé à jour après une conversation ?

Quand Autumn l'étudia en fronçant les sourcils, il sentit son corps se contracter d'une manière très agréable.

— Vous faites beaucoup de sport. Vous évitez de manger du sucre. Votre carrière est votre priorité. Vous êtes impatient de rentrer à New York parce que, même si vous appréciez Asheville, ce n'est pas votre lieu préféré.

— Je vous assure qu'il n'y a pas que ça.

— Eh bien, je suis impatiente de le découvrir, dit-elle en se levant de sa chaise. Pourrez-vous être à mon bureau mercredi matin ? À 10 heures ? Delilah Barefoot vient visiter les lieux et veut la formule complète. Sa mère vient de Washington DC. C'est Rebecca Barefoot. Ça vous dit quelque chose ?

— La sénatrice ? demanda Grey en se levant à son tour.

— C'est bien ça.

Autumn s'éloignait déjà. Il était hypnotisé par le balancement de ses hanches ; elle était aussi belle en partant qu'en arrivant. Mince, il allait avoir des problèmes.

— J'étais censé vous rappeler de prendre mon numéro.

— Je sais où vous trouver.

Grey grommela : il n'aimait pas les surprises.

— Attendez. Vous avez oublié votre boîte de gâteaux.

Elle s'arrêta et le regarda par-dessus son épaule, les yeux brillant au soleil. C'était le regard le plus puissant que Grey n'avait jamais enduré.

— Je n'ai pas oublié. Je me dis que vous pourriez apprendre une leçon en cédant à la tentation.

- 3 -

Mercredi matin, le petit bureau où Autumn avait l'habitude de recevoir ses clients était impeccable. Ce n'était pas toujours le cas. Quand elle était débordée, mais n'avait pas de rendez-vous de prévu, cela ressemblait plutôt à un chaos organisé. Chaque surface disponible était couverte des plans de table et des menus, des playlists et des catalogues d'échantillon de linge de maison. Pas aujourd'hui.

Delilah Barefoot et sa mère Rebecca, la sénatrice, venaient visiter la propriété, et Autumn ferait de son mieux pour les convaincre de faire leur mariage ici. Elle les supplierait, ramperait, ferait des claquettes s'il le fallait. Si ça marchait, elle remporterait le gros contrat dont avait parlé Grey pour que ses frères la lâchent.

Ross Barnes, traiteur et gestionnaire d'événements pour Moonlight Ridge, passa sa tête dans le bureau d'Autumn.

— Tu as besoin de moi avant que la fiancée et sa mère arrivent ?

Ross était à Moonlight Ridge depuis cinq ans, un peu plus qu'Autumn, et pouvait vraiment lui sauver la vie.

— Tant que tu es disposé à leur servir le déjeuner à midi et demi, je pense que c'est bon.

— Le chef a tout préparé. La journée devrait bien se passer.

Ross entra dans la pièce. Il usait de sa diplomatie habituelle. En fait, le poste de chef à Moonlight Ridge était vacant. Fern Matlock, la dernière personne en place, était partie récemment pour « un poste moins stressant ». Avant elle, c'était l'expatrié français Henri Bernard qui était aux fourneaux, mais il avait quitté Moonlight Ridge pour ouvrir son propre restaurant. Maintenant, Hallie Gregson, le sous-chef de Fern, avait pris les commandes.

— Comment penses-tu que ça se passe avec Hallie ? demanda Autumn.

— Aussi bien qu'on peut s'y attendre, répondit Ross en haussant les épaules. Elle a vingt-neuf ans et pas beaucoup d'expérience, mais M. Holloway semble décidé à la laisser prendre sa place.

Autumn soupira. La cuisine n'était pas l'atout de Moonlight Ridge, ce qui compliquait sa tâche. Pourtant, elle n'en voulait pas à Hallie, surtout depuis qu'elle savait que Jameson lui avait donné cette promotion quand il avait découvert qu'elle avait deux métiers pour joindre les deux bouts.

— Je suis sûre qu'elle s'en sortira.

— Nous aurons au moins des échantillons de gâteaux de mariage si la future mariée et sa mère décident de les goûter aujourd'hui.

Delilah plaisait bien à Autumn.

— La mère de la mariée vient en avion de Washington. J'ai du mal à croire qu'elle prendrait du temps sur son planning surchargé si elles n'étaient pas presque certaines de vouloir faire le mariage ici.

— Tu sais que tu as tout mon soutien. Comme toujours.

Ross lui sourit chaleureusement. C'était vraiment l'un des éléments les plus agréables dans le fait de travailler à Moonlight Ridge.

— Est-ce vrai que Grey Holloway sera présent à ce rendez-vous ? demanda-t-il.

Autumn acquiesça, essayant de ne pas penser au fait que Grey la rendait nerveuse. Même si elle avait le sentiment que ça se passerait bien avec lui, il avait son destin entre les mains. En plus, il était si charmant qu'elle était distraite en sa compagnie, mais elle essayait de voir ça comme une bonne chose. Peut-être qu'il pourrait hypnotiser la future mariée et sa mère avec ses yeux troublants.

— Oui. Les frères veulent s'impliquer un peu plus dans les mariages. Cela représente une partie importante des activités de la propriété. Ils ont besoin de savoir si c'est une affaire solide financièrement avant de retourner aux vies qu'ils avaient avant que Jameson tombe malade.

— Sauf pour Mack. Il reste, non ? dit-il en se dirigeant vers la fenêtre qui offrait une jolie vue sur une grande partie de la propriété.

— Oui. Mack a annoncé officiellement qu'il restait. C'est Grey et Travis qui ne seront là que de manière temporaire.

— Je ne vois pas pourquoi les frères doivent s'impliquer dans les mariages. Toi et moi gérons cette partie de l'entreprise comme une machine. J'ai peur que cela fasse trop de monde pour la même tâche, dit-il avec un air peiné qu'Autumn attribuait à son caractère protecteur. Je ne veux pas qu'ils interfèrent avec toi et tout ce que tu as fait jusqu'ici en travaillant si dur.

— Ça ira. Je saurai y faire avec Grey Holloway.

Si seulement elle était aussi confiante qu'elle le disait.

Ross sembla fixer quelque chose au loin.

— Tu veux un potin ? demanda-t-il en se tournant vers Autumn, un sourcil relevé.

— Si cela me concerne, je préfère ne pas savoir.

— Non. Regarde par là.

Tout ce qu'Autumn pouvait voir, c'était un groupe de personnes qui parlaient sur le sentier qui faisait le tour du lac, et un jardinier qui tondait la pelouse.

— Quoi ?

— Tu vois cette femme ? Avec les longs cheveux marron attachés en queue-de-cheval ?

Autumn plissa les yeux. Elle avait mis ses lentilles de contact aujourd'hui et n'y voyait pas aussi bien qu'avec ses lunettes.

— Peut-être. Qui est-ce ?

— L'invitée mystère de Grey Holloway. Personne ne sait qui c'est. Tu ne peux pas le voir d'ici, mais elle est sublime.

Autumn croisa les bras sur sa poitrine. C'était ennuyeux, même si Grey et elle ne faisaient que travailler ensemble. Elle aimait bien l'admirer secrètement, et cela risquait de mal tourner s'il avait quelqu'un dans sa vie. Autumn ne savait rien de la vie privée de Grey, mais il était incroyablement intelligent, riche et agréable à regarder. Donc elle n'aurait pas dû être surprise d'apprendre qu'il avait une petite amie.

— Que veux-tu dire par « personne ne sait qui c'est » ?

— Elle va séjourner dans l'un des chalets pendant un mois, mais aucun nom ne figure sur la réservation. J'ai vu Grey lui apporter personnellement ses bagages. Elle va faire un long séjour. Elle avait quatre énormes valises.

Cela semblait bizarre, et pas juste parce que Moonlight Ridge avait de nombreux bagagistes à disposition.

— Si c'est sa petite amie, pourquoi ne séjourne-t-elle pas dans son chalet ?

Ross haussa les épaules.

— Tu crois honnêtement que je comprends le fonctionnement des Holloway ? Jameson laisse ces trois-là faire ce qu'ils veulent. Mack a pratiquement pris le pouvoir ici, et maintenant, on a Grey. Travis ne tardera pas à arriver.

— Ce sont ses fils. Et ils veulent s'assurer qu'on veille bien sur leur père.

— Je n'aime quand même pas ça, dit Ross avec une moue. Les choses se passaient bien avant qu'ils arrivent.

— Ça ne durera pas éternellement. Molly a dit que Grey n'est là que pour l'été, et Travis ne restera que l'automne et le début de l'hiver. On pourra y survivre.

— On est en juin. Le mois de décembre est encore loin, dit Ross avant de regarder sa montre connectée. Je dois y aller. Le chef a besoin de moi. Envoie-moi un message si tu rencontres des problèmes aujourd'hui. Et bonne chance.

Il sortit de son bureau.

Grey apparut dans l'encadrement de la porte seulement quelques secondes plus tard, regardant vers le bout du couloir.

— Est-ce la personne qui s'occupe des repas ?

— Des repas et des événements. Ross Barnes. Bonjour.

Grey porta son attention vers Autumn. Avec une chemise bleu foncé qui rendait son regard encore plus intense et un pantalon noir qui accentuait sa silhouette élancée et mince, il lui donna envie de se mordre la lèvre inférieure. Ou de mordiller un crayon.

— Désolé. Bonjour.

Elle lui fit signe d'entrer dans son bureau.

— Tout va bien ? Vous semblez préoccupée.

— Non. Ça va, répondit-elle.

Autumn ne savait pas trop si elle devait mentionner ce que Ross lui avait dit. Ça ne la regardait pas. Mais d'un autre côté, en savoir un peu plus sur la vie personnelle de Grey pourrait l'aider. Son avenir professionnel dépendait de lui après tout.

— J'ai entendu dire qu'une amie à vous séjournait sur la propriété.

Il afficha la plus désagréable des expressions.

— Entendu dire par qui ?

Autumn regrettait de lui en avoir parlé.

— Ne vous inquiétez pas. Juste un membre du personnel.

Il souffla mais ne s'assit pas. Sa posture était si raide qu'elle était mal à l'aise juste en le voyant. La journée allait être longue.

— Ce n'est pas une amie. Nous travaillons ensemble.

— C'est quelqu'un de votre entreprise d'architecture ? Elle aide à la conception de la brasserie de Mack ?

— Pas exactement.

D'accord. Autumn devinait que Grey ne comptait pas en dire plus et elle s'était montrée assez indiscrète comme ça.

— Notre future mariée et sa mère devraient être là d'ici une demi-heure. Asseyez-vous. Je vais vous parler de nos clientes potentielles et de ce qu'on va faire avec elles aujourd'hui.

— Je ne ferai qu'observer, n'est-ce pas ?

Il agissait comme s'il venait d'arriver chez le dentiste pour qu'on lui arrache une dent, mais elle n'appréciait pas plus la situation que lui.

— Non. Nous devons travailler ensemble. Nos clients dépensent des dizaines de milliers de dollars. Vous n'allez pas me suivre comme si j'étais une stagiaire. Cela marquerait mal.

Tout dans l'expression de Grey disait qu'il n'avait pas l'habitude qu'on le dirige. Dommage. Autumn n'allait pas le laisser couler son navire. Tout son avenir résidait dans Asheville et l'organisation de mariages.

— D'accord. Alors montrez-moi les ficelles.

Grey écoutait Autumn lui présenter qui venaient aujourd'hui. En gros, c'était une famille importante, avec beaucoup d'argent, qui pouvait leur faire remporter un gros contrat. Mais Autumn portait une robe bleu roi qui faisait briller ses yeux marron, et il avait énormément de mal à se concentrer.

— J'ai remarqué que vous ne portiez pas vos lunettes aujourd'hui, dit-il, regrettant aussitôt sa décision de prendre la parole.

— J'essaye de ne pas les porter quand je rencontre des clients potentiels. Je me sens un peu plus raffinée sans.

Le problème, c'est que je ne vois pas aussi bien avec mes lentilles.

Il allait protester en lui disant qu'il aimait quand elle portait des lunettes. Beaucoup. Elles étaient sexy. Ce qui ne voulait pas dire qu'Autumn n'était pas sexy sans. C'était même plutôt le contraire. Tout était charmant sur elle. Mais il décida qu'il valait mieux qu'il garde ses pensées pour lui. Elle se serait fait de fausses idées.

— Je vois.

— Quoi qu'il en soit, notre future mariée s'appelle Delilah. Son fiancé est Archer Morgan, dit Autumn. Il travaille dans la banque à Charlotte.

— Dans mon équipe de natation au lycée, il y avait un Archer Morgan. Il avait deux ans de moins que moi.

Autumn afficha un sourire jusqu'aux oreilles, son visage s'illumina, et elle tapa dans ses mains.

— Grey ! C'est parfait. Vous allez peut-être pouvoir m'aider finalement.

Grey sentit son enthousiasme, même en étant à près de deux mètres d'elle. Il était contagieux, même pour un homme qui ne s'excitait pas facilement. Il espérait ne pas la décevoir.

— Peut-être que ce n'est pas lui.

— Combien d'Archer connaissez-vous ?

— Un seul.

— Et moi, c'est mon premier. Je suis sûre que c'est lui. J'aurais vraiment besoin que vous fassiez jouer votre relation. Assurez-vous que la fiancée comprenne que c'est votre pote.

Grey n'était pas du genre à avoir des « potes ».

— Nous n'étions pas amis. Nous étions coéquipiers.

— Dites-lui juste que vous l'appréciiez beaucoup. Que vous vous souvenez de lui, dit-elle en feuilletant son classeur. Ce serait un gros mariage. Ils envisagent d'avoir trois cents invités. Par expérience, quand des gens qui ont beaucoup d'argent et de pouvoir se marient, la liste des invités est toujours plus longue que leur première estimation. Donc on pourrait atteindre notre capacité maximale. Nous avons reçu jusqu'à trois cent quatre-vingts personnes.

— Ça a l'air prometteur.

— Mais c'est aussi un cauchemar de logistique.

— C'est quoi, quatre-vingts personnes de plus ? Des chaises et de la nourriture supplémentaires. Cela ne me semble pas bien compliqué.

Autumn baissa la tête, et Grey se rendit compte que ses lunettes lui manquaient vraiment quand elle lui adressa un regard à la fois plein de remontrances et de sensualité. Imaginer cette monture écaille de tortue sur le bout de son nez lui faisait quelque chose. Il adorait comme elle était forte. Bien dans sa peau.

— C'est énorme. Nous n'avons pas assez de places de parking, ce qui implique des navettes et des chauffeurs. Si cela arrive, il nous faudra bloquer un grand nombre de chambres et de chalets, donc il faut espérer qu'il n'y ait pas déjà des réservations qu'on devrait décaler. Puis il y a les toilettes, les employés et un million d'autres choses que je ne mentionne même pas.

— Et vous faites tout ça toute seule ?

— Oui. Je suis une véritable femme-orchestre.

Grey comprit alors que la position d'Autumn à Moonlight Ridge était peut-être plus complexe que celle que lui et ses frères avaient imaginée.

— Je n'en savais rien.

— C'est pour ça que je vous montre les ficelles du métier.

Son téléphone vibra pour annoncer un message.

— On dirait qu'elles sont là, dit-elle. On ferait mieux de descendre dans le hall.

Elle se leva de son bureau, passa devant lui et ouvrit une armoire dans laquelle était installé un miroir.

— De quoi j'ai l'air ? lui demanda-t-elle.

Il se leva et la regarda s'étudier en détail, penchant la tête sur le côté et tournant assez sur elle-même pour faire voler sa robe. Il n'avait pas encore apprécié ses jolies jambes. Apparemment, il avait passé trop de temps à admirer le reste de son corps. *Incroyable. Magnifique.* Il eut soudain la gorge serrée.

— Bien.

Elle le regarda par-dessus son épaule, comme elle l'avait fait devant le patio à son chalet. Son regard était si puissant.

— C'est tout ce que vous avez à dire ?

— Je ne voudrais pas vous passer de la pommade.

Elle ferma la porte de l'armoire et s'approcha pour placer sa main sur son épaule.

— Quand une femme demande comment elle est, on ne passe pas de la pommade.

— Ce n'est juste pas mon genre.

— J'aurai besoin que vous exprimiez un peu plus d'enthousiasme. Sinon, ce mariage ne se fera pas.

Elle se retourna et s'engagea dans le couloir.

Grey attendit un moment, essayant de comprendre ce qu'elle venait de dire. Il la rattrapa et la suivit dans les escaliers jusqu'au rez-de-chaussée. Il fit de son mieux pour ignorer le balancement sensuel de ses hanches et le parfum sucré qui flottait derrière ses longs cheveux blonds.

Quand ils arrivèrent en bas, ils virent immédiatement à qui ils avaient affaire. Rebecca Barefoot se tenait dans le coin, parlant au téléphone. Menue, avec des cheveux roux courts et parfaitement coiffés et un visage qu'il avait déjà vu dans les journaux. Il avait eu des centaines de clients puissants au fil des années. Alors cela ne l'impressionnait pas.

— Vous devez être Delilah.

Autumn s'avança vers la plus jeune des deux femmes et tendit la main.

— Oui. Bonjour.

Delilah ressemblait beaucoup à sa mère, à part que les cheveux roux de cette dernière étaient longs et ondulés.

— Permettez-moi de vous présenter Grey Holloway, dit Autumn. Sa famille est propriétaire de l'établissement. Je crois aussi qu'il connaît votre futur mari.

— Vraiment ? Quelle coïncidence, dit Delilah.

— Oui, dit Grey en lui serrant la main. Nous étions dans la même équipe de natation au lycée. C'est un homme génial. Je serais heureux de le revoir, si vous décidez de faire votre mariage ici.

— Et je suis sûre qu'Archer sera ravi d'apprendre qu'un vieil ami est l'un des fils du propriétaire, dit Delilah avant de jeter un œil à sa mère. Désolée. Elle est au téléphone. Cela risque d'arriver souvent. J'y suis habituée.

Rebecca rangea son téléphone dans l'énorme sac à main de grand couturier pendu à son bras, puis se tourna pour se présenter.

— Rebecca Barefoot, dit-elle en secouant les mains d'Autumn et de Grey. Pardonnez-moi. J'ai promis à ma fille que je limiterai les appels au strict minimum aujourd'hui. Mais j'apprécierais qu'on commence dès maintenant. J'ai un emploi du temps incroyablement chargé.

Autumn sourit, mais Grey devina qu'elle se forçait. Elle était en mode *wedding-planner.* Il avait promis de la suivre.

— Alors, dit Autumn, commençons la visite.

Ils commencèrent par l'auberge principale, qui était le bâtiment historique du domaine, construite vers 1930. Depuis, il y avait eu de nombreux agrandissements, le plus important datant des années cinquante, quand deux vastes ailes avaient été bâties. Les finitions (les tapis, le carrelage, les boiseries et les luminaires) étaient d'une qualité exceptionnelle à l'époque. Mais depuis, l'auberge tombait en désuétude. Grey et ses frères étaient d'accord sur le fait qu'une modernisation était indispensable. Dès que Mack leur avait fait part de l'état de l'auberge à son retour auprès de leur père, ils avaient attaqué les rénovations, mais c'était un processus long puisqu'ils voulaient rester ouverts pendant les travaux.

Autumn décrivit les différents aménagements disponibles pour les invités et expliqua le système de réservation. Ils visitèrent ensuite la salle de bal principale qui aurait été le lieu de grandes fêtes dans les années 1990. Aujourd'hui, c'était là que se tenaient la plupart des réceptions de mariage en intérieur. Autumn expliquait tout avec expertise, rendant l'histoire de la propriété plus romantique que Grey ne l'avait jamais entendue. À mesure que sa sympathie pour Rebecca et Delilah grandissait, elle devenait de plus en plus sincère. Il était convaincu d'une chose : Autumn était parfaite pour ce travail.

Ensuite, ils sortirent et parcoururent le chemin sinueux menant au jardin derrière l'auberge. Même s'il était soigneusement entretenu, avec des haies et des buissons de roses bien taillés, le pré au-delà était comme un océan de fleurs sauvages, bordé par une forêt luxuriante.

— C'est bien magnifique.

Rebecca étudiait le jardin. Impossible de ne pas attendre un « mais ». Elle avait des réserves. Il ne restait plus qu'à savoir comment Autumn les gérerait.

— C'est tellement joli, dit Delilah. Je trouve ça vraiment parfait. C'est un lieu majestueux et chargé d'histoire. Comme un conte de fées. J'adore.

— Je vois ça.

— Je n'étais pas sûre que ce serait le cas, ajouta Delilah. J'avais peur que ce soit trop démodé. C'est un peu la réputation qui colle à Moonlight Ridge, malheureusement.

Grey détesta entendre cette critique, mais lui et ses frères savaient que c'était l'image que donnait la propriété. Cela arrivait à tous les établissements historiques : leur ancienneté faisait à la fois leur charme et leur défaut.

— Nous sommes en train de mettre au goût du jour une grande partie des aménagements.

Il voulait laisser les rênes à Autumn, mais il devait intervenir et défendre les lieux.

— Dont les chambres. Mon frère est le propriétaire de Corkscrew Craft Beer, et je l'aide à concevoir les plans d'une brasserie qui sera installée sur la propriété. Cela pourrait faire un lieu idéal pour un dîner de répétition. Nous pourrions aussi commencer la construction de notre nouveau spa dernier cri avant la fin de l'été. Si vous envisagez le mariage pour juin prochain, il sera ouvert à temps pour que vous puissiez en profiter lors de la fête prénuptiale.

— Ce serait fantastique, dit Delilah.

Rebecca adressa un regard appuyé à sa fille.

— Chérie, tu sais que ce n'est pas là ma principale réserve. Je t'ai promis de venir voir, mais je ne suis pas sûre que ce soit le bon choix. Que ça te plaise ou non, mon travail et ma réputation doivent être pris en considération.

— Mon mariage est plus qu'une occasion de faire de la publicité, mère. Et le choix me revient.

Delilah tourna le dos à sa mère et s'approcha du centre du jardin.

— Si je peux me permettre de vous poser la question, quelles sont vos réserves, madame Barefoot ? demanda Autumn.

Rebecca pinça les lèvres.

— Je n'aime pas l'attention que les médias vous ont portée dernièrement, mademoiselle Kincaid. Quand ma responsable des relations publiques a découvert que je venais ici aujourd'hui, elle m'a suppliée d'annuler. Il n'y a simplement aucune raison d'inviter ce genre de controverse au mariage de ma fille. Cela devrait être un jour heureux. Pas une fausse note pour ma réputation professionnelle.

Autumn pâlit.

— Je vous assure que je ferai de mon mieux pour rester discrète. Et je n'ai plus aucun contact avec mon père.

— Avez-vous publié un communiqué officiel ? Parce que j'ai soutenu des lois destinées à faire tomber des hommes comme votre père. Je ne peux pas être associée à cette affaire.

Aïe. Grey avait la peau dure, mais il ne put s'empêcher de se sentir mal pour Autumn, d'autant plus qu'elle paraissait sincèrement blessée. Elle n'avait assurément jamais connu une telle attaque dans l'exercice de son métier.

— Un communiqué officiel ? demanda Autumn. Je suis organisatrice de mariage, madame Barefoot. Ce genre de choses ne me regarde pas vraiment.

— Et je suis une femme très puissante qui ne peut pas se permettre la moindre erreur.

— Maman. Arrête, la supplia Delilah.

Grey sentit son sang bouillir en entendant cette femme être si cruelle envers Autumn et pas particulièrement gentille avec sa fille non plus. Il ne pouvait plus rester spectateur.

— Madame Barefoot, pouvons-nous avoir une petite discussion ? Rien que vous et moi ?

Elle sembla très surprise par cette requête, ce qui donnait un avantage à Grey.

— Juste une minute.

Grey emmena Rebecca dans un coin plus calme du jardin.

— Je comprends d'où vous venez. Je possède une entreprise d'architecture à New York, et on ne peut sous-estimer le pouvoir des apparences. Mais oserais-je dire que la réaction de Mlle Kincaid à vos questions devrait vous dire tout ce que vous avez besoin de savoir sur elle et son caractère.

Rebecca fronça les sourcils, pleine de doutes.

— Je ne suis pas sûre de comprendre où vous voulez en venir.

— Vous l'avez prise au dépourvu, et je l'ai vue affronter de nombreuses situations difficiles sans être décontenancée.

Ce n'était pas entièrement vrai, mais il était prêt à croire Autumn sur ce point.

— À ma connaissance, elle n'a plus aucun contact avec son père. C'est pour ça qu'elle vit à Asheville. Elle a renoncé à une vie de privilèges et de glamour à Los Angeles, juste pour pouvoir mettre de la distance entre elle et lui.

— Je suppose qu'on peut louer ce geste.

— Et en ce qui concerne ses compétences en tant qu'organisatrice de mariage, laissez-moi vous dire qu'elle gérera chaque détail à la perfection sans la moindre hésitation. Elle vous épargnera beaucoup de stress. Vous n'aurez qu'à être présente. En tant que femme occupée, vous devez être capable d'apprécier ce point.

— En effet.

Grey désigna Autumn et Delilah qui parlaient avec enthousiasme. Il vit même Delilah rire.

— Et vous voyez ça ? C'est ce qui arrive quand vous faites un mariage ici. Chaque membre du personnel accordera à votre fille une attention personnelle, surtout Autumn. C'est véritablement important pour elle. Et pour nous tous.

— Est-ce pour ça que le fils du propriétaire, un architecte accompli qui plus est, est venu accompagner la visite d'une future mariée et sa mère ?

— Que voulez-vous que je dise ? Ça compte beaucoup pour moi.

— Alors d'accord. Si c'est la décision de Delilah, ça me va, dit-elle avec un regard pénétrant. Mais s'il y a le moindre problème, je vous ferai organiser une collecte de fonds.

— Parfait, dit-il avec un sourire forcé.

Grey et Rebecca rejoignirent Autumn et Delilah.

— Grey m'a convaincue que tout se passera bien. Alors si c'est ce que tu veux, Delilah, je donne mon approbation.

— Vraiment ? lâcha Autumn instinctivement avant de ravaler sa question. Je veux dire, c'est merveilleux.

— Merci, maman. Et merci à vous, Grey, dit Delilah. Je veux qu'Archer vienne visiter les lieux, mais j'adore.

— Fantastique, dit Autumn avec un immense sourire. Si vous voulez bien retourner à l'auberge, nous pourrons discuter davantage, et je vous inviterai à déjeuner. Laissez-moi juste une minute avec Grey.

Rebecca et Delilah s'avancèrent vers le bâtiment.

— Que lui avez-vous dit ? Êtes-vous le nouveau *wedding-planner* de Moonlight Ridge ?

— Quoi ? Bien sûr que non. Je lui ai juste dit que le personnel de Moonlight Ridge prendrait soin d'elle et de sa fille. Qu'elle n'aurait absolument rien à faire. Et j'ai aussi dit des choses gentilles sur vous.

— Cela a suffi pour la faire changer d'avis ? Alors qu'elle semblait vouloir me cracher à la figure deux minutes plus tôt ?

— Je pensais que cela vous ferait plaisir. On a remporté le contrat, non ?

— *Vous* avez remporté le contrat. Cela ne va pas m'aider à me débarrasser de vous ou de vos frères.

Alors c'était ce qui comptait vraiment pour elle. Autumn voulait qu'il la laisse tranquille. Il était une nuisance pour elle. C'était probablement mieux comme ça. Elle représentait une distraction alors qu'il n'en avait pas besoin.

— Ne vous inquiétez pas. Je ne dirai pas à mes frères ce qui s'est passé. Tous les honneurs vous reviendront.

- 4 -

Vendredi matin, Grey était pratiquement devant sa porte pour se rendre à son rendez-vous pour la nouvelle brasserie quand Mack appela.

— Salut. Tu es déjà parti ?

— Presque.

— Qu'as-tu prévu ce matin ?

— Pourquoi ? Tu dois reporter ?

Grey ne voulait pas paraître contrarié, mais il l'était. C'était typique de Mack. En tant qu'aîné, il avait le don de vouloir que Grey (et Travis) se plie à sa volonté.

— Non. Je suis chez papa en train de prendre le café avec Giada et lui. Pourquoi ne nous rejoindrais-tu pas ? On ira sur le site en voiture après.

Grey n'aurait pas pu dire pourquoi, mais cela lui semblait étrange. Probablement parce que la grange destinée à devenir la brasserie et la maison de Jameson se situaient aux deux extrémités de la propriété, et que cela ne ressemblait pas à Mack de reporter une discussion sur ses affaires. L'efficacité et les résultats étaient la priorité de Mack. Ou c'était le cas avant qu'il revienne à Asheville et tombe follement amoureux.

— D'accord. Très bien. J'arrive dans dix minutes.

Grey ne voyait pas comment il aurait pu dire non. Et puis, il avait envie de voir son père. Sa sacoche avec son ordinateur portable à l'épaule, il partit à pied vers la maison et arriva à presque exactement à l'heure qu'il avait annoncée. Il entendit des rires, et pendant un instant, Grey eut une nouvelle fois le sentiment de voyager entre le présent et le passé.

Giada, Mack et Pops arboraient de larges sourires quand Grey entra dans la cuisine, où ils étaient réunis autour du grand îlot central.

— Bonjour, Grey, dit Giada. Je vais préparer du café.

Mack se rua sur Grey et le prit maladroitement dans ses bras. Il y avait toujours un certain malaise entre eux, et Grey en était bien conscient.

— Salut. Merci d'être venu.

Cela confirma l'idée de Grey qu'il se tramait quelque chose. Il regarda Mack dans les yeux.

— Ai-je raté quelque chose ?

Mack prit une grande inspiration et sourit.

— Molly et moi sommes officiellement fiancés. Je lui ai donné la bague hier soir.

Grey prit une seconde pour digérer la nouvelle.

— Waouh. Félicitations. Je suis très content.

Il savait que sa réaction devait paraître peu enthousiaste, mais ce n'était pas sa nature de s'épancher pour quoi que ce soit, même pour un événement aussi joyeux. Cela ne voulait pas dire qu'il n'était pas heureux pour son frère.

Giada poussa un petit cri aigu en tendant sa tasse à Grey.

— C'est tellement merveilleux.

Un coup d'œil à son père suffit à Grey pour savoir combien cette nouvelle lui faisait plaisir ; il donnait l'impression qu'il allait exploser de bonheur. Grey ne l'avait jamais vu sourire comme ça.

— Pops. Tu dois être aux anges.

— C'est la meilleure nouvelle depuis mon séjour à l'hôpital.

Pops serra Grey quelques secondes, comme à son habitude. C'était l'une de ses manières d'exprimer son amour.

— Avez-vous déjà fixé une date ? demanda Grey en prenant une gorgée de café.

— Vous allez vous marier sur la propriété, évidemment ? dit Pops.

— Bien sûr, admit Mack. Pour la date, on aimerait que ce soit à la fin de l'été. Peut-être le week-end avant Labor Day.

— On parle d'un gros mariage ? On n'aura peut-être pas assez de temps pour tout prévoir.

Grey n'en revenait pas d'avoir dit ça. Jusqu'à peu, ces questions ne lui auraient même pas traversé l'esprit. Mais c'était avant qu'il rencontre Autumn et s'implique dans l'entreprise de mariage de Moonlight Ridge.

Mack éclata de rire.

— Écoutez l'aspirant organisateur de mariage.

— Va te faire voir !

Grey n'entra pas dans les détails pour éviter d'éveiller la curiosité de Pops.

— Et Travis ? Je pensais qu'il ne revenait pas avant début septembre.

— Je vais devoir le supplier de revenir ce week-end-là. Je sais qu'il est occupé, mais on ne peut pas le faire après Labor Day. L'auberge sera complète, dit Mack.

C'était une bonne nouvelle. Moonlight Ridge avait lutté pour être rempli. Peut-être que les frères étaient en train de changer les choses en appliquant les idées de Molly.

— Quant à la taille, on aimerait un petit mariage. Peut être cinquante invités. On veut juste se marier. Il n'y a pas de raison d'en faire toute une histoire, expliqua Mack avant de s'éclaircir la voix et de regarder vers Pops. Le seul point qui risque de bloquer, c'est le lieu.

— Combien de temps vous faut-il pour rendre l'intérieur de la vieille grange présentable ? demanda Pops.

Il fallut une minute à Grey pour réaliser à quoi ils pensaient.

— Vous comptez organiser la cérémonie dans la grange à la fin du mois d'août ?

— On veut juste que le bâtiment soit terminé. On n'a pas besoin que les équipements de la brasserie soient installés. Je sais que j'en demande beaucoup, mais c'est notre souhait. Cela fera un bon coup de pub pour l'établissement et la brasserie. Puis c'est important pour Molly et moi, dit Mack.

Grey passa sa main dans ses cheveux, faisant la liste de tout ce qui allait se passer.

— Notre entrepreneur peut-il gérer ça ?

Ils avaient deux petites équipes sur site qui travaillaient sur les travaux de l'auberge principale. Mais ils allaient avoir besoin de beaucoup plus de main-d'œuvre.

— Oui, dit Pops. Je viens de discuter au téléphone avec Mountain Builders. Ils ont une grosse équipe disponible et ils sont prêts à déposer des permis dès que les plans seront finis.

— Votre père a obtenu quelques faveurs, dit Giada en adressant un regard désapprobateur à Jameson. Même si j'aurais préféré qu'il ne fasse rien qui le stresse.

— Mon fils se marie, dit Pops. Je ne pourrais pas rester les bras croisés.

Grey prit une profonde inspiration. Il n'avait pas vraiment d'autre choix que de monter dans ce train en marche.

— Les plans sont terminés, mais je veux que Mack voie le rendu 3D avant qu'on se lance. Toi et moi, dit-il en désignant son frère, devons nous rendre sur les lieux aussi vite que possible pour discuter de ces plans.

— Compris.

Mack prit une dernière gorgée de café, posa sa tasse, embrassa Giada sur la joue et étreignit son père.

— Merci à vous deux. Je suis si excité.

Pops attrapa le bras de Mack et le regarda dans les yeux.

— Je suis fier de toi, fils. Et heureux.

Grey embrassa son père sur la tempe.

— Au revoir, Pops. À plus tard.

Mack et Grey sortirent et mirent tous les deux leurs lunettes de soleil.

— Belle journée, dit Mack en se dirigeant vers sa voiture.

Grey ne pouvait pas penser à la météo. Il était trop préoccupé par l'emploi du temps et tout ce qu'il y avait à faire. En plus, Mack et Grey devaient encore discuter… d'Autumn et de la comptable.

— Je suis content que tu conduises. Chaque minute compte.

Grey monta dans la Mercedes noire de Mack, mais dès qu'il fut à l'intérieur, il dut chasser les images de l'accident qui surgissaient dans son esprit. La peur. Le chaos. Le crissement des pneus et la collision.

— Tu vas bien ? demanda Mack en démarrant le moteur.

— Ouais. Allons-y.

Dix minutes plus tard, ils arrivèrent à la vieille grange, qui était un bâtiment remarquable. Le rez-de-chaussée était fait en pierre locale et l'étage en bois. Elle datait de la même époque que l'auberge d'origine et avait dû coûter incroyablement cher. Mack et Grey saisirent chacun une poignée de la porte en bois massive. Les gonds en fer grincèrent quand ils tirèrent la porte. Le soleil envahit l'espace sombre qui était sale et poussiéreux. Il y avait des plafonds hauts, un vieux grenier à foin et pas grand-chose d'autre. Mais la structure était d'excellente faction et c'était tout ce qui comptait pour Grey et Mack.

Grey sortit son ordinateur de sa sacoche et le posa sur son avant-bras pour montrer à Mack le rendu final. Quand le projet serait terminé, il y aurait une vue époustouflante sur le lac des trois côtés du bâtiment. Ils installeraient la salle de brassage à l'arrière du bâtiment, ce qui faciliterait les livraisons avec l'accès à la route. D'un côté, il y aurait une cuisine ouverte avec un immense bar. Une salle à manger privatisée. Un magasin de souvenirs avec des T-shirts à l'effigie de la brasserie. Il y aurait des parquets lustrés faits à partir de bois de récupération, et un mélange de meubles industriels et chaleureux comme du cuir et du bois pour donner une ambiance montagnarde à la fois rustique et chic.

— Alors ? Qu'est-ce que tu en penses ? demanda Grey.

Mack avança de plusieurs pas à l'intérieur de la pièce caverneuse, puis se retourna.

— Je travaille avec des gens brillants, Grey, mais je n'arrive toujours pas à croire ce que tu vois dans cet espace. Je savais que c'était faisable, mais je n'aurais jamais eu certaines des idées que tu as proposées. C'est parfait.

Grey était soulagé. Il avait vraiment voulu impressionner et plaire à son frère.

— Fantastique. Je vais parler à l'entrepreneur pour pouvoir attaquer. Il faut commencer par la plomberie et l'électricité. Et tu vas vouloir faire installer la climatisation rapidement.

— Personne ne veut être à l'intérieur en août s'il n'y a pas d'air conditionné.

— Exactement.

Mack étudia à nouveau l'espace, semblant comprendre la tâche monumentale qui les attendait.

— Tu crois qu'on va y arriver ?

Même s'il aimait être pragmatique, Grey n'avait pas le cœur à décevoir son frère.

— Je crois. Je veux dire, je vais tout faire pour.

De bien des façons, il avait l'impression de le devoir à Mack. Et concernant Travis, il ne savait pas encore quand il pourrait faire amende honorable, mais il espérait que ça arriverait aussi. La rancœur entre eux avait bien trop duré.

— Merci.

Le téléphone de Mack vibra.

— J'ai une visioconférence dans une demi-heure avec mon maître-brasseur. Je dois y aller.

— On doit encore discuter de deux trois trucs.

— On pourra discuter dans la voiture.

Ils refermèrent la grange et furent bientôt repartis.

— Je voulais que tu saches que le rapport comptable avance bien. Il n'y a encore rien de définitif, mais elle a des pistes.

— Et ?

— On en saura bientôt plus.

— D'accord. Super.

— Mais tu devrais savoir que certains employés ont parlé du fait qu'une femme mystérieuse occupait l'un des chalets pour un mois. J'ai peur que cela envoie de mauvais signaux.

— Avec un peu de chance, les gens passeront à d'autres ragots. On ne veut pas que Pops découvre ce qu'elle cherche.

— Oui. Et puis, il y a le sujet de la branche mariage.

— Autumn a remporté un contrat pour un gros mariage pour l'été prochain. La fille de la sénatrice Rebecca Barefoot. Je ne pense vraiment pas qu'il soit encore nécessaire de la surveiller.

— Je sais que c'est toi qui as remporté ce contrat, Grey. Autumn a tout raconté à Molly.

— Quoi ?

Pourquoi aurait-elle fait ça ? Grey avait tout préparé pour qu'elle puisse remporter tous les honneurs. Elle n'avait plus qu'à les récolter.

— Autumn prend son travail très au sérieux. Elle ne voulait pas s'attribuer le mérite pour quelque chose qu'elle n'avait pas fait.

Grey ne s'attendait pas du tout à ça. Il l'avait tirée d'un mauvais pas, et elle n'avait pas profité de l'occasion pour se débarrasser de lui.

— Tu es en train de me dire que je dois continuer à

travailler avec elle ? Je croyais qu'elle ne voulait pas que je lui tourne autour.

Mack se gara devant le chalet de Grey et arrêta le moteur.

— Écoute. L'une des raisons pour lesquelles je t'ai demandé de t'impliquer dans la branche mariage était personnelle.

— Comment ça ?

— Autumn est la meilleure amie de Molly et elle s'inquiète pour elle. Donc ça veut dire que je m'inquiète aussi. Être *wedding-planner* est la seule chose qu'elle ait, et Moonlight Ridge est de loin son plus gros partenaire. Elle a coupé les ponts avec sa famille. Son fiancé l'a larguée. Si elle échoue, ce sera vraiment dur pour elle de redémarrer ailleurs. Et Molly est presque comme sa sœur.

Grey acquiesça, ressentant le poids des responsabilités familiales peser sur ses épaules.

— Je comprends. Tu veux que Molly soit heureuse, et elle ne peut l'être que si sa meilleure amie se sent bien.

— Exactement. Il ne s'agit pas juste de garder un œil sur Autumn. Il faut s'assurer de sa réussite. Pas juste pour l'entreprise, mais dans sa vie de manière générale.

— J'espère vraiment que tu ne me donnes pas la responsabilité de son bonheur. Ça ne fait pas partie de mon domaine d'expertise.

Mack se mit à rire.

— Crois-moi. Je te connais. Monsieur Calme-cool-et-serein. Sans sentiments.

— À t'entendre, je suis un robot.

— Ce n'est pas ce que je veux dire, dit Mack avant de marquer une petite pause. Tu sais que je t'aime.

Quand ils étaient plus jeunes, c'était si facile de se dire ce genre de choses. Grey espérait qu'un jour les choses redeviendraient aussi naturelles.

— Je t'aime aussi. Je suis content qu'on travaille ensemble. Et je suis tellement heureux que tu aimes mes plans.

— J'espère que Travis pourra venir au mariage. J'adorerais qu'on puisse passer du temps ensemble tous les trois, surtout maintenant que papa va mieux.

— Je suis sûr que tout va bien se passer, dit-il avant d'ouvrir la portière.

— Alors c'est bon pour Autumn ? Tu vas continuer à l'aider ?

C'était amusant, mais Grey ne voyait plus ça comme une corvée. Mais il ne l'aurait pas dit à Mack. Il n'y avait aucune raison qu'il avoue qu'il appréciait passer du temps avec Autumn, même quand elle ne semblait pas vouloir de lui.

— Oui. Pas de problème.

Autumn travaillait, assise à l'une des tables du pub de Moonlight Ridge. Même si elle avait un bureau hors site et un autre ici, au deuxième étage, elle aimait travailler dans le pub avant qu'il ouvre parce que c'était plus calme et qu'elle pouvait s'étaler et utiliser plus d'espace sur la table. En plus, il y avait une jolie lumière, tôt le matin.

Du coin de l'œil, elle aperçut Molly entrer dans la salle comme si elle flottait dans les airs.

— Bonjour ! lança Molly en chantant presque comme une princesse de conte de fées.

— Salut.

Autumn remarqua que sa voix à elle ressemblait plus à celle d'un ogre. Elle poussa une pile de papiers. Elle en avait assez de la paperasse. Cela n'arrangeait certainement pas son humeur qui était un peu revêche depuis qu'elle avait entendu les propos que Rebecca Barefoot avait tenus sur elle. Elle n'arrivait toujours pas à croire qu'elle l'avait laissée faire.

— Qu'est-ce qui te rend si joyeuse ?

— Oh. Je ne sais pas.

Molly agita les doigts de sa main gauche. Impossible de ne pas remarquer la bague en platine avec un énorme diamant.

— Oh ! mon Dieu !

Autumn bondit de sa chaise, incapable de contenir son excitation.

— Quand est-ce arrivé ? Comment a-t-il fait sa demande ?

— Hier soir.

— Raconte-moi tout.

— Oh ! tu connais Mack. Ce n'était pas très élaboré. Mais quand même très romantique. Nous sommes allés faire une balade autour de l'étage, là où nous nous baignions quand nous étions petits, et nous nous sommes arrêtés pour regarder la lune. C'est là qu'il a mis un genou à terre et a sorti un petit écrin.

Autumn retenait ses larmes. Une partie de ce qu'elle ressentait était de la joie à l'état pur. Mais il y avait aussi de la mélancolie. Elle ne pouvait s'empêcher de repenser au soir où Jared lui avait demandé de l'épouser. Autumn avait été prise par surprise. Ils ne sortaient ensemble que depuis quelques mois, et même s'il lui avait avoué son amour bien avant ça, elle n'était pas sûre de la profondeur de ses sentiments. Mais il était arrivé un soir chez elle avec une bague, une demande en mariage, et lui avait suggéré qu'ils emménagent ensemble. Il avait dit qu'il était déterminé à réussir à monter sa propre entreprise de services financiers à Asheville. Autumn avait trouvé que c'était un bon signe. Elle s'était dit qu'il n'y avait que l'amour véritable qui pouvait donner envie à un homme comme lui de changer de vie. Elle ne se doutait pas alors que ses projets ne verraient jamais le jour. Non, ce n'était pas l'amour véritable.

Autumn admirait la bague de Molly.

— Je ne crois pas qu'il ait besoin de faire une demande très originale. Cette bague parle d'elle-même.

Molly la regarda elle aussi.

— Elle est énorme, hein ?

— Elle est magnifique. Absolument superbe.

La bague que Jared avait donnée à Autumn était très belle, elle aussi, mais elle était encore dans un tiroir de sa cuisine. Il ne lui avait pas demandé de la lui rendre, et Autumn ne l'avait pas proposé. Cette bague n'avait pas de valeur sentimentale, mais elle n'était pas encore prête à admettre sa défaite.

— Alors ? Vous avez déjà évoqué une date ? Dis-moi que vous voulez le faire ici et que vous me laisserez l'organiser.

— C'est une évidence.

Une grande joie envahit Autumn. Elle sortit son calendrier de sous les papiers éparpillés.

— À quelle date vous pensez ?

— Le dernier week-end d'août. Juste avant Labor Day.

Autumn cligna des yeux, choquée.

— Dans dix semaines ?

Elle leva les yeux vers Molly en espérant que son expression traduisait la folie de cette décision.

Molly se rongea l'ongle du pouce.

— Je sais que ça fait tôt, mais on ne veut vraiment pas d'un grand mariage. Juste un petit truc.

— Les gens disent tous qu'ils veulent un petit mariage, mais ça ne finit jamais comme ça.

— Non. Je suis sérieuse. Cinquante personnes, maximum. Et Mack doit être en train de parler à Grey de la rénovation de la grange. Nous aimerions nous marier là-bas.

— Vous voulez faire un mariage dans un lieu qui n'est pas adapté à un mariage, dans dix semaines.

— Oui. Et je veux que tu sois ma demoiselle d'honneur.

Le scepticisme d'Autumn se dissipa immédiatement.

— Oooh. C'est trop gentil. Je serais ravie. Merci de me le demander.

Oui, cela allait occuper tout son été. Mais ce n'était pas grave. Cela l'empêcherait (peut-être) de penser à Grey.

— Je sais que ça peut paraître fou, mais c'est ce que Mack et moi voulons.

— Alors d'accord. On va faire en sorte que ça se réalise.

Molly se pencha et passa ses bras autour des épaules d'Autumn.

— Merci beaucoup. Tu es vraiment la meilleure.

Bien sûr, Autumn savait que ce n'était pas vrai. Elle ramait au boulot en ce moment surtout cette dernière semaine.

— Je suis tellement heureuse pour toi.

— Merci, dit Molly en s'asseyant en face d'Autumn. Tu te sens un peu mieux par rapport à ce qui s'est passé avec Rebecca Barefoot ?

— Ça va. Je suis juste déçue par moi-même. J'étais paralysée. Elle a commencé à parler de ma famille, et je n'ai pas réussi à faire face. Je crois que c'est une chose d'apparaître sur les sites de ragots, mais c'en est une autre quand on vous balance ce genre de propos en pleine figure.

— Bien sûr. C'est normal.

Autumn le comprenait aussi, mais maintenant qu'elle avait eu un peu de temps pour réfléchir à ce qui s'était passé, elle avait le sentiment que le problème n'était pas résolu. Elle n'avait pas été gentille ni reconnaissante envers Grey pour ce qu'il avait fait. Autumn avait laissé son ego s'imposer et l'empêcher d'exprimer sa reconnaissance.

— Grey a sauvé ma journée.

— Tu apprécies travailler avec lui ?

— On a à peine eu le temps de commencer quoi que ce soit avant que je gâche tout, alors c'est difficile à dire. Mais je l'aime bien. C'est agréable d'être avec lui, et c'est agréable de le regarder aussi, je dois dire.

Elle étouffa un soupir en pensant au plaisir qu'elle prenait à chaque fois qu'elle avait l'occasion d'admirer Grey.

— Mais il est aussi très agaçant. C'est difficile de savoir ce qu'il pense.

— Mack dit la même chose. Tout le temps.

— Ce n'est pas bon signe, vu qu'ils sont frères.

— Ils ont tous les trois leurs lots de problèmes, dit Molly avant de regarder l'horloge au mur. Oh ! mince. Je ferais mieux d'aller travailler. J'ai un million de choses à faire.

Elle se dirigea vers la porte, mais s'arrêta net pour se retourner vers Autumn.

— Oh. J'ai oublié. Mack et moi voulons faire une petite fête de fiançailles le 4 juillet. Avant le feu d'artifice. Note-le sur ton calendrier. Il espère pouvoir faire venir Travis.

— Tu auras besoin d'aide pour ce jour-là aussi ?

Molly leva le pouce et l'index en ne laissant qu'un tout petit espace entre les deux.

— Juste un peu.

Autumn sourit tandis que sa meilleure amie disparaissait. Dès que Molly fut partie, le téléphone d'Autumn sonna. C'était Delilah Barefoot.

— Allô ? Delilah ?

— Autumn, bonjour. Vous avez une minute ? On dirait qu'Archer ne va pas pouvoir venir faire la visite avec moi de suite, mais j'aimerais avancer et fixer notre date.

Autumn prit aussitôt son ordinateur portable et afficha le calendrier partagé des événements.

— Bien sûr. Le 28 juin, c'est ça ? Dans un peu plus d'un an. Je n'aurais laissé personne réserver cette date sans vous appeler avant.

— Oui. On aimerait passer à l'étape suivante et signer le contrat.

C'était idiot, mais le simple fait de taper « Mariage

Barefoot-Morgan » lui donna l'impression qu'elle faisait un pas dans la bonne direction.

— Fantastique. Je vous envoie tout de suite les papiers. On pourra programmer la visite d'Archer quand vous voudrez. Et n'hésitez pas à m'appeler n'importe quand si vous avez des questions ou voulez discuter des détails.

— Merci beaucoup. J'apprécie. Je ne vous en aurais pas tenu rigueur si vous n'aviez pas voulu vous occuper de notre mariage. Ma mère peut se montrer vraiment irrespectueuse. Je suis vraiment désolée pour tout ce qui s'est passé l'autre jour.

— Inutile de vous excuser. Ce n'est pas votre faute. Et tout ce qu'elle a dit était parfaitement vrai. Mon père n'est pas une personne bien, et je peux comprendre les personnes qui ne veulent pas être associées à lui, même si ce n'est que parce que je suis sa fille.

— Mais on n'est pas responsable de qui sont nos parents. Je ressens la même chose concernant ma mère, et elle n'est pas aussi sujette à controverse que votre père. Vous seriez surprise par les choses qu'on me dit. On vient me voir au restaurant pour me dire que je suis méprisable ou qu'on est désolé pour moi parce qu'ils pensent que ma mère est une mauvaise personne.

Autumn n'avait pas compris jusqu'à maintenant que c'était la première fois qu'elle rencontrait quelqu'un dans une situation similaire à la sienne. Elle avait des amis à LA avec des parents célèbres, mais leurs mères et leurs pères étaient des personnages appréciés, pas des gens dont le nom était murmuré avec une pointe de dégoût.

— Je suis tellement désolée que vous ayez à vivre ça. Mais si ça peut vous réconforter, je comprends totalement ce que vous ressentez.

— Merci. Je suis contente que Grey ait fait changer ma mère d'avis. Je suppose qu'il a chanté vos louanges.

C'était une surprise. Autumn avait pensé que Grey avait surtout parlé de Moonlight Ridge. Elle n'avait pas imaginé qu'elle avait pu être son argument de vente.

— C'est agréable à entendre. Merci.

Delilah et Autumn se dirent au revoir, et Autumn monta précipitamment dans son bureau désordonné. Elle entra les renseignements sur Delilah et Archer dans le contrat standard pour les mariages à Moonlight Ridge et appuya sur « Imprimer » sur son ordinateur. Pendant que les feuilles sortaient, Autumn regarda la propriété par la fenêtre. Elle devait des excuses à Grey. Ou au moins des remerciements. Mais elle n'avait toujours pas récupéré son numéro de téléphone. Elle aurait pu le demander à Molly. Mais quelque chose lui disait qu'une visite en personne serait mieux.

Autumn récupéra le contrat, le glissa dans une enveloppe et la donna à Harry à la réception pour l'envoyer par courrier. Puis elle attrapa ses lunettes de soleil et grimpa dans l'une des voitures de golf de l'établissement pour aller au chalet de Grey. Quand elle arriva, elle fut un peu déçue de découvrir que ce n'était pas l'heure de sa séance de sport sur le patio.

Elle se rendit à l'une des portes vitrées et tapa légèrement l'encadrement. Quelques secondes plus tard, Grey apparut, l'air aussi déconcerté que la première fois qu'elle était arrivée avec ses gâteaux. Elle ne pouvait pas nier qu'il était très beau dans une tenue plus raffinée : un jean foncé bien coupé et une chemise blanche avec les manches remontées jusqu'aux coudes. Elle avait un faible pour les avant-bras, et ceux de Grey étaient magnifiques et forts, mis en valeur par une grosse montre Breitling argentée et bleu nuit.

— On doit arrêter de se voir comme ça.

Autumn espérait qu'il appréciait son esprit et ne la trouvait pas envahissante.

L'expression de Grey s'adoucit immédiatement.

— Échangeons tout de suite nos numéros de portable.

— Vous n'appréciez pas mes petites visites ?

— Si. Et non. Je pense aussi que l'utilisation de la technologie peut s'avérer pratique.

Il sortit son téléphone de sa poche et Autumn le sien de son sac pour qu'ils puissent procéder à l'échange.

— Maintenant que c'est fait, que puis-je pour vous ?

— Je voulais vous dire que je suis désolée pour la façon dont j'ai réagi l'autre jour. Vous m'avez sauvé la peau, et j'aurais dû être bien plus reconnaissante.

— Inutile de vous excuser. Je pense que n'importe qui aurait fait ce que j'ai fait.

— Vraiment ? Je comprends que vous vous souciiez de l'entreprise familiale, mais Delilah a dit que vous aviez vanté mes mérites auprès de sa mère. Je n'avais pas conscience que nous nous connaissions assez bien pour en être à la phase « louanges » de notre relation.

Grey se mit à rire, ce qui fit penser à Autumn que le mur qu'il y avait entre eux était en train de tomber. C'était l'un des sons les plus sexy qu'elle n'ait jamais entendus.

— Vous voulez entrer ?

Cette invitation n'aurait pas dû lui faire autant plaisir.

— J'adorerais.

Elle le suivit, et ils pénétrèrent dans une grande pièce à l'arrière de la maison, avec un plafond cathédrale et des poutres, une grande cheminée en pierre, une cuisine moderne sur un côté et une vue absolument époustouflante sur le lac.

— C'est très beau, Grey. Pourquoi toutes les locations ne sont-elles pas comme ça ?

— Excellente question. C'est l'une des choses sur lesquelles mes frères et moi travaillons.

Autumn tourna dans cet espace cosy et accueillant. Elle avait imaginé Grey comme le genre de type qui ne pouvait se sentir à l'aise qu'à New York, dans un appartement de célibataire décoré entièrement en noir et gris, mais il semblait parfaitement chez lui dans un cadre un peu plus doux.

— Je suis sûre qu'on aurait plus de réservations. Qui ne voudrait pas séjourner dans un endroit pareil ?

Par une porte ouverte, Autumn entrevit la chambre : un grand lit avec des draps blancs et une tête de lit en cuir marron. Cela semblait correspondre à la personnalité de Grey.

— Alors ? Mack et Molly ? La grande nouvelle.

Grey enfouit ses mains dans les poches de son jean.

— Ouais. C'est difficile à croire, mais l'un des frères Holloway est vraiment tombé amoureux.

Autumn s'assit sur l'accoudoir d'un fauteuil en cuir.

— Est-ce vraiment une surprise ? C'était joué d'avance. Vous êtes tous les trois beaux et brillants. Je me demande ce que Jameson mettait dans vos bols de céréales chaque matin quand vous étiez petits.

Grey haussa les sourcils.

— Je ne prends pas de petit déjeuner.

— Ah oui, c'est vrai.

— Mais sérieusement, non, ce n'était pas du tout joué d'avance. On est tous hyper concentrés sur nos carrières. Prendre le temps pour des choses comme la romance ne rapporte pas.

— On ne parle pas d'investissement en Bourse.

— C'est juste une façon détournée de dire que ça n'en vaut pas la peine.

— Sauf si on rencontre la bonne personne.

— Je ne crois pas en tout ça, dit Grey en haussant les épaules.

Autumn se leva et se rapprocha de lui. À l'instant où elle sentit son parfum divin, elle dut se retenir d'avancer davantage pour éviter d'être nez à nez avec lui. Le besoin de se pelotonner dans son cou et sentir son odeur chaude et boisée était un peu trop puissant.

— Tout ça quoi ?

— L'amour. C'est une construction de l'esprit. En tout cas, l'amour romantique. L'idée de rester avec une personne toute sa vie. Je ne crois pas qu'on soit fait pour ça.

Autumn s'ébroua d'une façon peu élégante, mais elle n'arrivait pas à croire cette absurdité.

— Vous comprenez que vous dites ça à une organisatrice de mariage, hein ? Toute ma carrière est construite sur l'idée que les gens sont justement destinés à ça. À tomber amoureux. Prendre soin l'un de l'autre. À jamais.

— Y croire et choisir un travail comme le vôtre n'ont pas à être dépendants l'un de l'autre. Vos parents étaient-ils heureux en mariage ?

— Non. C'était un mariage toxique. Ils sont divorcés aujourd'hui. Mais ni l'un ni l'autre n'était fidèle. Je ne suis pas sûre qu'ils aient été amoureux un jour. La carrière de mon père était en pleine ascension, et ma mère travaillait pour lui.

Autumn n'avait plus envie de parler de ses parents. Cela faisait resurgir trop de souvenirs de grosses disputes, comme le soir où sa mère avait cassé toute la vaisselle dans leur cuisine, contrariée par une nouvelle relation extraconjugale de son père, et était partie en ambulance parce qu'elle s'était coupé les pieds.

— Cela ne veut pas dire que je ne crois pas en l'amour et en l'engagement. Mes grands-parents ont fait un mariage merveilleux.

— Que leur est-il arrivé ?

— Ils sont toujours ensemble. Toujours amoureux. Ils sont à la retraite et ils voyagent tout le temps, mais je les vois une fois ou deux par an. Ce sont les seuls membres de ma famille que je vois encore.

— De mon côté, mes parents ont fait une très mauvaise union aussi. Et je n'ai jamais ressenti le besoin d'être lié de manière permanente à une autre personne. Jamais. Et pour être honnête, je ne peux pas l'imaginer.

Autumn trouvait cela incroyablement triste. Malgré tout ce qu'elle avait traversé, elle s'imaginait toujours tomber amoureuse. Elle osait envisager une relation à long terme avec quelqu'un. Un jour.

— Vous ne savez jamais quand la bonne personne se présentera à vous.

— Et pendant ce temps, vous perdez beaucoup de temps avec les mauvaises personnes. Vous devriez le savoir mieux que quiconque. Combien de mois avez-vous passé avec votre fiancé avant que les choses se dégradent ?

Grey avait une façon de dire les choses qui glaçait le sang.

— Je m'en fiche. C'est le passé. Je regarde devant moi.

— Mais ça vient juste d'arriver.

— Il y a plus de trois mois. De l'histoire ancienne pour moi.

Grey pinça les lèvres avec un air sceptique.

— Je pense que vous êtes dans le déni.

— Et je pense qu'on devrait parler d'autre chose.

— Comme quoi ?

C'était plus un défi qu'une question.

— Et pourquoi pas de l'avenir de notre relation professionnelle ?

— Pourquoi avez-vous donc dit à Molly que ce n'était pas vous qui avez remporté le contrat pour le mariage Barefoot ? dcmanda-t-il en faisant un pas vers elle. C'était grâce à vous.

Autumn ne l'écoutait qu'à moitié. L'autre moitié se concentrait sur ses épaules… Elle les avait déjà vues dans une chemise, et en action quand il faisait des pompes, mais elle ne pouvait s'empêcher de se demander ce que ça ferait de passer ses doigts sur ces muscles qui semblaient si fermes.

— C'était la vérité. Je n'allais pas m'attribuer le mérite pour quelque chose dont je n'étais pas responsable.

— Mais cela ne joue pas en votre faveur. Vous devez vous battre pour votre place à Moonlight Ridge.

Autumn était de plus en plus énervée contre Grey, en partie parce qu'il semblait vraiment croire qu'elle avait fait ça pour qu'ils continuent à travailler ensemble.

— Je ne le vois pas comme ça. Je sais que je suis bonne dans mon travail. Je rends les gens heureux et je trouve ça très gratifiant.

Grey lui jeta un autre regard dubitatif. C'était comme s'il devait exprimer son quota quotidien de doute.

— Comment arrivez-vous à toujours voir le bon côté des choses ?

— Je n'ai pas le choix, Grey. Je ne pourrais pas fonctionner autrement, dit-elle en se dirigeant vers la porte. Je vais vous laisser tranquille. Je voulais juste passer vous remercier.

— Autumn, attendez.

Quand Grey lui attrapa le bras, elle ne put s'empêcher de remarquer le courant électrique qui passa entre eux quand ses doigts touchèrent son coude. Pourquoi était-elle aussi sensible aux charmes de Grey ? Elle ne comprenait pas le pouvoir qu'il avait sur elle. Il ne croyait pas en l'amour. En dehors du fait qu'il était incroyablement sexy et intelligent, il ne lui convenait pas du tout.

— Oui ?

— Quand travaillerons-nous de nouveau ensemble ?

— Il y a un mariage le week-end prochain.

Autumn chercha une excuse pour pouvoir voir Grey avant, mais elle se réprimanda, car elle n'aurait pas dû être aussi attirée par lui.

— Vous pourrez m'aider. Et voir à quoi ressemble vraiment mon travail.

Grey sourit légèrement, juste assez pour l'encourager.

— Je ne dirais pas que je meurs d'envie d'aller à un mariage, mais je veux vraiment vous voir réussir. Et vous m'avez promis de me montrer les ficelles du métier.

— Absolument. Et je tiens toujours mes promesses.

Autumn ouvrit la porte et sortit sur le patio. Grey la suivit.

— Je ne comprends toujours pas pourquoi vous avez dit ça à Molly. Je ne suis pas entièrement convaincu que c'est par pure honnêteté. Votre instinct de survie devrait être plus fort.

Autumn ne savait pas vraiment non plus pourquoi elle l'avait fait. Ce n'était pas comme si Molly avait essayé de lui tirer des informations. Autumn s'était confiée sans mal. Peut-être que c'était juste qu'elle n'était pas du genre à tirer la couverture quand elle ne le méritait pas. Ou peut-être que c'était autre chose.

— Je ne sais pas, Grey. Peut-être que j'aime juste passer du temps avec vous.

- 5 -

Grey avait simplement été honnête en disant à Autumn qu'il n'était pas très fan de mariage. Il n'en voyait vraiment pas l'intérêt. Autant d'argent dépensé et de stress, en sachant que 50 % des mariages finissent par un divorce. Quelle personne entrerait dans un casino et y dépenserait un an de salaire en sachant qu'elle n'a qu'une chance sur deux de les récupérer ? C'était un risque que seul un idiot prendrait.

Bien sûr, Grey avait ses raisons de penser de cette façon. Le mariage de ses parents avait été un lamentable échec, sans suggérer la moindre étincelle d'amour ou d'affection réelle. Et quand Grey avait été sauvé de cette situation, c'était par Jameson, un homme célibataire qui n'avait jamais semblé vouloir se marier. Grey ne pouvait donc en arriver qu'à une conclusion : l'amour romantique était un piège. C'était une illusion, une façon de transformer la luxure en quelque chose de plus sérieux ou la solitude en quelque chose de moins continuel.

Pourtant, il se surprenait à attendre avec impatience le mariage Carter-Jackson de ce soir. Il pouvait admettre qu'Autumn l'intriguait, surtout après qu'elle lui avait avoué qu'elle aimait passer du temps avec lui. Quand lui avait-on dit cela pour la dernière fois ? Il n'était pas très sûr de la réponse.

Toutes ses suppositions sur Autumn se révélaient fausses ; elle était complètement différente de ce qu'il avait imaginé. Elle venait d'une famille célèbre d'Hollywood, mais semblait avoir les pieds sur terre, même si elle avait la tête dans les nuages. Elle avait laissé son destin à Moonlight Ridge rester menacé, juste parce qu'elle ne pouvait pas ne pas être franche sur ce qui s'était passé quand Rebecca Barefoot avait tenu des propos cruels concernant son passé.

Vêtu d'un costume gris anthracite, Grey entra dans la salle de bal où la réception se tiendrait. La cérémonie devait commencer dans une heure, dehors, dans le jardin derrière l'auberge. La salle fourmillait tandis que les membres de l'équipe de traiteur sortaient des verres et arrangeaient les dizaines de tables rondes couvertes de nappes blanches qui entouraient la piste de danse. À une extrémité, le DJ installait les lumières. Mais Autumn n'était pas là. En repassant la porte pour sortir, il lui rentra dedans.

Littéralement. Elle lui écrasa un pied avec l'un de ses escarpins pointus, et sa tête cogna sa mâchoire.

— Oh ! mon Dieu. Grey. Qu'est-ce que vous faites là ?

Elle sursauta, le souffle coupé, clignant des yeux et se frottant le front.

Il ne pouvait ignorer la façon dont sa poitrine voluptueuse se gonflait. Il en aurait oublié son propre nom. Mais bien sûr, c'était à cause de la douleur.

— Malgré tous ces cheveux, vous avez la tête dure.

— Je pourrais en dire de même pour vous. Heureusement que je porte mes lentilles. Vous auriez pu casser mes lunettes, et on aurait eu de sérieux problèmes. Je suis aveugle sans elles. Où vous rendiez-vous à cette allure ?

— Je vous cherchais.

Il posa sa main sur son épaule pour lui montrer qu'il s'inquiétait pour elle, mais il comprit rapidement que cela ne suffirait pas. Il voulait toucher la peau douce de son bras.

— Vous allez bien ?

— Ça va. Merci.

Quand Autumn se redressa, il remarqua sa robe, un

modèle moulant en dentelles, noire avec un tissu crème en dessous. Elle n'était pas ni courte ni décolletée, mais bon sang, elle mettait en valeur chacune de ses formes délicieuses.

— Vous allez bien ? J'aurais dû mettre mes lunettes ce soir. C'était stupide. C'est ma faute.

— C'était un accident. Je suis content que vous n'ayez rien.

Grey porta son attention sur son visage pour empêcher ses yeux de parcourir son corps pulpeux. Mais cela ne l'aida pas beaucoup. Sa bouche était légèrement entrouverte, ses lèvres pulpeuses charnues et attirantes. Ses yeux grands ouverts et le regard intense.

— Tout semble parfait ici, dit-il pour essayer de se changer les idées.

— Merci. Ce n'est pas ce qui m'inquiète. Je cherche le futur marié. J'ai reçu un message de son père. Il dit que son fils flippe et veut annuler la cérémonie. Il a disparu, et ce bâtiment est tellement grand qu'il pourrait être n'importe où.

— Oh.

Grey détestait les revirements de situation de ce genre.

— Venez. Aidez-moi à le trouver.

Elle prit la main de Grey, puis traversa le hall. Il n'eut pas d'autre choix que de l'accompagner.

— Si on le retrouve et qu'il ne m'écoute pas, peut-être qu'il vous écoutera.

— Ce n'est pas une bonne idée. Je ne peux pas convaincre quelqu'un de se marier. Vous vous souvenez de la conversation qu'on a eue l'autre jour ?

— Je ne vous demande pas de le persuader de faire quoi que ce soit. On a juste besoin qu'il reprenne ses esprits. Si le pire arrive et qu'on doit faire une croix sur ce mariage, il y a des façons plus ou moins horribles de le faire.

— Est-ce déjà arrivé ?

— Pas souvent mais oui. L'amour, c'est compliqué, Grey.

Pour une fois, lui et Autumn étaient d'accord sur ce sujet.

Ils coururent dans les couloirs et refirent le même parcours une deuxième fois. Ils tombèrent enfin sur un homme en smoking au bout d'un couloir, en train de regarder par l'une des nombreuses fenêtres.

Autumn ralentit et approcha le futur marié avec prudence, comme si elle craignait de l'effrayer.

— Max ? Pouvons-nous parler une minute ?

Sans regarder derrière elle, elle fit signe à Grey de s'avancer.

Le futur marié regarda par-dessus son épaule, puis retourna son attention vers le monde extérieur.

Grey n'était toujours pas sûr du rôle qu'il devait tenir dans cette situation. Il ne savait pas très bien s'y prendre avec les gens et les sentiments, surtout quand les émotions étaient à vif.

— Je ne sais vraiment pas ce que vous attendez de moi, chuchota-t-il.

— Je m'occuperai de parler. Vous pourrez être la force apaisante, marmonna-t-elle.

« La force apaisante » ?

— Vous êtes la reine de la psychologie de comptoir, non ?

— Appelez-moi comme vous voulez. Mais faites-le plus tard.

Après une dizaine de pas, Autumn atteignit Max. Elle posa doucement une main dans son dos, et Grey remarqua pour la première fois ses jolis doigts.

— Max. Comment puis-je vous aider ?

Il ne se retourna pas. Il avait la tête baissée.

— Je me sens submergé. J'essaye de prendre ma respiration et d'analyser ce que je pense. Et ce que je ressens.

Autumn se rapprocha et s'appuya contre le mur, baissant la tête pour essayer d'avoir un contact visuel.

— Je comprends. Je comprends totalement. Aujourd'hui est une journée importante. Ça fait beaucoup.

Max se tourna vers elle.

— Oui. Exactement. Et j'ai honte de laisser ce poids m'envahir comme ça. Je suis censé être fort. Et j'ai l'impression que je vais me liquéfier.

Grey ne put s'en empêcher, il compatit. Il savait ce que ça faisait d'être un homme dans une situation difficile.

— Max, il faut que je vous dise quelque chose, commença Autumn en posant sa main sur la sienne, ce qui suffit pour qu'il se redresse et la regarde dans les yeux. Tout ce que vous ressentez est tout à fait normal. J'ai parlé à des dizaines de futurs mariés qui passaient par cette phase.

— Vraiment ?

Elle acquiesça et lui adressa un sourire chaleureux. Grey sentit les répercussions de sa générosité parvenir jusqu'à lui.

— Absolument. Vous seriez surpris. C'est toujours pour les hommes les plus forts que c'est le plus dur. Vous aimez Katie plus que vous n'avez jamais pensé qu'il était possible d'aimer.

— Bien sûr, dit Max d'une voix cassée. Mais c'est effrayant. C'est comme être dehors et regarder les montagnes qui nous entourent. On ne peut pas se faire une idée de tant de beauté. Cela semble impossible.

Max expira bruyamment, comme s'il avait longuement retenu son souffle. Grey comprenait. Lui aussi avait l'impression d'avoir du mal à respirer.

— Qu'est-ce que je fais ?

— Vous êtes le seul à avoir la réponse. Mais je réfléchirais juste aux conséquences de la décision, dit Autumn.

— Soit je fais ma vie avec Katie, soit pas.

— Exactement.

— Je ne peux pas supporter l'idée de vivre sans elle.

Max se redressa, chassa une larme et respira fort par le nez.

— Waouh. Je me sens beaucoup mieux. Merci.

— Ce n'est rien, répondit Autumn en ajustant la boutonnière de son revers et époussetant une peluche. Avec plaisir.

Max regarda vers le couloir.

— Je ne sais même pas où je suis. Comment retourner à l'endroit où m'attendent mon père et mes garçons d'honneur ?

— Par là, à gauche, dit Autumn avec un sourire. Puis à droite, et vous devriez retrouver votre chemin. Maintenant, allez vous marier. On se voit à la réception et on pourra bien rire de ce moment.

Max sourit, fit un signe de tête à Grey, puis parcourut le couloir comme un homme nouveau.

Grey ne savait pas trop quoi dire.

— C'était impressionnant. Vous faites des miracles.

— En fait, je suis psychologue de comptoir.

— Vous devriez vous faire payer à l'heure.

— Je vais considérer sérieusement ce conseil. Maintenant, allons vérifier le million d'autres détails.

Autumn partit dans la direction qu'avait prise Max, et Grey la suivit. Il avait envisagé plein de choses qui auraient pu se produire pendant ce mariage, mais pas ce dont il venait d'être témoin. Autumn était tout simplement stupéfiante.

Et elle ne plaisantait pas à propos du nombre de choses qui lui restaient à accomplir, tout en se faisant la plus discrète possible. Elle filait d'un endroit à l'autre, vérifiant les paniers de fleurs et la musique. Elle s'assura que la mère de la mariée avait des mouchoirs et renoua le ruban sur le coussin des alliances. Elle assista à la cérémonie au fond de la salle, Grey à ses côtés, observant tout se dérouler sans encombre. Quand Max et Katie remontèrent l'allée, le marié lui fit un clin d'œil. Autumn lui retourna l'intention avec des pouces en l'air.

La cérémonie fut suivie par les photos, puis la réception. Grey continua à être ébahi par l'attention d'Autumn aux plus minuscules détails et son apparente facilité à tout gérer très vite. Son travail était intense, le rythme incessant. Il ne connaissait pas ça dans sa carrière d'architecte. Tout était réfléchi. Mesuré.

Quand les derniers invités quittèrent la salle de bal, Grey dut exprimer tout ce qu'il pensait.

— Je dois vous le dire : je ne sais pas combien vous êtes payée, mais ce n'est pas suffisant.

Elle rit doucement en haussant les sourcils comme pour lui demander s'il réalisait ce qu'il était en train de dire.

— Ce n'est pas toujours comme ça. Ce soir, c'était un cas extrême.

— Peut-être, mais vous êtes incroyable.

Grey avait l'impression que le mot n'était pas adéquat. Il n'avait jamais rencontré une personne comme elle.

— Merci, dit-elle en fouillant dans son sac pour en sortir ses clés. Maintenant, c'est l'heure de retirer ces chaussures et s'écrouler.

Grey ne voulait pas que la soirée se termine, mais elle était épuisée, et il ne trouvait pas de bonne raison pour passer plus de temps avec elle, en dehors du fait qu'il en avait envie.

— Laissez-moi vous raccompagner jusqu'à votre voiture.

Au moins, ils auraient quelques minutes seuls. Pendant toute la soirée, il y avait eu d'autres personnes avec eux.

Ils sortirent de la salle de bal, se dirigèrent vers l'entrée, puis arrivèrent sur le parking. L'air nocturne était encore chaud mais agréable. Comme il n'y avait pas de vent, la nature ne remuait pas le parfum des fleurs sauvages, laissant à Grey le loisir de respirer le parfum sucré d'Autumn.

Cette dernière s'arrêta devant une petite BMW grise.

— C'est ma voiture.

Grey fut soudainement pris par une envie de la serrer dans ses bras pour lui dire au revoir, même s'il savait que c'était inapproprié pour une relation de travail. Alors il se contenta d'un signe de la main. Il ne pouvait nier qu'elle l'attirait. Qu'il avait très envie de la prendre dans ses bras. De l'embrasser.

— Bonne nuit. Merci pour aujourd'hui.

Il sentit son hésitation, tout comme il sentait sa propre nervosité. Le désir bouillait en lui. Lui disant de ne pas la laisser partir.

— De rien. Bonne nuit.

Autumn monta dans sa voiture.

Grey attendit sur le trottoir qu'elle parte. Elle tourna la clé, mais le moteur fit un petit bruit qu'il connaissait bien. Elle réessaya, mais Grey était déjà sûr que ça ne marcherait pas.

— On dirait que c'est votre batterie.

Il inspecta le parking. Presque tout le monde était parti, et il aurait été étrange de demander à un invité du mariage de pousser la voiture pour l'aider à démarrer.

— On pourrait aller chercher ma voiture. Puis on reviendra pour faire démarrer la vôtre. À condition que vous ayez des pinces.

Autumn descendit.

— Non, je n'en ai pas.

— Moi non plus. C'est une voiture de location.

Les épaules d'Autumn s'affaissèrent.

— Je suis si fatiguée. Je veux juste rentrer chez moi et me coucher.

Grey repéra une voiture de golf.

— On va aller à mon chalet, et je vous ramènerai chez vous. Je pourrai passer vous prendre demain matin si vous voulez.

— Vous êtes sûr ?

Pour un homme qui n'aimait pas s'impliquer dans les problèmes des autres, il n'avait jamais été aussi sûr de quelque chose dans sa vie.

— Absolument.

Autumn était habituellement assez douée pour prédire le comportement des autres, mais elle ne s'attendait pas à ce que Grey devienne son chevalier en armure rutilante. Pas parce qu'elle pensait que ce n'était pas quelqu'un de bien, mais simplement parce qu'elle n'aurait jamais pensé qu'il changerait ses habitudes.

Arrivés au chalet de Grey, ils montèrent dans sa voiture de location, une Jaguar noire aux lignes épurées.

— Je ne savais pas qu'on pouvait louer une voiture aussi luxueuse.

Elle appuya sur « Maison » dans l'application de navigation de son téléphone pour guider Grey jusque chez elle.

Il fit démarrer le moteur et alluma les phares.

— Elle peut paraître tape-à-l'œil, mais elle est incroyablement sûre.

Il vérifia son rétroviseur, puis emprunta la route d'accès qui faisait le tour de la propriété.

Autumn se rappela que Molly lui avait parlé de l'accident de voiture qu'avaient eu les trois frères quand ils étaient adolescents. Il semblait qu'ils n'aimaient pas en parler, alors elle n'aborda pas le sujet. Mais elle savait que c'était un nuage noir dans leurs vies, même toutes ces années plus tard.

— Vous avez quoi comme voiture chez vous ? À moins que ce soit trop pénible d'avoir une voiture en ville ?

Autumn était souvent allée à New York au fil des années, mais elle appréciait n'y passer que quelques jours. En général, elle préférait les endroits où on voyait plus de ciel.

— J'ai une Mercedes que je garde à Manhattan. Une BMW à ma maison de vacances à Martha's Vineyard. Mais cela ne vous intéresse pas vraiment, je me trompe ?

— C'est juste pour faire la conversation.

C'était la vérité. Quelque chose dans le fait d'être seule avec Grey la rendait nerveuse, mais l'excitait aussi. Ils étaient en train de devenir amis. Ils se rapprochaient. C'était très bien, sauf que les gars comme Grey, beaux, talentueux et intelligents, l'attiraient comme des aimants. Mais ils travaillaient ensemble. C'était pratiquement son patron. Et surtout, il tenait toujours son avenir entre ses mains.

— Un vrai gars de la côte Est, hein ?

— Je n'ai jamais vraiment compris l'attrait de l'Ouest.

— Vous avez tellement raison. Tout ce soleil. Et ces plages. Beurk, plaisanta-t-elle.

Cela fit rire Grey.

— Je comprends que cela donne l'impression que je suis quelqu'un de pas drôle du tout.

Autumn se souvint de ce que Molly avait dit à ce sujet. Elle se demanda si la plupart des gens parvenaient à voir le vrai Grey un jour. Même s'il était sérieux la plupart du temps, elle avait entrevu des lueurs d'un homme plus détendu. Elle adorait ces moments. C'était comme un défi de les provoquer.

— Qu'est-ce que vous faites pour vous amuser ?

— J'aime les échecs. Je suis un grand amateur de sports. Le foot. Le basket. J'aime nager aussi.

— Ha.

— Qu'est-ce que ça veut dire ?

Autumn remua dans son siège.

— Nous sommes très différents. Même si j'aime nager aussi.

— Vous voyez ? On a quelque chose en commun.

Autumn sentit ses joues chauffer. Il cherchait des points communs, et cela remua des sentiments chauds et confus.

— Mais à vrai dire, je suis plutôt du genre à me prélasser au bord de la piscine avec une margarita. Donnez-moi un bon livre, et vous devrez me tirer pour que je parte.

Il rit à nouveau, mais Autumn ne put s'empêcher de remarquer qu'à chaque fois qu'il le faisait il semblait un peu moins sur ses gardes. Plus naturel. L'affectait-elle comme il l'affectait ? Malgré tout ce qu'elle avait pensé au départ sur le fait de travailler avec Grey, elle se sentait attirée par lui comme un bourdon par du miel bien sucré.

— Je ne m'attendais pas à dire ça la première fois que je vous ai vue, mais je vous aime bien. Je ne connais pas d'autres personnes comme vous.

Autumn affichait un sourire si grand qu'elle dut se tourner pour qu'il ne voie pas combien cela lui faisait plaisir.

— Je vous aime bien aussi, Grey.

Peut-être même un peu trop.

— Heureux de l'entendre.

Il tourna à l'entrée principale du quartier d'Autumn, Montford, du côté nord d'Asheville. Il était plein de maisons anciennes joliment rénovées à la population éclectique. Grey se pencha au-dessus du volant pour observer les constructions.

— Waouh. Il y a des maisons magnifiques.

— Bien sûr. Je n'y avais pas vraiment pensé avant, mais vous adoreriez probablement le coin de jour. Ce doit être un paradis pour un architecte.

— Je suis définitivement un fou de maisons anciennes.

Grey arrêta le moteur quand il arriva devant chez elle.

— Je vous raccompagne jusqu'à votre porte.

— Merci.

Autumn appréciait ses manières galantes.

Pendant qu'ils parcouraient l'allée jusqu'à la porte d'entrée, Autumn essayait de trouver une raison de l'inviter à entrer. Puis elle repensa que c'était une mauvaise idée. Il était trop beau, et cela risquait de rendre sa vie encore plus compliquée. Pourtant… elle était tentée. Chaque minute dans la voiture avec lui avait réduit progressivement sa résolution de garder une relation strictement professionnelle.

— Je dois vous poser une question qui me taraude, dit Grey quand ils arrivèrent devant la porte.

Autumn avait oublié de laisser les lumières extérieures allumées, mais la lune était pleine et haute dans le ciel, projetant une lumière séduisante sur son visage. Il était vraiment beau. C'était abusé.

— Bien sûr. Demandez-moi ce que vous voulez.

— Comment pouvez-vous faire ce que vous faites après être passée par une grosse rupture et un mariage annulé ? Je ne vois pas comment vous pouvez supporter de fréquenter ces couples heureux. Ils doivent vous rappeler ces mauvais souvenirs en permanence, non ?

Autumn baissa les yeux un instant. C'était pourtant parfaitement logique pour elle.

— Je ne me sens pas mal quand je suis avec des gens amoureux. Ça ne me rappelle juste ce qui est possible. Cela me rappelle que l'amour existe, et que ça vaut le coup de s'accrocher.

Chaque détail de son expression, du sourcil froncé à l'autre haussé, disait qu'il ne croyait pas sa réponse.

— Donc vous n'êtes pas traumatisée par tout ce qui s'est passé ? Cela ne vous effraye pas ?

— Je ne dis pas que ça ne m'a pas fait mal. Mais je n'ai pas peur. Ça va. J'y travaille.

Elle comprenait ce que Grey essayait de lui faire dire, et Molly avait usé d'une tactique similaire avec elle, mais Autumn ne voulait pas mettre sa vie entre parenthèses en attendant que son cœur guérisse. Rester assise les bras croisés n'était tout simplement pas dans sa nature.

— C'est possible parce que j'ai décidé que ça l'est. Je suis prête à retomber amoureuse aujourd'hui. Tout de suite.

— Ce n'est pas quelque chose qu'on peut décider.

— Dit l'homme incroyablement intelligent qui essaye de considérer chaque situation de manière analytique.

— Je ne crois pas que vous soyez remise. Que vous l'ayez

oublié. Vous dites que si, mais je ne vois pas comment ce serait possible.

La lumière de la lune frappa le profil de Grey juste à cet instant, et Autumn fut surprise par un élan impossible à ignorer. Elle avait envie de l'embrasser. Elle devait sentir ses lèvres sur les siennes, ne serait-ce que pour lui prouver qu'il se trompait. Elle ne pensait plus à son ex-fiancé. Plus du tout. Et le plus important, c'était qu'elle était seule avec un homme indéniablement sexy une chaude nuit d'été. Tout dans son corps lui disait qu'un baiser était la seule conclusion logique à cette conversation.

— Peut-être que vous le verrez.

Elle se hissa sur la pointe des pieds, enfouit ses mains dans ses cheveux avant de plaquer sa bouche sur la sienne. Son cœur battait la chamade alors qu'elle s'attendait à ce qu'il la repousse. Cela rendrait leur dynamique de travail difficile, mais elle avait connu bien pire.

Mais il ne la repoussa pas.

Pas du tout.

À sa grande surprise, ses mains puissantes attrapèrent sa cage thoracique, et il se lança à corps perdu dans leur baiser, ses lèvres s'entrouvrant et sa langue titillant la sienne. La désirait-il comme elle le désirait ? Avait-il pensé à ça, lui aussi ? Sa réaction donnait l'impression que oui. Il enroula ses bras autour de sa taille et la serra contre lui. La poitrine pressée contre son torse, son entrejambe contre le sien. Il était si ferme, mais il y avait quelque chose d'étonnamment doux dans ce baiser. Il était délicat. Passionné mais pas violent. Puis il inclina la tête pour approfondir leur baiser. Cela la fit revenir sur la partie concernant la passion. Il était la chaleur, l'étincelle et le feu, et même après tout ce qu'elle avait vécu, elle n'avait pas peur de se brûler.

Puis elle réalisa ce qu'ils étaient en train de faire.

S'embrasser devant sa porte. Où n'importe qui pourrait les voir. Elle s'écarta, fébrile.

— On ne devrait pas rester dehors.

Il la regarda, la bouche entrouverte et les yeux la suppliant. Elle trouva une certaine consolation dans le fait qu'il semblait déçu.

— Quoi ? Pourquoi ?

— Tu ferais mieux d'entrer ou de partir.

Elle regarda autour d'eux, mais il faisait sombre, et sa vue était très mauvaise.

— Je ne comprends pas.

— Parfois, les gens font des photos de moi.

— Vraiment ?

— Oui, Grey. Pour les vendre.

— Oh ! fit Grey en se redressant et adoptant une posture comme s'il était en alerte. Sérieusement ? Ils se cachent dans les buissons ?

— Je sais. C'est fou, mais ça arrive. Ils essayent de me prendre en train de faire un truc horrible comme me pencher dans un horrible pantalon de sport pour ramasser un courrier que j'aurais fait tomber. En fait, c'est déjà arrivé.

Ce n'était pas une bonne journée.

— C'est ça être la fille de mon père. Ça a beaucoup empiré l'année dernière. Chaque info salace sur mon père les fait surgir de nulle part.

— J'aurais pensé que tu y étais immunisée.

— Je le pensais aussi. Et c'était le cas la première année après mon déménagement. Puis les gens ont trouvé où j'habite. Il y a même la journaliste d'un tabloïde qui s'est fait passer pour une future mariée et a prétendu être intéressée par mes services. Ils feraient n'importe quoi.

— Je suis tellement désolé que tu doives vivre ça.

— Merci.

— Et puis, ça vaut ce que ça vaut, mais je t'ai vue te

pencher et je ne trouve pas que ce soit un spectacle désagréable.

— Je ne sais pas si je suis censée prendre ça comme un compliment, mais c'est ce que je vais faire.

Autumn avait vraiment envie de l'embrasser à nouveau, mais cette voix insistante dans sa tête lui disait que ce n'était pas sage. Elle était supposée rendre les trois frères Holloway heureux, pas juste un.

— Je devrais rentrer. Je suis épuisée, et tu as encore le trajet de retour jusqu'à Moonlight Ridge à faire. Je suis désolée de t'avoir embrassé. Je sais que j'ai rendu la situation gênante.

— S'il te plaît, ne sois pas désolée. C'était sympa.

Autumn craignait qu'il ne dise ça que pour être gentil avec elle. Il savait combien elle avait été blessée et, même s'il pouvait paraître froid et sérieux parfois, elle savait maintenant qu'il y avait un homme avec des sentiments sous cette apparence dure.

— Mais on travaille ensemble. Tu es pratiquement mon patron.

— Je ne suis pas ton patron, lui dit-il en lui prenant la main. Et on ne travaille ensemble que jusqu'à ce que le nombre de réservations pour les mariages à Moonlight Ridge remonte.

Autumn avait toujours le sentiment d'avoir franchi une limite qu'elle n'aurait pas dû franchir. Même si elle en avait vraiment eu envie.

— Je devrais quand même rentrer. Bonne nuit, Grey.

Quand il soupira, Autumn se demanda si c'était par exaspération ou par frustration.

— Bonne nuit, Autumn. Et merci pour aujourd'hui.

Autumn entra, referma la porte derrière elle, puis tourna le verrou. Son gros chat roux, Milton, exprima son dédain pour ses heures d'absence. Il n'avait pas mangé. Elle le prit dans ses bras, se rendit dans la cuisine et remplit sa gamelle. Elle s'appuya contre le comptoir, épuisée, le souvenir du baiser de Grey lui picotant encore les lèvres. Il était un mystère pour elle, et elle n'arrivait toujours pas à comprendre comment il fonctionnait, mais il y avait une chose indéniable : elle en voulait plus.

Milton vida sa gamelle, et Autumn éteignit la lumière de la cuisine avant de se rendre dans sa chambre. Son téléphone lui signala un message.

Tu accepterais d'être mon rencard à la fête de fiançailles de M & M vendredi ?

Autumn sourit à son téléphone comme une idiote. L'invitation suggérait que ce baiser l'avait autant chamboulé qu'elle.

Tu ne devrais pas envoyer de message en conduisant.

Feu rouge.

Son sourire s'élargit.

'adorerais ça.

Parfait. Bonne nuit.

Bonne nuit.

Autumn se laissa tomber sur son lit et fixa le plafond dans le noir. Même si elle était épuisée, elle n'arriverait pas à s'endormir de sitôt. Trop d'images sexy de Grey Holloway se mélangeaient dans sa tête.

- 6 -

Grey n'avait pas vu Autumn depuis plusieurs jours. En fait, toute la semaine. Ce n'était pas son choix, mais ses responsabilités avaient monopolisé tout son temps. Les travaux de la brasserie avaient commencé, mais le projet s'avérait déjà compliqué. Le bâtiment était vieux, et l'entrepreneur rencontrait des problèmes que Grey n'avait pas prévus. Puis il y avait encore les plans qui n'étaient pas terminés pour le nouveau spa, projet qui fut rapidement mis de côté. Il devait discuter avec Opal, la comptable, de l'audit secret de Moonlight Ridge, et gérer son entreprise à New York à distance. Cette dernière tâche était la plus préoccupante. Il était en pleine négociation pour garder son plus précieux employé. En gros, il avait l'impression de ne pas avoir une seconde pour respirer.

Cela ne voulait pas dire qu'il ne pensait pas à Autumn. S'il était en retard sur tout, c'était en partie parce qu'il se surprenait à rêvasser et à penser à elle. Il ne fallait pas grand chose pour qu'il revoie le moment où elle l'avait embrassé devant chez elle. Elle l'avait encore surpris, mais cette fois, cela n'avait pas été en arrivant à l'improviste ou en sauvant un mariage. C'était avec un baiser. Soudain. Il y avait pensé plusieurs fois avant cet instant, ne pouvant s'empêcher de se concentrer sur ses lèvres. Mais dans sa tête, il s'était imaginé qu'il ferait le premier pas. Au lieu de cela, Autumn avait brisé le peu de glace qui restait entre eux, et le baiser l'avait fait fondre. Tout chez elle était magnifique à voir, mais était encore plus agréable à toucher. Et dire qu'il n'en avait eu qu'un aperçu. Quand elle lui avait parlé de la tentation le jour de leur rencontre, il était convaincu qu'il pouvait résister à n'importe quoi. Maintenant, il savait qu'Autumn était en passe de devenir sa plus grande faiblesse.

Pour se rattraper de son absence toute la semaine, il avait invité Autumn à venir une demi-heure avant la fête de Mack et Molly. Il voulait avoir l'occasion de prendre un verre de vin avec elle avant de partir. Même s'il n'avait presque fait que travailler, ce 4 juillet avait été une belle journée, et il espérait que la soirée serait encore plus belle et se terminerait par le feu d'artifice sur le lac. S'il avait de la chance, il pourrait peut-être même y avoir quelques feux d'artifice avec Autumn. Mais il ne voulait pas se faire trop d'illusions.

Il se précipita dehors dès qu'il entendit la portière de sa voiture. Elle portait une robe visiblement destinée à lui couper le souffle. Elle était aussi en dentelle, mais cette fois rouge, et contrairement à celle qu'elle portait au mariage du week-end précédent, elle avait de fines bretelles qui mettaient en valeur ses jolies épaules et sa peau satinée. Tandis qu'elle approchait, il posa les yeux sur son joli cou avant de descendre vers le bombé de ses seins. La température de son corps monta.

Il l'accueillit au bout de l'allée, attrapant délicatement son coude et appréciant la douceur de sa peau.

— Tu es absolument magnifique, dit-il en l'embrassant sur la joue et respirant son parfum sucré, complément parfait à celui des fleurs sauvages qui flottait déjà dans l'air.

— Je croyais que tu n'étais pas du genre à passer de la pommade ? répliqua-t-elle avec un grand sourire.

Grey avait envie de se gifler pour la remarque stupide qu'il avait faite dans son bureau ce jour-là.

— J'essayais d'être professionnel. Mais maintenant qu'on n'est plus en service, je ne vois aucune raison pour ne pas dire que, toi et cette robe, vous êtes à tomber.

— Tu n'es pas mal du tout non plus, mais tu le sais déjà.

Elle le dévora du regard si bien que son cœur se serra. Pensait-elle à la même chose que lui ? Qu'il fallait qu'ils explorent ce qui venait en toute logique après un baiser ? Se débarrasser des vêtements et promener ses mains sur la peau nue de l'autre ? Le simple fait de penser à ce moment avec Autumn lui donnait envie d'oublier tous ses plans et toutes ses obligations. Si cela n'avait pas été la fête de fiançailles de son propre frère ce soir, il aurait pu annuler sans hésitation.

— Merci. Ta voiture est réparée ?

Ils se rendirent au patio où il avait sorti une bouteille de vin blanc frais et deux verres.

— Oui. Tu avais raison. C'était la batterie. Le problème a vite été résolu.

— J'aurais été ravi de passer te prendre le lendemain matin.

— J'ai appelé un taxi. Je ne voulais pas interrompre ton emploi du temps surchargé.

Il rit en ouvrant la bouteille de vin et leur servant deux verres avant de lui en tendre un.

— À de nombreux nouveaux mariages à Moonlight Ridge.

— Le toast le plus ironique au monde connaissant la personne qui le porte. Mais j'apprécie quand même. Santé.

Ils trinquèrent, et elle en prit une gorgée.

— Hmmm. Délicieux.

Il y avait quelque chose de tellement sexy dans la façon dont elle prenait du plaisir en toutes choses : la cuisine, le vin, le monde. Elle était bien plus douée que lui pour vivre dans l'instant.

— Je suis vraiment désolé de ne pas avoir pu venir te voir cette semaine. J'étais incroyablement occupé.

— Ce n'est pas grave. J'étais débordée aussi, dit-elle avant de lever les yeux vers lui et le mettre en garde avec les yeux marron les plus sensuels qu'il n'ait jamais vus. Bien sûr, cela m'a fait réfléchir à ce qui s'est passé devant chez moi l'autre jour. Une semaine sans te voir parce que tu étais si occupé que tu ne pouvais pas passer à mon bureau n'est pas une super réaction à un baiser.

— J'étais vraiment occupé. Ce n'était pas un mensonge.

— Et moi aussi. Cela ne veut pas dire que je n'avais pas dix minutes pour passer dire bonjour ou papoter un peu.

C'était officiellement un idiot. Grey n'avait pas vraiment réfléchi à la façon dont Autumn réagirait à son absence.

— Je ne t'aurais pas invitée à prendre un verre de vin si je n'avais pas apprécié ce baiser. C'est toi qui y as mis fin.

— J'ai voulu être prudente. Préserver ta vie privée. Ce n'est pas amusant de se retrouver sous les projecteurs comme cela m'arrive occasionnellement.

Il détestait qu'elle doive vivre comme ça. Il détestait qu'elle doute toujours d'elle ou de lui et son envie de passer du temps avec elle.

— Laisse-moi te le prouver.

Il posa son verre de vin sur la table et plaça une main sur sa joue, ses doigts caressant son cou gracieux. Il mit son autre main sur sa hanche, et la chaleur d'Autumn l'envahit. Elle le regarda, l'air amusé, un sourire au coin de ses lèvres tentatrices. Il voulait autant admirer sa beauté que lui donner un baiser passionné. Alors il ferma lentement les yeux alors que ses lèvres touchaient les siennes. Pour un type qui avait du mal à faire taire son cerveau, tout était flou dans sa tête. Ses lèvres étaient si douces, ses cheveux si soyeux, sa langue si chaude et sucrée. À chaque seconde qui passait, leurs corps étaient un peu plus serrés l'un contre l'autre, le baiser devenait plus impérieux et la pression de son désir plus intenable.

Mais encore une fois, c'était elle qui avait mis le holà.

— Grey. On va être en retard. Si je continue à t'embrasser, les vêtements vont commencer à voler.

Même si le baiser était fini, ils étaient encore dans les bras l'un de l'autre, respirant fort, l'attirance entre eux chargée de l'air moite de l'été comme si un orage allait éclater.

— Je ne vois pas où est le problème.

Un petit rire passa ses lèvres encore plus pulpeuses après leur baiser.

— Tu es cruel.

— Je peux l'être, si c'est ce que tu veux.

— Techniquement, on travaille toujours ensemble.

— J'y ai réfléchi. Après avoir vu tout ce que tu as fait la semaine dernière à ce mariage, je suis convaincu que tu n'as pas besoin de mon aide, à moins que tu la réclames.

Grey avait déjà prévu de le dire à Mack ce soir. L'idée de garder un œil sur Autumn était ridicule.

— J'aime être avec toi. Tu rends mon travail plus agréable.

Elle se mordit la lèvre, et les pensées de Grey se brouillèrent à nouveau.

— Et que penses-tu de ça ? À partir de maintenant, je ne te harcèlerai plus que de manière bénévole.

Elle haussa les épaules.

— J'aime bien quand tu te sens responsable.

— Non, c'est faux. Tu détestes l'idée que j'interfère dans ton travail.

Elle prit une autre gorgée de vin.

— C'était avant que l'on devienne amis.

Grey ne put contenir le sourire qui s'afficha sur son visage. Il comprit alors que presque chaque minute agréable qu'il avait passée depuis son retour à Asheville était avec Autumn. Il adorait passer du temps avec sa famille, mais il y avait toujours une certaine tension. Entre le problème avec l'entreprise et la convalescence de Jameson, les conversations légères étaient rares. Autumn le mettait au défi, mais quand elle le faisait, c'était pour aller au cœur du sujet. Et avec elle, tout était simplement plus agréable.

— J'aimerais quand même supprimer toutes contraintes d'une relation professionnelle, dit-il en prenant une profonde respiration pour se préparer à ce qu'il allait dire. Surtout si ça nous empêche d'apprendre à nous connaître personnellement.

Autumn se blottit contre lui et posa sa main sur son torse.

— Es-tu en train de dire que tu veux qu'on voie ce qu'il y a après notre prochain baiser ?

Il déglutit. Il adorait son honnêteté, même quand cela rendait les choses plus concrètes.

— En un mot, oui.

Elle épousseta le revers de sa veste et sourit.

— On n'a qu'à improviser. Allons déjà à cette fête.

James Holloway adorait avoir sa famille autour de lui. Il aurait juste aimé pouvoir suivre le rythme.

— Je peux faire quelque chose pour aider ? demanda-t-il tandis que Molly, la future mariée et sa future belle-fille, passait devant lui.

Son infirmière, Giada, celle qui le distrayait au quotidien, l'avait installé dans un fauteuil de jardin sur le patio. On lui avait strictement ordonné de se détendre. Comment était-il censé le faire pendant que tout le monde s'agitait pour les préparatifs de dernière minute de la fête de fiançailles de Mack et Molly ? Il attendait un moment comme celui-là depuis des années, et on le mettait sur la touche.

— Sérieusement. J'aimerais faire quelque chose, lança-t-il à quiconque voudrait bien l'entendre.

Molly fonça sur lui.

— Vous savez que Giada veut que vous vous teniez tranquille. Cela fait beaucoup d'excitation, et la fête va durer plusieurs heures. Vous voulez garder vos forces, non ?

Jameson appréciait sincèrement que son entourage s'inquiète pour lui. Il aurait juste aimé que cela ne lui semble pas aussi condescendant. Son rétablissement était trop lent à son goût. Il ne voulait pas rester assis dans un fauteuil pendant que la vie continuait autour de lui.

— Oui et non, répondit-il. J'aimerais surtout avoir l'impression de faire partie de tout ça.

Molly se pencha et l'embrassa sur la joue.

— Vous êtes la raison pour laquelle nous sommes tous ici, et je pense que vous le savez.

James regarda le joli visage de Molly. Il était impatient qu'elle devienne sa belle-fille, mais sous bien des aspects il la considérait comme sa fille depuis des années.

— Non, non. C'est votre soirée. Celle de Mack. Je n'ai rien à voir là-dedans.

Elle comprit alors que c'était un vieil homme capricieux.

— Je peux vous apporter quelque chose ? demanda Molly. Je retourne à l'intérieur. Les invités arrivent. Grey et Autumn sont là.

Grey et Autumn ? James ne put s'empêcher de se questionner sur cette association particulière.

— Peux-tu demander à Mack et Grey de venir me voir ? J'aimerais discuter un peu avec eux avant qu'il y ait trop d'agitation.

— Oui.

Molly disparut par la porte sur le côté de la maison, passant devant Giada qui sortait. Dans une robe bleue qui moulait chaque partie de son corps voluptueux, Giada était la vraie raison pour laquelle il ne pouvait pas se détendre. Chaque fois qu'il la voyait, il sentait sa pression sanguine monter. Sa présence lui faisait ressentir la merveilleuse frustration de la jeunesse, quand vous savez qui vous voulez et que vous pensez que vous ne pourrez pas attendre une minute de plus.

Giada le regarda et sourit, même si un sourire de Giada était toujours accompagné d'une bonne dose de scepticisme. Elle s'attendait toujours à ce qu'il fasse quelque chose qu'il n'était pas censé faire, comme fumer un cigare. Ou s'amuser tout simplement. Quelle cruelle ironie : la seule femme qu'il voulait prendre dans son lit, celle qui lui donnait le sentiment d'être vivant, était aussi celle chargée de lui rappeler ses limites. Jameson pouvait admettre que, à ce stade de sa vie, c'était ce qu'il voulait. Giada était parfaite pour lui. Ils n'avaient que six ans d'écart, étaient toujours prêts à soutenir l'autre, et elle alimentait la flamme en lui comme personne.

Giada lui jeta un autre regard, et il parvint à retenir son attention.

— Comment ça va ? Prêt à prendre la fuite ?

— Pourquoi m'as-tu fait asseoir dans ce fauteuil en particulier ? Même avec ma canne, je serais incapable d'en sortir tout seul.

Giada s'assit sur le bord du fauteuil en croisant les jambes, ce qui écarta la fente à l'avant de sa robe. Elle s'empressa de la refermer, mais il eut un aperçu agréable de sa cuisse.

— C'est exactement pour ça que je vous ai installé ici. Je veux que vous restiez tranquille. Vous êtes le patriarche. Laissez les gens venir à vous.

Jameson n'était pas convaincu. Tout ce qui lui venait à l'esprit, c'était qu'il voulait lui prendre la main. Il avait envie de l'embrasser. Il voulait l'amener à dîner, danser avec elle sous le ciel étoilé une nuit comme ce soir, puis lui faire l'amour pendant des heures.

— J'aimerais aller faire une promenade plus tard dans la soirée. Quand tout sera calmé. Après les feux d'artifice.

— On verra comment vous vous sentez après la fête.

Il lui prit la main. Elle n'était pas facilement décontenancée, mais elle le regarda comme s'il était fou de faire une telle démonstration d'affection en public.

— J'ai envie d'être seul avec vous, Giada. Est-ce si dur à comprendre ?

— Vous êtes seul avec moi tout le temps.

— Mais pas comme ça. C'est une chaude nuit d'été, les étoiles vont apparaître, et mon fils va se marier. Cela rend un homme romantique, dit-il en frottant le dos de sa main avec son pouce. J'ai envie de vous embrasser. J'ai envie de faire bien plus que vous embrasser.

— Je vous promets une promenade. En ce qui concerne le reste, nous verrons.

Mack et Grey arrivèrent et se dirigèrent vers l'endroit où Jameson et Giada étaient assis. Cette dernière retira sa main et se leva brusquement. James n'aimait pas le fait que leur conversation ait été interrompue, mais elle ne s'était pas complètement fermée à lui. Il y avait du progrès.

— Mack. Grey, dit Giada en les prenant chacun brièvement dans ses bras. J'ai des choses à faire à l'intérieur. Vous voulez bien passer un peu de temps avec votre père ?

— C'est exactement pour ça qu'on est sortis, répondit Mack en prenant la place que Giada venait de quitter.

— Parfait.

Giada lança un regard à Jameson qui lui fit se demander s'il aurait la chance d'avoir plus qu'un baiser de sa part plus tard.

— Je reviens dans un moment, ajouta-t-elle.

— Dans pas trop longtemps, dit Jameson en observant le balancement de ses hanches tandis qu'elle s'éloignait.

— Comment tu te sens, Pops ? demanda Grey.

— Bien. Super.

Il regarda Mack qui semblait simplement différent depuis qu'il avait fini par demander Molly en mariage et passé cette bague à son doigt. Il était plus à l'aise avec tout, même s'il avait toujours émané de lui une grande détermination. Il avait vraiment pris l'affaire du Moonlight Ridge par les cornes.

— Mack va se marier, et vous êtes tous les deux ici. Si nous avions Travis, cela serait un jour parfait. Avec un peu de chance, cela arrivera en temps utile.

— Il n'a pas pu se libérer. Entre l'ouverture de son restaurant à LA et son rôle de mentor dans cette émission télévisée de cuisine, il est débordé. Il a promis qu'il serait là pour le mariage, dit Mack. Et s'il ne tient pas cette promesse, je ne lui pardonnerai jamais.

Jameson savait que Mack plaisantait, mais l'idée que ses fils puissent ne pas se pardonner ne lui plaisait pas. Les garçons s'étaient souvent renvoyé la balle après l'accident qui avait déchiré leur famille.

— Il sera là, dit Grey. Tu sais qu'il voulait être présent ce soir. Si quelqu'un devrait comprendre comme c'est dur de s'éloigner du travail, ce devrait bien être toi, Mack.

— Ne fais pas comme si j'étais le seul accro au boulot. Tu n'es pas mieux. Es-tu sorti de ton chalet cette semaine ?

— Oui. Pour faire des visites sur site pour *ta* brasserie.

Jameson avait pris soin d'élever trois garçons travailleurs, mais il ne s'était pas rendu compte que ça pouvait se retourner contre lui. Mack, Grey et Travis avaient poussé cet aspect de leur vie à l'extrême, se plongeant corps et âme dans leurs carrières et laissant l'amour et la famille de côté. En dehors de retrouver entièrement la santé et courtiser Giada, l'autre grand but de Jameson dans la vie était de s'assurer que ses trois fils comprennent qu'il y avait des choses bien plus importantes dans la vie que le travail.

— Écoutez, tous les deux. Je sais que Travis n'est pas

là, mais j'aimerais quand même qu'on refasse nos déjeuners de famille dominicaux. On en a déjà discuté, mais je veux qu'on le concrétise. Giada a dit qu'elle ferait la cuisine.

— Ce serait un grand progrès, railla Mack.

— Je ne cuisine pas si mal, répliqua Jameson.

— Inutile de te mettre sur la défensive juste parce que tu n'es pas un grand chef. On sait que tu as toujours fait de ton mieux, dit Grey.

— Vous ne m'avez toujours pas répondu, dit Jameson. On peut commencer ce dimanche ?

Grey et Mack échangèrent un regard, puis Grey répondit :

— Ça ne sera peut-être pas possible ce dimanche. Je risque de devoir retourner à New York pour quelques jours. Ça ne sera pas long.

— Tu ne m'en as pas parlé, fit remarquer Mack, visiblement contrarié.

— Je n'ai pas encore de confirmation. Nous renégocions le contrat de travail de l'une de mes meilleures architectes. Elle a été contactée par une autre entreprise, alors c'est délicat, expliqua Grey avant de se tourner vers Jameson. Mais je promets qu'on pourra le faire la semaine suivante. On organisera ça avec Giada.

Jameson sourit. C'était tout ce qu'il voulait entendre. S'il avait pu prendre un cigare, cela aurait présagé d'une soirée parfaite.

— Excellent.

Ils entendirent des voix à l'intérieur.

— On dirait que les invités arrivent, dit Mack en se levant de son siège. Je devrais retrouver Molly pour pouvoir les accueillir ensemble.

— Oui. Vas-y, dit Grey qui semblait préoccupé.

— Tout va bien, fiston ? demanda Jameson une fois que Mack fut parti.

— Oui. Absolument. Tout va très bien, répondit Grey avec un sourire peu convaincant.

Juste à cet instant, Autumn sortit sur le patio dans une robe somptueuse. Ses yeux parcoururent l'endroit, et son visage s'illumina quand elle trouva Grey. Elle se rua sur eux.

— Te voilà, dit Grey en se levant.

Peut-être que le radar de Jameson pour repérer les histoires d'amour était en alerte, mais il ne put ignorer le ton de son fils ou son changement de comportement soudain. Grey était fort pour cacher ses vrais sentiments dans la plupart des domaines, mais Jameson connaissait son fils. Il aurait parié que Grey était amoureux de Mlle Kincaid. Jameson ne l'avait jamais vu comme ça avant. Et cela n'aurait pas pu le rendre plus heureux.

— Bonsoir, monsieur Holloway, dit Autumn en lui tendant la main.

— Je suis content de te voir, dit Jameson en la lui serrant.

— Moi aussi, monsieur. Je suis très heureuse pour Molly ct Mack, dit-elle en levant les yeux vers le ciel qui se remplissait d'étoiles. Quelle magnifique nuit pour les célébrer, non ?

— Ta famille est vraiment adorable, dit Autumn tandis qu'ils allaient chercher à boire. Ton père est vraiment génial.

Grey posa sa main dans le creux de son dos quand ils atteignirent le bar au bout du patio. Ce simple contact lui provoqua un frisson dans tout le corps. Elle s'était légitimement inquiétée toute la semaine, pensant qu'il n'était tout simplement pas intéressé. Après ce baiser chez lui, elle savait que ce n'était pas le cas. Et elle était impatiente de voir s'il aurait envie de l'embrasser encore après leur retour.

— Que veux-tu boire ? lui demanda-t-il.

— Du vin blanc, ce serait parfait.

— Deux, s'il vous plaît.

Grey glissa un gros billet dans le bocal à pourboire.

— Tu n'as pas réagi quand j'ai dit que ta famille était adorable.

Grey prit les deux verres et lui en tendit un.

— Oh ! ouais. Je suis d'accord, mais crois-moi, nous avons notre lot de problèmes.

Ils s'éloignèrent vers un coin tranquille. Comme le chalet de Grey, la maison de Jameson avait vue sur le lac, mais elle n'était pas aussi isolée. C'était un joyau sur la colline que tout le monde pouvait admirer. Tout autour d'eux, les flammes de bougie vacillaient tandis que le ciel s'assombrissait et que les invités affluaient. Des conversations joyeuses se mêlaient à la musique douce. L'amour flottait dans l'air.

— Toutes les familles ont des problèmes, Grey.

— Je suppose, oui. Tout est compliqué avec mes frères aujourd'hui. C'est comme ça depuis plus de dix ans, mais ça ne l'était pas avant.

Elle devinait de quoi il parlait.

— C'est l'accident qui a été le déclencheur ?

Ses yeux se remplirent d'une intensité qu'elle n'était pas sûre de savoir interpréter. Était-ce de la colère ? Un sentiment de trahison ?

— Tu es au courant ?

— Molly m'en a parlé. Ça l'a beaucoup marquée. C'est arrivé quand elle et Mack sont tombés amoureux pour la première fois, mais ils étaient si jeunes. Je pense qu'elle n'a pas su comment gérer la situation à l'époque…

— Et Mack est parti sans lui dire quoi que ce soit…

La voix de Grey s'éteignit comme l'avait fait celle de Molly quand elle avait raconté cette histoire à Autumn.

— Ce n'est pas facile ce que vous avez traversé, tous les trois. Physiquement et mentalement.

— Encore une séance de psy de comptoir ?

Qu'est-ce qu'il pouvait être têtu. Et étroit d'esprit.

— Je compatis juste avec vous.

Grey soupira avec un air exaspéré.

— Je n'ai pas le droit de m'appesantir ou de me plaindre. C'est Travis qui en souffre le plus. Il a dû renoncer à ses rêves ce soir-là.

— Parce qu'il n'a plus pu jouer au football ?

Aux dires de tous, Travis était un footballeur particulièrement talentueux avec un avenir prometteur.

— Ça a été la principale répercussion, mais il a surtout failli mourir. C'était terrible, expliqua Grey en indiquant Jameson d'un signe de tête. Cela a été très dur pour notre père.

— Mais cela t'a forcément affecté aussi. Tout comme Mack.

Il baissa les yeux, l'air pensif. Elle ne voulait pas rendre l'ambiance trop lourde ce soir, mais elle avait envie qu'il comprenne qu'il minimisait peut-être sa douleur.

— Cela m'a appris à ne jamais perdre mon sang-froid. Ce soir-là, j'ai oublié toutes pensées logiques pour céder à mes émotions. Je n'aime pas y repenser.

Autumn entendit la douleur intense dans la voix de Grey, même avec son calme habituel. Pas étonnant qu'il soit toujours réservé, qu'il s'impose une telle discipline personnelle. Elle ne savait pas comment il était avant cette nuit fatidique, mais elle était presque certaine que l'accident l'avait transformé. Au moins à un certain point. Il pensait que ses émotions et son manque de self-control avaient contribué à l'accident, et il semblait déterminé à faire en sorte de ne plus jamais répéter cette erreur.

Les futurs mariés s'avancèrent au centre du patio, et Molly tapota son verre à vin avec un couvert.

— Si je peux retenir votre attention une minute, dit Molly en levant un doigt. J'aimerais vous remercier tous de vous être joints à nous ce soir pour célébrer nos fiançailles. Mack et moi sommes très heureux de partager ce moment important de nos vies avec vous.

— J'aimerais proposer un toast, dit Mack en dirigeant son attention vers Molly. À la plus belle femme du monde. Merci d'avoir dit oui quand je t'ai donné un million de raisons de dire non.

Tout le monde rit, et quelqu'un dans la foule cria : « Bravo ! » Autumn et Grey applaudirent en regardant Mack et Molly échanger un baiser passionné.

Quand Molly s'écarta pour reprendre sa respiration, ses joues étaient rouge feu.

— C'est tout. Ce soir, on s'amuse, alors j'espère que vous mangerez, boirez, danserez et serez joyeux.

Une foule d'invités se rapprocha de Mack et Molly pour leur adresser leurs félicitations.

— Je pense qu'on peut garder nos vœux pour plus tard, dit Autumn.

Grey leva son verre de vin et le finit.

— Allons essayer de prendre un autre verre pendant que tout le monde est occupé avec l'heureux couple.

Autumn et Grey retournèrent au bar pour se faire resservir, puis ils trouvèrent deux fauteuils pour discuter.

— Je dois te poser une question, dit Grey.

— Oh ! oh. La dernière fois que tu as commencé une conversation comme ça, tu m'as posé cinquante questions sur mon ex, et si j'étais remise de ma rupture.

Grey la regarda avec des yeux doux.

— Désolé. Je peux fermer ma bouche si tu préfères.

En l'entendant mentionner sa bouche, elle fut assaillie par les souvenirs de leurs baisers. Leurs deux baisers. En voudrait-il plus ce soir ? Était-ce une bonne idée ? Le corps d'Autumn était complètement prêt, mais son cerveau n'était convaincu qu'à 95 %. Elle savait ce que Grey pensait des histoires d'amour. Elle savait qu'il ne prenait pas l'amour au sérieux.

— Non. Ça va. Tu peux me demander tout ce que tu veux.

— Tu as dit que ça ne te dérangeait pas de voir des étrangers être heureux et amoureux, mais est-ce dur pour toi de voir ta meilleure amie dans cette situation ? Se fiancer et prévoir de se marier ?

Elle respira profondément par le nez. C'était comme s'il écoutait les pensées qui lui passaient par la tête.

— Je ne dirais pas que ça me dérange. J'aime Molly comme une sœur et je ne pourrais pas être plus heureuse pour elle.

— Mais ? Je sens qu'il y a un « mais »…

— Eh bien, tu te souviens quand j'ai dit que les mariages ne me dérangeaient pas ?

— Oui. Principalement parce que je n'arrive pas à croire que c'est ce que tu ressens toujours.

— C'cst parce que c'est mon métier et qu'il est incroyablement important pour moi. Dans une situation comme celle-là, où il s'agit de se rassembler pour célébrer, j'avoue que j'ai les yeux un peu embués. Ce sont principalement des larmes de bonheur pour Molly et Mack, mais il y a une pointe d'amertume aussi. Quand je pense à ce que j'aurais pu avoir.

— Tu baisses ta garde. Et c'est là que tu ne vois pas comment tu pourrais avancer.

Elle prit un moment pour faire de l'ordre dans sa tête et trouver les mots.

— Je crois que j'ai du mal à faire la part des choses.

— Si ça peut t'aider, mais je n'en suis pas sûr, je veux que tu saches que je suis vraiment impressionné par la manière dont tu encaisses tout. Tu ne te laisses pas abattre.

Elle le regarda avec attention. Elle adorait comme il

aimait analyser une situation. Il l'avait traitée de psychologue de comptoir, mais il ne valait pas mieux qu'elle à ce sujet.

— Ce n'est pas que cela ne m'affecte pas, Grey. C'est plutôt que, quoi qu'il arrive, j'essaye de rester positive. Le bonheur de Molly me rappelle qu'il est là quelque part pour chacun.

À cet instant, on monta légèrement le volume de la musique, et Mack et Molly commencèrent à danser sur la partie la plus haute du patio. Au-dessus d'eux, des guirlandes lumineuses créaient une ambiance douce et romantique. Tout le monde les regarda. Autumn était vraiment heureuse pour sa meilleure amie. Son histoire d'amour avec Mack n'avait pas été de tout repos. Mais Autumn ne pouvait pas nier qu'elle voulait ce que Molly avait trouvé et elle n'aimait pas penser à combien de temps elle risquait d'attendre avant de tomber de nouveau amoureuse.

Autumn allait essuyer une larme quand Grey la surprit. Il prit sa main. Elle sentit son cœur s'emballer, transporté par le frisson de l'inconnu. Elle avait l'impression qu'elle allait se liquéfier. Puis il caressa le dos de sa main avec son pouce. Délicatement. Doucement. Et à moins qu'elle ne se trompe complètement sur la situation, il y avait un message derrière ce geste. Cela attisa une telle chaleur en elle que cela ressemblait à des préliminaires. Ses idées sur l'amour et ce qu'elle voulait furent mises de côté pour favoriser son désir immédiat. Ses mains sur sa peau. Ses baisers. Plus qu'un aperçu de ce qui bouillonnait entre eux.

Après une chanson, d'autres rejoignirent Mack et Molly sur la piste de danse. Même Jameson s'y montra avec Giada.

Grey tira sur la main d'Autumn.

— Viens.

Elle hésitait. C'était presque la première fois depuis qu'elle connaissait Grey. C'était une chose de rester dans l'ombre alors qu'il lui tenait gentiment la main. C'en était une autre de danser devant sa famille. Les Holloway étaient ses employeurs et, d'une certaine manière, ils l'avaient mise à l'épreuve quand ils avaient demandé à Grey de superviser son travail.

— Tu es sûr ?

— Oui.

Grey l'amena sur la piste de danse, puis la prit dans ses bras d'un geste possessif. Il la serra contre lui, la main à plat dans le creux de son dos.

Elle ne pouvait rien faire d'autre que céder. Cela lui semblait naturel. Elle respira son odeur chaude et savoura la sensation d'être dans ses bras.

— Ton frère nous regarde.

— Laisse-le faire.

— Grey, ton père est mon patron. Et ce n'est pas rien. Être organisatrice de mariage est très important pour moi, et je marche sur des œufs depuis quelque temps, même si ça commence à aller mieux.

C'était son travail qui l'ancrait dans sa vie ici à Asheville. C'était ce qu'elle avait de plus stable. C'était le seul endroit où elle sentait qu'elle pouvait respirer.

— Je sais. Ma carrière est très importante pour moi aussi.

Autumn décida qu'il n'y avait pas de mal à danser ensemble, même s'il n'y avait pas un centimètre qui séparait leurs corps. Comme si elle avait besoin d'être davantage poussée dans cette direction, Grey enfouit son nez dans ses cheveux. Elle sentit ses genoux flancher. Cela lui donna envie de fermer les yeux et se blottir contre lui.

— Il n'y a pas de crime à danser, lui murmura-t-il à l'oreille.

Son souffle était chaud contre sa peau, encore plus chaud que l'air doux de la nuit.

— Absolument.

Elle aimait beaucoup cette version de Grey, celle qui se montrait un peu moins sage. Mais même si elle le désirait ardemment, un doute résidait en elle. Elle savait qu'elle était remise de sa précédente relation, mais voir Molly s'engager commençait à lui faire prendre conscience qu'elle n'était peut-être pas entièrement guérie de ce qui s'était passé. Elle n'était peut-être pas remise de la douleur du rejet.

Pour encore compliquer les choses, Grey remuait un million de pensées dans sa tête.

— Tu sais, lui dit-elle, je crois qu'il faut que je te présente mes excuses.

— Pourquoi ?

Il éloigna sa tête et la regarda. Ses yeux étaient sombres dans la lumière tamisée, empreints d'intensité.

— Le jour où on s'est rencontrés, j'ai dit que j'avais compris qui tu étais. Clairement, je me trompais. Enfin, je me trompe. Il y a beaucoup de choses à découvrir chez toi, Grey.

— Je pourrais dire la même chose de toi.

— Peut-être. Mais je ne suis pas sûre que ce soit pareil. Je suis un peu comme un livre ouvert.

— Et tu trouves que je ne suis pas ouvert.

— Ce n'est pas ce que j'ai dit. Je pense juste qu'il y a bien plus que ton beau physique et tes compétences.

Le sourire de Grey s'élargit légèrement, puis il la tira dans ses bras à nouveau pour lui murmurer à l'oreille :

— Quand tu dis ça, ça me donne juste envie de partir avec toi. Ça me donne envie de te ramener chez moi pour qu'on soit seuls. Ça me donne envie de te retirer cette robe affolante et te faire oublier ce que les autres pourraient penser qu'on devrait ou ne devrait pas faire.

La gorge serrée, Autumn eut du mal à déloger la boule dans sa gorge. Le désir montait en elle, inondant son cerveau et son corps. Elle n'avait plus juste envie de Grey. Elle avait besoin de lui.

— Oui. C'est aussi ce que je veux.

- 7 -

Autumn avait toujours adoré les feux d'artifice du 4 juillet. Cette année, ils l'embêtaient plus qu'autre chose. Tout le monde remarquerait si elle et Grey quittaient la fête avant qu'ils soient lancés.

— Grey. On ne peut pas partir maintenant. Tout le monde va le remarquer.

— Je ne pense vraiment pas. On s'éclipsera discrètement. On ne manquera à personne.

Autumn n'aimait pas ce plan, mais elle luttait contre un besoin physique qui devenait de plus en plus urgent et puissant. En plus, elle appréciait que Grey voulût enfreindre les règles avec elle.

— D'accord. Allons-y.

Grey lui attrapa la main, et ils disparurent dans la nuit derrière la maison où ils marchèrent dans l'herbe verte pour atteindre le chemin qui serpentait dans la propriété de Moonlight Ridge. Ils arrivèrent à la porte de Grey, et Autumn avait l'impression d'avoir flotté jusqu'ici sans toucher le sol.

Une fois dedans, elle jeta son petit sac à main sans trop savoir où il atterrit. Quand il l'embrassa, ce fut comme si elle était sortie de son corps, sauf qu'elle était pleinement consciente du désir qui montait en elle. Elle avait désespérément envie de lui. Elle avait besoin qu'il la touche, partout, aussi vite et aussi lentement qu'il le voulait. Elle voulait plonger au plus profond de l'océan et ne remonter à la surface que lorsque ses poumons brûleraient.

Leurs mains se promenaient partout. Autumn enfonça les doigts dans ses biceps, frustrée par sa veste, mais trop concentrée sur le baiser pour faire quoi que ce soit pour y remédier. Leurs bouches étaient avides, et leurs langues dansaient ensemble en décrivant des cercles sans fin. Sans trop savoir comment, ils se retrouvèrent dans la cuisine, probablement parce qu'elle était proche de l'entrée. Il plaqua Autumn contre le plan de travail en pierre, ce qui lui provoqua une douleur vive, contrastant délicieusement avec le baiser divin de Grey. Il passa les mains dans son dos pour baisser la fermeture Éclair de sa robe et les glissa à l'intérieur contre sa peau nue. Sentir sa peau contre la sienne fut une autre chose. Elle en voulait plus. Elle avait besoin de plus.

Elle passa les mains dans sa veste pour la pousser et la laisser tomber par terre, avant de s'occuper des boutons de sa chemise. Les lèvres de Grey étaient de nouveau sur les siennes, sa langue jouant avec la sienne pendant qu'il attrapait le rebord de sa robe pour la soulever au niveau des cuisses. Cela donna assez de liberté de mouvement à Autumn pour qu'elle enroule sa jambe autour de lui et le serre contre elle.

Grey émit un râle dans sa bouche quand elle commença à explorer les formes fermes de son dos, et la perfection de ses épaules. Elle aurait aimé pouvoir bien voir, mais ses lunettes étaient pleines de buée.

— Il faut que je retire mes lunettes.

Elle les enleva et les posa sur le comptoir de la cuisine.

— J'ai remarqué que tu les portais ce soir. J'aime beaucoup, dit-il les yeux noirs de désir et le souffle court. Mais ce qu'il faut surtout, c'est que tu retires cette robe.

Il la retourna jusqu'à ce qu'elle fasse face aux placards

de la cuisine, glissa ses mains sur les bretelles fines de sa robe et la laissa glisser par terre. Le courant d'air plus frais sur sa peau fut un répit agréable à la chaleur qu'elle subissait, mais cela excita aussi chaque terminaison nerveuse de son corps.

Il dégrafa son soutien-gorge et le laissa tomber sur la pile de vêtements grandissante sur le sol. Il plaqua son corps contre son dos et passa les mains devant elle pour attraper ses seins, les pouces caressant la pointe de ses tétons durs. Il embrassa sa nuque, et Autumn pencha la tête sur un côté pour qu'il puisse déposer des baisers humides sur son épaule.

— Dis-moi ce que tu aimes, Autumn, lui dit-il à l'oreille avant de lui mordiller délicatement le lobe.

Elle ne savait pas comment le dire. Pour elle, ce n'était pas un geste particulier ou le fait de la toucher à un endroit précis. Elle avait besoin de se sentir admirée. Adorée. Avant qu'elle ait le temps de répondre, Grey descendit sa main le long de son ventre jusqu'à sa culotte. Il fit des cercles avec les doigts sur son entrejambe, ce qui fit monter sa pression.

— C'est parfait pour commencer, murmura-t-elle.

Elle ferma les yeux et savoura les sensations ; tout ce qu'il faisait avait un timing parfait. Tout ce qu'il disait mettait le feu à son monde.

Autumn sentit l'orgasme approcher. Grey moula une main autour de son sein pendant qu'il continuait à la propulser au septième ciel. Le souffle coupé, elle sentit le plaisir déferler sur elle par vagues rapides. Encore et encore, jusqu'à ce qu'il se transforme en un bourdonnement agréable. C'était un début, un magnifique début, mais elle en voulait plus.

Elle se retourna dans les bras de Grey et l'embrassa avec abandon, enfonçant les doigts de ses deux mains dans ses cheveux épais. En appuyant sur l'arrière de sa tête, elle le tira vers elle pour approfondir leur baiser. Elle voulait ne faire plus qu'un avec lui. Elle glissa un genou entre ses jambes. Même à travers son pantalon, elle sentait comme il était dur. Elle était impatiente de le prendre dans sa main. Dans sa bouche.

Comme si Grey avait compris ses pensées, il lui prit la main et la guida vers la pièce qu'elle avait aperçue l'autre jour : sa chambre. Dès qu'ils passèrent le seuil de la porte, elle défit le bouton et descendit la fermeture Éclair de son pantalon qu'elle fit glisser le long de ses jambes. Grey la dirigea vers le lit et l'allongea sur le dos. Les mains plaquées sur sa cage thoracique, il caressa la zone sous ses seins avec les pouces tout en lui donnant l'impression qu'il pouvait lire dans son âme. Il avait un regard pénétrant, et elle savait déjà ce qui se cachait derrière ses yeux superbes. On ne l'avait jamais regardée comme ça.

Après avoir fait descendre sa culotte sur les hanches et remué pour l'enlever, elle se retrouva finalement nue. Elle était tout à lui. Leurs regards se connectèrent. Il avait de nouveau cet air sérieux, celui qu'il arborait presque tout le temps. Cette fois, elle était contente. Elle voulait qu'il prenne cet instant avec la gravité qu'il méritait. Il fit remonter un doigt le long de sa cuisse, partant du genou pour se diriger vers l'entrejambe. Il la mettait au supplice en prenant son temps, sans jamais quitter son visage des yeux. Quand il atteignit son pubis, elle tressaillit, même si elle avait déjà vécu ça quelques minutes plus tôt. Tout lui paraissait nouveau.

Autumn recula sur le lit et, en agitant un doigt, l'invita à la rejoindre. Dès que son corps long se retrouva près d'elle, elle roula sur le côté pour être face à lui. Elle tira son boxer, puis prit son manche dans la main. Il était magnifique. C'était la seule façon de le dire. Grey avait-il le moindre défaut ? Elle ne pensait pas. Alors qu'elle effectuait de grands mouvements avec sa main, il émit un râle digne d'un animal. Elle adorait l'entendre exprimer ainsi son appréciation, même s'il n'y avait aucun mot.

— S'il te plaît, dis-moi que tu as un préservatif, murmura-t-elle à son oreille.

— Oui. Je le mettrai dans une minute.

Elle le poussa pour qu'il s'allonge et se mit à genoux entre ses jambes. Elle baissa la tête et souffla un air chaud contre son sexe. Grey gémit à nouveau et balança sa tête en arrière. S'il trouvait ça agréable, il allait adorait ce qui venait. Elle remit ses doigts autour de lui, le caressant de haut en bas en passant son pouce sur le bout à chaque fois. Cet instant était très délicat : il était entièrement à sa merci et s'abandonnait complètement à elle. Il passa ses mains dans les cheveux d'Autumn tandis qu'elle faisait glisser les lèvres sur sa longueur et appuyait avec la langue.

Sa respiration était de plus en plus rapide, tout comme les mouvements de ses mains dans les cheveux d'Autumn.

— Autumn, je vais venir, mais je ne veux pas. Je veux te faire l'amour.

Ses mots lui firent réaliser l'immensité de l'instant. Elle n'avait pas fait ça depuis un certain temps, et on ne pouvait pas dire que son dernier partenaire avait pris grand soin de son cœur. Pourtant, elle se sentait en sécurité avec Grey. Il n'était peut-être pas fait pour l'amour, mais au moins, il avait été honnête avec elle.

Il s'assit et ouvrit un tiroir de la table de chevet, en sortit un petit carré argenté, déchira l'emballage et déroula le préservatif sur son sexe. Autumn s'allongea sur le dos au centre du lit, et Grey vint se positionner au-dessus d'elle. Elle était si excitée qu'elle se sentait totalement ouverte à lui. Elle le voulait. Maintenant.

Il la pénétra, s'enfonçant en elle centimètre par centimètre. Le bonheur. Il fit des va-et-vient longs et puissants, sans se presser. Chaque mouvement était intentionnel.

Délibéré. Aussi concentré que Grey. Elle avait toujours été une romantique et elle attendait le moment où elle aurait la tête qui tourne, et que le monde autour d'elle semblerait disparaître. Mais cela n'arriva pas avec Grey. Chacun de ses mouvements la maintenait ici et maintenant, mais elle était plongée dans un plaisir inimaginable. C'était une expérience époustouflante. Elle n'avait jamais connu le sexe comme ça.

Elle se cambra pour être plus près de lui. La sensation devint encore plus intense ; il la remplissait si parfaitement, bougeait en elle comme s'ils étaient faits pour être ensemble. Il l'embrassa passionnément, mais avec une telle tendresse qu'elle avait du mal à respirer. Et à cet instant, elle appréhenda ce qu'il pourrait se passer si elle et Grey faisaient l'amour plus d'une fois. C'était la femme la plus encline à tomber amoureuse. Et Grey était trop proche de la perfection.

On ne pouvait pas dire que Grey était en manque de sexe, mais cela faisait longtemps qu'il n'avait pas eu une femme dans son lit. Autumn ne ressemblait à aucune des femmes qu'il avait connues. Elle disait des choses avec son corps qui lui faisait se demander si elle était réelle. Elle était comme un fantasme devenu réalité, belle et savoureuse.

— C'est tellement bon, dit-elle à bout de souffle. Je ne suis pas loin de venir.

Elle releva les genoux pour lui permettre de s'enfoncer plus profondément en elle.

C'était si bon de la sentir se serrer autour de lui. Cela lui faisait tourner la tête. Il pressa les lèvres contre sa bouche sensuelle et sucrée, celle qu'il aurait voulu ne jamais arrêter d'embrasser. La tension redoublait dans son bassin alors que les mains d'Autumn se promenaient sur son dos et que ses chevilles lui frottaient les fesses. Chaque mouvement le rapprochait de la limite, et il la sentit se contracter autour de lui. Elle se resserrait, ondulait, se cramponnait. La pression devenait impossible à supporter. Ses respirations étaient courtes. Les siennes aussi. Ils étaient en phase.

Autumn vint en premier, criant et balançant la tête en arrière. Il se lâcha au même instant, l'orgasme si intense que son esprit se vida, puis un kaléidoscope de couleurs lui apparut. Il se baissa, et elle nicha aussitôt le visage dans son cou, embrassant sa peau avec les lèvres chaudes. Grey roula sur le lit, la serrant contre lui. Il réalisa soudain ce qu'ils venaient de faire. Elle avait franchi avec lui une frontière qu'il n'était pas sûr qu'elle était prête à franchir. Il avait laissé son propre désir prendre l'avantage. Oui, elle avait participé avec enthousiasme, mais cela ne l'empêchait pas d'être inquiet.

— Tu vas bien ? demanda-t-il en lui caressant délicatement le dos.

— Tu plaisantes ? C'était fantastique.

Il sentit son sourire entre eux tandis qu'elle l'embrassait avec douceur.

— C'est vrai.

Elle se blottit contre lui, passant sa jambe sur la sienne.

— Tu n'es pas aussi ronchon que les gens le disent.

Grey fut obligé de rire. Il savait qu'il avait cette réputation. Cela ne le dérangeait pas. Son sérieux lui avait permis de rester sur un chemin étroit où la vie était stable et prévisible, et c'était exactement comme ça qu'il aimait qu'elle soit. Du coin de l'œil, Grey vit des éclats de lumière dans le ciel.

— Regarde. Les feux d'artifice.

— Oh ! super. Finalement, on ne les rate pas.

Il embrassa la tête d'Autumn, et ils regardèrent le spectacle en silence. Quand ce fut terminé, Grey allait dire quelque chose, mais il entendit la respiration d'Autumn qui était devenue lente et régulière. Sa tête pesait lourd sur son bras. Elle s'était endormie. Et il n'était pas loin de sombrer aussi.

Grey dormit comme un bébé, mais il se réveilla plus tôt qu'il ne l'aurait voulu. Cette nuit avec Autumn avait été incroyable, mais il était bien conscient qu'il s'engageait dans une situation délicate avec elle, mais il l'avait fait quand même. Cela ne lui ressemblait pas. Habituellement, il évitait les complications. Le fait qu'il se soucie de l'état du cœur d'Autumn rendait l'enjeu un peu trop important pour lui. Il pouvait rester détaché, mais elle ?

Elle remua dans le lit, roulant sur le côté et remontant les draps jusqu'à son menton. Ses cheveux étaient ébouriffés, et elle avait un air bienheureux sur le visage tandis qu'elle replongeait dans le sommeil. Elle était si sexy et belle qu'il fut difficile pour lui de détourner le regard. Il espérait sincèrement que tout ce qu'elle avait dit la veille était vrai. Que l'idée que ça reste occasionnel et de se contenter de s'amuser lui convenait, mais seul le temps le dirait.

Dans l'autre pièce, son téléphone sonna. Il bondit du lit et se précipita dans la cuisine où il avait laissé son portable sur le comptoir. Il répondit sans regarder l'identité de la personne qui l'appelait.

— Monsieur Holloway, bonjour. Je suis désolé de vous appeler si tôt.

C'était son assistant de direction, Ryan Valdez.

— Ryan, qu'est-ce qu'il y a ?

Il était un peu plus de 8 heures un samedi matin ; c'était une heure inhabituelle pour l'entendre.

— Je suis allé au bureau ce matin pour rattraper du retard, et le bureau de Mme Keller est vide.

Grey eut une sueur froide. Vivian Keller était l'architecte la plus talentueuse de son équipe, et les clients l'adoraient. Mais les négociations pour renouveler son contrat de travail ne s'étaient pas très bien passées. Maintenant, Grey savait que c'était un échec.

— Waouh. D'accord.

Des dizaines de pensées se mélangèrent dans sa tête. Vivian était à la tête de plusieurs projets, et ils leur manquaient déjà un architecte depuis qu'un autre avait pris un congé pour s'occuper d'un proche malade.

— Je sais que ça tombe affreusement mal. J'ai essayé de contacter l'équipe juridique pour savoir ce qui s'était passé, mais personne n'a répondu à mes appels. Mme Keller n'a pas décroché non plus.

— C'est un week-end férié. Je suppose que personne ne veut parler de ça, dit Grey en s'appuyant contre le comptoir de la cuisine en respirant profondément par le nez. Ryan, vous devriez profiter de votre week-end, pas travailler.

— Je suis votre exemple, monsieur Holloway, dit-il en riant. Ce n'est pas comme si vous ne passiez pas la plupart de vos week-ends ici avant de partir en Caroline du Nord.

— Mais je suis le patron. Je n'ai pas vraiment le choix.

— Certaines personnes pourraient dire que, puisque vous êtes le patron, vous avez toujours le choix.

Grey n'y avait jamais vraiment pensé comme ça. Il n'était pas sûr de pouvoir renoncer au contrôle.

— Je pense qu'il va falloir que je prenne un avion pour rentrer.

— C'est à vous de voir, monsieur Holloway, mais ce n'est qu'une affaire de temps avant qu'un autre architecte apprenne le départ de Vivian. Avec le nombre de projets avec lesquels nous jonglons actuellement, cela pourrait créer un véritable chaos au bureau lundi matin si vous n'êtes pas là.

S'il y avait quelqu'un qui était au courant de l'ambiance dans l'entreprise de Grey, c'était Ryan. S'il appréhendait le chaos, Grey devait s'y préparer. Il soupira.

— Vous avez raison. Pouvez-vous me réserver une place dans un avion plus tard dans la journée ?

— Je suis sûr que ça ne posera pas de problème. Je ne pense pas que le 5 juillet soit un jour de grande affluence.

— Surtout quand ça tombe un dimanche.

Du coin de l'œil, Grey vit Autumn dans l'encadrement de la porte de sa chambre. Elle portait un T-shirt à lui, était toujours décoiffée et ressemblait à tout ce qu'un homme pourrait vouloir.

— Ryan, je dois y aller, mais si vous pouvez m'envoyer les détails de la réservation, ce serait super.

— Pas de problème, monsieur Holloway.

— Merci, Ryan. Vous êtes le meilleur.

Grey raccrocha et se dirigea vers Autumn.

— J'espère que je n'ai pas parlé trop fort.

Elle le fixa, à moitié réveillée.

— Non, ça va. J'ai juste besoin de mes lunettes.

Grey se souvint qu'elle les avait enlevées quand la situation s'était emballée dans la cuisine. Il se retourna et les attrapa sur le comptoir pour les lui apporter.

Elle les mit et sourit.

— C'est beaucoup mieux. Maintenant tu n'es plus une tache floue avec une grosse tête pleine de cheveux.

Grey passa les bras autour de sa taille et la tira vers lui.

— Je ne veux définitivement pas n'être qu'une tache floue.

Il l'embrassa doucement, essayant d'ignorer sa déception. Il pensait qu'ils pourraient passer le week-end ensemble. Ce ne serait pas le cas.

— Est-ce que j'ai entendu parler d'avion ?

Il soupira et lui prit la main.

— Je dois retourner à New York. Juste quelques jours.

Puis il lui raconta tout ce que Ryan lui avait dit et expliqua les circonstances.

— Oh waouh ! ça ne s'annonce pas bien.

— C'est assez catastrophique.

Grey ne put s'empêcher de remarquer que, normalement, une situation comme celle-là l'aurait complètement chamboulé. Il gardait toujours son calme, mais cela ne voulait pas dire qu'il n'était pas une boule de nerfs à l'intérieur.

— Je suis vraiment désolée.

— C'est moi qui le suis. Je pensais qu'on aurait pu passer le reste du week-end ensemble.

Autumn afficha un sourire, mais Grey était presque sûr qu'il était forcé. Même si elle était toujours enjouée et rayonnante, elle n'était pas très douée pour simuler, ou peut-être qu'il avait appris à la comprendre.

— Ce n'est pas grave. J'ai des choses à faire chez moi. Ou je demanderai à Molly si je peux m'incruster avec elle et Mack.

Mack. Il allait devoir s'occuper de ça aussi. Son frère ne serait pas content qu'il parte. Grey n'était pas pressé de l'avoir au téléphone pour le lui dire.

— Je suis vraiment désolé. Sincèrement.

— C'est bon. J'ai juste besoin d'un café.

— D'accord. Bien sûr. Laisse-moi en préparer.

Autumn contourna l'îlot de la cuisine et vit sa robe et son soutien-gorge posés sur un tabouret de bar.

— Oups.

— Ouais. Je me suis levé au milieu de la nuit pour boire un verre d'eau et j'ai trouvé nos vêtements par terre.

Il versa des grains de café dans le percolateur, puis remplit le réservoir d'eau.

Autumn s'assit, le menton sur une main pendant qu'elle l'observait à la tâche.

— Je pense que tu pourrais prendre l'habitude du petit déjeuner, si tu t'appliquais. Ça a déjà l'air naturel de prendre un café.

C'était vraiment un rayon de soleil. Devoir partir le rendait malade.

— Peut-être que je pourrais apprendre à l'apprécier. Avec ton aide, bien sûr.

Il lui apporta une tasse de café, juste comme elle l'aimait. Elle souffla sur la boisson chaude les lèvres pincées, puis prit une petite gorgée.

— Il est parfait.

— Je fais attention, dit Grey alors que son téléphone vibrait pour annoncer un message qui contenait les renseignements sur son vol. Il semblerait que je doive partir pour l'aéroport d'ici une heure environ.

— D'accord.

— Je vais envoyer un message à Mack pour le lui dire. Il doit probablement encore dormir.

Grey tapa une explication aussi courte que possible. Il savait que Mack serait déçu, mais il s'en remettrait.

— Laisse-moi te conduire à l'aéroport, proposa Autumn. Comme ça, tu n'auras pas à t'occuper de ta voiture de location.

— Avec plaisir. Ce serait top.

Il avait un million de choses en tête, mais il voulait s'assurer que ça allait pour Autumn.

— Je ne veux pas que tu croies que je te laisse tomber. C'est vraiment la pagaille au boulot.

— Grey. Ça va. Je comprends. Je ferais exactement la même chose si j'étais à ta place, dit-elle avant de poser sa tasse et descendre du tabouret. Allez. Rassemblons tes affaires.

— Tu n'es vraiment pas obligée de m'aider.

Elle se dirigea vers la chambre et le regarda par-dessus son épaule avec un air séducteur.

— Ça ira plus vite comme ça. Et tu auras le temps de prendre une douche. Et j'aurais le temps de t'y rejoindre, ajouta-t-elle en remuant les sourcils.

— Petite maligne.

Cette femme était un génie. Un génie très sexy. Pourquoi

envisageait-il de monter dans un avion dans quelques heures ? Oh ! oui… comme pour tout le reste dans sa vie, il avait une autre responsabilité qui le tirait à un endroit où il ne voulait pas aller.

- 8 -

Autumn était déterminée à exploiter au mieux l'absence de Grey. Même si elle se disait bêtement que c'était le deuxième homme qui l'abandonnait pour New York.

Mais non, elle ne laisserait pas son histoire avec son ex avoir ce genre de pouvoir sur elle. En fait, elle avait décidé pendant qu'ils regardaient les feux d'artifice qu'elle allait enfin renvoyer la bague de fiançailles à Jared. C'était son ancienne vie. Le chapitre précédent. Coucher avec Grey voulait dire qu'elle avait tourné la page. Même si elle n'attendait pas un avenir avec Grey. Elle savait depuis le début qu'il n'était pas du genre à avoir des relations sérieuses. Grey lui avait montré qu'elle était prête à être avec un homme, même si ce n'était qu'une aventure d'été.

— C'est tout ? demanda-t-elle quand ils eurent mis dans la valise les derniers vêtements qu'il avait sortis de la commode et du placard.

— On dirait. En dehors de ce que j'ai apporté ici, tout ce que je possède est à New York. Toute ma vie est là-bas.

Elle ne voulait pas qu'on lui rappelle encore la triste vérité. Elle préférait profiter de Grey. Ses doigts se glissèrent sous le rebord de son T-shirt pour le passer au-dessus de sa tête. Elle passa ses mains sur la peau douce de son torse nu en se mordant la lèvre.

— C'est l'heure d'aller se laver.

Il l'embrassa de façon possessive, comme s'il voulait laisser une marque sur elle.

— Oui, c'est vrai.

Il lui prit la main et l'emmena dans la salle de bains en marbre blanc brillant avec des meubles chromés et une grande cabine de douche en verre.

Grey ouvrit le robinet et laissa l'eau chauffer pendant qu'il retirait le T-shirt que portait Autumn. Quand il se retourna, il la dévora des yeux sans discrétion, les paupières lourdes, et l'avant de son pantalon de pyjama dévoilant ses vrais sentiments la concernant.

— Qu'est-ce que tu es belle.

Il glissa les mains autour de sa taille et les fit descendre sur ses fesses nues. Elle posa les bras sur ses épaules et l'embrassa, appréciant sa langue chaude et taquine. L'air embué de la salle de bains tournait autour d'eux. L'eau crépitait contre la vitre. La douche les appelait. La chaleur montait dans le dos d'Autumn tandis qu'elle imaginait Grey la toucher, leurs deux corps mouillés et glissants. Elle tira sur son pantalon et le laissa tomber par terre.

Grey attrapa sa main, entra dans la cabine et la tira sous le spray d'eau chaude avec lui. Il se tenait derrière elle, pressant son érection contre ses fesses. Tandis que l'eau chauffait son corps, il caressait ses hanches et embrassait son cou, enfonçant le bout de ses doigts dans sa peau, mais restait délicat avec sa bouche. La vapeur flottait autour d'eux, et Autumn se sentait enivrée par ses caresses.

— Merci d'être aussi compréhensive par rapport à mon départ.

Il frotta le savon entre ses mains pour produire une mousse crémeuse. Ses tétons durcirent par anticipation, puis elle sentit la chaleur dans ses seins quand il appliqua la mousse sur son ventre et sa poitrine. Elle ferma les yeux et savoura les sensations. Il tint ses seins dans les mains, titilla ses tétons avec les doigts, ce qui lui provoqua des courants électriques entre les jambes.

— Comment pourrait-il en être autrement quand tu fais ça ?

Il rit dans son cou et passa une main sous l'eau. Une fois rincée, sa main glissa le long de son ventre et s'enfonça entre ses jambes. Son torse était plaqué contre son dos et son membre dur contre ses fesses. Elle fit des mouvements d'avant en arrière avec son bassin alors que Grey gémissait encore plus fort qu'il ne l'avait fait cette nuit. Avec son autre main, il décrivit des cercles délicats dans la mousse soyeuse autour de son mamelon, la titillant et faisant monter le plaisir. La chaleur dans la douche avait atteint son sommet, mais Autumn avait déjà l'impression de flotter au-dessus de tout ça. Tandis que la pression pesait dans son bassin, sa récompense semblait toute proche, mais elle avait l'impression de danser sur la falaise. Prête à tomber. Grey était entièrement concentré sur son plaisir. Des cercles et encore des cercles. Et finalement, le barrage céda. Tout le corps d'Autumn se figea, mais Grey n'arrêta pas ; il ralentit et exerça une pression plus douce en réaction à ses gémissements sous l'effet d'une nouvelle vague de plaisir.

Se sentant brûlante et satisfaite, elle se tourna dans ses bras et lui donna un baiser profond. Tout ce qu'elle voulait, c'était lui faire plaisir. Qu'il soit satisfait à son tour. Elle se mit à genoux en laissant descendre les mains le long de ses abdos fermes. Elle saisit d'abord son manche, puis le prit entre ses lèvres. Ce simple contact le fit gémir. Il baissa les yeux pour la regarder à travers l'air embué, enfonçant les doigts dans ses cheveux alors que l'eau ruisselait sur son dos. L'adoration sur le visage de Grey était hypnotique et la mettait dans un état proche de la transe. En apparence, il donnait l'impression d'être sculpté dans la pierre, mais Autumn savait que derrière ses yeux sérieux brûlait la passion.

Ses yeux se fermèrent, et elle poursuivit sa tâche, aspirant ses joues pour amplifier l'intensité. Il ouvrit la bouche.

Chaque râle se terminait par un souffle coupé. Il était tout près. Elle sentait la tension. Avec un dernier râle profond, il immobilisa son bassin et vint par à-coups rapides. Autumn se cramponna à ses hanches et le libéra doucement de sa bouche, levant la tête vers le jet d'eau. Grey se baissa et la tira vers lui.

Tandis qu'elle se levait, ils échangèrent un baiser qui leur semblait désormais familier. Le cerveau d'Autumn lui envoyait des signaux d'alarme : elle allait trop vite. Elle s'autorisait à succomber, et ce n'était pas une bonne idée. Son cœur lui disait qu'un type comme Grey était tout ce qu'elle avait toujours voulu. Elle devait se rappeler que Grey devait se rendre à l'aéroport. Il devait partir. Et elle allait devoir faire de gros efforts pour ne pas être triste.

Grey arrêta le robinet, et ils sortirent de la douche sur le tapis de bain duveteux. Ils s'essuyèrent respectivement en s'embrassant avec le sourire, heureux de prendre soin l'un de l'autre.

— Je déteste devoir partir.

Il y avait une déception sincère dans sa voix. Et d'une certaine façon, cela la réconforta.

— Moi aussi.

— Mais ça ne devrait pas être long. Seulement quelques jours.

Elle prit une profonde inspiration et sourit, se souvenant que c'était peut-être mieux comme ça. Même si elle adorait l'idée de passer du temps avec Grey, elle savait qu'elle risquait de s'emballer. Sa foi inébranlable en l'amour était à double tranchant. Le voyage à New York de Grey l'aiderait à mettre le holà.

— Ne t'absente pas trop longtemps. C'est mon anniversaire dans moins d'un mois, et je ne veux pas le fêter seule.

— Pourquoi devrais-tu le fêter seule ?

Autumn haussa les épaules, se demandant s'il aurait

l'impression qu'elle profitait de lui en supposant qu'il voudrait passer du temps avec elle pour son anniversaire. Ils venaient juste de coucher ensemble. Ce n'était pas comme s'ils étaient en couple.

— Molly et moi faisons toujours un truc toutes les deux, mais je doute qu'elle en ait envie cette année. Avec le mariage et tout, ça paraît peu probable. Et je n'ai pas de famille ici. Enfin, on peut même dire que je n'ai pas de famille du tout.

Grey trouva cela extrêmement triste. À cet instant, il prit la résolution de faire en sorte que la journée d'anniversaire d'Autumn soit spéciale. Il ne savait pas trop comment, mais il n'avait pas le temps d'y réfléchir pour le moment.

— Compte sur moi.

— Vraiment ?

La voix d'Autumn tremblait d'excitation.

— Oui, vraiment.

Il l'embrassa sur le bout du nez, mais un bruit soudain lui fit tourner la tête vers la pièce principale.

Boum. Boum. Boum. Quelqu'un frappait à la porte.

— Grey ? Je sais que tu es encore ici. Je vois ta voiture.

— C'est Mack, dit Grey, paniqué.

Il aurait dû attendre avant de lui envoyer le message. C'était une erreur stupide.

Autumn était dans tous ses états, détalant dans la chambre, enveloppée dans une serviette.

— Qu'est-ce que je fais ? Ma robe est sur le tabouret dans la cuisine. Qui est totalement visible avec toutes les fenêtres. Je n'ai pas d'autre vêtement que ton T-shirt.

— Reste là. Je m'occupe de lui.

— Grey ! cria Mack en tambourinant à nouveau. Il faut que je te parle.

Heureusement, Grey avait mis la chaîne au verrou de la porte. Mack aurait été capable d'utiliser le digicode pour entrer. Grey passa la tête dans l'encadrement de la porte de sa chambre.

— Deux minutes. J'arrive.

Grey s'habilla à la hâte et se précipita vers la porte de derrière, laissant délibérément Mack dehors.

Ce dernier s'assit dans l'un des fauteuils du patio, les jambes croisées, agitant le pied. Il bondit de son siège dès que Grey ouvrit la porte.

— C'est quoi cette histoire ? Tu t'en vas ?

Grey n'appréciait pas le ton de la voix de son frère.

— Je t'ai dit hier soir que ça risquait d'arriver. Tu t'en souviens ? À la fête ? Je suis désolé de te l'avoir annoncé par message, mais j'étais trop pressé pour t'appeler.

Il aurait été fou de rater cette douche avec Autumn pour passer un coup de téléphone à son frère.

— Je comprends, dit Mack. Et ton engagement ici ?

— Quoi ? Pops est de plus en plus fort chaque jour. La rénovation de la brasserie avance, Opal a largement assez de boulot pour l'occuper jusqu'à mon retour, et Autumn fait un travail fantastique.

— Je ne parle pas d'une *to-do list*. Le problème, c'est le principe, dit Mack en soufflant et secouant la tête d'un air exaspéré. Tu as quitté ma fête de fiançailles sans dire au revoir. Et en parlant d'Autumn, c'est assez évident qu'elle est ici.

Il désigna la voiture garée près de celle de Grey.

— Est-ce que vous couchez ensemble ?

Grey ne mentirait pas à son frère.

— C'est arrivé cette nuit. Juste comme ça.

— Elle vient de vivre une rupture difficile, Grey. J'espère que tu sais ce que tu fais. Ce serait cruel de lui briser le cœur.

— Je comprends. Elle et moi en avons parlé plus d'une fois. Crois-moi, je ferai tout pour éviter de me retrouver mêlé dans ce genre de choses.

Mack haussa un sourcil avec un air sceptique.

— C'est ce que tu te dis ? Parce que le moyen le plus simple de ne pas se retrouver là-dedans, c'est de ne pas s'en mêler du tout. En évitant de coucher avec quelqu'un si tu ne veux pas avoir à te charger des conséquences émotionnelles par exemple.

Grey était-il assez naïf pour croire que sa relation avec Autumn resterait anodine ? Il ne croyait pas. Elle semblait d'accord avec tout ça. Elle n'avait pas semblé décontenancée quand il lui avait annoncé qu'il devait repartir à New York, alors que cela devait réveiller de mauvais souvenirs chez elle.

— Je pense que tu la sous-estimes. Et moi aussi d'ailleurs.

— Désolé. Tu es un adulte. Je ne vais pas te dire avec qui tu peux coucher. Mais est-ce que tu peux rester discret s'il te plaît ? On n'a pas besoin que tout le personnel en parle. Et évidemment, je préférerais qu'il n'y ait pas d'autre connexion entre notre famille et Autumn.

Grey mit un instant à réaliser ce qu'avait dit Mack.

— Qu'est-ce que tu veux dire par là ?

— Toute cette affaire avec son père est un baril de poudre qui attend d'exploser. Et Autumn est une cible facile. Elle est douce et gentille et finit involontairement par être le sujet d'articles douteux tout le temps. Ce n'est qu'une affaire de temps avant que ça explose au visage de tout le monde.

Grey fut envahi par un puissant besoin de la défendre.

— Je n'apprécie vraiment pas ton ton, Mack. Est-ce que tu te rends compte comme elle travaille dur pour faire des mariages fantastiques à Moonlight Ridge ? Parce que je l'ai vue en action et laisse-moi dire qu'elle a un véritable don. Pas du genre qu'on peut remplacer facilement. On devrait la traiter comme un atout de l'établissement. Pas une charge.

— Waouh. Pour info, tu ne parles pas comme un type qui s'engage dans une petite aventure éphémère.

Grey prit une grande respiration. Mack avait raison. Grey s'emballait. Il fallait qu'il se détende.

— J'en ai assez de parler de ça. Je dois rentrer pour récupérer mon sac avant d'aller à l'aéroport.

— On s'est mis d'accord sur le fait qu'on se partageait la charge de travail, et j'ai comme l'impression que tu esquives tes responsabilités.

— Ce n'est que pour quelques jours. Il y a une urgence dans ma boîte. S'il y a une personne qui devrait se rendre compte de la pression que je vis, c'est bien toi.

— Je sais aussi qu'il est possible d'organiser une visioconférence pour régler la plupart des problèmes. On peut faire beaucoup de choses à distance. C'est ce que je fais, et ça marche très bien.

Grey se montrait-il irresponsable en partant à New York ? Il ne le pensait vraiment pas.

— Tu me demandes sérieusement de ne pas partir ?

— C'est ton choix. Mais… j'ai besoin de toi ici.

Grey respira profondément et enfouit les mains dans ses poches. Cette dispute illustrait parfaitement pourquoi il avait gardé ses distances pendant toutes ces années. Pourquoi il avait laissé Mack et Travis vivre leurs vies de leurs côtés et lui la sienne. Il y avait toujours un problème. Une controverse. Et Grey méprisait ce genre de choses. C'était comme ça qu'il avait été conditionné, dès son plus jeune âge, la première fois qu'il avait vu ses parents se disputer.

Il se retourna et regarda le lac. Des clients se promenaient à pied ou à vélo, profitant de cette journée estivale. Une partie de lui aurait aimé avoir leur existence plutôt que la sienne. Il détestait se sentir déchiré comme ça, mais c'était sa vie, et il ne pouvait pas en choisir une autre.

— Je déteste quand tu fais ça.

— Quoi ?

— Quand tu te donnes des grands airs. Tu n'es pas parfait, Mack. Même si c'est ce que tu crois.

— Ce n'est pas ce que je pense.

— En tout cas, c'est l'impression que tu donnes. Cette attitude comme si tu savais ce qui était mieux pour tout le monde est vraiment agaçante. Je peux faire mes propres choix, surtout quand ça concerne mon entreprise. Et ma vie privée.

— Tu ne m'as toujours pas dit si tu partais ou si tu restais.

Grey se retourna vers le chalet et remarqua que la robe d'Autumn n'était plus sur le tabouret. Elle avait dû réussir à se faufiler sans être vue. S'il y avait un point positif dans toute cette histoire, c'était elle. S'il restait à Asheville, il pourrait passer plus de temps avec elle et il savait au fond de lui qu'il le voulait. Ça venait juste de commencer entre eux. Les braises étaient encore brûlantes.

— Si ça compte autant pour toi, je n'irai pas.

— Sérieusement ?

Mack semblait aussi choqué que Grey par sa réponse.

— Oui. Mais je veux que tu arrêtes de me faire culpabiliser. Je me démène ici. Arrête d'agir comme si je ne faisais pas ma part du travail.

— J'essayerai. Mais il faut que tu commences à te comporter comme si tu avais envie d'être ici, plutôt qu'en en parlant comme si ce n'était qu'une obligation. Je comprends. J'ai fait pareil. Mais tu es avec ta famille. Et tu passes tout un été dans les montagnes. Trouve un moyen de l'apprécier. La plupart des gens feraient n'importe quoi pour être à ta place.

Quand son frère le présentait comme ça, Grey se rendit rapidement compte qu'il faisait tout ce dont Mack l'accusait.

— Tu as raison. Tu as absolument raison. Je suis vraiment désolé qu'Autumn et moi nous soyons éclipsés de votre fête. C'était mon idée.

— Pressé d'aller quelque part ?

Grey dut refréner un sourire.

— Oui. Je pense que tu as déjà connu ce scénario.

— Oui. Je vois.

— Mais je suis quand même désolé. Et oui, je resterai discret sur ce qui se passe avec Autumn. Et ne t'inquiète pas, je serai prudent.

— J'en déduis que c'est bon pour le déjeuner familial de demain.

— Oui. Pops sera content.

— Je le dirai à Giada, dit Mack en écartant les bras. Câlin fraternel ?

Grey se mit à rire. Peut-être que c'était la véritable arme de Mack ; son charme désarmant.

— Bien sûr.

Mack et Grey s'étreignirent un instant, et Grey eut l'impression que lui et son frère étaient de nouveau sur la bonne voie. Il était content d'avoir accepté de rester.

Ils se dirent au revoir, et Grey rentra. Autumn attendait juste derrière la porte avec la valise, portant la même robe hallucinante que la veille.

— Grey. Je ne sais pas à quelle heure part ton avion, mais il faudrait peut-être y aller, non ?

— Non.

— Quoi ?

— Je ne pars pas. Et la bonne nouvelle, c'est que, c'est sûr, je ne raterai pas ton anniversaire. Je ne pars pas. Mack m'a fait culpabiliser sur le fait de ne pas remplir mes obligations. Il a raison. J'ai promis de rester tout l'été. Aller à New York irait à l'encontre de cette promesse.

— Tu crois que tu pourras gérer tes problèmes d'ici ?

— Je vais devoir passer un paquet de coups de téléphone. Pour informer tout le monde de la situation. Puis je m'adresserai à toute la compagnie lundi matin en visioconférence.

Ça devrait aller. Je leur rappellerai que je suis absent parce que mon père a été malade. Avec un peu de chance, cela mettra les choses en perspective.

— Super. Et je suis contente que tu restes. Très contente.

Autumn sourit chaleureusement, et ses joues rosirent. Bon sang, qu'elle était belle.

— Moi aussi.

Grey voulait encore s'assurer d'une chose, pour leur bien à tous les deux. Il attrapa la main d'Autumn.

— Je dois te le demander encore une fois et je sais qu'on a déjà abordé le sujet, mais j'ai besoin de savoir que tout cela te convient vraiment. Ce qu'on a fait cette nuit. Et encore il y a une heure. Et ce qui se passera encore plus tard.

Autumn frappa le bras de Grey.

— Oui. Ça me va. Arrête de me poser cette question.

Il la prit dans ses bras.

— Il n'y a pas de mal à s'amuser, non ?

— Exactement.

Il l'embrassa doucement.

— Eh bien, toi, Autumn Kincaid, tu es le meilleur des amusements.

- 9 -

Il fallut plus de deux semaines pour qu'Autumn se résolve à emballer sa bague de fiançailles. Mais elle avait passé beaucoup de temps avec Grey depuis le 4 juillet. Il y avait eu quelques dîners et des films sur son canapé, mais surtout, il y avait eu du sexe. Ils étaient au cœur de cette période où on ne peut pas s'empêcher de se toucher. Dès qu'elle était avec lui, elle ne se demandait qu'une chose : à quel moment ils se retrouveraient nus. C'était tellement torride.

Le chat d'Autumn, Milton, sembla d'abord ignorer son invité, mais devint de plus en plus accueillant. Autumn lui offrait des petits cadeaux, mais elle voulait que les deux mâles de sa vie s'entendent bien. C'était important. Grey n'était là que pour l'été, et la moitié de ce temps était déjà passée. Elle voulait que chaque minute compte et surtout qu'elle soit agréable. Elle ne voulait pas de scène. Pas de problème.

Autumn avait prévu de passer au bureau de poste pendant sa pause déjeuner, après une matinée de travail à Moonlight Ridge. Il était presque midi, alors elle sortit son porte-monnaie et le petit colis de son immense sac fourre-tout et les posa sur son bureau.

Ross Barnes, le gestionnaire d'événements, apparut à la porte d'Autumn.

— J'ai des courses à faire ce midi. Tu as besoin de quelque chose ?

Il était toujours efficace et avait un don pour se montrer exactement au bon moment.

— Tu ne comptes pas passer près du bureau de poste, par hasard ?

— En fait, j'ai rendez-vous avec un fournisseur dans le même coin. Qu'est-ce qu'il te faut ? demanda-t-il en s'avançant dans son bureau.

— Il faudrait envoyer ça, répondit Autumn en désignant le paquet.

— Bien sûr, dit-il en jetant un coup d'œil à l'adresse sur l'étiquette. Jared ? Tu envoies quelque chose à ton ex ?

— Je lui renvoie ma bague de fiançailles.

— Pourquoi ne pas la vendre ? Il t'a larguée sans préavis, quelques jours avant votre mariage.

Ross marquait un point, mais Autumn essayait d'aller de l'avant.

— Je n'ai pas besoin de cet argent. En plus, ça ne me semblerait pas bien. J'ai déjà tourné la page sur ce chapitre de ma vie, mais j'aimerais bien fermer le livre, si tu vois ce que je veux dire.

— Je vois, dit-il en riant. Et je suis heureux de pouvoir t'aider. Je suppose que tu veux l'assurer ?

— Oui, s'il te plaît. Et je veux un accusé de réception.

— Pas de problème. Pour mon premier travail, j'étais au service courrier d'un cabinet d'avocats. Je connais tout ça. Je m'en occupe et je te rapporterai les infos de suivi à mon retour.

— Merci. Je t'en dois une.

— C'est vrai, plaisanta Ross en attrapant le colis. Au fait, as-tu vu que l'amie de Grey a quitté son chalet aujourd'hui ?

Autumn aimait beaucoup Ross, mais il adorait cancaner, ce qui n'était pas l'activité préférée d'Autumn.

— Non. Et c'est une collègue de travail. Pas une amie.

— Que faisait-elle ici ? Je crois qu'elle ne sortait jamais.

Selon les agents d'entretien, elle ne les laissait même pas entrer. Elle prenait les draps propres, et c'est tout. Elle se contentait de commander au room-service. Cela ne te semble pas bizarre ? On est au milieu de l'été à la montagne. Les gens dépensent beaucoup d'argent pour venir à Moonlight Ridge à cette période de l'année.

Oui, Autumn trouvait ça étrange, mais Grey avait rapidement mis fin à la conversation quand elle avait posé des questions.

— Tout le monde a ses raisons. Peut-être qu'elle avait besoin de temps seule.

— Peut-être.

À cet instant, Grey apparut. Autumn n'était pas encore immunisé contre l'effet qu'il lui faisait quand elle le voyait. À chaque fois, cela la rendait heureuse.

— Pardon. Je vous interromps ? Je peux revenir plus tard.

Il avait les mains derrière le dos et cachait à l'évidence quelque chose.

— Non, monsieur Holloway. Je partais, répondit Ross. Autumn, j'enverrai ça à la poste pour toi et te rapporterai les informations de suivi plus tard.

Grey se mit sur le côté tandis que Ross sortait du bureau et disparaissait dans le couloir.

— Tu envoies Ross au bureau de poste ? On n'a pas de service interne pour ça ?

— C'est personnel. En fait, je renvoie ma bague de fiançailles.

Grey haussa les sourcils avec curiosité.

— Tu ne la lui avais pas rendue à l'époque ?

— Ce n'est pas la première chose qui m'est venue à l'esprit. J'étais trop occupée à observer ma vie s'écrouler sous mes yeux. Et il ne l'a jamais demandée non plus. Mais je n'aime pas la garder.

Autumn n'aimait pas parler de ça. Elle aurait préféré renvoyer la bague plus tôt.

— Que tiens-tu à la main ?

Grey révéla ce qu'il portait : un grand panier à anses.

— Je peux t'inviter à déjeuner ?

Autumn sentit la chaleur naître dans sa poitrine et monter vers son visage.

— Un pique-nique ?

Elle se leva de son bureau.

— Oui. La chef Hallie teste de nouvelles recettes et elle veut que je les goûte, mais il fait trop beau pour rester à l'intérieur. Alors j'ai demandé aux cuisines de tout nous emballer pour un pique-nique, expliqua-t-il avant de plonger son regard dans ses yeux. En plus, j'ai repensé à cette chose que tu m'as dite il y a quelques semaines. Sur le fait que, même quand je suis occupé, je devrais quand même trouver le temps de faire un saut à ton bureau. Alors je suis là…

Autumn sourit comme une idiote.

— Tu fais un saut à mon bureau.

Grey déposa un doux baiser sur ses lèvres.

— Exactement.

Grey et Autumn descendirent et traversèrent le grand hall pour sortir. C'était vraiment une journée parfaite pour un pique-nique. Il devait faire 24 °C, et une petite brise agréable soufflait.

— Je me disais qu'on pourrait retourner au jardin derrière l'auberge.

— Oui. Parfait. C'est très joli et tranquille là-bas.

Ils marchèrent sur les trottoirs et contournèrent le bâtiment pour arriver sur l'espace vert et luxuriant.

Grey étendit la couverture pliée sur le panier, et ils s'installèrent. Autumn plia ses jambes sur le côté, et il s'assit à genoux pour sortir toutes les bonnes choses que le chef Hallie avait préparées pour eux : un sandwich baguette avec du jambon *prosciutto*, de la mozzarella et de la vinaigrette à l'origan, accompagné de plusieurs salades (une à l'épeautre et à l'aneth frais, une autre avec du maïs grillé et du poivron rouge, et la dernière aux fruits de saison et à la menthe). Ils avaient aussi une grosse bouteille d'eau pétillante au citron.

— Je n'étais pas sûr pour le vin, un lundi midi, dit Grey en rangeant les contenants vides dans le panier.

Autumn s'approcha pour l'aider.

— Je vais déjà avoir du mal à rester éveillée cet après-midi après tout ça.

Repue, Autumn s'étendit sur le côté.

Grey poussa le panier et fit de même, s'allongeant sur le dos, les mains croisées sur la poitrine.

— J'ai trouvé ça plutôt bon. Molly dit qu'il y a parfois des plaintes contre la nourriture.

— Hallie fait de son mieux.

Autumn n'avait pas pu voir Grey ces derniers dimanches, puisqu'il avait son déjeuner familial et ne l'avait pas invitée. La seule fois où elle lui en avait parlé, il avait répondu qu'il préférait lui éviter ce spectacle, mais Autumn ne pouvait s'empêcher de se demander s'il y avait autre chose.

— En parlant de repas, comment était le déjeuner en famille ?

Grey haussa les épaules.

— Très bien. Giada est une merveilleuse cuisinière.

Ce n'était pas tout à fait ce que voulait savoir Autumn.

— Grey, je voulais dire comment ça s'est passé avec ta famille ?

— Ça va. Pas de grosses disputes, alors c'était déjà pas mal.

— J'ai entendu dire que ta collègue de travail avait quitté son chalet ce matin.

— Encore des commérages ?

— C'est juste Ross. Il sait tout ce qu'il se passe. En plus, je pense qu'elle a naturellement attiré l'attention en ne laissant pas le service de ménage entrer pendant tout un mois.

Grey roula sur le côté et posa sa main sur celle d'Autumn.

— Tu peux garder un secret ?

— Bien sûr.

Autumn ne savait pas ce qu'il allait dire, mais elle était très forte pour tenir sa langue.

— Tout d'abord, ma collaboratrice s'appelle Opal Terry. Elle était ici pour faire du tri dans les piles de rapports financiers de l'entreprise. Mes frères et moi avons découvert après que Pops est tombé malade que c'était un véritable chaos. C'est un travail délicat, en partie parce qu'elle cherche des irrégularités. On ne peut pas prendre le risque que quelqu'un voie ce sur quoi elle travaille.

— Oh ! waouh.

Autumn était contente que Grey ait choisi de se confier à elle. Elle se sentait un peu moins mal par rapport au fait qu'il ne l'invitait pas pour le déjeuner du dimanche.

— Vous pensez qu'un membre du personnel pourrait voler ?

— On n'en sait pas encore assez. Mais c'est pour ça qu'on est resté discrets.

— Eh bien, ne t'inquiète pas. Je ne dirai rien.

Grey regarda sa montre et s'assit.

— Mince. Je dois y aller. Je suis censé retrouver Mack pour discuter de la brasserie.

— Je trouve ça merveilleux que tu te démènes comme ça pour que Mack et Molly aient le lieu de mariage qu'ils veulent. Et que toi et tes frères vous donniez autant de mal pour prendre soin de votre père. Cela montre non seulement votre amour pour lui, mais aussi votre amour respectif, je pense.

Grey pencha la tête sur un côté et avança sa lèvre inférieure.

— Comment fais-tu pour être aussi mignonne ?

Elle s'avança vers lui jusqu'à ce que ses lèvres ne soient qu'à quelques centimètres des siennes.

— Je pense que tu sais que je ne le suis pas toujours.

— Aurai-je la chance de te revoir plus tard ? demanda-t-il avec un grand sourire.

— J'adorerais ça.

— Parfait. Je t'enverrai un message.

Grey s'éloigna, et Autumn en profita pour l'admirer : son pas assuré, ses épaules musclées qu'elle aimait tant et ses cheveux qu'elle avait toujours envie de toucher. Comment se sentirait-elle quand elle devrait le regarder partir pour la dernière fois ? Serait-elle assez forte pour ne se concentrer que sur les innombrables qualités de l'homme qu'elle aura eu la chance d'avoir ? Ou aurait-elle l'impression de perdre quelqu'un qui aurait pu être plus qu'une aventure d'été ? Non seulement elle ne pouvait pas répondre à ces questions, mais elle ne voulait même pas y penser. Pas encore.

Le déjeuner avec Autumn avait été fantastique, et Grey était ravi de l'avoir surprise comme ça, mais cela avait mis en évidence un souci flagrant dans sa façon de la percevoir. Il ne l'avait pas invitée aux déjeuners du dimanche avec sa famille parce qu'il ne voulait pas qu'ils soient trop proches. Mais il voyait bien que faire des trucs romantiques comme lui apporter un pique-nique était tout aussi nocif ; ce n'était pas le genre de choses qu'on faisait dans une relation qui n'était pas sérieuse. Il devait trouver un équilibre pour lui montrer combien il l'appréciait sans créer en elle des attentes sur le fait qu'ils pourraient devenir plus que des amis ou des amants.

Grey déposa le panier au service de restauration et se rendit à la grange. Tandis qu'il commençait à grimper la colline où se trouvait le bâtiment, il s'émerveilla devant le nombre impressionnant de camions et d'engins sur place.

Normalement, les sous-traitants n'aiment pas travailler au même moment. Souvent, ils ne *peuvent* pas travailler en même temps. On ne peut pas poser le parquet pendant que les plombiers installent encore les tuyaux qui passeront en dessous. Mais Grey et Jameson avaient exercé leur influence sur Mountain Builders pour pouvoir exaucer le rêve de Mack et Molly.

Quand Grey arriva en haut de la colline, il vit que la plupart des ouvriers prenaient leur pause déjeuner et étaient assis à l'ombre d'un grand érable rouge. C'était le moment idéal pour discuter de l'avancée des travaux avec Mack.

Grey attrapa un casque de chantier et entra. Mack l'attendait déjà.

— Te voilà, dit Mack d'une voix joyeuse et enjouée, mais un peu nerveuse.

— Bien sûr, dit Grey en étreignant son frère avant de placer une main dans son dos. Tout va bien ?

— Oh ! oui oui. C'est juste que j'ai compris que ce n'était pas comme les autres brasseries. Ce n'est pas une inauguration normale. Molly et moi allons nous marier ici. On venait jouer dans cette grange quand on était petits. C'est complètement fou, quand on y pense.

Cela ne ressemblait pas à Mack d'être aussi sentimental, mais Grey comprenait complètement ce que son frère disait.

— Tu as absolument raison. Je pense que c'est cohérent que la brasserie de Corkscrew Craft Beer à Moonlight Ridge soit spéciale. Et le mariage renforcera encore ce sentiment.

Grey et Mack restèrent silencieux un moment, à observer les volumes. Grey réfléchissait à l'importance de faire en sorte que tout se déroule bien, mais il ressentait aussi une grande fierté dans le fait que son frère et lui s'étaient embarqués dans ce projet ensemble. C'était agréable d'être côte à côte.

— On a l'air d'être dans les temps ? demanda Mack.

— Ouais. Ce sera serré, mais on devrait être prêt pour le dernier week-end d'août.

— C'est dans un mois.

Mack respira si profondément que ses épaules montèrent de quelques centimètres.

— Un peu plus que ça. Un mois et deux jours. Ne t'inquiète pas. Ça va le faire.

Grey voulait changer de sujet. Cela semblait stresser son frère.

— Opal est partie aujourd'hui.

— On me l'a dit.

Les deux frères sortirent par la porte de la grange et retirèrent leurs casques.

— Qu'est-ce que ça a donné ?

— Je n'ai pas encore eu l'opportunité de lire tout ce qu'il y a dans son rapport, mais je dirais qu'un peu plus d'argent que ce qu'on pensait au début a disparu. Peut-être près d'un million.

Mack secoua lentement la tête, incrédule.

— On va devoir en parler à un avocat à un moment, non ?

— Je pense même à des avocats, au pluriel. Quelqu'un doit aller en prison si tout cela est avéré. Et surtout, cela va prendre plus de temps qu'on le pensait.

— Elle n'a pas trouvé ce qu'elle cherchait ?

Grey secoua la tête.

— Disons juste qu'elle est frustrée. Chaque fois qu'elle pense avoir trouvé une piste, elle tombe sur un élément qui la mène sur une autre piste. La personne qui est derrière tout ça est très habile avec les chiffres, donc ça prend plus de temps que prévu. Mais ne t'inquiète pas. Elle a tout photocopié et travaillera de chez elle. Il manque encore des papiers importants.

— Avons-nous une idée approximative du temps que ça prendra ? demanda Mack.

— Cela pourrait prendre encore quelques mois. Par chance, tu as contresigné tous les papiers, donc l'argent ne devrait plus disparaître.

L'inquiétude ternit encore le visage de Mack.

— Je dois te poser une question, mais je ne veux pas que tu te mettes en colère, d'accord ?

— Tu sais bien que ce n'est pas dans mes habitudes.

— Y a-t-il un risque qu'Autumn soit impliquée là-dedans ?

— Non. Absolument pas.

Même Grey fut surpris par la vitesse à laquelle il donna sa réponse, mais il n'avait aucun doute.

— Autumn n'a pas accès à la facturation ou aux créances. Elle délègue tout ça.

— D'accord.

— C'est tout. Juste d'accord ?

Grey avait besoin de savoir s'il y avait le moindre risque que son frère ne soit pas convaincu.

— Je connais Autumn, ajouta-t-il. Elle ne ferait jamais quelque chose comme ça.

— Je te crois, Grey. Tu m'as cru quand je t'ai dit que Molly n'avait rien à voir là-dedans. J'ai confiance en ton instinct. Calme-toi.

Grey comprit que son cœur battait la chamade.

— Je suis calme. Je veux juste que tu saches que je sais qu'elle ne ferait jamais ça.

Mack posa sa main sur l'épaule de Grey.

— Je le pense aussi. Il fallait juste que je te pose la question. En partie parce que je sentais que ça faisait partie de notre devoir. Mais aussi parce que je voulais découvrir ce qui se passait entre elle et toi.

— Il ne se passe rien. Je veux dire, rien de plus que ce que tu sais déjà. On aime passer du temps ensemble.

— Bien sûr. Je le sais. Mais je sais aussi qu'il y a de nombreuses nuits où on ne voit pas ta voiture garée devant ton chalet. Et que vous avez pique-niqué ensemble quelque part sur le terrain aujourd'hui.

— Est-ce que tu m'espionnes ?

— Non. Mais Molly et moi sommes partout sur la propriété tous les jours. Ce n'est pas dur d'être au courant.

— On passe juste du temps ensemble. Il n'y a pas de crime à cela.

— Je sais. Je m'assure juste que tu sais ce que tu fais. Ou dans quoi tu t'engages. Parce qu'à en juger la manière dont tu la défends, tu es plus impliqué que tu ne le penses. Je le sais parce que je défendrais Molly exactement de la même façon.

Grey ne fit pas cas de ce que venait de dire son frère.

— Ça va bien entre Autumn et moi. C'est tout. Elle n'est pas aussi accablée par ses fiançailles rompues que tu le penses. Elle a envoyé sa bague à son ex aujourd'hui. Elle a dit qu'elle voulait entièrement refermer la porte sur cette partie de sa vie.

— Tu penses qu'elle se demande si une autre porte va s'ouvrir ? À moins qu'elle ne soit déjà ouverte ?

Grey ne voyait pas du tout ça de cette façon. Pour lui, c'était un geste parfaitement naturel pour quelqu'un qui arrivait à accepter les choses et aller de l'avant.

— Non. Je ne crois pas.

— D'accord. Est-ce qu'il t'arrive de te demander ce qui se serait passé si Pops n'avait pas eu son problème de santé ?

— Mec, tu es très philosophe aujourd'hui, non ?

— Je réfléchis. Alors dis-moi.

Grey prit une grande inspiration.

— Pas vraiment. Je veux dire, j'ai espéré si souvent que ça ne soit pas arrivé. Ou qu'il se soit remis plus vite. Mais je ne pensais pas à la vie qu'on aurait eue si ce n'était pas arrivé. En partie parce que je pense qu'elle aurait juste suivi son cours.

Mack regarda Grey droit dans les yeux.

— Bien. Ce qui veut dire que toi et Travis ne communiqueriez plus ensemble. On aurait été dans la même situation inextricable que ces dix dernières années.

Grey n'avait pas vu la situation comme ça, et cela lui coupa le souffle.

— Sans vraiment évoluer.

— Peut-être que c'est grâce à Molly, mais j'essaye de regarder davantage le bon côté des choses. Aussi effrayante qu'ait été la crise de Pops, je pense vraiment que du positif en résulte.

— Surtout si on arrive à faire revenir Travis ici.

— Oui. Absolument. On a besoin de passer du temps avec Travis, comme on le fait ensemble actuellement.

— Je suis d'accord.

— Bien. Je suis content. Parce que pour le moment, vous n'êtes censés rester que jusqu'à mon mariage. Et cela ne suffira pas, surtout quand on prend en compte le fait qu'on va être hyper occupés.

— Est-ce que tu me demandes de rester après la fin de l'été ? Mack, on était d'accord dès le départ pour rester deux mois chacun. Puis quand on a découvert les problèmes financiers, on a encore changé nos plans pour rester plus longtemps. Ensuite, tu m'as demandé d'annuler un voyage à New York pour régler un problème énorme à mon entreprise. Je ne peux rien faire de plus. Je pars après Labor Day. Point.

- 10 -

Autumn n'avait jamais vraiment aimé son anniversaire étant enfant. Enfin, ce n'était pas exactement la vérité. Elle l'avait apprécié avant d'être assez âgée pour réaliser ce qu'il se passait entre ses parents. Avant ça, ses anniversaires étaient des événements magiques remplis de ballons, de cupcakes colorés, de bougies et de cadeaux bien trop chers pour une petite fille. Mais à douze ans, elle avait commencé à remarquer l'animosité entre sa mère et son père ; la manière dont ils se chuchotaient des choses horribles, se disputaient et, finalement, s'ignoraient. Même après le départ d'Autumn, ils avaient utilisé son anniversaire comme une compétition pour gagner son affection. C'était si triste.

Ces dernières années à Asheville, cela avait été différent. Elle avait fêté ses anniversaires simplement avec Molly. Elles prenaient un cocktail quelque part, puis allaient au restaurant ou voir un concert. C'était toujours amusant et, surtout, tranquille. Comme elle l'avait prédit, Molly était débordée. Au lieu de leur routine habituelle, elles passèrent l'après-midi à se faire faire une manucure et une pédicure, puis elles mangèrent rapidement avant de partager une énorme part de gâteau au chocolat. Puis les grands-parents d'Autumn l'appelèrent d'Australie où ils passaient leur été. Ils lui chantèrent *Joyeux anniversaire* et lui promirent de la voir bientôt. Mais le meilleur était à venir.

Grey l'avait invitée chez lui pour qu'il puisse lui préparer à dîner et qu'ils passent une soirée tranquille et romantique en buvant du vin dehors, sur le patio. Ce serait parfait. Quand Autumn aurait choisi la robe qu'elle allait mettre.

Elle en avait essayé plusieurs, mais elle n'arrivait pas à se décider. Elle voulait être sexy pour Grey. En fait, elle voulait lui faire sortir les yeux de la tête. Heureusement, en enfilant la dernière, elle sut que c'était la bonne. Elle était noire avec de fines bretelles, un décolleté plongeant et un drapé qui moulait parfaitement ses hanches. Mais surtout, le tissu était soyeux contre sa peau, et elle savait que Grey trouverait ça très agréable sous ses mains.

Elle donna une dernière caresse à Milton et allait passer la porte quand elle vit un livreur de fleurs s'avancer sur son allée.

— Autumn Kincaid ?

Il portait un joli bouquet de fleurs violettes : des iris, des tulipes, de la sauge et des échinacées.

— Oui. C'est moi.

Elle trouvait bizarre que Grey lui envoie des fleurs alors qu'elle allait le voir dans seulement quelques minutes. Mais elle prit le vase et rentra. Quand elle ouvrit la carte, son cœur fondit. C'était de la part de son père.

Autumn, je sais que je n'ai pas toujours été un bon père, mais je veux que tu saches que tu seras toujours ma fille chérie. Joyeux anniversaire. Avec tout mon amour, papa.

Dire qu'elle était déchirée aurait été un pléonasme. Sa mère avait complètement oublié son anniversaire, ce qui arrivait de temps en temps. Et elle ne pouvait pas dire que son père lui avait fait du mal directement. Mais il avait fait subir des choses atroces à sa mère, à d'autres femmes et, surtout, il était la raison pour laquelle leur famille était dévastée.

Elle posa les fleurs au centre de son îlot de cuisine et se précipita vers la porte pour aller chez Grey. Dès qu'elle fut sur le siège conducteur, la voix de sa grand-mère résonna dans sa tête, lui disant qu'elle ne devrait jamais laisser un cadeau sans remerciement. Elle n'était pas prête à avoir une conversation avec son père, mais elle pouvait lui envoyer un message.

Les fleurs sont jolies. Merci beaucoup.

Elle appuya sur « Envoyer », décidant que cela suffisait, mais à peine eut-elle fait démarrer sa voiture qu'elle reçut une réponse.

Je serai dans *Sunday Hour* fin août. J'espère que tu regarderas. Tu entendras ma version de l'histoire.

Autumn ne pouvait pas imaginer pire situation. Son père sur une chaîne de télévision nationale pour raconter sa version ? Elle sentit comme une aigreur d'estomac. Mais c'était dans des semaines, et ce soir, elle était censée s'amuser. Elle ne répondit pas à son père et préféra se rendre chez Grey. Quand elle contourna la maison, elle découvrit un décor à couper le souffle. Grey lui tournait le dos et était en train d'allumer des bougies sur la table couverte d'une nappe blanche. À la place des fauteuils habituels, il y avait des chaises rembourrées confortables qui venaient de l'auberge. Une bouteille de vin attendait dans de la glace. Des lucioles voletaient. Et Grey lui donnait envie de le dévorer, dans son pantalon noir qui lui faisait des fesses sublimes et une chemise gris clair avec les manches remontées jusqu'aux coudes.

— Coucou, dit-elle en arrivant derrière lui et posant ses mains sur ses épaules.

Il se retourna avec un sourire qui la réchauffa des pieds à la tête. Il passa aussitôt ses bras autour d'elle.

— La reine du jour, dit-il avant de l'embrasser délicatement et de l'admirer, les yeux pétillants. Comment vas-tu ?

— Super, maintenant que je suis là.

Elle plaqua une main sur son torse en prenant une profonde inspiration. Son corps était déjà en feu après un simple câlin.

— Oooh ! j'aime bien cette matière, dit-il en caressant ses hanches.

Elle se mit à rire. Il ne l'aidait pas à s'intéresser au dîner. Tout ce qu'elle voulait, c'était lui.

— Je me suis dit que tu apprécierais.

— J'adore. Et je suis impatient de te retirer ça, plus tard, précisa-t-il en déposant un baiser sur son front. Mais d'abord, le dîner. Assieds-toi. Je reviens.

Autumn l'écouta, et une minute plus tard, Grey arriva avec une salade avec divers légumes, du fromage de chèvre, des noix de pécan glacées et des fleurs comestibles.

— Que c'est beau. Et délicieux.

— Je ne suis pas qu'un beau gosse, plaisanta-t-il.

— Je suis d'accord.

Grey se leva pour rapporter leurs assiettes, puis disparut à l'intérieur. Autumn en profita pour savourer la soirée. Il faisait un peu chaud, mais une brise agréable soufflait. Grey revint avec deux jolis bols de pâtes. L'odeur qui s'en dégageait était incroyablement appétissante.

— Ce sont des tagliatelles maison avec des champignons de la région, des zestes de citron et du parmesan.

— C'est toi qui as fait les pâtes ?

Il secoua la tête et s'assit à côté d'elle.

— J'ai triché. J'ai acheté des plaques et je les ai découpées. Goûte. Ça fait une énorme différence.

Elle enfonça sa fourchette dans les pâtes et prit une bouchée. C'était une symphonie de saveurs, toutes parfaitement équilibrées.

— Tu es génial. C'est absolument parfait.

— Je voulais que ton anniversaire soit sympa.

Autumn ne put se retenir. Les larmes montèrent. Elle

n'allait pas pleurer, mais elle fut frappée par un sentiment simple et pourtant magnifique.

— Merci mille fois. C'est mieux que sympa. C'est parfait.

Grey sourit et mangea ses pâtes. Autumn l'imita. Quelques minutes plus tard, ils se retrouvent tous les deux au fond de leurs chaises, heureux et repus.

— Je dois dire que je suis assez fier de moi.

— Tu peux.

Elle se leva et ramassa les assiettes.

— Qu'est-ce que tu fais ? C'est moi qui suis censé te servir.

— Viens. Allons nettoyer la cuisine. J'ai besoin d'aide pour retirer cette robe.

— Oui, m'dame.

Il se précipita derrière elle.

Sans surprise, la cuisine était nickel.

— Où est le désordre ?

Il posa les bols sur le comptoir.

— Je nettoie au fur et à mesure que je cuisine. Il y a une sauteuse dans l'évier. Et il faut mettre les bols dans le lave-vaisselle. Sinon, tout est déjà fait.

— Je pense que ça peut attendre.

Elle prit sa main et le guida vers la chambre. Il ne semblait pas avoir besoin d'une invitation.

Elle l'assit sur le bord du lit et se plaça debout entre ses genoux. Il leva les yeux vers elle et respira profondément par le nez ; il avait l'air d'essayer de se contrôler. C'était pareil pour elle. Elle se baissa et défit deux boutons juste pour avoir une meilleure vue sur son torse sexy. Elle ne put attendre de passer les mains sur sa peau nue.

Quand il posa les mains sur ses hanches, la chaleur faillit lui brûler la peau à travers la robe. Il enfonça les doigts dans sa chair et la tira vers lui jusqu'à ce que ses genoux soient appuyés contre le matelas. Le visage de Grey était assez près de ses seins pour que ses tétons chauffent et se dressent. Il passa une main dans son dos pour tirer la fermeture Éclair. De l'électricité lui parcourut la colonne vertébrale tandis que ses doigts effleuraient sa peau. Son désir pour lui devenait plus pressant. Impossible à dominer.

Elle fit tomber sur ses épaules les bretelles de sa robe. Cette dernière glissa le long de son corps, faisant monter la température de quelques degrés. Leurs regards se connectèrent tandis qu'elle dégrafait son soutien-gorge sans bretelles et remuait en faisant descendre sa petite culotte sur les hanches. Elle était entièrement nue, mais portait toujours ses escarpins. Elle posa un pied sur le lit et le laissa défaire la lanière. Puis l'autre. Les paupières de Grey étaient lourdes de désir, ce qui donnait envie à Autumn de lui donner tout ce qu'il pourrait demander. Elle posa une main sur son épaule et le poussa sur le lit avant de planter un genou sur le matelas entre ses jambes.

— J'aime ce côté chez toi, dit-il. La femme qui prend ce qu'elle veut.

— C'est très simple, Grey. C'est toi que je veux.

Elle retira ses lunettes et les posa sur la table de chevet, puis tira la chemise de Grey hors de son pantalon. Un par un, elle défit les boutons restants. À la seconde où son torse fut nu, elle s'étendit à ses côtés et laissa ses doigts caresser sa peau.

Grey roula sur le côté et passa sa main autour du cou d'Autumn. Ils s'embrassèrent comme s'ils allaient se noyer et que c'était leur seul moyen de survie. Grey la fit rouler sur le dos, sa cuisse frottant fermement son entrejambe. Elle ne l'avait jamais désiré autant.

Il se mit à genoux et enleva brusquement sa chemise qu'il jeta à travers la chambre. Elle défit sa ceinture, puis le bouton de son pantalon avant de descendre la fermeture Éclair. Elle sentait déjà la chaleur et la tension qui émanaient de son corps. C'était comme le soleil du mois d'août. Il descendit son pantalon sur les hanches, mais cela ne suffit pas à Autumn. Elle ne voulait pas attendre plus longtemps. Elle s'assit et tira sur son boxer pour le prendre en main, le caresser avec légèreté en laissant sa paume effleurer la peau douce du bout à chaque passage. Il émit un râle si grave qu'elle eut l'impression que la pièce trembla. Avec son autre main, elle appréciait son ventre ferme qu'elle connaissait déjà si bien.

Grey bondit du lit et se débarrassa du reste de ses vêtements avant de remonter rapidement sur le matelas. Il prit Autumn dans ses bras et l'embrassa passionnément tandis que leurs jambes s'entremêlaient. Leurs mains se promenaient partout : celles d'Autumn effleuraient son dos et ses fesses et celles de Grey flattaient les courbes de ses hanches avant de remonter pour saisir ses seins. Il l'allongea sur le dos et plongea son regard dans le sien en dessinant des cercles délicats autour de ses tétons. Elle avait l'impression qu'elle allait exploser.

— Grey, s'il te plaît, mets une capote. J'ai envie de toi.

Il sourit et tendit le bras vers le tiroir ouvert. Il arracha l'emballage et déroula le préservatif sur son membre, sans jamais quitter Autumn des yeux. Elle se sentait à la fois exposée et agréablement transparente. En attente et satisfaite. Comment pouvait-il lui faire ça ? Comment faisait-il pour qu'elle se sente à la fois en conflit et heureuse d'être là ?

À quatre pattes, Grey la surplomba avant de baisser la tête.

— Que veux-tu pour ton anniversaire ? lui susurra-t-il à l'oreille.

— Je veux que tu embrases mon monde.

Grey aurait voulu continuer à regarder Autumn, mais ses yeux se fermèrent tandis qu'il la pénétrait. La sensation douce et chaude de son corps qui se dilatait lui était familière, mais ce soir, c'était comme si elle lui manquait depuis toujours. Il ne put s'empêcher de souffler et contracter les abdos, mais quand l'air emplit ses poumons, il sentit la tension se relâcher très légèrement. Juste assez pour qu'il apprécie chaque seconde en présence d'Autumn.

Il se baissa et planta ses deux coudes dans le matelas. Il embrassa sa bouche pulpeuse et sexy. Cette bouche qui prononçait des mots doux et malins, et riait. Qui lui donnait un plaisir qui aurait pu lui faire perdre la tête. Elle enroula ses jambes autour de lui, le projetant sur une vague qui l'attirait toujours plus loin dans les profondeurs de la béatitude.

Autumn inclina son bassin pour lui permettre de plonger plus profondément en elle. Il effleura avec sa bouche la peau douce de sa joue et descendit le long de son cou délicat. Ils bougeaient ensemble à un rythme qui leur convenait parfaitement. Grey le devinait à ses respirations qui étaient superficielles et rapides, et au roulement de son bassin plus insistant. Il était bien déterminé à lui donner tout ce qu'elle voulait, alors il s'appuya sur ses bras et contracta ses abdos pour contenir son propre orgasme alors qu'il faisait des mouvements plus longs et plus intenses encore. Il écoutait Autumn, étudiait son visage pour trouver des indices tandis qu'elle enfonçait ses doigts dans son dos, se raccrochant à lui comme si elle se raccrochait à la vie. Elle se cambra contre lui, gémissant, le serrant contre elle avec ses talons.

Il savait qu'elle n'était pas loin de venir. Il la sentait se contracter. Il restait focalisé sur elle, essayant d'ignorer l'intensité de ses sensations. Un doux brouillard troublait son esprit. Elle ouvrit la bouche, enfonça encore ses doigts et l'incita à aller encore plus profondément en elle avec ses jambes. Puis elle explosa, cambrant le dos et haletant. C'était tellement beau à regarder qu'il n'avait pas remarqué que son propre orgasme approchait. Il le frappa de plein fouet. Alors il plongea une dernière fois en elle et baissa la tête pour enfouir son visage dans le creux de son cou.

Autumn émit un « hum » de plaisir et le fit rouler sur le côté où ils purent s'embrasser et redescendre sur terre dans les bras l'un de l'autre. Une partie du cerveau de Grey resterait vide pendant un moment, mais plusieurs pensées lui vinrent à l'esprit. La principale était l'écart incroyable entre comment il se sentait quand il était revenu à Asheville au début de l'été et comment il se sentait maintenant.

— Hmmm. Tu es fantastique, Grey Holloway, dit Autumn en caressant son flanc du bout des doigts, éveillant à nouveau tout son corps.

— Joyeux anniversaire, Autumn. J'espère que tu as passé une bonne journée.

Il était si heureux qu'ils aient pu partager ça ensemble. Ce serait un souvenir qu'il garderait longtemps. Peut-être même à jamais.

— Excellente. La meilleure journée d'anniversaire.

— Elle n'est pas encore finie. Il reste le dessert.

Autumn bascula la tête en arrière.

— Oh ! quel genre ?

— Un gâteau jaune avec de la crème au beurre au chocolat. Un vrai gâteau d'anniversaire.

— C'est toi qui l'as fait pour moi ? Tu as vraiment tous ces talents ?

C'était ridicule, mais il adorait qu'elle l'en croie capable.

— Je l'ai fait faire par le chef pâtissier.

— Tu es tellement gentil. Je ne sais même pas comment te remercier, ajouta-t-elle avec un doux baiser.

— Tu en veux, maintenant ?

— En fait, je pensais à quelque chose quand on dînait dehors. Il fait chaud ce soir et l'étang est très joli à cette période de l'année.

— Tu veux aller te baigner ?

— Qu'est-ce que tu penses d'un bain de minuit ?

Pendant un instant, Grey se demanda à quoi elle pouvait bien penser.

— On ne peut pas faire ça. C'est la propriété de ma famille.

— Personne ne nous verra. Les clients ne connaissent que le grand lac, pas l'étang à l'arrière de la propriété.

Quand ils étaient petits, Grey et ses frères allaient se baigner dans cet étang tous les jours. Parfois, Molly se joignait à eux. Ils le considéraient comme leur point de baignade privé. Un été, ils avaient même construit une cabane dans un arbre juste à côté. Mais c'était bien des années plus tôt…

— Comment peux-tu en être sûre ?

— Bon, d'accord. Je n'en suis pas sûre, mais on est intelligents, tous les deux. On trouvera bien une solution.

— Je ne sais pas…

Grey n'avait pas franchement envie de le faire, mais il aimait vraiment beaucoup être nu avec Autumn. Et il voulait lui faire plaisir.

— Oh ! allez. C'était quand la dernière fois que tu as pris un bain de minuit ?

— Je ne l'ai jamais fait.

Autumn resta bouche bée.

— Alors on doit le faire. Pas d'excuse.

Elle sauta du lit et enfila sa robe.

— Allez. Mets un T-shirt et un short.

Grey attrapa des vêtements dans son armoire.

— C'est fou.

— Dis-toi qu'on sera ravis de manger le gâteau après ça, dit-elle en lui tournant le dos. Ne remonte pas la fermeture Éclair jusqu'en haut. Je veux pouvoir la retirer rapidement.

— Après ça, je serai prêt à te ramener au lit.

— La baignade d'abord, dit-elle en riant. Puis le gâteau, et enfin, le sexe.

— Oui, m'dame, dit-il alors qu'ils se rendaient dans le séjour. Est-ce qu'on prend des serviettes ?

— Ce serait trop flagrant si on nous voyait sur le trajet. On va devoir s'assurer que le champ est libre. Et c'est toi qui vas devoir t'en occuper parce que je vais laisser mes lunettes ici.

Oh ! d'accord. Grey comprit qu'Autumn et lui allaient devoir se guider respectivement dans ce scénario.

— Que ferons-nous s'il y a du monde ?

— Nous attendrons qu'ils partent. Mais je doute que nous voyions qui que ce soit, et personne ne nous verra non plus.

Quand elle l'embrassa, il eut l'impression qu'elle lui souhaitait bonne chance.

— Allez, lança-t-elle.

Main dans la main et pieds nus, ils sortirent, et Grey ferma la porte derrière lui. Par chance, il y avait un digicode pour entrer dans le chalet, et il n'avait pas à se soucier de la clé. Dans la nuit noire, ils parcoururent rapidement le trajet jusqu'à l'étang. Ils accélèrent en s'approchant. L'air était juste comme il faut et éveillait les sens. L'herbe était douce sous les pieds de Grey. La main d'Autumn avait la taille idéale pour la sienne. Ça sentait bon, et les grenouilles et les grillons rivalisaient pour faire le plus de bruit.

Il n'y avait personne en vue quand ils arrivèrent au bord de l'eau, à l'abri d'un grand arbre.

— Prêt ? demanda Autumn.

Mais elle n'attendit pas sa réponse et enleva sa robe.

Grey retint son souffle et prit un instant pour contempler les formes somptueuses de son corps, éclairées par la lune.

— Ouais.

Il retira son short et fit passer son T-shirt au-dessus de sa tête, puis ramassa leurs vêtements pour les cacher au pied d'un tronc d'arbre.

Autumn reprit sa main.

— Tu dois y aller en premier. Je risquerai de sauter trop tôt ou de tomber dans l'eau.

Le cœur de Grey battait sauvagement, mais être avec Autumn lui donnait envie d'oublier la prudence.

— D'accord. Suis-moi.

Il décida qu'une approche rapide était la meilleure : ils firent six ou sept longues enjambées rapides et sautèrent dans l'eau. Elle était plus chaude qu'il l'imaginait. Il plongea la tête la première. Et la main d'Autumn quitta la sienne. Grey battit violemment des pieds pour remonter à la surface en secouant la tête.

— Autumn ? Où es-tu ?

Il paniqua, la cherchant dans le noir et nageant pour rester à la surface.

Puis il entendit des clapotis et une grande inspiration.

— Waouh. Elle est super bonne.

Autumn allait bien. Elle avait juste nagé un peu plus longtemps qu'il l'aurait voulu.

— Grey ?

Il devinait sa silhouette à la surface bleue et noire de l'eau.

— J'arrive.

Il nagea jusqu'à elle et la prit immédiatement dans ses bras.

— Alors ? demanda-t-elle. C'est amusant ?

Oui, l'expérience en elle-même était plutôt appréciable. Mais il savait que cela n'aurait pas été pareil sans elle. Comment le lui dire ? C'était censé n'être qu'une petite aventure pendant l'été.

— Génial.

Elle se dégagea et fit quelques brasses pour s'éloigner avant de se retourner et revenir vers lui.

— À quoi penses-tu ? demanda-t-il.

— Que tu es vraiment trop beau.

Elle lui donna un baiser doux, mouillé et fébrile.

Il rit et l'embrassa à son tour.

— C'est gentil, mais je sais que tu ne vois rien sans tes lunettes.

— C'est bien là l'avantage. Je garderai toujours une image de toi dans ma tête.

- 11 -

C'était l'activité préférée de Jameson : regarder Giada cuisiner chez lui pour les déjeuners dominicaux avec ses fils. Dans seulement une semaine, Mack et Molly seraient mariés, et Travis rentrerait à la maison pour quelques mois. Tout irait bien dans le monde de Jameson. Enfin, surtout s'il parvenait à convaincre ses trois fils de rester à Asheville de manière permanente. Pour le moment, le sujet le plus pressant était Grey. Le temps passait, mais Mack et son père avaient un plan.

— Es-tu sûre que je ne peux pas aider ? demanda Jameson en s'approchant de Giada tandis qu'elle préparait une vinaigrette pour la salade.

Il plaça sa main dans le creux de son dos et se pencha pour l'embrasser dans le cou.

Giada se retourna avec un regard féroce.

— Tes fils seront bientôt là. Et si, tu peux aider. Tu peux mettre la salade dans le saladier.

James adorait toutes les façades de Giada ; la femme qui menait tout à la baguette et celle qui prenait soin de son entourage. La glace et le feu. Elle était tout ce qu'il cherchait chez une femme.

— Compris.

Il obéit, content de pouvoir faire cela comme n'importe qui d'autre. Il allait mieux. Il se sentait vivant, surtout quand il était avec Giada.

Elle ouvrit le four pour vérifier « les aubergines à la

Giada », comme les nommait Jameson. C'était une moussaka avec du basilic frais en guise de touche italienne. Elle mettait de l'amour et de ses origines dans tout ce qu'elle cuisinait.

— Encore dix minutes. Et ça aura besoin de refroidir.

— C'est bon pour la salade. Et maintenant ?

— Il faut qu'on parle de ta nouvelle habitude de me toucher et de m'embrasser dans le cou, *cara mio*. Ce n'est pas bien de faire ça devant Grey et Mack.

— Pourquoi ?

Lui et Giada s'étaient embrassés plusieurs fois depuis la soirée de fiançailles de Mack et Molly, mais cela ne suffisait pas à Jameson.

— Ils t'adorent et ils veulent mon bonheur.

— Ce sont aussi eux qui payent mon salaire. Je suis censée prendre soin de toi. Pas être dans ton lit.

— Mais tu n'es pas dans mon lit. J'ai lancé l'invitation, mais tu l'as déclinée.

Elle sourit et fit un pas vers lui pour lui prendre la main.

— Je tiens à toi, Jameson. Je pense que tu le sais. Mais ta santé est plus importante. Le docteur veut que tu te concentres sur ta guérison, et je suis d'accord. Je sais que tes fils aussi.

— Mais je me sens fantastiquement bien. Je n'utilise presque plus la canne. Nous marchons chaque jour un peu plus loin, même dans la chaleur torride qu'il fait en ce moment.

En parlant de chaleur, Jameson avait l'impression que tout son corps était en feu chaque fois qu'il la faisait parler de choses sérieuses. Mais trop souvent, elle écartait toute conversation sur la perspective d'avoir une relation autre que celle entre une infirmière et son patient.

— Tu fais de gros progrès, et je suis fière de toi. Mais je suis toujours inquiète.

— C'est peut-être parce que tu es attachée à moi.

Il frotta le dos de sa main avec son pouce et regarda intensément son joli visage.

— Jameson…, dit-elle tandis qu'il baissait la tête.

— Chhhh.

Jameson passa délicatement sa main dans ses cheveux avant de poser prudemment ses lèvres sur les siennes. À l'instant où elles se touchèrent, cela lui rappela combien il avait envie d'elle. Giada mit sa main sur sa taille et le tira subtilement vers elle. Jameson s'exécuta en passant un bras autour d'elle. Son cœur se mit à battre violemment. C'était la tempête dans sa tête. Il sentit ses jambes chanceler et pencha sur le côté. Il se rattrapa au comptoir avec une main.

— Tu vas bien ? demanda Giada, paniquée.

Mince.

— Je vais bien. Parfaitement bien.

Il se redressa, toujours pris de vertige, mais il ne voulait pas le lui avouer.

— Voilà ce dont je parlais. Tu n'es pas prêt pour ça, Jameson, même si tu te sens bien.

— C'est juste mon corps qui me rappelle combien je te désire. Ce n'est pas ma santé. C'est mon cœur.

Le minuteur de la cuisine sonna. Au moment où Giada regarda dans le four, la sonnette retentit. Ils entendirent la voix de Mack dans l'entrée.

— On est là.

Molly et lui entrèrent dans la cuisine avec une bouteille de vin et un gros bouquet de fleurs sauvages colorées. Heureusement que son fils s'annonçait toujours. S'ils étaient arrivés deux minutes plus tôt, ils les auraient trouvés en train de s'embrasser comme un couple d'adolescents.

— C'est pour Giada, dit Molly tandis que Jameson l'embrassait sur la joue.

Giada enleva ses gants de cuisine et accepta le bouquet.

— *Grazie*. C'est très gentil. Mais c'est plutôt la future mariée qui devrait être entourée de fleurs ici. Pas moi.

— Dans une semaine, nous nous marions. C'est fou, non ? dit Mack en s'asseyant sur un tabouret devant l'îlot.

— En fait, seulement six jours, le corrigea Molly. À cette heure la semaine prochaine, on sera mariés.

— Quand Travis doit-il arriver ? demanda Giada en arrangeant les fleurs.

— Pas avant vendredi. Il est super occupé, répondit Mack. Mais au moins, il sera là.

— Et quand Grey est censé partir ?

— Pour Labor Day, dit Jameson avant de regarder Mack. Une idée pour aborder ce sujet ?

Giada secoua la tête.

— Jameson, Grey est un adulte. Si tu veux qu'il reste, dis-le-lui simplement.

— Grey a besoin qu'on le pousse, intervint Mack. Il fera n'importe quoi pour éviter les bouleversements et les histoires. C'est trop facile pour lui de rester à New York et vivre une vie calme qu'il contrôle.

Mack ne se trompait pas beaucoup sur Grey, mais il ne pouvait pas vraiment comprendre ce qu'avait vécu son frère. Ils étaient tous les deux si jeunes quand ils étaient venus vivre avec Jameson.

— C'est vrai, mais tu dois te rendre compte pourquoi il est attiré par la stabilité et le calme. Il a grandi dans le chaos et il ferait n'importe quoi pour l'éviter. Cela ne s'oublie pas.

Le silence tomba, mais Molly intervint :

— Je comprends. C'est l'anarchie dans ma famille. Mais peut-être qu'on devrait juste rappeler à Grey que celle qu'il a ici le soutient et l'aime.

Jameson ressentit une grande fierté en entendant la

vision que Molly avait de sa famille, mais il savait que ses fils n'avaient pas entièrement pansé leurs blessures du passé. Et cela n'arriverait pas tant que Travis ne serait pas lui aussi à Asheville pour qu'ils puissent aller au fond des problèmes. Ils devaient donc convaincre Grey de rester, au moins un peu plus longtemps.

— Il amène Autumn pour la première fois aujourd'hui. Ce doit être un bon signe pour notre affaire.

— Peut-être, dit Mack. Mais vous ne trouvez pas bizarre qu'il ait attendu aussi longtemps ? Je me demande si ce n'est pas un signe de plus annonçant son départ.

— Ne sois pas si pessimiste, dit Molly. Tu ne sais pas ce qui va arriver. Peut-être qu'il lui manque juste la femme qu'il lui faut. Autumn pourrait être cette personne.

Mack serra Molly dans ses bras.

— Tu veux savoir ce que j'aime chez toi ? Tu n'as pas peur de me dire d'arrêter de dire des bêtises.

Ils rirent tous ensemble, mais le sourire de Jameson s'effaça rapidement. Il avait tant de raisons d'être reconnaissant dans la vie, mais il y avait aussi beaucoup de choses qui le préoccupaient : Giada, Grey et l'espoir que ses fils se réconcilient un jour.

Grey et Autumn entendirent des rires tandis qu'ils approchaient la maison de Pops. Il allait entrer, quand Autumn l'arrêta en posant sa main sur son bras.

— Attends une seconde. Je veux juste te remercier de m'avoir amenée ici. C'est important pour moi.

Grey était partagé. Il ne voulait pas que ce soit trop important. Il ne l'avait pas invitée avant à leur réunion familiale parce que cela concrétisait leur rapprochement. C'était Pops qui avait lourdement insisté pour qu'il revienne sur sa décision.

— Je suis désolé. J'aurais dû t'inviter plus tôt. Je crois que je voulais te protéger de nos histoires.

— Grey. Si tu veux des histoires, prends ma famille. La tienne est merveilleuse. Je suis tellement soulagée d'être ici pendant que mon père donne une interview à *Sunday Hour*. Comme ça, je peux l'éviter.

Grey jeta un coup d'œil à sa montre. L'émission *Sunday Hour* venait juste de commencer, et l'interview du père d'Autumn ne tarderait pas à être diffusée.

— Tu n'es pas inquiète ?

Elle plaqua un sourire stressé sur son visage.

— Un peu, mais ça ira, dit-elle avant d'indiquer la porte d'un signe de la tête. On y va ?

Grey lui ouvrit la porte et la suivit à l'intérieur. Des rires et des discussions joyeuses résonnaient dans la maison. Grey avait de nombreux souvenirs merveilleux ici et, désormais, il n'avait plus l'impression de revenir dans le passé quand il y entrait. Quand ils arrivèrent dans la cuisine, ils furent chaleureusement accueillis par Giada, Pops, Mack et Molly qui les étreignirent. Même les chiens se montrèrent en remuant la queue tandis que tout le monde les caressait.

— Merci de te joindre à nous, Autumn, dit Pops.

— Merci de m'avoir invitée. C'est un véritable honneur, répondit Autumn.

Grey se sentit idiot. Pourquoi ne l'avait-il pas invitée plus tôt ? Autumn se fichait des histoires de famille. Et si quelqu'un pouvait rendre une situation plus agréable, c'était bien elle.

— Le repas sent formidablement bon, Giada.

— Merci, Grey. Tout est prêt. On peut passer à table.

Grey et Mack aidèrent à apporter les plats sur la table tandis que tout le monde s'asseyait. En fier patriarche, Pops était en bout de table. Grey dut admettre que son père avait l'air d'aller mieux et d'être plus fort chaque jour. Entre aujourd'hui et le jour de son retour, c'était le jour et la nuit.

— Il faut que je vous raconte un truc amusant, dit Molly alors que tout le monde mangeait. Des clients faisaient une promenade au clair de lune et ont vu deux personnes prendre un bain de minuit dans l'étang. Un homme et une femme. Il faisait trop sombre pour voir des détails ou les identifier, mais je me demande bien qui c'étaient.

Grey ravala un rire, et Autumn lui donna un coup de coude dans les côtes.

— C'est marrant, dit Grey.

— Heureusement que la cabane dans l'arbre n'est pas encore en location, dit Mack en souriant. Mais je trouve que c'est un argument pour installer plus de caméras de sécurité, non, Grey ?

Zut ! Mack savait que c'étaient eux.

— Mes fils adorent dépenser de l'argent, dit Pops.

— Ce n'est pas vrai. Sais-tu que la brasserie va être entièrement autonome en électricité ? Entre les panneaux solaires sur le toit et le reste. Ça va permettre de faire de grosses économies.

Jameson regarda Grey au bout de la table.

— C'est vrai, fils ?

Grey ne comprenait pas vraiment la question.

— Oui, Pops. C'est mon métier. L'architecture écologique.

— Ça, je le sais, dit Jameson en s'essuyant le coin de la bouche. Je crois que je n'avais pas réalisé l'impact.

— La technologie évolue vite. Ce qu'on peut accomplir aujourd'hui est assez impressionnant.

— Je voulais t'en parler, Grey, dit Mack en posant sa fourchette pour prendre une gorgée de vin.

— De quoi, exactement ?

— J'aimerais vraiment moderniser les vingt-cinq brasseries Corkscrew Craft Beer avec de l'énergie solaire et éolienne. Mettre en place la récupération d'eau de pluie. La totale.

— Il y a des consultants qui peuvent t'aider pour ça. Je pourrais te donner des contacts, proposa Grey.

— Ce n'est pas ce que je veux. C'est comme quand je t'ai demandé de faire les plans pour la brasserie de Moonlight Ridge. Je veux travailler avec toi. Qu'on soit de vrais partenaires.

— Oh.

Grey était un peu décontenancé.

— Ce n'est pas dans mes habitudes, mais je suis sûr qu'on pourrait faire quelque chose. Tu sais que je t'aiderai pour n'importe quoi.

— Je pense que tu sais très bien ce dont je veux parler, Grey. Et j'ai l'impression que tu essayes d'éviter la question, dit Mack en secouant la tête.

— Alors dis-le simplement, Mack.

Grey regarda les autres convives en espérant que quelqu'un verrait que son frère les mettait mal à l'aise. Autumn remua sur sa chaise. Molly finit son verre de vin.

— Je veux que tu viennes t'installer à Asheville et que tu travailles avec nous.

Autumn retint son souffle, avant de boire une grande gorgée d'eau. Les glaçons tintèrent dans son verre.

— On en a déjà discuté, Mack. Je ne vais pas balancer plus de dix ans de travail en abandonnant mon entreprise à New York.

— Tu n'es pas obligé de l'abandonner. Il te suffirait d'embaucher quelqu'un pour diriger ce bureau. Ou même voir si certains de tes employés voudraient déménager ici. La vie est beaucoup moins chère en Caroline du Nord.

— Et c'est joli, Asheville, ajouta Molly. Les personnes qui ont des familles apprécient ce cadre de vie.

— Si quelqu'un peut te dire que c'est l'endroit idéal pour élever des gamins, c'est bien moi, dit Pops.

Grey comprit que c'était un guet-apens.

— Pops, toi aussi ?

— Je préférerais t'avoir ici. Cela aurait toujours dû être une évidence. Je t'aime, Grey. Ton frère t'aime aussi.

Grey était déchiré entre son ancienne vie et la nouvelle. Il jeta un coup d'œil à Autumn, conscient qu'elle prenait une part importante dans cette équation. Il tenait profondément à elle. Il voulait continuer à la voir après son retour à New York. Mais il savait aussi qu'elle cherchait l'amour d'une vie, un engagement réel. Grey n'en était pas encore là. Elle était la première femme à l'avoir fait douter de ses a priori sur l'amour, mais on ne pouvait pas effacer une façon de penser qu'on avait eue pendant des décennies en quelques semaines. La certitude et la stabilité lui réussissaient. L'amour ne pouvait garantir ni l'une ni l'autre.

— Dis-moi que tu y réfléchiras, dit Mack. Une réponse avant le mariage serait super. D'autant plus que tu prévois de repartir bientôt.

Cela contraria Grey. Il avait l'impression d'avoir déjà répondu à la question. Le fait que Mack le lui redemande à quelques jours d'un jour si important pour lui renforçait son sentiment de culpabilité. Qu'était censé faire Grey ? Aller voir son frère la veille de son mariage et refuser son offre ? Mack disait qu'il voulait régler les différends entre les trois frères, mais dans des moments comme ça, Grey se demandait si c'était vraiment le cas.

Autumn adorait comment la famille Holloway lui donnait le sentiment d'être chez elle. Mais la prise de bec entre Grey et Mack avait mis tout le monde mal à l'aise. Autumn essayait de garder le sourire, mais à l'intérieur, elle était effondrée. Grey allait partir. C'était presque fini. Et même son frère ne pouvait pas le convaincre de rester.

— Je crois qu'on devrait changer de sujet, dit Molly en faisant un clin d'œil à Autumn.

Quelle chance que sa meilleure amie soit là. Elle comprenait combien l'affection entre Autumn et Grey avait grandi cet été, et que cela avait rendu Autumn particulièrement vulnérable. Encore une fois.

— Excellente idée, dit Giada. Autumn, parlez-moi de votre famille. Je ne sais rien sur eux.

Autumn faillit quitter la pièce en courant. C'était comme si le malaise qui s'était installé s'intensifiait de manière exponentielle.

— Je suis fille unique. Mes parents sont divorcés. Mon père vit à Los Angeles, mais il voyage beaucoup. Ma mère fait des allers-retours entre Santa Barbara et Miami.

— Oh ! je vois, dit Giada en souriant. Et que fait votre père ?

Autumn avait maintenant envie de vomir. Elle avait mal à la tête. Elle pensait pouvoir éviter le sujet de son père en échappant à son interview, mais non.

— Il travaille dans le cinéma.

Molly attrapa la main de Giada qui était sur la table.

— Giada, c'est un sujet délicat pour Autumn. Quelque chose me dit que vous ne savez pas qui est son père.

— Je suis désolée. Je ne sais pas, en effet.

Molly regarda Autumn pour lui demander l'autorisation de lui expliquer. Cette dernière acquiesça mais ne dit rien.

— C'est un producteur très connu à Hollywood, dit Molly. Il s'est aussi souvent retrouvé dans les journaux parce que des femmes l'accusent de harcèlement sexuel.

La gorge serrée, Autumn espérait réussir à retenir ses larmes. Elle se força à sourire.

— C'est à peu près ça. Ma mère est fantasque et n'a

pas grand-chose d'une mère pour être honnête, mais elle était dans un mariage toxique, donc on ne peut pas trop lui en vouloir.

Autumn avait l'impression d'être minuscule. Elle éprouvait un immense sentiment de honte pour quelque chose qui n'était pas de son ressort.

Grey posa sa main dans son dos.

— Tu vas bien ? Tu veux sortir prendre l'air ?

Autumn avait maintenant deux fois plus envie de pleurer. Grey était si doux et gentil. Il la comprenait. Et il partait dans une semaine. Pourquoi tout devait être aussi horrible ?

— Oui, s'il te plaît. Excusez-nous une minute.

Autumn posa sa serviette sur la table, et Grey tira sa chaise.

Giada se leva et se rua vers eux.

— *Cara mia*, je suis vraiment désolée. Je ne savais pas. Je n'étais pas au courant pour Hollywood. Je lis des romances et regarde des séries policières britanniques à la télévision. Je suis complètement déconnectée de ce genre d'actualité.

Autumn ne voulait pas que Giada se sente mal à l'aise. Ce n'était pas sa faute. Elle s'était juste montrée accueillante.

— Ce n'est pas grave. Vraiment. Vous ne saviez pas.

Elle se tourna vers Grey qui avait l'air d'avoir autant pitié d'elle que les autres personnes à table.

— J'ai juste besoin de sortir une minute, ajouta-t-elle.

Grey prit la main d'Autumn et la guida jusqu'au jardin de derrière. À l'instant où elle mit le pied dehors, ce fut comme si elle avait la permission de craquer, surtout quand elle se souvint de la dernière fois qu'elle s'était tenue ici, lors de la fête de fiançailles de Mack et Molly. Elle et Grey s'étaient tellement amusés ce soir-là, à flirter et à danser, alors qu'ils commençaient à succomber au charme de l'autre.

Grey ne dit rien. Il avait juste cet air compatissant plaqué sur le visage, celui qui disait qu'il ne savait pas quoi faire pour améliorer la situation, ce qui était frustrant, parce qu'il avait le pouvoir de faire disparaître une grande partie de son malaise.

Son téléphone vibra dans sa poche, mais elle l'ignora.

— Je suis un vrai boute-en-train aux réunions de famille, dit-elle en espérant alléger l'atmosphère.

Grey la prit dans ses bras et l'embrassa sur la tête.

— Tu es la plus marrante. Tu devrais donner des cours.

Elle leva les yeux vers son beau visage. Elle aurait tellement aimé qu'il ne parte pas. Mais elle ne voulait pas le forcer à aborder le sujet. Elle voulait qu'il décide tout seul qu'Asheville était fait pour lui. Elle voulait qu'il en vienne lui-même à la conclusion qu'*elle* était faite pour lui. Parce que la vérité, c'était qu'elle s'était tellement attachée à lui qu'elle ne savait pas comment elle allait survivre à son départ. Elle ne pourrait pas rebondir rapidement cette fois. Son téléphone vibra à nouveau.

— Une future mariée affolée ?

Il vibra encore.

— Un dimanche après-midi ?

À la vibration suivante, Autumn se sentit obligée de regarder. Elle le sortit de sa poche et découvrit une longue liste de messages de ses anciens amis de LA.

Je n'arrive pas à croire qu'il t'ait utilisée pour se défendre.

Je suis tellement désolée que ton père t'ait traînée dans cette affaire.

Quel pauvre type ! Le fait que tu aimes toujours ton père ne veut pas dire que ce n'est pas un monstre.

Autumn sentit ses mains devenir si froides qu'elle faillit faire tomber son téléphone.

— Qu'est-ce qu'il y a ? demanda Grey.

Elle lui montra ses messages sans vraiment savoir ce que ça voulait dire, mais certaine que cela avait un rapport avec l'apparition de son père sur la télévision nationale.

— L'interview ?

— Certainement.

Il sortit son propre téléphone et, en moins d'une minute, trouva un extrait vidéo.

— Je crois que j'ai trouvé.

Il appuya sur « Play ». Son père n'avait pas l'air en forme. Il devait avoir perdu presque dix kilos. Son visage était émacié. Sa peau grisâtre, ses yeux cernés. Mais c'était toujours son papa qu'elle voyait. Il n'avait jamais été un papa parfait, mais elle l'aimait, même si elle détestait ce qu'il avait fait.

« — Quel est votre plus grand regret ?

— Que ma fille Autumn se retrouve mêlée à tout ça. Elle est si gentille. J'aimerais vous montrer le message qu'elle m'a envoyé pour son anniversaire. C'est très important pour moi. »

Il tendit son téléphone à son interlocuteur et le message apparut à l'écran.

Les fleurs sont jolies. Merci. J'espère que tu sais que je t'aime. Tu es le meilleur papa du monde.

— Ce n'est pas ce que j'ai écrit ! s'écria Autumn. La moitié du message est fausse.

— Attends. Écoutons la suite, dit Grey.

« — Certaines personnes pourraient se demander comment un homme qui a une relation si proche avec sa fille pourrait harceler des femmes, dit la journaliste.

— Peut-être que vous devriez poser une autre question, dit son père. Un homme qui adore sa fille peut-il maltraiter les femmes ? La réponse est non. »

Autumn avait la nausée.

Grey rangea son téléphone dans sa poche.

— Il faut qu'on prenne un avocat. Pour que tout le monde sache que tu n'as pas dit ces choses. As-tu toujours le message original sur ton téléphone ?

— Oui, mais je sais ce qui va se passer. Les gens voudront entendre ma version de l'histoire. Puis ça fera encore de la mauvaise publicité. Ça ne finira jamais.

— Chhhh. Ça va aller, dit Grey en la serrant de nouveau dans ses bras pour la consoler. Ça va peut-être être infernal les prochains jours, mais ce sera passé dans une semaine.

Autumn se figea. Oui, elle se sentait mal à cause de son père. Mais ça l'atteignait surtout parce que Grey allait partir. Elle leva la tête et le regarda dans les yeux.

— Tu seras parti dans une semaine aussi, Grey. Donc ça n'a pas vraiment d'importance, si ?

Il fit un mouvement de tête comme pour se détendre la nuque et la lâcha avant de regarder le ciel, l'air exaspéré.

— Tu vas me rentrer dans le lard comme ma famille ?

Elle secoua la tête, retenant ses larmes. Elle ne pleurait pas souvent. Rester optimiste était toujours important pour elle. Mais elle était trop triste. Elle aimait Grey et avait peur de l'avouer. À qui que ce soit, même à elle-même. C'était supposé n'être qu'une aventure. Mais cela avait pris une autre tournure. Dans son cœur, en tout cas.

— Je ne vais pas te rentrer dans le lard. C'est ton choix, Grey.

— Ne comprends-tu pas combien je suis frustré ? Je ne me suis jamais posé la question. J'ai dit dès le début que je retournerai à New York. Tout le monde le savait et tout le monde agit comme si j'étais un sale type parce que je m'en tiens à ce que j'ai toujours dit que je ferais.

— Je comprends ton point de vue et je n'ai rien dit

quand ta famille t'a supplié de rester. Ils t'aiment, Grey. Tu ne vois pas la chance que tu as ?

— Ils ne sont pas parfaits, Autumn.

— Bien sûr que non. Aucune famille ne l'est. Mais s'il y a de l'amour, le reste importe peu. À la fin du voyage, seul l'amour compte.

— Ce n'est pas moi le sujet, là. Mais toi.

Elle posa sa main sur son bras et, par ce simple contact, sentit qu'il s'éloignait déjà. Il ferait ce qu'il avait dit : rentrer à New York.

— Grey. Mon problème, c'est ton problème. Sais-tu que ça a été dur pour moi d'écouter Mack et ton père exposer leurs arguments et t'entendre camper sur tes positions ?

Grey lui lança le regard le plus sombre qu'elle n'avait jamais vu dans ses yeux.

— Tu savais que je partirais, Autumn. Ce n'est pas une surprise.

Elle inspira profondément par le nez.

— Tu as raison. Ce n'est pas une surprise. La surprise, c'est la tristesse que je ressens à cette idée. La surprise, c'est l'impression que le monde se dérobe sous mes pieds.

— Évidemment que tu ressens tout ça. Cette histoire avec ton père est atroce.

Elle secoua la tête si vite que ses cheveux lui fouettèrent le visage. Dans le ciel, le tonnerre gronda.

— Ce n'est pas ça. J'ai l'impression de m'effondrer à cause de toi. Ton départ me ronge, et je me répète que je m'en remettrai. Mais en fait, ça ne va pas, Grey. Ton départ ne me convient pas.

Elle reprit sa respiration pour trouver du courage. Les mots étaient juste là, sur ses lèvres, et attendaient de sortir, et elle comprit qu'elle les retenait depuis des jours. Des semaines.

— Je ne veux pas que tu partes parce que je t'aime.

Une déception évidente apparut sur le visage de Grey.

— Autumn…

— Je sais. Je sais. Je t'ai dit que l'idée d'une relation sans lendemain me convenait, et c'était le cas, dit-elle en repensant à leur été et comprenant que ce n'était pas entièrement vrai. Jusqu'à un certain point. Mais mes sentiments ont commencé à changer. Et je ne voulais pas revenir sur ce que je t'avais dit.

— Je pense que tu ne sais pas ce que tu es en train de dire. Cette histoire avec ton père t'a bouleversée. Ce n'est pas le bon moment pour parler de ça.

Une goutte de pluie atterrit sur le nez d'Autumn. Elle leva la tête, et une autre tomba sur son front.

— Il commence à pleuvoir. Rentrons, dit Grey.

Autumn resta immobile.

— Non. Je ne veux pas rentrer. Je veux rester ici dehors et être mouillée. Je veux qu'on en parle. Parce que j'ai passé tout mon été à me taire. Sans te dire la profondeur de ce que je ressens pour toi.

— Je ne sais pas ce que tu veux que je dise. Je ne crois pas aux mêmes choses que toi. Tu le savais depuis le début.

— Je ne peux pas croire que tu ne ressens rien pour moi.

— Évidemment que j'ai des sentiments pour toi. Mais quels qu'ils soient, je ne pense pas que ce soit ce que tu dis.

Autumn avait sa réponse.

— Tu ne m'aimes pas.

Les épaules de Grey s'affaissèrent.

— Je ne sais pas. Je ne sais pas ce que tu veux que je dise.

Autumn pinça les lèvres si fort que cela lui fit mal, mais elle devait faire quelque chose pour contenir la vague de douleur qui montait en elle.

— Peut-être que tu devrais juste me dire au revoir.

— Il nous reste six jours à passer ensemble. Pourquoi ferais-je ça ?

— Six jours ou six minutes. Attendre ne fera que rendre les adieux plus difficiles. Si tu pars vraiment, je préfère qu'on se le dise maintenant.

— Qu'est-ce que ça veut dire ?

— Ça veut dire au revoir.

- 12 -

Autumn eut bien du mal à sortir du lit le lundi matin. Entre le manque de sommeil et son cœur en miettes, ce n'était pas la manière idéale pour attaquer la semaine. Jusqu'à la veille, elle s'était bêtement raccrochée à l'espoir que Grey pouvait changer d'avis. Maintenant, elle savait que rien ne pouvait le faire rester ici. Pas même elle.

Il y avait eu des orages toute la nuit, la pluie battant contre les carreaux tandis qu'Autumn était recroquevillée dans son lit à pleurer. Même Milton avait renoncé à la consoler et était allé dormir dans l'autre pièce. Mère Nature ne semblait pas vouloir être plus clémente aujourd'hui. De gros nuages noirs cachaient le soleil, et même s'il n'y avait plus qu'une petite bruine, la météo annonçait le retour de la pluie dans la matinée.

Elle réussit à prendre une douche et s'habiller, mais cela n'améliora pas son humeur. Elle détestait être aussi sensible et stupide. Il était intelligent et cachait un côté très tendre, tout cela sous une apparence incroyable. Elle ne pouvait pas ne pas succomber.

En sortant de chez elle pour partir travailler, elle vit une voiture qu'elle ne reconnaissait pas garée de l'autre côté de la rue. Un homme se tenait à côté, son téléphone à la main, en train de la prendre en photo. Elle avança vers sa voiture, monta à l'intérieur et lui fit un doigt d'honneur en passant devant lui. Ce n'était pas très malin. Mais elle s'en fichait.

Le temps qu'elle arrive à son bureau à Moonlight Ridge,

elle savait que tout le monde parlait d'elle. Malgré sa tendance à ignorer tout ce qui se passait autour d'elle, elle devait savoir ce qui se disait. Alors elle fit l'impensable : une recherche sur Internet avec le nom de son père.

C'était exactement ce à quoi elle s'attendait.

« Le producteur d'Hollywood inculpé utilise sa fille pour se défendre. »

« Leo Kincaid : "Ma fille ne m'a pas abandonné." »

« L'amour d'une fille réconforte un producteur controversé. »

Les suppositions des gens à son propos étaient toutes erronées. Elle ne voulait pas se réconcilier avec son père. Elle ne voulait plus faire partie de sa vie. Elle détestait ce qu'il avait fait. Mais il y avait une chose de vraie : quelque part dans son cœur, il y avait toujours une lueur d'amour pour son père. Elle avait essayé de l'éteindre, mais c'était impossible.

Les pires histoires étaient celles qui rabâchaient tout l'épisode de l'organisatrice de mariage abandonnée devant l'autel. Et bien sûr, dans ce contexte, Moonlight Ridge était inévitablement mentionné. Elle détestait attirer les projecteurs sur la propriété pour de mauvaises raisons. Ce n'était pas juste pour les Holloway. Pas juste pour Jameson.

Le téléphone d'Autumn vibra discrètement, posé à l'envers sur son bureau. Elle avait été obligée de le passer en mode vibreur. Elle recevait tellement d'appels (presque tous des numéros qu'elle ne connaissait pas) que cela vidait sa batterie. Elle allait devoir demander un nouveau numéro, ou peut-être que c'était le moment de se couper de la société, s'installer au fond des bois et vivre sans téléphone ni Internet.

Mais quelque chose la poussa à regarder son portable. C'était Delilah Barefoot. Autumn hésita à répondre, craignant qu'elle n'appelle pas juste pour parler du plan de table, du gâteau ou de quelque chose d'anodin.

— Delilah, bonjour. Je suis contente de vous avoir au téléphone. Comment puis-je vous aider ?

Autumn tourna dans sa chaise et regarda par la fenêtre. Le ciel s'assombrissait encore. Il pleuvait des cordes. Un éclair déchira le ciel. Quelques secondes plus tard, le tonnerre résonna si fort que toute l'auberge trembla.

— Je ne sais pas trop comment le dire, alors je vais aller droit au but. Nous ne ferons pas notre mariage à Moonlight Ridge. Ma mère a vu votre père à la télévision. Elle n'est pas contente. Elle veut récupérer sa caution. J'espère que ça ira.

Autumn détestait les répercussions en chaîne, et que cela gâche ce qui devrait être un beau jour pour Delilah.

— Je comprends. Je suis vraiment désolée que ça en arrive là. Sincèrement. Je serais heureuse d'aider à la coordination quand vous aurez trouvé un nouveau lieu.

— Le problème, ce n'est pas Moonlight Ridge, Autumn, dit Delilah plus bas.

Ah, oui. Le problème, c'est moi. Elle était complètement abattue.

— Et si je n'étais pas là ?

— Je ne sais pas trop. Ma mère est un phénomène. Et puis, je ne veux pas que vous perdiez votre travail.

— Vous savez, je pensais déjà à démissionner, mentit-elle. Je ne veux pas porter préjudice à l'établissement.

— Je suis tellement désolée, Autumn. Je sais comme c'est dur d'être dans l'ombre d'un parent célèbre.

— Merci. Ça me touche, dit Autumn en ravalant ses larmes. S'il vous plaît, dites à votre mère qu'elle n'a plus à s'inquiéter quant à mon implication. D'ici à la date de votre mariage, personne ne se souviendra de moi.

— J'essayerai, mais je ne peux rien promettre.

— Faites de votre mieux.

Autumn lui dit au revoir, sans vraiment intégrer le fait qu'elle venait de s'engager à quitter Moonlight Ridge, et que l'établissement risquait encore de perdre un énorme contrat. Mais elle ne voyait pas d'autre solution. Elle devait partir. Même si être organisatrice de mariage à Moonlight Ridge était le travail de ses rêves et qu'elle adorait tout le monde ici, elle était un poids pour cet endroit qu'elle aimait. Le bon côté, c'était qu'elle n'aurait pas à penser à Grey à chaque fois qu'elle viendrait au travail.

Elle créa un document sur son ordinateur et rédigea une lettre pour mettre fin à son contrat avec Moonlight Ridge. Malgré les quelques larmes qu'elle avait versées au téléphone avec Delilah, il n'y avait pas de temps pour le sentimentalisme. La lettre était aimable et courte. Directe. Elle cliqua sur « Imprimer », signa en bas de la feuille, puis se prépara pour la prochaine étape. Molly allait lire cette lettre et ne laisserait pas partir sa meilleure amie sans se battre.

Autumn marcha avec détermination vers le bureau de Molly. Quand elle passa sa tête dans l'entrebâillement de la porte, elle vit Mack. Et pas sa meilleure amie.

— Salut, dit Mack en levant les yeux. Comment ça va aujourd'hui ? Grey a dit que tu ne te sentais pas bien.

À l'évidence, Mack n'était pas au courant.

— Ça va. Molly est dans le coin ?

— Non. Elle s'occupe de la maintenance. Il y a un problème de plomberie dans l'une des chambres. Elle m'a juste demandé de jeter un œil à des projections, expliqua-t-il en s'asseyant au fond de sa chaise. Mais je suis content de te voir. J'ai vu l'histoire avec ton père. On devrait probablement discuter de tout ça et des éventuelles répercussions.

Autumn sut alors qu'elle faisait ce qu'il fallait. Elle respira profondément. Il était temps pour elle de couper les ponts avec la famille Holloway. Elle lui tendit la lettre, puis recula, les mains derrière le dos.

— Oui, à ce propos. Vous n'avez plus à vous inquiéter. Je m'en vais.

Mack regarda rapidement la lettre.

— Je vois.

— Je voudrais vous remercier, toi et ta famille, de m'avoir permis de travailler pour Moonlight Ridge. Mais il est temps pour moi de partir. Vous n'avez aucune raison de me garder alors que je ne fais que porter préjudice à l'entreprise.

Elle déglutit, la gorge serrée, refusant de pleurer et espérant que Delilah Barefoot n'annulerait pas tout finalement.

— Je vais débarrasser mon bureau tout de suite. Je pourrai vous fournir une liste de remplaçants potentiels d'ici à la semaine prochaine.

— Je suis désolé de l'entendre. Molly sera très triste de l'apprendre. Mais j'apprécie que tu fasses ce sacrifice pour ma famille. Et pour l'établissement. Ça compte beaucoup. Sincèrement.

Autumn fit un léger signe de tête en s'efforçant de sourire.

— Pas de problème.

— Tu seras quand même là pour le mariage, hein ? Molly serait folle si tu ne venais pas.

Au milieu de tout ça, Autumn avait complètement oublié le mariage de Mack et Molly. Non seulement elle était la demoiselle d'honneur, mais Grey était le témoin. Elle devrait supporter de passer une journée affreusement romantique au côté de l'homme qu'elle aimait. Quel cauchemar.

— Oui. Bien sûr que je serai là.

Grey quitterait Asheville le lendemain, et Autumn pourrait commencer à tourner la page. Encore une fois.

Dehors, un autre éclair apparut. La pluie tombait à torrents. Les lumières vacillèrent, et un autre coup de tonnerre retentit.

— Je ferais mieux d'y aller, dit-elle avant de se précipiter dans le couloir.

L'ambiance convenait parfaitement à la fin de son travail à Moonlight Ridge, tout droit sortie d'un film d'horreur.

Grey essayait vraiment de travailler, mais en vain. Il n'avait pas dormi de la nuit, hanté par l'image d'Autumn qui s'éloignait de lui. Sortait de sa vie. Dehors, il faisait aussi sombre que la nuit et il n'était même pas encore midi. La pluie tombait sans discontinuer. Grey n'avait jamais aimé ce genre de temps. Il était trop imprévisible. Et il lui rappelait trop la nuit où Travis était sorti dans la tempête, et que lui et Mack étaient partis à sa recherche. En une fraction de seconde, tout avait changé. Tout comme l'accident cérébral de Jameson avait tout chamboulé à nouveau.

Peut-être était-ce à cause du manque de sommeil, mais Grey avait l'impression de ne pas avoir les idées claires. Ces derniers temps, Autumn était la personne qui donnait un sens à sa vie, mais il ne pouvait pas l'appeler. Elle serait furieuse contre lui. Il lui restait donc Mack. Grey se sentait terriblement perturbé et il devait faire quelque chose pour y remédier. Alors il prit son téléphone. À ce moment-là, l'appareil émit un bruit strident : le système de prévention d'urgence. Avec un rapide coup d'œil, il apprit qu'il y avait une alerte inondation dans la zone. Par chance, il n'avait pas prévu de se déplacer.

— J'allais justement t'appeler, répondit Mack. As-tu parlé à Autumn ?

— Pas depuis hier.

Grey n'avait toujours pas parlé à son frère de leur brouille.

— On a eu une dispute. Ou un désaccord.

— À quel propos ?

— De mon départ. Elle m'a dit qu'elle m'aimait.

— Je pensais que c'était juste une aventure. Pourquoi ne t'en es-tu pas tenu au plan ?

C'était une question très simple, du genre de celles que Grey se posait tout le temps. Il adorait les plans. Toute sa carrière reposait sur des plans. Quand il en faisait un, il s'y tenait toujours. Mais pas avec Autumn.

— C'est arrivé comme ça.

— Lui as-tu dit que tu l'aimais aussi ?

— Non.

— Alors tu ne l'aimes pas ?

Grey allait lui dire qu'il avait pour Autumn des sentiments qu'il ne pouvait pas expliquer. Mais ce n'était pas entièrement vrai. C'était simple : il voulait être avec elle. Il voulait la protéger et assurer sa sécurité. Elle lui faisait voir le monde différemment. Mais… il avait peur de mettre l'étiquette « amour » sur ses sentiments. L'amour pouvait disparaître. Il pouvait se faner ou se transformer en autre chose. C'était arrivé avec ses parents. C'était arrivé avec ses frères. Même s'il avait trouvé un nouvel amour parental avec Jameson. Et que ça avait l'air d'aller mieux avec ses frères.

— Mince, Mack. J'ai tout gâché. J'aurais dû lui dire que je l'aimais, mais j'ai paniqué. Pourquoi as-tu attaqué sur mon départ hier, d'ailleurs ?

— Parce que je t'aime, gros idiot. Et je veux que tu restes.

Grey n'arrivait pas à croire qu'il était aussi bête.

— Je dois y aller. Je dois discuter avec Autumn.

— Elle vient de partir. Elle a démissionné et vidé son bureau.

— Quoi ? À cause de moi ?

— Je suis sûr que tu adorerais que ce soit pour ça, mais c'était plutôt à cause de son père. La famille Barefoot allait annuler leur mariage. Elle a vu que cela nous portait préjudice.

— Elle ne peut pas démissionner.

— Trop tard. Elle l'a déjà fait.

— Non. Laisse-moi arranger ça. Je vais l'appeler. À plus.

— Attends. Je peux te donner un conseil ?

— Quoi ?

— Ne l'appelle pas si tu n'es pas prêt à lui dire que tu l'aimes.

Je le sais maintenant.

— Je dois y aller. Bye, Mack.

Grey raccrocha et appela aussitôt le portable d'Autumn. Il tomba sur son répondeur. Il lui envoya un message.

S'il te plaît, réponds.

Il la rappela.

— Qu'est-ce que tu veux, Grey ? Je ne veux pas te parler maintenant. J'essaye de conduire dans la mousson.

— Pourquoi es-tu sur la route avec ce temps ? Il y a une alerte inondation.

— Je sais. Ça va. Ou peut-être qu'une rivière m'emportera, et que personne n'aura plus à se soucier de moi.

— Moi je me soucierai de toi, Autumn. Toujours.

— Sujet suivant, s'il te plaît.

Impossible de ne pas entendre la colère dans sa voix. Il devait la voir. Il devait lui dire en personne ce qu'il ressentait.

— Écoute, Autumn, il faut qu'on parle. Gare-toi sur le côté de la route, et je te rejoins. Où es-tu ?

— Sur l'ancien sentier de débardage.

Le cœur de Grey se mit à battre plus vite. Le simple fait qu'elle mentionne cette route lui noua l'estomac.

— Mais cette route donne sur le ravin. Il arrive qu'elle soit bloquée par la pluie.

Les lumières clignotèrent. C'était un mauvais présage.

— Je vais bien. Ne…

Il entendit un clic dans le téléphone.

— Autumn ? Allô ?

Pas de réponse. L'esprit de Grey se mit à tourner à plein

régime. Et si elle avait été emportée ? Et si elle était blessée ? Et si elle était morte, et qu'il n'avait jamais l'occasion de lui dire ce qu'il éprouvait ? Il attrapa ses clés et courut jusqu'à sa voiture. Pendant un instant, il hésita. Il savait qu'il perdait son sang-froid là. La tension était à son comble. Et Mère Nature n'était pas clémente. Le temps ressemblait précisément à celui de la nuit où lui et Mack étaient allés chercher Travis. La nuit où tout avait très très mal tourné. Était-ce une erreur ? Était-il sur le point de faire quelque chose de vraiment stupide ?

Il n'avait la réponse à aucune de ces questions. C'était l'inconnu dans toute sa splendeur, et il devait l'affronter. La main tremblante, il mit le contact et fit démarrer le moteur. Il avança, conscient qu'il ne pouvait pas abandonner Autumn à son sort. Il tenait trop à elle. Il l'aimait.

Sa voiture fit une queue de poisson quand il enfonça la pédale de l'accélérateur, et il faillit dévier de l'allée près de son chalet. Par chance, il y avait très peu de voitures de sorties par ce temps, alors Grey put rejoindre la vieille route de débardage en un rien de temps. Son cœur battait aussi vite que ses essuie-glaces essayaient de chasser la pluie. Il approchait la vitesse limite, mais il n'avait pas le choix. Il espérait qu'elle avait eu le bon sens de s'arrêter. Autumn n'avait pas une très bonne vue, même avec ses lunettes. Et en plus, elle était bouleversée. L'imaginer derrière le volant avec ce temps était intolérable. Alors il se força à se concentrer sur la route pour la retrouver. Après un grand virage, il sut qu'il n'était pas loin du ravin. Il vit vaguement des phares rouges. Des feux de stop. Une voiture était stationnée sur le bord de la route.

Autumn. Son instinct lui dit de conduire jusqu'à elle comme un dératé, mais ce n'était pas sûr, surtout avec ces conditions glissantes, alors il ralentit. Son cœur menaçait de sortir de sa poitrine quand il s'arrêta derrière sa voiture.

Il n'y avait aucun signe de vie. Pas d'Autumn. Et elle avait laissé le plafonnier allumé, ce qu'il trouva bizarre.

Il descendit de sa voiture et se retrouva trempé en quelques secondes. Le bruit était assourdissant. Des éclairs déchiraient le ciel. Il avança vers la portière côté conducteur et se protégea les yeux avec ses mains pour regarder à travers la vitre. Elle n'était pas à l'intérieur. Il se redressa et regarda vers le bas de la route, mais aucune trace d'elle.

— Autumn ? cria-t-il, les mains en porte-voix.

— Grey ?

Sa voix était faible et étouffée, mais lui donna un coup de fouet.

— Autumn ? Où es-tu ?

Il se retourna et vit alors sa voiture glisser sur le côté. Il fit le tour jusqu'au côté passager, et ce fut là qu'il la trouva, accroupie, en train d'essayer de changer un pneu. Le soulagement qu'il ressentit fut si soudain qu'il se demanda comment il avait pu douter de ses sentiments pour elle.

— Autumn ! Tu vas bien.

Elle tomba sur ses fesses et resta assise dans la boue, son démonte-pneu à la main. Ses lunettes étaient embuées et avaient glissé sur le bout de son nez. Ses cheveux étaient aussi mouillés que lorsqu'ils avaient pris leur bain de minuit.

— Grey ? Tu es venu me chercher ? Je t'ai dit de ne pas le faire.

Il tomba à genoux à côté d'elle, sur le sol boueux, mais il s'en fichait. Il lui prit la main.

— Bien sûr. Je devais retrouver la femme que j'aime.

Elle le fixa derrière ses lunettes.

— Que viens-tu de dire ?

— Je t'aime. J'aurais dû te le dire hier. Je le sentais, mais je n'avais pas encore intégré cette idée. Probablement parce qu'admettre mes sentiments pour toi veut dire rester, ce qui implique de céder à la demande de Mack.

Autumn se leva tant bien que mal et le regarda par terre, le désignant avec son démonte-pneu avec un air agressif.

— Si tu pars, je ne veux pas entendre que tu m'aimes.

Il s'empressa de se relever.

— Je ne pars pas.

— Vraiment ?

Il secoua la tête. Il voulait la prendre dans ses bras.

— Tu veux bien poser ce fichu démonte-pneu, s'il te plaît ?

Elle le lâcha, et ses épaules s'affaissèrent.

Il la tira aussitôt dans ses bras pour pouvoir la sentir contre lui et regarder l'eau ruisseler au bout de son nez.

— Tu es sérieux ? Tu ne pars vraiment pas ?

— Je reste. Je t'aime, Autumn, et je sais que ça ne fait que quelques mois, mais j'espère que tu voudras toujours me voir. J'espère que tu pourras me pardonner pour tout ce qui s'est passé hier. J'ai eu un moment de folie passagère.

Autumn regarda le ciel un instant.

— Je dirais que c'est maintenant, ton moment de folie.

— Tu es restée sous la pluie pour moi hier. Je me suis dit que la moindre des choses que je pouvais faire, c'était me faire tremper pour toi.

— Est-ce qu'on peut arrêter ça ? Cette partie toute mouillée ?

— Oui. Montons dans ma voiture. On viendra récupérer la tienne quand l'orage sera fini.

Ils se précipitèrent vers la voiture de Grey et se mirent à l'abri. Ils étaient tous les deux dans un état lamentable : trempés, couverts de boue et l'air exténué.

— J'ai dû démissionner aujourd'hui, dit Autumn.

— Je sais. Ce n'est pas grave. On trouvera une solution.

— Je ne vois pas laquelle. Je crois que cette partie de ma vie est terminée.

Grey était peiné de l'entendre dire ça, mais il ne pouvait pas régler tous les problèmes en même temps.

— Alors avec un peu de chance, on pourra commencer une nouvelle partie de ta vie ensemble.

- 13 -

Autumn faillit pleurer quand Molly dit « oui ».

— Je vous déclare maintenant mari et femme. Vous pouvez embrasser la mariée, dit le pasteur.

Une cacophonie de sifflements, d'applaudissements et de cris s'éleva de la foule réunie pour le mariage de Mack et Molly. Mack donna à Molly l'un des baisers les plus torrides qu'elle n'ait jamais vus. L'heureux couple resta ensuite main dans la main devant leurs amis et les membres de leurs familles rassemblés dans la vieille grange, qui deviendrait dans seulement quelques semaines la dernière brasserie de Corkscrew Craft Beer.

Autumn renifla, mais elle n'était pas triste. Elle débordait de joie pour le bonheur que sa meilleure amie avait trouvé avec l'amour de sa vie. Tandis que Mack et Molly parcouraient l'allée ensemble, Grey s'approcha d'Autumn et lui proposa son bras.

— On doit arrêter de se rencontrer comme ça, mademoiselle.

Autumn rit doucement et passa son bras dans le sien en se pelotonnant contre lui pour se diriger vers l'autre salle. L'ancien Grey plaisantait rarement, mais elle savait maintenant qu'elle ne connaissait pas le vrai Grey alors, celui qu'il avait caché pendant de longues années à son entourage.

— Il faut que j'aille m'occuper de certains détails, dit Autumn.

— Le retour de la *wedding-planner*.

— C'est un miracle mais oui, dit-elle avant de déposer un baiser sur sa joue. Je te retrouve dans quelques minutes ?

— Ne sois pas trop longue.

Grey rejoignit son frère Travis qui se dirigeait vers le bar.

Autumn en profita pour aller travailler et se charger des petits détails qui faisaient d'un mariage une réussite, comme parler au DJ et s'assurer que le service traiteur commençait à servir le champagne et les hors-d'œuvre. Elle était si heureuse d'avoir récupéré son travail. Grey avait fait l'impensable en intervenant auprès des Barefoot. Il avait appelé son ancien coéquipier Archer. Ils étaient même allés boire une bière ensemble et, selon Grey, ils avaient parlé de choses comme le fait de tomber amoureux d'une femme qu'on adore. À la fin de la soirée, Grey avait convaincu Archer de reprendre Autumn pour organiser son mariage. Il lui avait conseillé de dire à sa future belle-mère que ce n'était pas juste de tenir Autumn pour responsable de ce que son père avait fait et que ce n'était pas digne d'une sénatrice des États-Unis. Apparemment, cela avait fonctionné, et tout avait été réglé. Autumn était redevenue l'organisatrice de mariage de Moonlight Ridge.

Une fois son travail accompli, elle remarqua que Grey était assis à l'une des tables rondes avec Travis. Ils étaient en pleine conversation, alors Autumn s'approcha lentement.

— J'espère que je ne vous interromps pas.

— Tu plaisantes ? Jamais, dit Grey en tirant une chaise pour elle. On parlait juste de ce qui se passerait quand Travis reviendrait nous donner un coup de main.

— Mes frères ont une longue liste de tâches pour moi.

— Ah oui ? Comme quoi ? demanda Autumn.

— Essentiellement les aider à remanier le service traiteur.

Autumn n'était pas étonnée. Les rapports sur la cuisine étaient assez inégaux. Elle avait beaucoup parlé avec Molly du fait que les menus étaient bloqués dans le passé.

— Comptes-tu travailler avec la brasserie ?

— Je ne sais pas, répondit Travis. Mack a son propre menu et ses chefs.

Autumn ne put s'empêcher de remarquer que Travis semblait avoir la même attitude que Grey quand il était arrivé à Moonlight Ridge. Peut-être qu'il était temps de changer de sujet.

— Grey, quand la brasserie sera-t-elle équipée ?

Autumn fit un signe à un serveur et lui demanda de leur laisser une coupe de champagne à chacun.

— Il faut que je parle à Mack de tout ça, mais je dirais que tout sera prêt d'ici un mois ou deux, dit Grey.

— Autumn. Je dois te poser une question.

Grey jeta un regard de travers à son frère.

— Qu'est-ce que tu veux, T ?

— Sais-tu depuis combien de temps tu ne m'as pas appelé « T » ?

— Longtemps, je crois.

— Très longtemps, dit Travis.

— Je n'ai même pas réfléchi. Ça m'est venu comme ça.

L'expression habituellement austère de Travis se transforma lentement en un sourire, ce qui rendit Autumn extrêmement heureuse. Grey et Mack s'étaient assez bien réconciliés ces derniers mois, mais Travis manquait à l'appel. Avec un peu de chance, sa visite prolongée aiderait les frères à continuer à réparer leurs liens brisés. Autumn savait que tout cela pesait sur les épaules de Grey.

— Bref, oublions ce surnom. Il faut que je pose une question à Autumn : est-ce vrai que mon frère est parti à ta recherche dans une dangereuse tempête ?

Il haussa un sourcil en regardant Grey.

Autumn savait où voulait en venir Travis. Grey lui avait raconté l'épisode du fameux accident qui avait mis le feu aux poudres entre les trois frères. Travis était alors sorti pour retrouver une fille pour laquelle il avait le béguin. Pour Mack et Grey, c'était un geste complètement fou.

— C'est vrai. Et je lui avais dit de ne pas venir. Mais il n'en a fait qu'à sa tête.

— J'étais inquiet, plaida Grey. En plus, son téléphone avait coupé au milieu de notre conversation. N'importe qui aurait fait ce que j'ai fait.

— Et comment ça a fini ? demanda Autumn à Grey.

— Tu avais un pneu crevé, et je t'ai sauvée. Voilà comment ça s'est terminé.

Elle rit doucement.

— *Tout* s'est bien terminé, non ? Comme je te l'avais dit.

— Elle pense toujours que tout finira bien, dit-il à Travis. Mais ce n'était pas toujours vrai. Parfois, les problèmes ne peuvent pas être réglés.

— Toujours aussi pessimiste.

Le téléphone de Travis sonna, et il regarda son écran.

— Vous voulez bien m'excuser ? Je dois prendre cet appel.

— Bien sûr, dit Autumn.

Travis se leva de la table, et Grey prit aussitôt la main d'Autumn.

— J'espère que tu ne crois pas que je suis défaitiste. Je fais de mon mieux. Tu me donnes envie de m'améliorer.

Elle adorait sa douceur. Elle adorait tout chez lui.

— Je sais que tu fais de ton mieux. Et je ne veux pas que tu changes entièrement. L'homme dont je suis tombée amoureuse est un peu pessimiste. On doit pouvoir trouver un équilibre entre nous deux.

Grey se pencha et l'embrassa sur la joue.

— Je t'aime, Autumn.

— Je t'aime aussi. Vraiment.

Grey désigna la salle.

— Hé. Mack et Molly sont censés déjà danser ?

Autumn se retourna et découvrit non seulement la mariée

et le marié en train de danser, mais aussi Giada et Jameson qui en faisaient de même.

— C'est leur mariage, dit Autumn en consultant sa montre. Et en fait, le dîner ne sera pas servi avant trente minutes.

Grey se leva et lui tendit la main.

— Si on a une demi-heure à attendre, je pense que je devrais en profiter pour te proposer une danse.

Autumn afficha un immense sourire et sentit la chaleur lui monter aux joues.

— Excellente idée.

Grey la guida jusqu'à la piste de danse, puis la prit dans ses bras. La musique était douce, lente et incroyablement romantique. Pour quelqu'un qui savourait les moindres détails d'un mariage, participer à une fête aussi décontractée, où on pouvait enfreindre quelques règles, était agréable.

— Tu sais, cela me rappelle le soir de leur fête de fiançailles. Quand on a dansé et qu'on s'est demandé ce qu'on était en train de faire.

Grey se mit à rire.

— Je savais exactement ce que je faisais. J'essayais de te faire enlever la robe que tu portais.

— Cela n'a pas pris longtemps.

— Je sais me concentrer quand j'ai décidé ce que je voulais.

Autumn leva les yeux vers lui, et leurs regards se connectèrent. Cesserait-elle de se sentir extraordinaire quand il la regardait comme ça ? Elle espérait sincèrement que ça durerait éternellement.

— Tant mieux.

— Et en parlant de ce que je veux, il faut que je te parle de quelque chose.

Il lui fit faire quelques tours jusqu'à ce qu'ils se retrouvent dans un coin un peu plus isolé de la piste de danse.

— De quoi exactement ?

— Je sais que nous sommes ensemble depuis seulement quelques mois, mais je sens que ce que nous partageons est génial.

— Je ne te contredirai pas sur ce point. Où veux-tu en venir ?

Grey la balançait d'avant en arrière, sa main se promenant dans son dos, excitant chaque terminaison nerveuse.

— Peut-être que c'est l'effet d'avoir vu mon frère faire le grand pas aujourd'hui, mais maintenant que je reste à Asheville, et qu'on sait tous les deux qu'on veut être ensemble, j'ai l'impression qu'on devrait penser aux étapes suivantes.

Autumn ne comprenait pas trop ce qu'il voulait dire.

— Comme emménager ensemble ?

— Oui. Bien sûr. Mais au-delà de ça, je crois que je veux que tu saches que, quand tu auras dépassé tout ce qui s'est passé, j'aimerais avoir la chance de te mettre la bague au doigt. Mais je ne veux pas te forcer avant que tu sois prête.

Elle laissa échapper un rire doux.

— Me fais-tu ta demande au mariage de ton frère ?

— Seulement si tu le veux. Et ne le dis pas à Mack. Il me tuerait.

Autumn n'était pas tout à fait prête pour s'engager, mais c'était tellement rassurant de savoir que Grey voulait en discuter.

— Quand ce sera le bon moment, je veux un petit mariage. Pas un gros événement.

— Dit la professionnelle de l'organisation de mariage. Et tu sais, les gens disent ça, et cela finit toujours par un gros truc.

— Et je veux une lune de miel de luxe. Dans un endroit où il fait chaud.

Grey acquiesça, caressant son dos. Un profond sentiment de satisfaction faisait tourner la tête d'Autumn.

— Oh oui. Quelque part comme Bali où il y a ces cabanes sur l'eau et où on peut plonger dans l'océan.

— Ce serait fantastique. J'ai toujours voulu faire un voyage comme ça.

— Tant qu'on ne va pas dans un endroit où tu serais obligée de porter trop de vêtements.

— Ça sent la plage et le soleil, Grey. Je croyais que ce n'était pas trop ton truc à toi qui vient de la côte Est.

Il haussa les épaules et la serra dans ses bras.

— Que veux-tu que je te dise ? Tu m'as fait changer. En mieux.

Elle enfouit son visage dans son cou et l'embrassa sur cette zone sensible sous l'oreille. Son parfum chaud lui provoqua une vague d'excitation. Elle attendait avec impatience le moment où ils pourraient rentrer chez elle, retirer leurs tenues de mariage et s'oublier.

— Je suis tellement contente que tu aies décidé de rester à Asheville. Tu me rends si heureuse.

Grey la fit tourner en la serrant fort contre lui.

— Tant mieux. Parce que tant que tu es heureuse, je suis heureux aussi.

— Tu m'aimes vraiment, hein ?

— Oui.

SILVER JAMES

Après une nuit d'amour

Traduction française de
TATIANA ANDONOVSKI

PASSIONS

HARLEQUIN

Titre original :
TWICE THE TEMPTATION

- 1 -

Cooper Tate était un homme très à l'aise dans sa peau. Il avait beau être le chef d'exploitation d'une compagnie pétrolière au chiffre d'affaires d'un milliard de dollars, il était plus dans son élément, en jean et en T-shirt, à travailler aux côtés des équipes sur les champs de pétrole qu'engoncé dans un costume à fréquenter les salles de réunion. Depuis ses débuts dans l'entreprise familiale, il avait préféré laisser cette activité à son cousin, Cord Barron, le P-DG de Barron Explorations.

Dans son esprit, s'il ne pouvait pas faire ce que les équipes faisaient sur le terrain, il ne méritait pas son poste à la tête des opérations.

Aujourd'hui, alors qu'un ouragan de catégorie 4 sévissait sur le Texas, où il était venu prêter main-forte, il se sentait toutefois moins serein.

Dans l'Oklahoma où il vivait, il avait l'habitude des orages qui pouvaient parfois balayer les plaines avec une force incroyable. Mais là, il s'agissait d'un ouragan qui avait brusquement changé de direction.

Le pick-up imposant qu'il conduisait frémit sous l'assaut d'une nouvelle bourrasque. Les essuie-glaces peinaient à suivre le rythme des trombes d'eau qui se déversaient sur le pare-brise. Encore trois kilomètres avant d'atteindre les bureaux de l'antenne de BarEx située à l'extérieur de Beaumont. Normalement, il devrait pouvoir y passer la nuit en sécurité. Du moins, il l'espérait.

Après avoir roulé ce qui lui parut une éternité alors que le trajet n'avait duré que vingt minutes, il arriva enfin sur le parking. Le bâtiment était éclairé ; le générateur d'urgence avait dû se mettre en marche quand la coupure de courant avait touché la zone.

Après une série de tornades très violentes quelques années auparavant, son cousin Cord avait décidé de reconstruire les bureaux situés dans le Golfe. À présent, les nouveaux locaux étaient conçus pour résister à des tempêtes de catégorie 5 et ils étaient dotés d'un générateur d'urgence. On prenait la météo très au sérieux, dans la région.

Bravant le déluge, Cooper sortit de son pick-up et se précipita dans le bâtiment. Les volets étaient sécurisés. Le toit avait l'air intact, et, à première vue, il ne semblait pas y avoir de dégâts.

Ici, il serait en sécurité jusqu'à ce que l'ouragan Lolita se lasse du sud du Texas et décide d'aller voir ailleurs.

Après avoir mis la barre pour bloquer la porte d'entrée, il se prépara… à attendre. Seul. Son cousin Cord s'était assuré que tous les hommes rentrent chez eux pour protéger leur famille et leur propriété.

Pour surmonter cette épreuve, il devrait faire taire la peur des intempéries ancrée en lui depuis le jour où, à l'adolescence, il s'était retrouvé otage d'une tornade.

Chassant ces souvenirs angoissants, il inspecta les locaux.

À côté de la salle de repos, un espace cuisine avait été aménagé. Les murs étaient recouverts d'étagères en hauteur – au cas où il y aurait une inondation – pleines de vivres et de boissons. Le réfrigérateur ronronnait comme un gros chat, et tous les appareils fonctionnaient, y compris le micro-ondes, la machine à café et les plaques de cuisson.

Cooper lança la machine à café et prit une bouteille d'eau dans le réfrigérateur. Puis, s'installant sur le canapé, il alluma la télévision pour se tenir au courant.

Toutes les chaînes d'actualités locales diffusaient des informations en continu sur l'ouragan. Alors qu'il envisageait de mettre un DVD ou de consulter la programmation des chaînes de films, son attention fut attirée par un reportage sur Beaumont.

— « L'eau continue de monter… »

Le vent emporta la fin de la phrase de la journaliste malmenée par les intempéries.

— « … des secours importants… »

L'image se figea puis l'instant d'après, c'est le présentateur en studio qui reprit la parole :

— « Nous avons perdu le contact avec notre envoyée spéciale… »

Cooper comprit que Lolita malmenait la zone alentour, mais il ne se rendait pas compte de la gravité réelle de la situation, ni de l'ampleur des dégâts. Les gens avaient-ils réussi à évacuer la zone ? C'était peu probable, étant donné la rapidité avec laquelle Lolita avait pris le contrôle après un revirement dramatique.

En effet, alors que l'ouragan était censé se diriger vers Houston, il avait subitement viré à droite, sur Beaumont, prenant les gens par surprise.

Houston avait mis en place un programme d'évacuation depuis plusieurs jours, tandis que les autorités de Beaumont avaient été prises au dépourvu, improvisant des solutions de fortune. Les habitants s'étaient cloîtrés chez eux ou avaient tenté de rejoindre des abris plus sécurisés proposés par les services d'urgence de la région.

Il espérait que les gens souhaitant fuir l'ouragan ne s'étaient pas retrouvés coincés dans les embouteillages pour sortir de la ville. D'une part, il n'y avait qu'une route allant d'est en ouest, et, d'autre part, beaucoup de gens de Houston étaient venus à Beaumont et avaient très certainement cherché à retourner chez eux.

Il n'y avait hélas qu'une chose à faire : attendre.

Les hurlements du vent autour du bâtiment lui donnaient la chair de poule. Mal à l'aise malgré ses tentatives de faire taire en lui les mauvais souvenirs qui ne cessaient de remonter à la surface, il se mit à faire les cent pas dans la pièce tout en gardant la télécommande pour passer en revue les différentes chaînes.

L'alerte électronique de la radio météo qui se trouvait dans la pièce le fit tressaillir.

La voix conseillait aux gens de se mettre à l'abri et de faire attention aux inondations, car l'eau qui s'abattait sur la zone allait faire monter les lacs et les bayous environnants à des niveaux sans précédent.

La pluie ne cessait de marteler le toit sans relâche, et le vent continuait de rugir férocement.

Il se prépara une tasse de café en espérant que cela lui apporterait le réconfort nécessaire.

Si ses frères avaient été là, ils n'auraient pas manqué de se moquer de lui au sujet de cette peur qu'ils jugeaient absurde. Mais ils n'avaient pas été avec lui lors de sa sortie à cheval. Ils n'avaient pas dû se réfugier dans un abri de fortune et ils n'avaient pas perdu leur cheval préféré dans la tornade.

Se sentant soudain d'humeur maussade, il changea de chaîne jusqu'à ce qu'il tombe sur une série comique. Il augmenta le volume dans l'espoir de se divertir et de noyer le chaos sonore qui régnait au-dehors.

— C'était Britt Owens, en direct de Beaumont, dans le Texas, pour KOCX TV.

Britt finit son intervention et éteignit sa caméra. Son cameraman et assistant, Leo, était à l'hôpital après avoir été touché à la tête par une poubelle qui s'était envolée.

Elle était encore sous le choc que l'ex-joueur de football américain ait été mis K-O aussi facilement. Elle avait voulu annuler le direct, mais la chaîne pour laquelle elle travaillait et qui était implantée à Oklahoma City avait insisté pour qu'elle continue sa mission sur le terrain.

Après avoir rangé son équipement, elle se mit au volant de son pick-up et prit la route vers Beaumont.

Elle n'avait pas grandi en rêvant de courir après les tempêtes. C'est après avoir survécu à une tornade étant enfant qu'elle avait décidé de devenir météorologue, fascinée par ces phénomènes parfois difficiles à expliquer.

À l'origine, elle avait envisagé de travailler en laboratoire, à l'abri des éléments. Mais un beau jour, alors qu'elle cherchait un emploi pour financer son doctorat, elle avait été recrutée par une chaîne météo qui lui avait donné l'opportunité de se faire la main sur le terrain.

À présent, elle y avait pris goût, et chasser les orages en tout genre était devenu sa grande passion, même si les poussées d'adrénaline laissaient parfois place à des moments de peur et de panique.

Une bourrasque plus forte que les autres la projeta contre l'habitacle. L'orage s'était intensifié, passant de la catégorie 3 à la catégorie 4 en l'espace d'une heure. Il était temps de se mettre à l'abri et de rejoindre l'hôtel où elle devait passer la nuit.

Son véhicule tremblait de toute part, et l'instrument météorologique qu'elle avait à bord indiquait que les bourrasques atteignaient deux cent vingt kilomètres/heure. Entre l'obscurité et les précipitations diluviennes, elle discernait à peine la route. Des débris volaient de tous les côtés, rendant sa conduite d'autant plus dangereuse.

Son pick-up était conçu pour affronter les intempéries les plus agressives. En plus d'être équipé d'un tas d'instruments informatiques, il était doté de vitres en verre

Sécurit et de pneus qui pouvaient rouler à plat, ce qui pourrait s'avérer très pratique lors d'une situation aussi cataclysmique que celle-ci.

Elle regrettait de ne pas être restée à l'hôpital avec Leo, mais elle n'avait pas eu le courage de contrer la décision du chef météo de la chaîne. De plus, au fond d'elle, la curiosité l'avait emporté, faisant taire sa raison et laissant l'adrénaline parler d'elle-même.

Le volant lui glissa des mains alors que les roues venaient de partir en aquaplaning. Elle réussit de justesse à reprendre le contrôle du véhicule et à le remettre dans la bonne direction.

Conduire devenait de plus en plus dangereux. Dans ces conditions, elle ne voyait pas comment elle pourrait atteindre l'hôtel, ou même le centre d'urgence installé en ville.

À travers le rideau de précipitations qui s'abattait en cascade, elle aperçut une lueur. Quelqu'un avait de l'électricité malgré la coupure de courant générale ? C'était peut-être une caserne de pompiers. Sans réfléchir, elle se laissa guider par la lumière comme s'il s'agissait d'un phare et étouffa les spasmes de peur qui l'assaillaient pour se concentrer sur la route.

Soudain, une masse noire apparut devant elle. Elle freina brusquement, et le pick-up se mit à tourner sur lui-même. Quand il s'immobilisa, elle découvrit qu'elle respirait encore.

Elle ne voulait pas mourir. Pas ce soir.

Des coups réguliers attirèrent l'attention de Cooper. Il espérait que rien ne s'était décroché à l'extérieur du bâtiment.

Il y eut un silence. Puis les coups redoublèrent.

Il se figea.

Avait-il entendu une voix ?

Il baissa le son de la télévision et retint sa respiration, en état d'alerte.

— Il y a quelqu'un ? Ouvrez-moi !

Sans hésiter, il se précipita vers l'entrée, enleva la barre de sécurité et ouvrit la porte.

Une jeune femme se jeta contre lui, et, instinctivement, il l'entoura de ses bras pour la stabiliser.

Tant bien que mal, il réussit à refermer la porte avec la barre, tout en gardant l'inconnue serrée contre lui.

Prenant conscience de la situation, il fut saisi d'un sentiment étrange et enivrant. Son corps semblait répondre de manière positive à la présence de cette invitée-surprise trempée et collée à lui.

Il desserra son étreinte.

La jeune femme ne bougea pas.

Il toussa, faisant mine de s'éclaircir la voix.

Elle ne bougea pas pour autant.

— Mademoiselle ?

Levant la tête brusquement, elle lui donna un coup au menton.

— Oh ! pardon ! dit-elle, toujours collée à la porte.

Il se recula en se massant le menton.

— Ce n'est rien, marmonna-t-il. Je peux savoir ce que vous faites là ?

— Mon travail !

— Ce n'est pas le moment d'être en mission dehors.

— J'ai remarqué. Et vous, que faites-vous là ?

— Je n'avais pas le temps de rentrer chez moi donc je me suis réfugié ici. Ce bâtiment a le mérite d'être conçu pour résister à une catégorie 5 et il est équipé d'un générateur, comme vous pouvez le constater.

Elle prit une longue inspiration avant de répondre :

— Me voilà rassurée. Ravie que vous soyez là. Je ne sais pas si j'aurais survécu beaucoup plus longtemps dans ces conditions. Britt Owens, dit-elle, lui tendant la main.

— Cooper Tate, répondit-il, conscient que sa main rugueuse râpait la peau douce de sa paume.

Il vit qu'elle frissonnait.

— Venez, j'ai des vêtements secs, dit-il. Et je peux vous proposer du thé. Ou du café.

Il la fit entrer dans la salle de repos puis sortit un bas de jogging et un T-shirt à manches longues de son sac.

— Tenez, vous pouvez vous changer dans la salle de bains, suggéra-t-il, lui indiquant une porte entrouverte.

Quand elle ressortit dans sa tenue d'emprunt, Cooper n'osa lui dire à quel point il la trouvait attirante. Il n'osa pas non plus lui parler de l'énergie positive qui l'animait depuis qu'elle était entrée.

Il prépara des sandwichs qu'ils mangèrent en silence. Puis ils échangèrent brièvement sur la façon dont chacun s'était retrouvé à Beaumont. Au passage, ils découvrirent que leurs destins étaient déjà entremêlés avant qu'ils se rencontrent puisque Britt travaillait pour la chaîne de son cousin Chase. Et Cooper comprit pourquoi il avait l'impression de la connaître. Il l'avait déjà vue à la télévision.

Au bout de plusieurs bâillements, il suggéra qu'elle aille se coucher. Elle semblait au bord de l'épuisement.

— Vous allez dormir sur le matelas pneumatique dans le bureau au bout du couloir, dit-il. Je vais prendre ce canapé.

Elle jeta un bref coup d'œil sur le canapé.

— C'est trop petit pour vous, lui fit-elle remarquer.

— Je sais. Mais ma maman m'a appris à me comporter comme un gentleman.

— Je n'ai même pas le courage de bouger, murmura-t-elle, les coudes plantés sur la table, le visage posé dans ses paumes.

Elle le fixa, comme si elle attendait quelque chose de lui.

Il eut ainsi tout le loisir de l'observer.

Elle avait les yeux couleur noisette avec des reflets dorés qui rappelaient l'éclat de ses cheveux. Son visage, d'un ovale quasiment parfait, était assez pâle, et elle avait les traits tirés. Malgré tout, ses lèvres pulpeuses attisèrent en lui une irrésistible envie de l'embrasser.

Ce qu'il se garda bien de faire, de peur d'être par la suite poursuivi pour comportement indécent.

— Allez, Miss Météo, au lit !

Elle le suivit dans le bureau.

Il installa un matelas double gonflable par terre. Puis il ouvrit un meuble d'où il sortit des draps, deux oreillers et une couette. Ils firent le lit à deux puis il s'empara d'un oreiller et s'apprêtait à sortir quand Britt lui barra la route.

Il lui jeta un regard intrigué.

— Restez, dit-elle d'un ton implorant.

— Pardon ?

— Dormez avec moi.

Il en avait très envie, certes, mais la situation ne s'y prêtait pas.

— Britt, ce n'est pas une bonne idée.

— Je n'ai pas envie de dormir seule !

Il n'avait pas non plus envie de dormir seul, mais il ne savait plus si c'était par peur de la tempête ou par peur de rater une occasion de tenir une belle femme dans ses bras.

— Pourquoi ? s'enquit-il, curieux.

— Pourquoi quoi ?

— Pourquoi voulez-vous que je dorme avec vous ?

— Vous êtes plutôt beau gosse, et je ne suis pas complètement repoussante donc…

Il éclata de rire. En effet, elle était tout sauf repoussante.

Elle le regarda, visiblement vexée.

— Allez-y, riez ! s'exclama-t-elle. Mon cameraman est à l'hôpital, il y a déjà eu des morts, le nombre des victimes va continuer d'augmenter jusqu'à ce que l'œil du cyclone s'éloigne, et des gens ont tout perdu. Tout ! Et nous, nous sommes ici, en vie…

Elle était à bout, et sa voix laissait filtrer sa fragilité.

— Britt, je ne riais pas de la situation.

— J'ai juste envie d'être réconfortée, embrassée… Et j'ai peur, ajouta-t-elle d'un souffle.

Il l'attira contre lui.

— Moi aussi, j'ai peur.

Il était étonné d'être passé aux aveux aussi naturellement devant cette jeune femme qu'il ne connaissait pas et qui venait de faire irruption dans sa vie.

Elle posa son front contre son torse, l'entourant de ses bras.

— Je ne suis pas folle. Et je ne passe pas mon temps à faire des avances à des inconnus.

— Je n'ai jamais dit ça.

— Je voulais quand même le préciser.

Il sourit.

Puis elle leva de nouveau la tête vers lui.

— J'ai envie de sentir quelque chose de vrai, murmura-t-elle. Et de positif.

À cela, il ne répondit rien. Du moins, pas avec des mots. Il se contenta de baisser la tête pour venir capturer sa bouche. Elle avait le goût de la gelée de raisin et du beurre de cacahuète, et il jura que dorénavant, ce serait son parfum préféré.

Britt fondit contre lui.

Il approfondit son baiser, réclamant ses lèvres avec une urgence qui semblait provenir des profondeurs de son être.

Glissant une main dans ses cheveux pour mieux guider

le baiser, il fit descendre son autre main le long de son dos pour venir prendre possession de ses fesses. Puis il se colla à elle pour lui faire sentir son érection et fut comblé de l'entendre gémir de plaisir.

— Tu es sûre ?

— Oui. J'ai envie de toi.

Il n'avait pas besoin d'en entendre plus pour continuer.

Prestement, il la porta sur le matelas puis s'allongea à côté d'elle, partant à la découverte de son corps, glissant les mains sous son T-shirt et savourant la douceur de sa peau.

Puis n'y tenant plus, il la dépouilla de ses vêtements avant de déboutonner sa chemise, défaire sa ceinture et descendre la fermeture Éclair de son pantalon.

Il enleva rapidement ses bottes et son jean, puis se rallongea aux côtés de cette femme ensorcelante. Elle ne tarda pas à explorer son corps, dessinant ses muscles du bout des doigts et s'aventurant avec dextérité.

Il manqua de défaillir quand elle s'empara de son sexe.

— Britt…, murmura-t-il d'un souffle.

Il avait besoin de ralentir le rythme, de peur de craquer.

— S'il te plaît, Cooper. J'en ai envie. Tu en as envie. On est en vie. Célébrons ce moment !

Ses mots attisèrent son désir, le vent rugissant au-dehors ajoutant un élément d'urgence à ses paroles. Il s'occupa de ses seins alors que son sexe continuait de gonfler sous ses caresses.

— Britt…

D'une main, il se mit à caresser son intimité. La chaleur et la moiteur décuplèrent son désir qui n'en avait nul besoin.

Malgré tout, dans un accès de lucidité, il pensa à mettre un préservatif. Faisant rouler Britt avec lui, il tendit le bras pour attraper son jean, fouilla dans la poche arrière, trouva son portefeuille et en sortit un préservatif qu'il enfila prestement.

Voyant Britt se cambrer pour mieux s'offrir à lui, il grogna de plaisir, et son corps réagit au quart de tour, guidé par le désir que lui inspirait cette femme sensuelle et tentatrice.

Gémissante, elle souleva davantage les hanches vers son sexe tendu.

Elle était prête pour lui. Protégé, il se glissa en elle, avalant son gémissement d'un baiser.

Quelque chose s'abattit sur le toit du bâtiment, les faisant tous deux sursauter.

Les ongles de Britt pénétrèrent la chair de ses épaules.

— Viens ! lança-t-elle, comme si la fin du monde était imminente et que c'étaient leurs derniers ébats.

Une poussée d'adrénaline le fit agir sans plus réfléchir.

Il avait besoin de prendre cette femme, de la faire sienne, là, au plus vite

Alors qu'elle haletait bruyamment, il comprit qu'elle voulait la même chose que lui et qu'ils étaient tous deux animés par la même soif de se laisser aller sans savoir ce qu'il adviendrait d'eux le lendemain.

Mais au moment de se lancer dans leur chevauchée vers le plaisir, il fut envahi d'une vive émotion qui n'avait soudain plus rien à voir avec un simple plaisir sexuel. Ce qui transforma sa soif frénétique d'assouvir son désir en une envie irrésistible de faire l'amour à Britt.

Si c'était la fin du monde, il voulait le quitter en emportant avec lui la douceur du corps de cette créature angélique.

On aurait dit qu'elle avait lu dans ses pensées et dans son cœur car elle parut soudain plus calme sous lui.

— Oh oui… Comme ça…, murmura-t-elle.

Il se mit à la caresser, explorant ses courbes, sa peau, ses cheveux, sa bouche, tout en continuant à la prendre en un va-et-vient des plus agréables, les menant sur le chemin de la passion jusqu'à ce qu'ils atteignent le firmament.

Après ces moments de pur bonheur, ils revinrent sur Terre, essoufflés et souriants.

Cooper serra Britt contre lui, et ils sombrèrent dans un sommeil profond bercés par les hurlements du vent qui se déchaînait à l'extérieur.

- 2 -

Cooper se retourna dans le lit en s'attendant à sentir un corps chaud. Mais les draps étaient froids. Il s'assit en tentant de mettre ses idées au clair.

L'ouragan avait atteint son point culminant vers 3 heures du matin, et il se souvenait d'avoir entendu Britt se lever. Mais quand ?

Il prit son téléphone pour vérifier l'heure. 7 h 11. 711, les chiffres porte-bonheur. S'il avait été à Las Vegas, il serait allé directement au Barron Crown Casino.

Sans plus tarder, il s'habilla et partit en quête de son invitée.

Elle s'était volatilisée.

Il tomba sur Gilbert Guidry, le surveillant de forage, qui était en train de boire un café.

— Vous cherchez la jolie demoiselle ? s'enquit ce dernier.

— Oui.

— C'est elle qui m'a ouvert. Elle m'a dit de vous remercier.

Gil se leva, lui servit une tasse de café et la lui tendit.

— Buvez ça, dit-il. Je pense que vous en avez besoin.

Cooper obtempéra, se demandant pourquoi il était aussi contrarié que Britt soit partie sans lui dire au revoir. Ils n'étaient pas en couple et ne se devaient rien, mais quand même…

— Vous allez vous préparer, chef ? J'ai le bateau sur la remorque, et il faudrait qu'on aille aider les secouristes.

Au moins quelqu'un pour le rappeler à la réalité, songea Cooper.

Dix-huit heures plus tard, Gil et lui étaient en train de rentrer vers le poste de secours principal.

Épuisé, affamé et rêvant de mettre des vêtements secs, Cooper était perdu dans ses pensées.

— Au secours !

Aussitôt, il arrêta le moteur et laissa le bateau à la dérive.

— Il y a quelqu'un ? lança-t-il.

— Au secours ! Par ici ! répondit une voix lointaine et vaguement familière.

Alors que le bateau se dirigeait vers la voix, Cooper vit une lumière osciller dans la nuit.

— On arrive ! cria Gil.

Cooper redémarra lentement.

Dans l'obscurité, impossible de savoir ce qui se cachait dans les eaux troubles. Tout en avançant, il priait pour qu'il n'y ait pas un panneau de signalisation submergé qui pourrait endommager l'hélice. Au détour d'un bâtiment, ils découvrirent un pick-up quasiment sous l'eau avec, sur le toit, trois femmes, deux enfants, deux chiens et un chat.

La femme qui tenait la lampe torche, et dont il reconnaissait la silhouette, leur cria :

— Mon pick-up est au milieu de la route. À droite, il y a une voiture submergée mais à gauche, vous devriez avoir assez de place pour approcher avec votre bateau.

Britt, enveloppée dans son ciré au sigle de KOCX TV, était très concentrée. Il sourit face à l'ironie de la situation. Sa ravissante chasseuse d'orages qui avait pris la fuite aux aurores avait besoin de lui. Il allait jouer au sauveur des temps modernes pour la deuxième fois en vingt-quatre heures. Ce qui l'enchanta.

Britt les guida de son mieux. Ses cheveux mouillés étaient relevés en queue-de-cheval mais dans la tempête, des mèches rebelles s'étaient échappées et lui collaient au visage. Il était ravi de pouvoir de nouveau poser les yeux sur cette aventurière à la détermination sans bornes. Il aimait les femmes qui avaient du caractère. Et Britt Owens semblait en avoir à revendre !

Lorsque le bateau fut près du pick-up, Gil aida les enfants et les chiens à monter à bord, puis ce fut au tour des femmes.

Quant au chat, il refusait de bouger.

Tandis que Gil distribuait des couvertures, Cooper réfléchit. Il n'était pas un grand amoureux des chats mais il ne pouvait pas le laisser se noyer. La créature au pelage noir et aux yeux jaunes qui brillaient dans la nuit en imposait tel un félin dans une jungle obscure.

Il le fixa et lui donna le choix.

— Soit tu montes avec nous, soit tu finis dans le ventre d'un alligator, dit-il. À toi de voir, mon vieux.

— Vous pensez vraiment que vous allez arriver à le convaincre en lui parlant comme ça ? lui demanda Britt, d'un ton moqueur.

Bizarrement, depuis qu'elle avait quitté l'intimité de leur lit de fortune, elle le vouvoyait de nouveau.

Il s'en accommoda.

— Si vous avez une meilleure solution, je vous laisse faire, Miss Météo, répliqua-t-il, sur le même ton.

Il attendit quelques secondes puis posa une main sur le toit du pick-up quasiment sous l'eau pour prendre une impulsion et pousser le bateau. Aussitôt le chat sauta sur lui, escaladant son bras comme la branche d'un arbre, avant d'aller se réfugier sous un banc, dans le bateau.

— Alors là, je suis impressionnée ! s'exclama Britt.

Lui aussi, il était impressionné. Par elle. Encore plus que la veille quand elle s'était endormie dans ses bras.

Après avoir terminé son intervention télévisée, Britt avait porté secours à ce groupe de gens en les invitant à la rejoindre sur le toit de son pick-up. À court d'idées, elle avait été soulagée d'entendre le bruit d'un moteur dans la nuit.

Les dieux de la météo lui avaient envoyé un bel homme qui n'était plus un inconnu et qui, de plus, savait se faire respecter d'un chat.

Elle aimait les chats mais pour l'heure, c'était le cadet de ses soucis. En revanche, ce qui l'inquiétait, c'était de ne pas être insensible aux charmes de Cooper qui n'avait pas changé, depuis qu'elle l'avait laissé dans leur nid d'un soir, le corps à peine couvert d'un drap froissé…

Il était toujours aussi séduisant et irrésistible.

C'était un apollon d'environ trente-cinq ans, un mètre quatre-vingts, des cheveux mi-longs dissimulés sous une casquette de base-ball, des épaules larges, un torse conséquent et des doigts longs et agiles dont il se servait à présent pour tenir la barre mais qu'il avait mis à bon usage, la nuit passée, quand il avait exploré son corps centimètre par centimètre, provoquant en elle des sensations incroyables…

Pour ce qui était de son visage, il venait compléter à merveille son corps athlétique. Des yeux bleus perçants, des joues saillantes, une mâchoire carrée et des lèvres qui montraient que cet homme aimait sourire.

L'un des enfants se mit à pleurer. C'était une petite fille blonde qui ne devait pas avoir plus de quatre ou cinq ans.

Aussitôt Cooper la prit sur ses genoux et lui fit tenir la barre. Le visage de l'enfant s'illumina.

— Il reste des gens dans le coin ? s'enquit l'homme qui s'était présenté à elle sous le nom de Gil le matin même.

— Je ne sais pas, répondit-elle. J'étais dans la zone, j'ai entendu l'appel de cette famille, et comme mon pick-up est… enfin, *était* un 4×4, j'ai foncé. J'ai trouvé Becca et ses trois enfants avec leur chien. Puis Mme Gonzales s'est jointe à nous avec son chien. On était en bonne voie quand la rue a été envahie d'un fleuve d'un mètre cinquante de haut, emportant tout sur son passage. J'étais soulagée d'entendre le moteur de votre bateau. Merci.

Elle s'était adressée à Gil mais c'est Cooper qui répondit :

— De rien.

Avait-elle décelé une pointe d'amertume dans sa voix ?

Était-il vexé qu'elle ne l'ait pas réveillé avant de partir ?

Elle s'était éclipsée sans rien dire, ne sachant pas comment gérer les adieux du matin, d'autant que c'était elle qui s'était jetée à son cou.

Avec le recul, elle avait un peu honte. Elle avait agi sans réfléchir, par peur de mourir seule. C'était ce qu'elle lui avait plus ou moins expliqué, et elle s'en tiendrait à ce scénario.

Malgré la honte, rien ne pourrait lui faire regretter ce coup de tête. Elle ne s'était jamais imposée dans le lit d'un homme, mais malgré les circonstances, avec Cooper, elle n'aurait pas pu mieux tomber !

Tandis que ce dernier boudait dans son coin et que Gil faisait la conversation avec Becca et Mme Gonzales, elle pria pour retrouver la terre ferme rapidement. Elle avait hâte de consulter son ordinateur pour étudier les informations collectées sur l'ouragan par le radar.

Ils ne tardèrent pas à arriver au poste de premiers secours où une équipe de secouristes les accueillit.

Cooper coupa le moteur, et des hommes vêtus de gilets de sauvetage fluorescents les aidèrent à faire avancer le bateau jusqu'à ce qu'il touche la terre ferme.

Malgré son désir de descendre toute seule, Britt accepta l'aide d'un pompier qui lui tendait la main.

Gil alla directement vers un pick-up blanc équipé d'une remorque pour bateau. Quant à Cooper, il était en grande conversation avec le commandant des opérations.

— Hormis ce groupe, rassemblé par Mlle Owens, Gil

et moi n'avons trouvé personne en détresse, expliqua-t-il, avant d'enlever sa casquette et de passer la main sur son visage fatigué.

Il avait les traits tirés, et elle se demandait depuis quand il avait commencé sa mission de secourisme.

Gil se mit au volant et recula le pick-up afin que Cooper puisse guider le bateau sur la remorque. Une fois après s'être assuré que tout était bien attaché, il sauta de la remorque.

À ce moment-là, un miaulement s'éleva. Le chat était encore à bord du bateau, le regard toujours aussi brillant et féroce.

Cooper se tourna vers Britt, le regard interrogateur.

— Que fait-on de lui ? s'enquit-il.

— Je ne sais pas. Il nous a rejoints quand on était sur le toit mais il est arrivé de nulle part.

Le chat et Cooper se dévisagèrent une nouvelle fois. Le chat fut le premier à cligner des yeux.

— Tu vas rouler à bord du bateau ou tu descends ? demanda Cooper.

Britt, de nouveau impressionnée, sourit en voyant le chat bondir sur l'épaule de Cooper. Elle en fut presque jalouse. Elle aurait tellement aimé être collée à Cooper et sentir sa chaleur virile l'entourer et l'enivrer…

Alors que les équipes s'apprêtaient à partir, la jeune femme demanda à Cooper :

— Pouvez-vous me déposer quelque part ?

Quand Cooper la regarda, elle réprima un frisson qui n'avait rien à voir avec le fait de porter des vêtements trempés.

Non. L'expression dans ses yeux provoqua en elle une vague de chaleur tout à fait agréable, et, en cet instant, elle se rappela l'origine de sa fatigue : elle avait à peine fermé l'œil, la nuit dernière.

— Vous voulez que je vous dépose quelque part ? répéta-t-il, la fixant d'un regard d'une intensité déconcertante.

Il avait bien insisté sur chaque mot, comme pour jouer de la distance que le vouvoiement mettait entre eux.

Elle tenta de reprendre ses esprits, le souffle court.

— Oui, c'est ça. Comme vous le savez, mon pick-up n'est plus en état de marche, donc je suis coincée. Et je peux vous aider, si vous voulez, ajouta-t-elle, sans réfléchir.

Pourquoi avait-elle dit ça ? Elle était épuisée.

— Vous voulez aider ? demanda-t-il.

Elle voulait surtout l'aider à enlever son jean mouillé qui moulait à merveille ses cuisses musclées. Cette image raviva les souvenirs de leurs ébats nocturnes et attisa son excitation. Ce serait tellement fabuleux de revivre ces moments débridés…

— Dans ce cas, si vous voulez aider, occupez-vous du chat, dit-il, lui tendant le félin après l'avoir arraché à ses épaules.

Puis il partit en direction du pick-up où Gil les attendait.

Elle s'empressa de le suivre et monta dans le véhicule sans savoir où ils allaient.

Cooper ramena d'abord Gil chez lui. Le trajet ne fut pas long, hormis quelques détours pour contourner des zones inondées. Il n'arrêtait pas de regarder Britt dans le rétroviseur et sourit quand il vit qu'elle s'était endormie.

Quand ils arrivèrent chez Gil, Cooper lui suggéra de se reposer.

Son surveillant de forage sourit.

— Justement, chef, j'allais vous dire la même chose, rétorqua ce dernier, avant de lui faire un clin d'œil et de se diriger vers sa femme qui l'attendait sur le perron.

Cooper laissa Britt dormir à l'arrière et se remit en route.

Heureusement, les bureaux de Beaumont n'étaient pas loin. Quand il arriva sur le parking, il vit avec plaisir que son camping-car avait été livré. C'est Cord qui avait été en charge de cette mission. Ce serait bien plus confortable que de dormir sur un matelas gonflable par terre dans le bureau. Et plus intime aussi.

Il ouvrit la portière arrière pour réveiller Britt.

— Venez, Miss Météo, je vais vous mettre dans un vrai lit.

Deux billes perçantes le dévisagèrent. Cooper fixa le chat qui était aux pieds de Britt.

— On dirait un chat diabolique. Je vais t'appeler Lucifer.

Le chat ronronna tellement fort que Cooper éclata de rire, ce qui réveilla Britt.

Elle ouvrit les yeux, le regard hagard.

— Qu'y a-t-il de si drôle ?

— Lucifer.

Elle avait l'air tellement déboussolée qu'il eut envie de l'embrasser.

— Qui ça ? marmonna-t-elle.

— Le chat. Je l'ai baptisé « Lucifer ».

— Et si c'est une chatte ?

Il rit de plus belle.

— Cela ne m'étonnerait pas, étant donné son comportement de diva.

— Et où sommes-nous ? s'enquit-elle.

— De retour à la case départ.

— J'ai une chambre réservée à mon nom, je n'ai pas besoin de passer la nuit avec vous.

— Vous n'avez pas de moyen de transport, et votre chambre est sans électricité. Mon camping-car a la lumière, la clim et une salle de bains en état de marche.

— Vendu ! dit-elle, lui tendant la main pour qu'il l'aide à sortir de l'habitacle.

Ratant la marche, elle trébucha et se retrouva collée à lui, une fois de plus.

Il ne put réprimer un sourire de satisfaction.

Non seulement elle avait le don de se jeter dans ses bras mais il aimait la sensation de la sentir contre lui.

C'était un phénomène très agréable auquel il prenait rapidement goût.

Elle se frotta les yeux.

— C'est quoi ça ? demanda-t-elle en désignant l'énorme véhicule.

— Mon camping-car.

— Non, ce n'est pas un camping-car.

— Ah bon ? C'est quoi alors ?

— Un hôtel cinq étoiles sur roues.

— Appelez ça comme vous voulez, c'est là que nous allons passer la nuit, dit-il avant de lui ouvrir la porte. On se douche et on se couche.

— On se *douche* ?

Elle avait l'air au bout du rouleau.

— Oui. Ça va vous faire du bien. Passez d'abord dans la salle de bains puis mettez-vous au lit.

— Oui, chef, répondit-elle, pince-sans-rire.

L'espace d'un instant, il pensa à tout ce qu'il aurait aimé lui faire au petit matin… si elle n'avait pas pris la poudre d'escampette.

Aurait-il l'occasion de se rattraper demain matin, après une bonne nuit de repos, ou était-elle experte en dérobade ?

— Vous voulez de l'aide ? proposa-t-il.

— Non. Enfin, peut être. Oui, en fait.

Il leva les yeux au ciel, amusé.

Il la déshabilla, sans porter autant d'attention aux détails qu'il l'aurait souhaité, puis la fit entrer dans la cabine de douche.

Britt était tellement fatiguée qu'elle remarque à peine les mains qui lui savonnaient le corps. L'expérience aurait sans doute été bien plus exaltante si elle avait été en mesure d'en profiter à la hauteur de l'événement. D'autant que Cooper était un homme de rêve.

Mais les séquences s'enchaînaient de manière décousue, et elle se retrouva rapidement enroulée dans un drap de bain et déposée sur un lit.

Cooper avait pour sa part enroulé une serviette autour des hanches, lui laissant le loisir d'admirer son corps sculpté à merveille. Dommage que ses paupières ne puissent plus rester ouvertes.

— Ce lit est géant, murmura-t-elle avant de bâiller à s'en décrocher la mâchoire.

— En effet, dit-il, relevant la couette pour la recouvrir.

Elle trouva le geste mignon et attentionné.

Quand il se glissa sous la couette à son tour, elle se crispa. Arriverait-elle à dormir sachant que son corps chaud et athlétique était à quelques centimètres d'elle ?

Au bout de quelques instants, constatant qu'il s'était endormi, elle sentit son corps se détendre et ne tarda pas à suivre l'exemple de Cooper.

Quand elle se réveilla, elle garda les yeux fermés.

Contrôlant sa respiration, elle écouta les bruits.

Elle ne savait pas trop où elle était. Raide, courbaturée, encore fatiguée, un léger mal de tête rôdant aux portes de sa conscience, elle fit un rapide état des lieux.

Un lit moelleux. De la lumière filtrant à travers les rideaux. Un corps chaud dans son dos. Un bras musclé posé sur elle.

— Bonjour, Miss Météo.

Cooper.

Entendre sa voix rauque de sommeil était aussi excitant que sentir son érection qu'il était venu loger contre ses fesses. Le désir l'embrasa aussitôt mais elle ne voulait pas céder aussi facilement.

— Je dors encore, marmonna-t-elle, ne sachant pas comment gérer le désir qui l'animait.

— Donc tu parles en dormant ? demanda-t-il avant d'éclater de rire.

Ce qu'elle éprouva en l'entendant rire lui donna envie de se retourner pour l'embrasser. Sur la bouche. Avec la langue. Malgré l'haleine du matin.

Pourquoi avait-elle soudain des idées aussi saugrenues ?

La réponse était simple. Le parfum viril de cet homme, son torse muscle collé contre elle, le poids de son bras lui entourant la taille. Tout l'enivrait chez lui, et son esprit ne savait plus comment filtrer ces informations qui chamboulaient ses sens.

Puis les lèvres de Cooper vinrent fouiller ses cheveux pour atteindre sa nuque, et ce fut le coup de grâce. Elle capitula.

— Tu essayes de me séduire ? demanda-t-elle.

La bouche de Cooper lui effleura l'oreille en un geste volontairement sensuel et provocateur.

— Absolument, répondit-il. Et j'ai l'impression que ça marche, non ?

Quelle impudence !

Elle se tortilla légèrement. Il la libéra juste assez longtemps pour la faire rouler sur le dos et venir se positionner sur elle.

Ainsi allongée, elle put contempler ses yeux d'un bleu extraordinaire et sa barbe naissante qui lui donnait un air de baroudeur. Ses lèvres étaient parfaites, comme si un artiste les avait dessinées sur son visage. Et ses cheveux châtain foncé prenaient des éclats auburn par endroits, probablement à cause du soleil.

D'un doigt, il lui caressa la joue pour ensuite suivre le contour de ses lèvres.

— Oui, je crois que ça marche, affirma-t-il avant de s'emparer avidement de sa bouche.

Il l'embrassa fougueusement, mêlant leurs lèvres et leurs langues en une danse endiablée. Elle le laissa faire alors qu'il la fouillait, la mordillait, la réclamait, toujours plus loin et plus fort.

Son torse nu et chaud collait au sien, et c'était tellement agréable d'être dans ses bras…

L'excitation qu'elle éprouvait était à son comble. Elle avait envie de lui, envie d'assouvir ce désir qui l'animait. Abandonnant tout contrôle, elle se laissa aller.

L'entourant de ses cuisses, elle l'attira à elle, se frottant à lui pour mieux profiter de l'érection qu'elle avait fait naître chez lui.

La veille, elle avait vu tellement de dégâts matériels et de détresse humaine que dans les bras de Cooper, elle voulait de nouveau se rappeler que la vie et l'amour existaient encore.

Pour l'heure elle ne souhaitait rien d'autre qu'être une femme sensuelle et désirée. Pas une chasseuse d'orages. Ni une journaliste météo.

Une femme dans les bras d'un homme séduisant.

— Je sens que tu as envie de moi, Miss Météo, murmura Cooper en la fouillant du regard, les yeux emplis d'espoir.

— Et si tu te trompais, cow-boy ?

— J'irais prendre une douche froide.

— Et si ça ne marchait pas ?

— Je prendrais l'affaire en main.

— Tu vois ça comme une *affaire* ?

— Non. Si nous le faisons ensemble, c'est du plaisir. Si je dois m'en occuper, cela devient une affaire.

— Dans ce cas…

Elle ne finit pas la phrase, levant la tête pour l'embrasser.

— Dans ce cas… ? répéta-t-il.

— Optons pour le plaisir !

L'instant d'après, il se lança dans une exploration minutieuse de son corps, la touchant, la palpant, la léchant, la goûtant et l'embrassant sans retenue. Ses mains étaient légèrement rugueuses, et cela l'enivrait d'autant plus.

C'était un homme de terrain qui travaillait avec ses mains, et elle aimait soumettre son corps à sa dextérité. Elle ne fut pas déçue quand, de ses doigts habiles, il vint la caresser entre les cuisses, trouvant son intimité déjà mouillée, prête à l'accueillir.

Elle le désirait plus que tout au monde.

Elle le voulait, là, maintenant, sans plus attendre.

Glissant une main entre leurs deux corps, elle s'empara de son érection. Il gémit et tendit aussitôt le bras vers la petite banquette à côté du lit, où étaient posés ses vêtements.

— Je crois qu'il doit m'en rester un, murmura-t-il d'une voix rauque.

Britt se demanda ce qu'il cherchait. Quand elle le vit sortir un préservatif de son portefeuille, elle fut rassurée de savoir qu'au moins l'un d'eux n'avait pas perdu la raison.

Après s'être protégé, il lui caressa l'intérieur des cuisses tandis que sa bouche s'emparait avidement de ses seins, les suçant et les léchant comme s'il s'agissait du mets le plus exquis qu'il ait jamais goûté.

Une fois de plus, il marqua une pause, la fixant d'un regard où l'envie rivalisait avec le doute.

— Britt…

— Oui, Cooper, prends-moi !

Elle écarta les jambes pour accompagner sa réponse, et il s'empara de sa bouche tout en la pénétrant d'un coup de reins puissant.

Elle laissa échapper un râle libérateur tandis que Cooper enfouissait son visage dans son cou et ses cheveux, gémissant de plaisir.

La nuit passée, ils s'étaient adonnés à des ébats sulfureux mais sans pause. Là, c'était différent. Plus intime.

Accrochée à ses épaules, elle le laissa dicter le rythme de leurs va-et-vient, alors que les sensations charnelles s'emparaient d'eux et que le désir qui les animait manquait de les consumer à tout moment.

Elle ne pensait qu'à la sensation du sexe de Cooper qui l'emplissait au plus profond de son intimité. C'était tellement intense qu'elle n'arrivait pas à formuler des mots. Seuls des sons incohérents s'échappaient de sa bouche alors qu'elle était emportée dans cette spirale de plaisir, en quête de la libération suprême.

Cooper glissa une main entre leurs corps et trouva le point qui lui ferait atteindre le septième ciel. L'instant d'après, alors que son corps était soumis à une vague de soubresauts, il vint recouvrir sa bouche de la sienne pour avaler ses cris de jouissance et l'embrasser avec la même intensité que les vibrations de son corps.

Elle s'agrippa à lui, les doigts rivés dans sa chair comme s'il en allait de sa vie. Il continua à la pénétrer jusqu'à ce qu'il pousse un long râle et qu'elle le sente exploser en elle.

Il resta allongé sur elle un long moment.

Elle ne sentait pas son poids. Tout ce qu'elle sentait, c'étaient sa chaleur et la sensation de sa peau contre la sienne, comme si elles étaient en train de se lier pour l'éternité.

Après un long baiser, il se leva pour aller dans la salle de bains, et elle eut tout le loisir d'admirer la beauté de son corps athlétique et sculpté à merveille.

Dès qu'il referma la porte, elle se mit en quête de son téléphone. Elle fut atterrée de voir l'heure tardive. Elle devait absolument se mettre en route sans quoi elle raterait l'émission du matin.

Après avoir envoyé un message pour dire à l'équipe relais de l'attendre à l'hôtel où elle aurait dû dormir, elle s'habilla à la hâte, sortit du mobile home sans faire de bruit et se mit en quête d'un véhicule qui accepterait de l'emmener jusqu'à sa destination.

- 3 -

Trois mois. Cela faisait trois mois que Cooper ruminait son ressentiment, et voilà qu'il venait de poser les yeux sur l'objet de sa frustration. La femme qui hantait la moindre de ses pensées, de jour comme de nuit. Elle se trouvait à l'autre bout de la salle de réception, et il était sûr qu'elle ne l'avait pas vu. Il ferait en sorte qu'il en reste ainsi jusqu'à ce qu'il se sente prêt à l'accoster pour lui demander des comptes.

Il avait tout fait pour éviter de venir à ce gala de charité, mais comme il était parrainé par sa mère, cette dernière avait tout fait pour que ses fils soient présents. Quand Katherine Barron Tate avait décidé quelque chose…

Il n'avait pas fait preuve de beaucoup de jugeote et aurait dû se douter que Britt Owens serait de la partie puisqu'il s'agissait de sponsoriser un laboratoire mobile d'étude de tornades pour l'école de météorologie de l'université de l'Oklahoma.

Il ne supportait pas ces galas où il fallait passer toute une soirée engoncé dans un smoking à faire le pingouin avec des gens dont il n'avait que faire. Comme avec cet expert en météo qui tentait de le convaincre que les financements pour la recherche étaient importants. Comme s'il ne le savait pas déjà !

Prétextant de devoir absolument parler à sa mère, il parvint à s'extirper de la conversation à sens unique à laquelle il ne prenait aucun plaisir.

Ayant enfin repéré sa mère, il fonça à travers la foule, tête baissée, mais il fut arrêté dans sa course par un homme.

— Tiens, tiens, Cooper Tate. Que fais-tu là ?

C'était un ami de l'université.

— Ah. Salut, Mark.

— J'ai cru que j'hallucinais. Un magnat du pétrole dans une réunion de chercheurs en météo ?

Cooper regarda autour de lui pour s'assurer que sa mère n'était pas près de lui puis, ne la voyant pas, réprima un soupir.

— Maman est dévouée à la cause, dit-il. Impossible d'y échapper. Elle a forcé tous ses fils qui sont dans la région à venir. C'est son œuvre de charité préférée. Et toi, que fais-tu là ?

Mark fit la grimace.

— Quelqu'un devait se dévouer pour représenter mon cabinet d'avocats. J'ai tiré la paille la plus courte…

Après quelques minutes de conversation insipide, Cooper reprit espoir en voyant sa mère les rejoindre.

— Bonsoir, Mark, dit-elle. Comment vont vos parents ? Ont-ils apprécié leur croisière ?

Cooper n'en revenait pas. Comment sa mère était-elle au courant de choses pareilles ? Gardait-elle un dossier détaillé sur les connaissances de ses fils ?

— Maman est toujours partante, c'est une grande voyageuse, répondit Mark. Alors que papa préfère rester sur la terre ferme, si possible à proximité d'un terrain de golf.

Mark et sa mère continuèrent à discuter de choses et d'autres alors que Cooper avait décroché depuis longtemps. À bout de patience, il décida d'interrompre sa mère.

— Maman, tu n'avais pas dit que tu voulais participer aux enchères silencieuses ?

Elle parut surprise mais joua néanmoins le jeu.

— En effet, mon chéri. Ravie de vous avoir revu, Mark. Dites bonjour à vos parents de ma part.

— À plus tard ! lança Cooper, prenant sa mère par le bras pour l'entraîner loin de Mark.

— Cooper ! Ce ne sont pas des manières !

— Avoue que tu avais autant envie que moi d'en finir.

— Mais je sais rester polie.

— Moi aussi. Tiens, regarde ! dit-il en lui montrant un week-end à Colorado Springs mis aux enchères silencieuses.

Elle ne s'arrêta même pas pour regarder. Après avoir inspecté d'autres lots, elle se figea devant une autre enchère et lut avec grand intérêt la présentation.

Curieux, il regarda par-dessus son épaule.

! ! PARTEZ À LA CHASSE AUX ORAGES ! !

Deux questions lui vinrent à l'esprit. Pourquoi mettre des points d'exclamation devant un titre ? Et pourquoi sa mère semblait-elle aussi intéressée ? Pour en savoir plus, il lut lui-même le descriptif. Le plus offrant passerait une journée avec un membre de l'équipe qui chassait les orages et faisait des reportages pour la chaîne de son cousin Chase, KOCX TV.

Qui avait envie de se lancer dans une activité pareille ? C'était de la folie pure ! Ayant été aux premières loges d'une tornade, il ne comprenait pas l'engouement que ce genre d'intempéries provoquait chez certaines personnes.

Sa mère leva la main.

— Un stylo, s'il te plaît.

Il lui en tendit un.

Elle ajouta une enchère limite indécente.

Il se mit en tête de trouver quelqu'un qui offrirait une somme supérieure. Son frère Bridger était accro à l'adrénaline. Il ne manquerait pas de lui en toucher deux mots.

Pas question de laisser sa mère s'adonner à une lubie aussi risquée.

Regardant le descriptif de plus près, il vit la photo de la personne qui accompagnerait le gagnant ou la gagnante du lot.

Il la connaissait.

Assez bien.

LAISSEZ-VOUS EMPORTER PAR LA TORNADE AVEC BRITT OWENS.

Il blêmit.

Britt Owens. Bien sûr. Belle, féminine, et trempée jusqu'aux os, attendant les secours sur le toit de son pick-up. Britt Owens toujours là où on ne l'attendait pas. Britt Owens qui l'avait laissé en plan après avoir fait l'amour avec lui sans même le remercier ou lui dire au revoir. Deux fois de suite !

Pourquoi était-il à ce point attiré par cette femme alors qu'elle n'avait visiblement pas envie d'avoir affaire à lui ?

Cela faisait trois mois qu'il s'efforçait de mettre leur aventure derrière lui, au point de se convaincre qu'il avait réussi mais, à en juger par ses réactions, il devait reconnaître qu'il s'était voilé la face et qu'il en pinçait toujours pour elle.

Il s'en voulait encore d'en avoir parlé à Bridger car son petit frère avait raconté l'anecdote à toute sa famille.

Il fut tiré de ses pensées par un présentateur météo local qui prit la parole avec un micro mal branché, provoquant un bruit strident qui fit tressaillir tout le monde dans la salle.

— Mesdames et messieurs, veuillez rejoindre vos tables, le dîner va être servi. Puis nous lancerons le programme de la soirée.

Cooper offrit son bras à sa mère et la guida vers la table qui leur avait été réservée, près de la scène. Il s'assit à sa gauche, de façon à pouvoir suivre les animations et garder un œil sur le reste de la salle. Bridger vient s'installer à côté de lui.

— Tu cherches ta chasseuse d'orages ?

— Bridger, tu es mon petit frère et tu me dois le respect alors ne t'avise pas d'aller plus loin sinon ça ira mal pour toi.

Britt ne put s'empêcher d'aller voir où en étaient les enchères. Elle manqua de tomber à la renverse en voyant le montant offert pour son animation. Et elle crut s'évanouir en déchiffrant la signature.

Cooper Tate ! Il était ici ? Oh non…

Paniquée, elle se retourna pour balayer la pièce du regard.

Que faisait-il ici ? Elle savait que son nom de famille était Tate, et qu'il était cousin de la famille Barron, propriétaire de la chaîne de télévision pour laquelle elle travaillait, mais cela n'expliquait pas sa présence au gala de ce soir.

Elle tenta de reprendre ses esprits et de garder son calme alors qu'elle se remémorait les épisodes de l'été, les joues écarlates. Elle avait commis une grave erreur en août à Beaumont mais il était trop tard pour regretter.

Rapidement, elle s'éloigna de la table des enchères de peur de se faire remarquer et se dirigea vers la table réservée par sa chaîne de télévision.

À l'origine, ce n'est pas elle qui s'était portée volontaire pour l'expédition proposée aux enchères mais on lui avait offert une prime alléchante qu'elle n'avait pas pu refuser.

À présent, elle regrettait amèrement d'être prise au piège dans ce gala. Si elle tombait sur Cooper, la conversation serait forcément embarrassante.

Une fois assise, elle regarda sa montre. Encore trois heures. Au pire, elle pourrait toujours aller se réfugier dans les toilettes des femmes. Mais a priori, les lumières s'éteindraient après le repas, et, dans le noir, elle espérait passer la soirée incognito.

Elle commença à manger en écoutant différents intervenants du milieu météorologique. Puis son voisin de droite lui demanda si elle voulait faire carrière à la télévision. Non. Pas du tout. Elle voulait finir sa thèse puis se lancer dans de la recherche pure.

Les serveurs en chemise blanche qui virevoltaient habilement entre les tables leur apportèrent la suite du menu. Une fois que toute sa table eut le plat principal, les conversations cessèrent, et tout le monde se délecta du plat dressé à la perfection dans chaque assiette.

Britt la première. Le filet de bœuf tendre et fondant à souhait accompagné de pommes de terre nouvelles et de pointes d'asperges croquantes était un vrai régal.

Quant au dessert, une mousse au chocolat servie avec un coulis de framboise et un tourbillon de chocolat blanc, elle ne trouva pas les mots.

Elle était venue à cette soirée à reculons et elle avait quelque peu paniqué en découvrant que Cooper Tate était dans la salle mais, rien que pour ce repas, elle ne regrettait pas d'être venue.

Le maître de cérémonie reprit la parole et présenta le thème de la soirée : l'histoire de la chasse aux orages et le rôle clé joué par l'État de l'Oklahoma et l'école de météorologie de l'université de l'Oklahoma.

Il rappela ensuite à l'assemblée de ne pas oublier de faire des enchères généreuses, car c'était le but de la soirée, puis la salle fut plongée dans le noir pour la suite du programme.

L'entracte arriva, et les lumières se rallumèrent.

Attention, danger.

Quand son voisin, Dave Edmonds, le présentateur météo phare de la chaîne, et sa femme se levèrent, Britt en fit autant, décidant de se servir d'eux comme d'un bouclier le temps de localiser Cooper dans la salle. Pas moyen de le repérer. Ce n'était pas bon signe. Tant qu'elle ne savait pas où il était, elle ne pouvait pas espérer l'éviter à coup sûr.

— Un problème ? s'enquit Dave, ne comprenant pas ses agissements pour le moins suspects.

— Non, tout va bien ! mentit-elle alors qu'elle venait justement de repérer Cooper.

Suivant son regard, la femme de Dave ne manqua pas de la mettre dans l'embarras.

— En tout cas, si j'étais célibataire, j'aimerais bien avoir un problème comme lui, fit-elle remarquer.

Britt rougit jusqu'aux oreilles.

Cooper Tate était en effet beau à couper le souffle dans son smoking à la mode western. La veste avait des reflets soyeux sous la lumière, il portait une cravate texane avec des pointes et une boucle argentées. Le ruban de son stetson était également argenté, et ses santiags noires brillaient de mille feux.

Britt se raidit, le souffle court.

L'instant d'après, elle s'éclipsa en direction des toilettes pour femmes.

Le lieu était absolument charmant, avec un vestibule semblable à un boudoir. Après avoir vérifié qu'elle était seule, elle se laissa tomber sur un canapé, à bout de nerfs.

L'instant d'après, une femme d'un certain âge fit son entrée. Elle portait un tailleur de soirée couleur airelle, ses cheveux poivre et sel étaient coiffés à la perfection, et sa tenue était complétée par un collier de perles.

Au lieu de passer le vestibule, elle s'y arrêta et regarda Britt avec insistance.

— Vous êtes Britt Owens, n'est-ce pas ?

— En effet, répondit Britt, surprise d'avoir été reconnue.

— Katherine Tate.

Britt crut défaillir.

Son souhait le plus cher en cet instant aurait été de s'enfoncer mille pieds sous terre. Ou dix mille pieds !

— Enchantée, madame Tate, répondit-elle tant bien que mal.

— Donc vous gagnez votre vie en chassant des orages ? J'imagine que ce doit être passionnant.

— Oui, ça peut l'être. Mais ça dépend.

— Je vois.

Sentant qu'elle perdait l'intérêt de son interlocutrice, Britt se ressaisit.

— Disons que c'est mon gagne-pain, mais en parallèle, j'étudie les phénomènes météorologiques dans le cadre de ma thèse, expliqua-t-elle.

— Fascinant, fit remarquer Katherine Tate qui continuait de la scruter comme une créature étrange.

Britt déglutit, pétrifiée, se demandant ce que Katherine Tate trouvait de fascinant chez elle. Son travail ou sa personne ? Et même si elle n'avait rien à craindre de cette femme, a priori, elle la terrorisait davantage que les intempéries qu'elle avait traversées l'été passé !

Malgré tout, elle trouva la force de se lever.

— Ravie d'avoir fait votre connaissance, madame Tate.

— Moi de même, ma chère. On se reverra. Bientôt.

Britt ne chercha pas à en savoir plus, mais fut néanmoins décontenancée par cette affirmation.

Sans plus tarder, elle ouvrit la porte et quitta les toilettes avec un sentiment étrange.

Alors qu'elle avançait dans le couloir perdue dans ses pensées, cherchant à comprendre ce qui l'avait mise aussi mal à l'aise, elle heurta un corps des plus athlétiques, manquant de trébucher.

Alors que des mains viriles la retenaient, elle fut aussitôt enveloppée d'un parfum de cannelle, de bergamote et de…

Oh ! Seigneur !

— Décidément, vous avez le chic pour tomber dans mes bras, Miss Météo.

— Cooper Tate ! cria quelqu'un derrière lui.

Cooper se retourna pour voir qui l'appelait et n'eut pas le temps d'éviter le poing qui s'écrasait sur son visage.

— Salaud ! Ma sœur attend un enfant de vous !

- 4 -

Le coup de poing atteignit Cooper en pleine mâchoire. Il s'écroula en se prenant les pieds dans la jupe de Britt et en l'emportant dans sa chute.

Surprise, muette d'incrédulité, Britt fixa l'homme qui se tenait au-dessus d'eux, prêt à se battre. Puis elle repensa à ce qu'il avait dit avant de frapper.

« Ma sœur attend un enfant de vous. »

Alors qu'elle réfléchissait aux implications, un attroupement se fit autour d'eux.

Cooper, le visage déjà tuméfié, avait eu la présence d'esprit de tomber de façon à ce qu'elle atterrisse sur lui. Ainsi collée à lui, son corps réagit… en totale inadéquation avec la situation.

Elle crut fondre sur place, des papillonnements d'excitation s'emparant d'elle, alors que le chaos régnait.

— Debout, Tate ! cria l'inconnu, les poings serrés.

Un homme à la carrure imposante intervint pour l'empêcher d'aller plus loin. Puis d'autres personnes les entourèrent pour les protéger des curieux et des paparazzis amateurs. Il s'agissait principalement des membres de la famille Barron, avec Katherine Tate à la tête de la mission de sauvetage.

Britt était abasourdie. Non par la scène elle-même mais par ce qu'elle venait d'entendre. Et avec la publicité qu'il y aurait autour de l'événement, elle risquait de perdre son emploi à la télévision. Sa carrière serait compromise, et on lui supprimerait le prêt qu'elle avait décroché pour son doctorat.

Elle devait partir d'ici au plus vite.

Katherine Tate l'aida à se relever et l'escorta loin des regards indiscrets. Pour la seconde fois de la soirée, elle se retrouva dans les toilettes des femmes, seule avec Katherine Tate qui l'impressionnait plus que de raison.

À l'abri de la foule, paniquée, elle sortit son téléphone pour évaluer les dégâts sur les réseaux sociaux.

— Ne vous inquiétez pas, mademoiselle Owens, mes fils et mes neveux vont s'occuper de la situation, lui dit Katherine Tate.

Britt n'osait même pas regarder son interlocutrice qui ne saisissait pas l'ampleur de la catastrophe. La nouvelle qu'elle venait d'apprendre l'avait anéantie. Elle avait envie de crier de frustration et de tristesse.

Cooper avait fait un enfant à une femme ?

Elle aurait voulu partir loin de ce gala et prétendre que rien de tout cela n'était arrivé.

Elle chercha à dire quelque chose puis se ravisa.

Qu'y avait-il à dire ? La vérité ? Elle ne s'en sentait pas la force donc autant garder le silence.

Katherine Tate ne remarqua rien de l'émoi qui l'animait, trop absorbée à consulter les notifications sur son téléphone.

Elles eurent bientôt de la compagnie. Cooper entra soutenu par un homme qui lui ressemblait beaucoup, quelques années en moins.

L'homme installa Cooper sur l'un des canapés du vestibule cossu des toilettes pour femmes puis fit son rapport.

— Chance et Cash s'occupent du type qui a frappé Cooper. Chase gère les médias. Cord est en faction devant la porte pour empêcher les femmes d'entrer. Et Jolie est partie en quête de glace. Elle arrive au plus vite.

Il marqua une pause le temps d'inspecter Britt puis se retourna vers Katherine Tate.

— C'est sa chasseuse d'orages ? s'enquit-il.

— Oui, je pense.

Britt n'en revenait pas. Ils parlaient d'elle alors qu'elle était dans la pièce ! Et Cooper était trop sonné pour intervenir. Alors qu'elle allait leur faire remarquer que ce n'était pas poli de parler d'une personne présente dans une pièce sans la nommer, la porte s'ouvrit de nouveau.

Une belle femme aux cheveux châtain et aux yeux verts fit son entrée. C'était sûrement la fameuse Jolie.

— J'ai trouvé une poche de glace. Pousse-toi, Bridger, je vais m'occuper de lui, dit-elle, prenant place à côté de Cooper.

Britt ne put réprimer un pincement de jalousie. Pour se changer les idées et en attendant de trouver un moyen de s'éclipser, elle observa la scène. Elle connaissait de vue les cousins de Cooper. Chase, Cash, Cord et Chance Barron. Il y en avait deux autres, Clay et Kade, mais ils n'étaient peut-être pas là ce soir. Bridger était sûrement son plus jeune frère. La femme devait être Jolene Barron, l'épouse de Cord, qui était infirmière.

— Dis donc, Cooper, ce type ne t'a pas loupé, fit remarquer Jolie. Tu peux bouger la mâchoire ?

Après s'être assurée que son fils était entre de bonnes mains, Katherine Tate prit congé.

Britt n'avait qu'une hâte : s'extirper de cet imbroglio. Mais elle n'arrivait pas à se lever pour partir, curieuse de savoir si elle pouvait glaner de plus amples informations sur la femme qui attendait un bébé de Cooper.

Cooper était encore sonné. Allongé sur un canapé, les yeux fermés, la poche de glace couvrant la zone touchée par l'uppercut de son assaillant, il tentait de remettre les événements en ordre afin d'éclaircir le brouillard dans son esprit.

Il y avait son frère Bridger, à qui il avait eu le malheur de lui parler de sa chasseuse d'orages. Et la fameuse chasseuse d'orages en personne. Lui qui aimait les choses simples, il était servi ! Il n'avait même pas été en état de faire les présentations, ne serait-ce que pour respecter le décorum. À présent, il espérait surtout que son frère ne fasse pas d'impair.

Ce ne fut qu'un vœu pieux.

— Alors, frérot, tu vas être papa ? demanda Bridger. Qui est l'heureuse élue ?

Il se mit à secouer la tête avec véhémence mais s'arrêta dès que des étoiles apparurent sous ses paupières.

Sa réaction avait ravivé la douleur. Quel idiot !

— Aucune idée, marmonna-t-il.

— Et le type ?

— Jamais vu.

— Tu as eu des aventures, ces derniers temps ?

— Non.

Décidément, son idiotie se confirmait. Sa réponse était des plus malvenues sachant que Britt était dans la pièce. Il aurait pu se rattraper en lui avouant qu'il enregistrait les bulletins météo dans l'espoir de l'apercevoir, mais il ne se sentait pas d'attaque, surtout avec la présence de son frère et de Jolie.

— Pourtant, l'homme qui t'a frappé avait l'air assez convaincu que sa sœur attend un enfant de toi.

— Il m'a peut-être confondu avec l'un d'entre vous ?

Bridger éclata de rire.

— Tu plaisantes ? Hunter et Boone sont à Washington avec Clay. Deacon et Tucker sont mariés. Dillon est à Nashville. Et je peux t'assurer que ce n'est pas moi. Donc tu peux te voiler la face, mais je pense qu'il n'y a pas photo.

La porte s'ouvrit sur deux jeunes filles qui s'arrêtèrent net en voyant les occupants du vestibule.

Britt se leva.

— Il est temps de quitter les lieux, dit-elle sur un ton qui ne masquait ni son sarcasme ni son énervement. Je n'ai pas testé le vestibule des toilettes des hommes, mais je suis sûre que vous y trouverez un canapé où discuter tranquillement.

Elle disparut avant que Cooper ait eu le temps de dire quelque chose pour la retenir.

— Ne vous inquiétez pas, mesdemoiselles, nous partons, dit Bridger aux deux jeunes filles.

Jolie insista pour que Cooper garde la poche de glace sur son visage et l'aida à se lever lentement.

Encore étourdi, il prit appui sur son frère pour sortir dans le couloir.

Il avait espéré trouver Britt dans les parages mais elle s'était volatilisée. Une de ses grandes spécialités.

Bridger et Jolie l'installèrent dans une alcôve au calme en attendant qu'il reprenne ses esprits. Cord les rejoignit.

— Cord, tu étais censé empêcher l'entrée aux toilettes des femmes, lui fit remarquer Jolie.

— Je me suis dit qu'il était temps que vous sortiez, répondit Cord. Alors, quelles sont les nouvelles, cousin ? Tu vas être papa ? J'ai vu passer ta chasseuse d'orages. Tu es sûr de ne pas vouloir te mettre en chasse ?

— Cord, laisse ton cousin tranquille. Cooper, je te conseille de garder la poche de glace un petit moment, dit Jolie avant de partir au bras de son mari.

Une fois le couple parti, Bridger se pencha vers lui.

— Si j'étais toi, je laisserais tomber la piste de la chasseuse de d'orages, lui conseilla-t-il.

— Seulement tu n'es pas moi.

- 5 -

Cooper fit la grimace. Il avait mal, et son frère n'avait pas tort. Britt l'avait quitté sans même lui dire au revoir deux fois de suite après avoir passé la nuit avec lui. Il était temps de tourner la page. Et pourtant…

Jamais il n'avait éprouvé autant de sensations dans un lit avec une femme. Elle avait le don de lui faire tourner la tête et d'occuper la moindre de ses pensées. De plus, elle faisait naître en lui des réactions vives et profondes comme jamais aucune femme ne l'avait fait.

Elle était belle, effrontée et indépendante.

S'il n'avait pas eu ce marteau qui lui frappait sur le crâne, il se serait tapé la tête contre la table pour en faire sortir Britt.

Le pire, c'est que Bridger avait raison. Si l'objet de son affection choisissait de l'ignorer, il n'allait pas rester seul à se morfondre. À lui d'aller à la rencontre d'autres femmes. L'unique problème étant qu'il n'avait pas envie de ces autres femmes.

Il avait envie de Britt Owens. Il avait soif de cette femme qui était entrée dans sa vie comme un ouragan. Ou disons, à cause d'un ouragan. Pourquoi éprouvait-il ces vagues de chaleur chaque fois qu'il pensait à elle ? Pourquoi était-il autant attiré par elle, au niveau physique comme au niveau intellectuel ?

Il avait le sentiment que le courant qui passait entre eux était à la fois naturel et puissant, et il devait réussir à voir

Britt en tête à tête pour savoir pourquoi elle ne cessait de le fuir.

Le fait d'être accusé d'avoir fait un enfant à une femme qu'il ne connaissait pas tombait vraiment mal, et il était désolé d'avoir imposé cette scène à Britt.

Et désolé de passer pour un goujat à ses yeux. Il aurait souhaité pouvoir lui parler, lui expliquer, lui dire que ces accusations étaient fausses, qu'il était fiable, qu'il ne pensait qu'à elle et qu'il n'avait envie que d'elle.

Mais à quoi bon ? Après tout, elle n'avait manifesté aucun intérêt pour lui et elle avait pris la poudre d'escampette sans chercher à le revoir. Même avant d'avoir été témoin de cette scène surréaliste.

Il fut tiré de ses pensées maussades par des applaudissements. C'était sûrement l'heure de l'annonce des gagnants de la vente aux enchères silencieuses. Zut ! Lui qui voulait que quelqu'un fasse une offre supérieure à celle de sa mère, c'était raté. Il gérerait ce problème plus tard. Pour l'heure, il n'avait qu'une envie : partir de ce maudit gala.

Bridger pourrait ramener leur mère chez elle, il n'avait pas besoin de rester plus longtemps.

Il se leva, la poche de glace toujours collée à sa joue, et se dirigea vers la sortie. Il n'avait aucune envie de continuer à se morfondre seul dans son alcôve. Une fois dans son pick-up, il enverrait un message à Bridger pour lui demander de s'occuper de leur mère. Au moins, avec le coup de poing qu'il avait reçu, il avait une bonne excuse pour se soustraire à ses obligations.

Une fois dehors, il fut soulagé de ne pas être tombé sur un membre de sa famille, car son plan aurait sans doute été mis à mal.

C'était agréable de respirer l'air frais automnal. Il prit une grande inspiration. Levant les yeux, il admira un instant le ciel noir parsemé d'étoiles. Une pause bienfaitrice dans le chaos qu'il venait de vivre.

Alors qu'il approchait de l'endroit où était garé son véhicule, il s'arrêta net.

Devant lui se trouvait le pick-up de Britt, au sigle de KOCX TV. Décidément, le destin s'acharnait sur lui. Plus il essayait d'oublier Britt, et plus les éléments la lui rappelaient à son bon souvenir.

Il avait le choix entre monter dans son pick-up, rentrer chez lui et passer à autre chose. Ou bien admettre que Britt lui collait à la peau et qu'il avait envie d'elle comme jamais il n'avait eu envie d'une femme.

Leur père leur avait enseigné deux choses importantes : ne jamais faire l'amour sans protection et ne jamais baisser les bras face à l'adversité.

Certes, Britt avait mis son ego à mal, et un homme mal informé lui avait administré le premier vrai crochet de sa vie. Mais il n'était pas encore à terre. Et il n'était pas du genre à abandonner. Donc…

Il s'appuya contre le pick-up et décida d'attendre Britt. C'était risqué de sa part, mais si son plan fonctionnait, il serait récompensé par le meilleur des trophées. Il avait envie de conquérir cette femme et il était prêt à tout pour y arriver.

Cela faisait trois mois qu'il essayait de ne plus penser à elle, tout en priant pour que leurs chemins se croisent de nouveau un jour. Elle était à ses yeux la femme idéale, même s'il ne la connaissait pas. Et tant qu'il ne la reverrait pas pour lui en parler, il serait voué à cette torture insidieuse sans fin.

Autant prendre le taureau par les cornes.

Il rêvait de l'embrasser et de la toucher de nouveau. Cette pensée le fit frémir. C'était normal. Une simple réaction physique. Une fois qu'il aurait fait le tour de la question, il se lasserait sûrement d'elle et serait en mesure de reprendre le cours de sa vie.

Du moins, il l'espérait.

— Saleté de chaussures ! s'exclama Britt en enlevant les sandales à talons qu'elle avait portées à la soirée.

Elle enfila les tongs qu'elle avait emportées dans son sac en prévision. Une fois confortablement chaussée, elle se dirigea vers la sortie avec une seule envie : rentrer chez elle.

Elle avait les pieds et le dos meurtris. Et tout bien réfléchi, elle avait aussi le cœur meurtri. Comment parler à Cooper après les événements de la soirée ? Elle avait maintes fois envisagé de l'appeler, mais elle n'avait fait que reculer l'échéance.

À présent, même si elle tombait sur lui, elle ne pourrait mettre son plan à exécution. Donc autant l'éviter.

Malgré tout, elle était déçue qu'il ne l'ait pas cherchée dans la salle de gala après l'incident.

Alors qu'elle traversait le parking, son sixième sens lui fit lever la tête.

Une silhouette était appuyée contre son pick-up. Une silhouette athlétique aux pieds bottés brillant dans la nuit. Son cœur se mit aussitôt à battre la chamade.

Cooper ne l'avait pas cherchée mais il l'attendait.

Elle paniqua. Devait-elle lui dire la vérité maintenant ou mieux valait-il attendre d'en savoir plus avant de se brûler les ailes ? Elle décida d'attendre.

— Salut, Étoile filante.

Pourquoi sa voix avait-elle autant d'effet sur elle ?

Et pourquoi sa peau était-elle parcourue de frissons ?

— Comme on se retrouve, cow-boy.

Elle s'en voulait de retomber aussi facilement dans leur jeu de badinage.

— Je t'ai dit que je n'étais pas un cow-boy.

Elle le fixa, paupières mi-closes.

— Cow-boy ou pas, tu sais comment te faire remarquer.

— Je ne sais pas d'où vient cette histoire, je t'assure, répliqua-t-il, sur la défensive.

— Bien sûr.

— Tu ne me crois pas ?

— Non. Mais peu importe.

— C'est monnaie courante.

— Quoi donc ?

— Quand on est riche, on est souvent la cible de coups montés de ce genre, expliqua-t-il. C'est déjà arrivé dans ma famille. Je n'ai rien à voir avec cette femme. Je t'assure. Crois-moi.

Pourquoi voulait-il à tout prix qu'elle le croie ? Quand il lui prit le visage, elle ne recula pas. Quand il s'approcha d'elle, elle ne baissa pas la tête non plus.

— Tu m'as manqué, murmura-t-il avant de l'embrasser.

Elle ne chercha pas à se soustraire à son baiser. C'était tellement agréable d'être de nouveau dans ses bras…

Il se mit à la fouiller avec sa langue, et elle lui rendit volontiers la pareille.

Elle aurait dû s'en tenir à son plan et se montrer plus prudente mais, à la vérité, il lui avait manqué aussi.

— Que fais-tu ? chuchota-t-elle contre sa bouche.

Il ne lui répondit pas. Pas avec des mots. Il resserra son étreinte pour lui faire part de son envie.

— Je te ramène, dit-il simplement.

— C'est mon pick-up, et je suis tout à fait en état de conduire.

— Je ne me suis pas bien fait comprendre. Je te ramène *chez moi*.

Elle paniqua en entendant son offre.

Rentrer chez lui ?

Pouvait-elle se fier à Cooper ? Elle venait d'apprendre qu'il était peut-être le père d'un bébé, et cette pensée la perturbait au plus haut point.

Puis il l'embrassa de nouveau, lui faisant perdre pied avec la réalité. Son bon sens s'envola, et elle eut envie de laisser libre cours à son désir sans penser à demain.

Elle lui rendit son baiser, l'entourant de ses bras pour mieux se donner à lui.

— S'il te plaît. Rentre avec moi, murmura-t-il.

Elle hésita. La raison lui imposait de refuser car elle ne se sentait pas prête et qu'elle s'était promis de lui parler avant que les choses aillent plus loin entre eux. Et maintenant, il y avait l'histoire de sa paternité-surprise qui venait compliquer ce scénario déjà on ne peut plus alambiqué.

Mais son cœur céda. Avec une condition.

— D'accord, mais je te suis, répondit-elle.

— On prend ton pick-up mais c'est moi qui conduis.

Elle allait refuser mais ne voulait pas vraiment discuter des heures. Elle lui tendit ses clés.

Il déverrouilla le véhicule, ouvrit la portière passager et la fit monter, tel un gentleman. Avant qu'elle ait eu le temps de revenir sur sa décision, l'homme qui venait de la dépouiller de toutes ses bonnes intentions prenait place au volant.

Le trajet fut rapide. Quelques minutes plus tard, ils arrivèrent devant un portail électronique. L'allée privée bordée d'arbres serpentait à travers la propriété pour déboucher sur une grande pelouse. Perchée sur une butte, la maison la surprit par sa modernité. Des murs en briques claires avec un toit métallique qui scintillait au clair de lune.

Dès qu'il fut garé, Cooper s'empressa de venir lui ouvrir la portière, comme s'il craignait qu'elle reparte.

L'intérieur de la maison était tout aussi impressionnant que l'extérieur.

— Tu veux boire quelque chose ? lui proposa Cooper.

— Non, merci.

Il prit une bouteille d'eau dans le réfrigérateur et but à grandes gorgées avant de se tourner vers elle.

— Britt, je sais ce que tu penses.

— Non, je ne crois pas, répondit-elle, en posant instinctivement la main sur son ventre.

— Je parlais de l'incident de ce soir. Je suis un Tate, et deux de mes frères sont des stars de la musique country. Je suis aussi un Barron par ma mère, ce qui veut dire qu'il y a beaucoup d'argent en jeu. Les accusations de paternité sont monnaie courante. Crois-moi.

— Pourquoi je devrais te croire ?

Il la dévisagea, l'air à la fois penaud et grave.

— Parce que mes parents m'ont toujours appris à être responsable et que je ne suis pas du genre à mentir.

Au fond d'elle, et pour des raisons évidentes, elle avait à cœur de le croire et d'oublier l'incident de ce soir. Mais comment faire taire les doutes qui l'assaillaient ?

Il s'approcha d'elle doucement, sans la quitter des yeux.

— Tu m'as manqué, Étoile filante.

Puis il la prit dans ses bras et l'embrassa langoureusement.

Après un long baiser, il s'arracha à sa bouche, la scrutant d'un regard doux et profond.

— Tu me crois ? murmura-t-il.

Sa question la paniqua.

— Je… je ne sais pas.

— Tu veux quand même rester avec moi ce soir ?

Comment refuser ? Et pourquoi refuser ?

— Oui, répondit-elle, scellant ses lèvres aux siennes.

Il l'emporta dans une chambre au décor très masculin, à l'image de ce qu'elle connaissait de Cooper Tate. De larges baies vitrées donnaient sur le jardin et offraient une vue imprenable sur Oklahoma City. Le lit en bois sombre était orné de panneaux en cuir. Jamais elle n'avait vu un lit aussi grand !

Cooper l'embrassa de nouveau, ses mains la caressant fébrilement, avides de la redécouvrir. Elle était à la fois prise de vagues de chaleur et couverte de frissons. Tirant sur la chemise de Cooper, elle la fit sortir de son pantalon et put enfin caresser sa peau alors qu'il continuait à la fouiller de sa langue.

L'instant d'après, il enleva sa veste, son gilet et arracha les boutons de sa chemise dans son empressement.

De ses doigts experts et déterminés, il défit la fermeture de sa robe qui tomba à ses pieds en une pluie de tissu. Puis il la souleva et la déposa délicatement sur le lit. Une fois dans ce cocon intime, il entreprit de l'explorer de ses mains et de sa bouche.

Elle n'aurait jamais dû accepter son invitation, mais le courant charnel qui passait entre eux l'avait empêchée de penser de manière logique ou d'agir pour se protéger.

Son cœur avait eu raison de sa raison. Car son cœur souhaitait vivre cet instant plus que tout. Et son corps était en manque de cet homme qu'elle connaissait si peu.

Succombant à l'inévitable, elle décida de suivre son instinct et de se donner une nouvelle fois à Cooper Tate.

Elle était quasiment nue mais il était encore trop vêtu à son goût. Sans plus tarder, elle résolut rapidement le problème.

Dès qu'ils furent nus tous les deux, le ballet langoureux de leurs deux corps entremêlés put débuter.

Cooper savait exactement comment l'enflammer de ses doigts agiles et aventuriers, et de sa bouche qui semblait toujours plus avide de la découvrir, de la goûter.

Il savait exactement où la toucher, l'embrasser, la sucer, la titiller ou encore la mordiller pour lui embraser les sens et lui faire perdre pied avec toute notion de la réalité.

Mais pas question d'être en reste. À son tour, elle entama

son exploration enjouée et ne tarda pas à l'entendre gémir de plaisir sous l'effet de ses caresses et de ses baisers audacieux.

Il s'interrompit quelques instants pour se protéger puis la fit rouler sur le lit pour se retrouver sur elle, le regard conquérant, tel un mâle dominant ravi d'avoir enfin eu raison de sa proie.

Il lui écarta les cuisses, sans la lâcher du regard, puis il la pénétra avec délicatesse et assurance.

Elle frémit, agrippée à ses épaules, puis s'ouvrit davantage à lui pour sentir son sexe la fouiller au plus profond de son intimité.

— Oh oui, Cooper, plus fort ! ordonna-t-elle.

De longs instants plus tard, repus de leurs merveilleux ébats, Britt était lovée contre Cooper, la tête sur ton torse. Elle sentait qu'elle s'endormait mais elle tentait de résister au sommeil car elle ne voulait pas passer la nuit avec lui. Elle n'était pas prête à lui parler et ne voulait pas jouer la comédie.

Maudissant ses émotions et son manque de lucidité, elle sentit les larmes couler le long de ses joues. Elle aurait dû prendre son courage à deux mains et parler à Cooper avant de poursuivre cette aventure sans queue ni tête. Mais elle n'avait pas trouvé la force, se laissant aller au plaisir plutôt que de faire face à la réalité et à ses responsabilités.

Il était temps de se ressaisir.

Sa vie était sur le point de changer du tout au tout. Elle devait s'organiser et remettre les choses au clair dans son esprit avant de parler ouvertement à Cooper.

Mais comment aborder le sujet après ce qu'il lui avait dit la veille concernant les accusations de paternité dont les Tate et les Barron étaient souvent victimes ?

Malgré ses pensées tumultueuses, le battement régulier du cœur de Cooper lui procura un sentiment de sécurité.

Et si elle restait ? Et si elle lui disait tout demain matin ?

Non. Elle allait se reposer quelques instants, pour être sûre qu'il dormait, puis elle s'en irait.

Elle se réveilla en sursaut.

Combien de temps avait-elle dormi ?

Dehors, l'aube s'annonçait.

Cooper dormait à poings fermés. Il était temps de partir.

Après s'être glissée hors du lit le plus discrètement possible, elle enfila ses sous-vêtements et sa robe.

Elle jeta un œil en direction de Cooper, dans un dernier sursaut d'hésitation.

L'homme qui lui avait fait vivre des moments magiques était profondément endormi. Les cheveux ébouriffés, une barbe naissante, les yeux clos… Il était beau à couper le souffle.

Non. Elle secoua la tête pour se rappeler à l'ordre.

Cooper Tate n'était rien pour elle. Elle n'avait pas besoin de lui. Et après le discours qu'il lui avait tenu la veille, elle n'avait pas envie de faire partie de la liste des jeunes femmes qui essayaient de mettre le grappin sur un homme riche en tombant enceinte.

Elle devrait lui parler, c'était inévitable, mais elle attendrait un moment plus propice. Pour l'heure, elle devait partir, et cette fois, sans se retourner.

Cooper émergea d'un profond sommeil mais n'ouvrit pas les yeux tout de suite, se demandant quel bruit l'avait réveillé.

Malheureusement, ce n'était pas Britt. C'était le chat.

Les draps à côté de lui étaient encore tièdes. Peut-être que Britt était dans la salle de bains ? Il attendit quelques instants avant de se lever pour aller voir par lui-même.

La salle de bains était vide. Britt n'avait touché à rien. Le lavabo était sec.

Il retourna dans la chambre, contrarié. Il enfila un caleçon avant d'observer les lieux.

Aucune trace du passage de Britt.

Sans grande surprise, la cuisine était vide, et Britt n'était pas en train de leur préparer du café. Lui, il en avait grandement besoin pour faire face à la réalité de la situation !

Lucifer le rappela à l'ordre en miaulant pour avoir droit à son petit déjeuner. Après avoir servi le chat, il put enfin se préparer un café.

Une fois de plus, Britt Owens avait pris la poudre d'escampette. Elle avait bien négocié l'affaire en acceptant de venir chez lui avec sa voiture. Ainsi, elle avait pu s'éclipser à sa guise, sans devoir lui rendre de comptes.

Par curiosité, il regarda les images de la vidéosurveillance.

Après leur arrivée la veille, la caméra extérieure s'était mise en marche à 6 h 26. Le ciel était encore sombre, avec quelques lueurs à l'horizon. On voyait Britt entrer dans son véhicule, faire demi-tour et se diriger vers le portail électronique avant de disparaître sur la route 63.

Il s'en voulait de ne pas avoir été plus méfiant. S'il avait mis un code à l'entrée, elle n'aurait pas pu partir sans qu'il le sache. Quel imbécile ! Décidément, il ne savait pas y faire.

C'était la troisième fois.

C'était la troisième fois qu'ils se retrouvaient dans un lit, la troisième fois qu'ils s'offraient des orgasmes merveilleux et la troisième fois qu'elle refusait de se réveiller à ses côtés.

Pourquoi ne voulait-elle jamais passer la nuit avec lui ?

Combien de fois allait-il la laisser lui échapper, avant de retenir la leçon ?

Pourquoi s'offrait-elle à lui avec une telle fougue, si c'était pour le quitter quelques heures après ?

Il se sentait perdu et perplexe.

Cette femme était un véritable mystère.

Chaque fois qu'elle s'était retrouvée dans ses bras, il avait eu l'impression que leurs deux corps étaient à l'unisson et qu'ils avaient tous deux autant envie l'un de l'autre.

Et pourtant, chaque fois, elle s'était enfuie alors qu'il dormait encore.

— Jamais deux sans trois, marmonna-t-il en buvant son café. Ce dicton dit vrai.

Il repensa à Bridger qui lui avait dit d'abandonner.

Son frère avait raison, il devait arrêter de penser à Britt.

Pourtant, Britt était la seule femme au monde qu'il souhaitait prendre dans ses bras. Cette chasseuse d'orages provoquait des tempêtes dans son cœur et elle était l'unique objet de sa convoitise.

- 6 -

Absorbé dans ses pensées, Cooper monta dans l'ascenseur de Barron Tower le lundi matin accompagné de ses cousins, Cord et Chance, et de son frère Bridger. Il ne comprenait pas pourquoi il avait été convoqué à cette réunion d'urgence dans le bureau de son frère Cash.

— Je peux savoir ce qui se passe ? s'enquit-il.

— Tu verras quand maman arrivera, répondit Bridger.

— Qu'est-ce qu'elle vient faire ici ?

— Tu le sauras bien assez tôt.

Voilà qui n'était guère réjouissant, songea-t-il, de mauvaise humeur, soudain.

Dès leur arrivée dans le bureau de Cash, Cheri, son assistante personnelle, leur tendit une tasse de café à chacun.

Ils étaient attendus. Harley, le chien de Roxie, la femme de Cash, les accueillit joyeusement. Après sa cérémonie d'accueil, l'adorable newfoundland retourna s'installer sur le canapé.

Alors que ses cousins et son frère prenaient place dans la partie salon du bureau, Cooper resta debout. C'était rare pour lui de ne pas être au courant des événements, et la sensation l'irritait au plus haut point.

Étant donné ce qu'il s'était passé vendredi, il s'attendait à ce que sa famille se mêle de ses affaires. Il n'avait pas eu de nouvelles durant le week-end, hormis l'annonce de cette réunion le matin même, et cela ne présageait rien de bon.

D'après lui, ce n'était qu'une question de minutes avant que la bombe explose.

Il passa machinalement la main sur sa mâchoire, se rappelant l'homme qui l'avait agressé et accusé d'avoir fait un enfant à sa sœur. Sauf qu'il n'avait couché avec personne. Enfin si, avec Britt. Mais personne d'autre.

Bon sang ! Il devait absolument arrêter de penser à cette femme fatale. C'était de l'histoire ancienne. Ils avaient passé trois nuits ensemble. C'était tout.

Ce n'était pas suffisant pour parler d'une relation, et, dans la mesure où à chaque fois elle avait largué les amarres sans même prendre la peine de lui dire au revoir, autant dire que même s'il y avait eu l'ombre d'une relation, elle n'avait pas d'avenir.

Quand bien même, dès qu'il pensait à elle, son cœur chavirait. Cette femme l'excitait au plus haut point et lui faisait perdre la tête.

Il sentit le début d'une érection naître alors qu'il se remémorait leurs ébats…

Sa mère choisit cet instant pour faire son entrée.

Après avoir dit bonjour à tout le monde, y compris à Harley, elle s'assit dans un grand fauteuil en cuir, telle la reine mère.

Elle accepta la tasse de café que Bridger lui tendait, puis lança la réunion sans plus tarder.

— Alors, quelles sont les nouvelles ? s'enquit-elle, toujours prête à mener une réunion de manière efficace.

Cooper savait que l'ordre du jour allait tourner autour de Britt Owens et de l'accusation de paternité de son agresseur du vendredi soir.

— Que veux-tu savoir ? demanda Bridger.

— Je veux savoir si vous avez du nouveau sur l'agresseur de Cooper.

Voilà, son heure avait sonné !

— Il n'a pas de casier judiciaire. Il s'appelle Steve Maddox.

— Steve Maddox ? Cooper ? Est-ce que ça te dit quelque chose ?

— Jamais entendu parler, répondit-il

— Et Susan Maddox ?

— Non plus. C'est sa sœur ?

— Oui. Il dit que tu es le père de l'enfant qu'elle attend.

— Je ne suis pas le père de cet enfant ! Combien de fois vais-je devoir le dire ? s'exclama-t-il.

— On te croit mais encore faut-il le prouver et mettre fin à cet incident sans faire de vagues, répondit sa mère. Cash, tu as fait des recherches, sur cette femme ?

— Oui. J'ai la confirmation qu'elle est enceinte. Et j'ai aussi découvert qu'elle avait un petit ami qui l'a quittée quand elle lui a dit qu'elle était enceinte. Elle a fait une demande auprès du tribunal pour te forcer à reconnaître la paternité, Coop. Une fois que tu auras fait le test de paternité, tout rentrera dans l'ordre, et les frais seront à sa charge. Il y a des papiers à remplir. Et voici sa photo. Tu es sûr de ne l'avoir jamais vue ?

— Sûr et certain.

— Alors nous allons faire appel et monter un dossier pour contrer l'accusation. Ne t'inquiète pas, ça ira.

Si. Justement, il s'inquiétait. Britt Owens jouait à la fille de l'air, et une inconnue lui intentait un procès. Il perdait le contrôle de sa vie à cause de deux femmes, et la tournure des événements n'était pas du tout à son goût.

Britt prit place à une table du Pops 66, le café où elle avait rendez-vous avec son amie et collègue Ria Simms, qui faisait partie de l'équipe météo de la chaîne où elle travaillait.

Les murs étaient couverts de bouteilles de soda, la boisson qui avait fait la réputation du lieu.

Elle regrettait d'avoir choisi cet endroit car c'était trop bruyant, et les odeurs de nourriture lui donnaient la nausée. Mais elle avait commencé à parler de sa situation à Ria dans la cuisine des studios, et, comme elles avaient été interrompues, elles avaient décidé de poursuivre la conversation ailleurs.

— Tu n'as pas l'air dans ton assiette, lui fit remarquer Ria en prenant place en face d'elle.

— En effet, je ne me sens pas très bien.

Une serveuse vint prendre leur commande.

— Comment peux-tu commander un double cheeseburger à 10 heures du matin ? demanda Britt, écœurée.

— Je suis debout depuis 4 heures du matin, ma belle, donc pour moi, c'est l'heure du déjeuner. Ne t'inquiète pas, je partagerai mes frites avec toi.

— Non, merci. Je passe.

— Alors, tu en es à combien de mois ?

— Environ trois mois.

— Qui est le père ?

— Question suivante, marmonna Britt.

— Je vois… En tout cas, j'espère qu'il est au courant.

Britt ne répondit pas, absorbée par les bulles de son soda.

— Eh bien…

— Tu ne sais pas qui est le père ?

— Bien sûr que si ! s'écria Britt, furieuse que son amie puisse penser une chose pareille.

— Calme-toi. J'essaye de comprendre. Si tu sais qui c'est, pourquoi ne lui as-tu pas encore parlé ?

— Eh bien…

Décidément, la conversation était plus ardue que prévu.

— Non ! Ne me dis pas que c'est quelqu'un de la chaîne ! s'exclama Ria.

— Non, enfin presque…

— *Presque* ?

— C'est un parent du propriétaire de la chaîne.

— Où est le problème, s'il n'est pas marié ?

Bonne question !

— C'est compliqué, avoua-t-elle.

— J'ai l'habitude. Vas-y, j'écoute.

Pendant que Ria dévorait son burger de bon appétit – à 10 heures du matin ! –, Britt lui raconta toute son histoire en évitant de dévoiler l'identité du père. L'épisode à Beaumont, où elle s'était retrouvée à désirer un homme plus que tout après avoir eu peur de mourir. L'attrait irrésistible qu'il y avait entre eux. Et le fait qu'elle s'était retrouvée trois fois dans un lit avec lui et qu'à chaque fois, elle l'avait quitté sans même lui dire au revoir. Puis sans le vouloir, elle fit allusion à l'incident au gala de charité.

Ria se couvrit la bouche, yeux grands ouverts.

— Non ! Ne me dis pas que…

Après avoir vérifié quelque chose sur son téléphone, elle leva les yeux vers Britt, stupéfaite.

Britt grimaça. Son amie avait deviné le pot aux roses. En même temps, elle l'avait bien aidée.

— Tu as eu de la chance de ne pas avoir été identifiée, lui fit remarquer Ria.

— À qui le dis-tu ! Et voilà le dilemme : je sais que je dois lui dire la vérité au sujet du bébé, mais maintenant que je sais que cette autre femme attend peut-être aussi un enfant de lui, je n'ose pas lui en parler et… Et je ne sais pas quoi faire !

Elle ne voulait pas passer pour une chasseuse de fortunes, même si elle était fière d'être une chasseuse d'orages.

— Tu as peur qu'il pense que tu as fait ça pour avoir accès à son argent ? s'enquit Ria.

Elle regarda son amie, choquée qu'elle ait lu dans ses pensées.

— Oui ! C'est ça. Mais je ne veux pas de son argent.

— Je sais, mais il a sa part de responsabilités…

— On a utilisé des préservatifs.

— Et les préservatifs, parfois, ça se perce. C'est comme ça que Tick et moi avons eu notre premier enfant.

Ria posa sa main sur la sienne.

— Chérie, je sais que c'est difficile mais il y a plusieurs choses à prendre en compte, dit-elle. Premièrement, en tant que père biologique, il a le droit de savoir et d'être mis au courant des discussions concernant l'enfant. Et si jamais tu décidais de…

— Non, je veux le garder.

— C'est bien ce que je me disais. Mais tu as pensé à l'aspect financier ? La chaîne nous offre une bonne assurance, mais cela revient cher d'élever un enfant. Tu dois lui dire pour qu'il puisse partager les frais avec toi.

Ria avait raison, mais Britt redoutait la réaction de Cooper. Comment pouvait-elle lui annoncer la grande nouvelle, alors qu'elle l'avait déjà laissé en carafe trois fois de suite de manière assez cavalière ? Pourquoi ne pas garder le secret et élever son enfant seule ?

— Britt, tu dois lui parler.

— Je sais, murmura-t-elle, poussant un profond soupir.

— Le plus tôt sera le mieux.

- 7 -

Cooper était content de devoir partir en mission à l'extérieur d'Oklahoma City pour aller prêter main-forte sur le nouveau puits foré par BarEx dans le bassin d'Anadarko. Thanksgiving chez sa mère avait été une véritable épreuve car il détestait être le centre d'attention. Heureusement, il avait été soulagé en apprenant que le dossier concernant l'accusation de paternité était en bonne voie.

Pour l'occasion, il avait enfilé un vieux jean et un T-shirt élimé, ainsi qu'un polo avec le logo de la compagnie. Comme il allait passer le restant de la journée à se salir les mains et à jouer aux aventuriers, autant se sentir à l'aise.

Il espérait surtout qu'une session de travail manuel acharné lui changerait les idées et l'empêcherait de penser à la femme qui l'accusait d'être le père de son enfant et à la femme qu'il désirait plus que tout dans son lit.

Une chanson du dernier album de ses frères emplit soudain l'habitacle du pick-up, et il monta le son. Deacon et Dillon avaient hérité de tout le talent artistique familial. Cooper chantait comme une casserole et il avait poussé sa professeure de piano à bout. Son point fort avait toujours été le sport et les activités en plein air, comme celles qu'il aimait faire dans le ranch familial.

Tout en roulant en direction de la zone de forage, il remarqua les hectares de végétation asséchée après un mois de novembre anormalement aride.

Au printemps dernier, ils avaient enregistré des records

de précipitations, puis ils avaient eu un été et un automne des plus secs. La pluie au printemps garantissait des arbres luxuriants. En revanche, la sécheresse en été et en automne était souvent synonyme de feux de forêt.

Plus la végétation était abondante, et plus les feux étaient impressionnants.

Forer un puits de pétrole était une activité dangereuse, même dans les meilleures circonstances, et, comme toujours, sa mission était de s'assurer que les conditions étaient réunies pour que le travail se fasse en toute sécurité.

Il prit la bretelle de service pour accéder au site. Son pick-up trembla en passant sur la grille qui empêchait le passage du bétail puis il arriva sur la zone du site qui avait été dégagée et recouverte de gravier.

Il fut content d'être accueilli par un visage familier. Tom Bradley. Ils avaient travaillé ensemble sur de nombreux projets, et il avait entièrement confiance en son professionnalisme. Comme lui, Tom était très à cheval sur la sécurité.

Ils firent le tour du site, et, pendant que Tom lui expliquait l'avancée des travaux, Cooper prenait des notes pour faire un rapport et savoir ce qu'il y avait encore à faire pour que le site soit aux normes. Il fut soulagé de constater que le bassin de rétention des eaux pluviales prévu en cas de feux de végétation était plein et prêt à l'emploi. Un bulldozer avait été laissé sur place car les véhicules lourds étaient toujours utiles pendant la saison des feux, en cas de déblayage urgent.

La brise se leva, et une légère odeur de brûlé lui parvint. Il inspecta les alentours mais ne vit aucun signe d'incendie. C'était peut-être le propriétaire du ranch qui faisait brûler quelque chose, même si c'était interdit en ce moment.

Il se reconcentra sur sa mission. C'était bon d'être sur le terrain, loin des tracas, et de se changer les idées. Avec un peu de chance, il réussirait à oublier Britt.

Du moins, il l'espérait.

Britt était figée devant un portant de vêtements du rayon maternité depuis un bon moment. Elle n'était pas prête à abandonner sa garde-robe actuelle. Acheter un jean deux ou trois tailles au-dessus de ce qu'elle prenait d'habitude ne l'emballait pas du tout. Pourtant, elle devrait s'y résoudre.

D'un côté, elle allait finir par devoir avouer à ses chefs qu'elle ne suivait pas un régime grossissant mais qu'elle était enceinte. De l'autre, elle n'avait pas du tout envie que la nouvelle s'ébruite, et ce pour une multitude de raisons.

La principale étant qu'elle avait peur de ne plus être envoyée sur le terrain. Bien sûr, elle pourrait en profiter pour faire des recherches en laboratoire, se reposer sur les données enregistrées par ses collègues et les analyser en toute sécurité, sans mettre la vie du bébé ou la sienne en danger. Sauf que ce n'était pas la même chose. Ce qu'elle aimait, c'était être sur le terrain.

De son point de vue, tant que son médecin ne lui interdisait pas ses petites virées, elle continuerait à faire ce qu'elle préférait : chasser les orages et autres phénomènes météorologiques hors du commun.

Avant qu'elle ait eu le temps de se convaincre d'essayer un jean plus confortable, son téléphone sonna avec une alerte de la chaîne. Elle lut le texte sans perdre de temps.

Un petit feu s'était déclaré dans le sud-ouest d'Oklahoma City. Les vents arrivaient du sud, mais un front météorologique engendré par une zone de haute pression allait balayer l'État d'ici quelques heures, ce qui allait apporter des vents forts et une faible humidité. Étant donné la végétation luxuriante qu'il y avait eue au printemps et qui maintenant avait été asséchée du fait du manque cruel de pluie en été et en automne, tout feu avait le potentiel de se transformer en catastrophe.

Elle sortit du magasin, le téléphone collé à l'oreille.

— Ici Britt, dit-elle quand Ria répondit.

— Le service de météo national vient de lancer une alerte aux feux de végétation dans le sud-ouest de l'Oklahoma. J'ai des équipes près de Woodward où quelques feux se sont déclenchés. Tu peux couvrir le sud-ouest ? Pour l'instant il n'y a rien, mais il y a un potentiel pour que ça bascule.

— Entendu. Où est Leo ?

— Ici. Passe le prendre avant d'aller à Chickasha.

— Je serai là d'ici vingt minutes.

Trente minutes plus tard, elle roulait en direction du sud-ouest en compagnie de Leo qui avait chargé à bord les caméras et les instruments de mesure nécessaires à leur expédition.

Britt se concentrait sur la route tandis que Leo s'affairait à faire les réglages nécessaires pour qu'ils puissent communiquer de manière fluide avec la chaîne si jamais ils devaient diffuser des images en direct.

L'horizon devant eux avait l'air dégagé. Le ciel au nord contenait des nuages cirrus élevés, seule indication que le front sec était entré en collision avec l'air chaud et humide. Il valait mieux espérer qu'il y ait des orages que des vents en rafales couplés à un faible taux d'humidité.

Britt avait déjà couvert des orages de toutes formes, quelques tremblements de terre, mais jamais de feux de végétation. Tout ce qu'elle savait, c'était qu'une fois qu'un feu se déclenchait, il créait son propre système météo, s'il était de grande ampleur.

C'est Leo qui remarqua la brume en premier. Une ligne de fumée noire qui s'étendait en haut d'une colline. Elle prit la première route en direction du phénomène.

— Tu sais ce qu'on dit… Il n'y a pas de fumée…

Leo n'eut pas le temps de terminer sa phrase

— S'il te plaît, épargne-moi les banalités.

— Enfin, Britt, ne sois pas comme ça. Avoue que c'est

l'occasion ou jamais de placer l'expression. D'ailleurs, je t'invite à dîner si tu la dis à l'antenne.

— Non.

— Le restaurant de ton choix.

— Peu importe le lieu. Je veux garder mon job.

— Je sens que tu vas le dire.

— Non.

— Si. Sinon, c'est Dave qui le dira.

— Dave est le météorologue en chef. Il dit ce qu'il veut.

— Il est temps que tu montes en grade.

Un stop la força à s'arrêter, et elle en profita pour se tourner vers son partenaire.

— Tu plaisantes ? Pourquoi j'aurais envie de me retrouver coincée en studio ? demanda-t-elle.

— Parce que cela t'offrirait un vrai boulot.

— J'ai un vrai boulot.

— Chasser les orages, ce n'est pas un vrai métier. Sauf si tu le fais pour la chaîne de météo nationale, ou une université, ou le gouvernement.

Elle leva les yeux au ciel et redémarra.

— J'ai aussi un poste à la fac, dit-elle.

— Tu parles des sessions épuisantes que tu fais alors que tu n'es pas titulaire et que tu n'as pas droit à un assistant ?

Elle s'apprêtait à répondre, mais juste après avoir passé une colline, elle freina.

Le pick-up s'arrêta net sur la route en terre rouge.

Le paysage qui s'offrait à eux était fait de pâturages parsemés de cèdres. Les cèdres s'embrasaient comme des chandelles romaines, quand ils prenaient feu. Voir autant d'arbres prêts à partir en fumée n'était pas une vision de bon augure. Le bétail aussi devait commencer à sentir le changement d'atmosphère.

À l'est, il y avait un puits de forage pétrolier. À l'ouest, le feu vorace avançait en direction du nord, avalant les prairies, et brûlant tout sur son passage.

Britt ouvrit son ordinateur portable et se mit à calibrer les instruments et analyser les données qui arrivaient, tout en gardant un œil sur les nuages qui couraient inexorablement vers eux.

Les nouvelles n'étaient pas bonnes. Pas bonnes du tout. Ni pour le rancher à qui appartenait le bétail, ni pour l'équipe du puits de forage.

Au moment où la radio leur faisait savoir que l'alerte avait été passée aux pompiers locaux, son téléphone sonna.

— Britt, j'écoute.

— Ici Ria. Dave va faire une intervention et il veut des données en temps réel. D'après le GPS, vous êtes dans le comté de Grady. Si vous avez des images, vous passez en premier.

— OK, on va se préparer. Tu me tiens au courant ?

— Je reviens vers toi dès que Dave est prêt.

Dix minutes plus tard, Britt était à l'antenne, avec Leo, caméra à l'épaule, pour faire état du feu qui ravageait la végétation. Le vent soufflait des flammes dans la direction opposée du bétail et du puits de forage, et il n'y avait pas de structure sur la trajectoire immédiate. Donc tant que le vent continuait à arriver du sud, le rancher aurait du terrain endommagé mais son bétail serait sauvé, ce qui était le plus important.

Soudain, Britt sentit un revirement drastique.

Le vent se mit à souffler de l'ouest. Très mauvais signe. C'était surtout devenu dangereux pour eux car l'extrémité du feu venait d'être attisée, et il s'étirait à présent dans plusieurs directions et beaucoup plus rapidement que précédemment.

— Leo, monte ! cria-t-elle en sautant au volant.

— Fonce ! renchérit-il une fois monté.

Sans même attendre qu'il ait mis sa ceinture, elle démarra en trombe, fonçant en direction du puits de forage.

Une fois qu'ils arrivèrent sur les lieux, elle vit des véhicules sur le parking. Une équipe était sur place, il fallait les avertir du danger. Un feu arrivait droit sur eux.

Leo et elles sortirent sans plus attendre.

C'est là que son regard se posa sur un pick-up blanc avec le logo de Barron Explorations.

Son sang ne fit qu'un tour.

Était-ce une coïncidence ?

L'instant d'après, elle ne fut pas surprise de reconnaître l'homme qui s'avançait vers eux, même si sa présence en ces lieux provoquait chez elle une profonde contrariété.

Décidément, partout où elle allait, elle tombait sur Cooper Tate.

- 8 -

Cooper eut un coup au cœur en voyant Britt Owens débarquer dans sa zone. Une zone où il pensait justement être très loin d'elle. Qu'était-elle venue faire là ? Qu'avait-il fait au bon Dieu pour mériter ça ?

Il jeta un coup d'œil en direction de l'homme noir à la carrure imposante qui était sorti du véhicule avec elle. En l'observant de plus près, il le reconnut aussitôt. C'était Leo Blevins, un ancien joueur de football professionnel.

Sans perdre son sang-froid, et tentant d'agir le plus naturellement du monde, il se posta devant Britt, mains sur les hanches.

— Tiens, tiens, Miss Météo, quel bon vent vous amène ?

— Justement, nous sommes venus vous prévenir que si le vent ne tourne pas, il risque d'y avoir des dégâts, expliqua-t-elle, en montrant du pouce ce qui se passait derrière elle.

Il regarda. La légère fumée qu'il avait vue tout à l'heure s'était transformée en un nuage noir des plus inquiétants.

— Le vent a tourné. Le feu arrive sur vous. Il faut évacuer, dit Britt.

Évacuer ? Le puits était neuf. Dix millions d'investissement. Il ne voulait pas fuir sans se battre.

— On est équipés pour endiguer un feu, répondit-il.

— Cooper, ne sois pas idiot.

— Je ne suis pas idiot, Britt. Partez tant qu'il est encore temps. On est préparés à ce cas de figure. On a un pare-feu et le bassin de rétention est plein. On a des pompes, des tuyaux et un bulldozer pour dégager de la végétation si nécessaire.

C'est à ce moment-là qu'il entendit le mugissement du bétail qui était bloqué par la clôture métallique qu'ils avaient installée pour délimiter le terrain du rancher d'à côté.

Il alla aussitôt rejoindre son équipe et lança des ordres. Un groupe se chargea de rassembler les équipements, un autre alla s'occuper des pompes, et le dernier alla bouger les véhicules pour qu'ils ne soient pas dans la trajectoire directe du feu.

Cooper décida de gérer le bétail et se dirigea vers le bulldozer. Il monta dans la cabine et démarra. Une fois lancé, il passa devant le véhicule de Britt.

— Je vous ai dit de partir ! cria-t-il.

Bien entendu, Britt n'en fit rien. Elle monta au volant de son véhicule pour aller le mettre dans un endroit plus en sécurité. Décidément, cette femme n'en faisait qu'à sa tête ! En plus de son équipe, il devait maintenant s'occuper d'elle et de son cameraman !

Oh ! et puis ils étaient assez grands pour se débrouiller ! C'était leur boulot, après tout, d'approcher les éléments déchaînés.

Les chassant de son esprit, il se concentra sur la tâche qu'il s'était fixée : garder tout le monde en vie. Les pompiers n'arriveraient pas à temps pour les aider, donc c'était à lui d'organiser les secours, comme il avait appris à le faire.

Plus tard, quand tout le monde serait en sécurité, sa priorité serait de prendre Britt Owens entre quatre yeux au sujet de son penchant pour risquer sa vie et mettre celle des autres en danger.

Britt regarda Cooper arracher une section de la clôture en métal avec le bulldozer. Le bétail s'engouffra aussitôt dans l'ouverture, faisant penser à une scène dans un western.

Quatre hommes agitèrent leurs bras pour guider le bétail vers l'étang artificiel qui servait de bassin de rétention. Elle comprit la logique. Si jamais le feu venait à se répandre sur le site, ils dirigeraient le bétail dans l'étang, et toutes les personnes présentent pourraient y aller aussi.

Cooper continua à enlever toute la végétation possible le long de la ligne de démarcation alors que les flammes se rapprochaient dangereusement.

Leo filmait toute la scène tandis que Britt parlait à Dave, qui était en direct à l'antenne. La fumée s'épaississait, et elle se retenait de tousser à chaque mot. L'espace d'un instant, elle s'inquiéta de l'effet que cela pourrait avoir sur la santé du bébé, puis elle se concentra de nouveau sur son travail. C'étaient sa passion et son gagne-pain, et elle tenait à garder son indépendance.

Le mur de flammes était maintenant à moins de trois mètres du bulldozer piloté par Cooper. Il fit demi-tour, repassa par l'ouverture qu'il avait créée pour le bétail et se dirigea vers Leo et elle. Une fois descendu de son engin, il courut vers elle, la prit par la main et l'entraîna vers l'étang après avoir dit à Leo de le suivre.

L'équipe était réunie au bord du bassin de rétention. Le bétail avait déjà été rassemblé par les hommes, et ces derniers attendaient de voir la tournure des événements. Ils avaient tout mis en œuvre pour optimiser leur sécurité et semblaient sereins.

— Britt, peux-tu me dire pourquoi tu es restée ? grommela Cooper dès qu'ils eurent rejoint les autres.

Sa voix basse et rauque provoqua en elle une vague de frissons intenses, l'excitant au plus haut point. Même dans cette situation de danger, il arrivait à avoir de l'effet sur elle.

— Pour faire mon travail, répondit-elle, stoïque.

— Britt, tu sais que…

Il n'eut pas le temps de terminer sa phrase car une nappe

de fumée et de chaleur les enveloppa alors qu'une rafale venait d'attiser le feu qui était maintenant assez grand pour générer son propre front météorologique.

Une tornade de flammes dansait autour d'eux alors qu'une nouvelle vague d'air chaud les entourait. Les hommes avaient remonté leur T-shirt sur leur visage, pour se protéger. Britt mit son bras devant sa bouche, les yeux larmoyants. Leo avait aussi relevé son T-shirt sur son visage mais il continuait de filmer la scène apocalyptique.

Britt entendait son téléphone qui n'arrêtait pas de sonner, mais impossible de répondre. Elle était trop impressionnée par le feu qui se rapprochait d'eux à la vitesse grand V.

Deux hommes de faction avec les tuyaux commencèrent à arroser tout le monde et les véhicules. Elle avait de plus en plus de mal à respirer. L'air chaud lui donnait l'impression de fondre sur place malgré l'eau qui coulait sur elle.

Une autre rafale semblable à une fournaise s'abattit sur eux. Des membres de l'équipe sautèrent dans l'eau. Elle hésitait à y aller quand le choix fut pris à sa place.

Instinctivement, Cooper poussa Britt dans l'eau alors qu'il ordonnait à l'équipe d'en faire autant. Il était sur le point de pousser Leo avec sa caméra, mais ce dernier posa l'appareil, objectif pointé sur le feu, puis entra dans l'eau à son tour.

Cooper en fit autant tandis que Britt se relevait, aussi hystérique qu'un chat mouillé. Il ne lui donna pas l'occasion de s'énerver contre lui. Il l'attrapa, lui dit de prendre une grande inspiration et l'emporta sous l'eau avec lui.

Pour un homme qui n'était pas spécialement accro aux montées d'adrénaline, à force de côtoyer Britt, il commençait à y prendre goût.

Il les fit remonter à la surface lentement, le temps d'évaluer la situation. Le vent avait tourné vers le nord, et ils étaient à présent hors de danger.

Tout le monde poussa un gros soupir de soulagement et rejoignit la rive.

Leo prit sa caméra, l'inspecta puis sourit.

— Dis donc, les gars, on l'a échappé belle ! s'exclama-t-il.

— Et comment !

Britt sortit son téléphone de sa poche et fit la grimace.

Contre toute attente, l'instant d'après, il se mit à sonner.

C'était Ria.

— C'est un miracle ! s'écria-t-elle en prenant l'appel. Mon téléphone est amphibie, et nous sommes en vie !

Les hommes de l'équipe allèrent vérifier le puits et les véhicules. Le bétail restait groupé, légèrement traumatisé par l'événement. Cooper était épuisé mais satisfait d'avoir évité le pire, même avec Britt qui n'en avait fait qu'à sa tête.

Il vérifia que le pick-up qu'elle utilisait avec Leo était en état de marche pendant qu'elle parlait à la chaîne. Elle l'avait garé près du bassin de rétention, et il semblait indemne.

Des sirènes se firent entendre au loin. Quelques minutes plus tard, un cortège de camions de pompiers fit son apparition.

— Dites donc, sans vouloir faire de vilain jeu de mots, vous avez eu chaud, dit le commandant des pompiers.

— Oui, vous pouvez le dire ! répliqua Cooper.

— Et vous avez réussi à sauver le bétail aussi ?

— En effet.

— On peut utiliser le bassin pour remplir nos réservoirs ?

— Bien sûr.

— Et le bulldozer ?

— Prenez ce que vous voulez. On est là pour aider.

— Merci. Et désolé de ne pas avoir pu arriver à temps.

— Il faisait chaud, on a fait trempette, c'était divertissant, dit Cooper, sachant que tout le monde était sain et sauf.

— Des dégâts ou des blessés ?

— Non. La sécurité avant tout.

— Bravo. Vous êtes un pro.

— On fait ce qu'on peut.

— En tout cas, merci pour votre aide. Si ça ne vous dérange pas, je vais installer mon poste de commande ici. La Croix-Rouge ne va pas tarder à arriver.

— Pas de problème. Mon équipe est là pour vous aider.

Le téléphone de Cooper sonna. C'était son bureau.

— Pardon, mais je dois prendre l'appel.

— Je vous en prie. À plus tard.

— On est en vie ! s'écria Cooper en décrochant.

— Merci de la confirmation mais je le savais déjà puisqu'on vous voit en direct à la télé, répondit Cord. Tu peux me dire pourquoi Britt est là et pourquoi vous êtes mouillés ?

— On a fait une fête au bord de la piscine.

— Personne n'avait son maillot de bain ?

— C'est ça.

— Et vous n'avez pas opté pour la tenue Adam et Ève ?

— Britt étant la seule Ève de la partie, j'aurais dû éliminer tous les membres de l'équipe de peur qu'ils ne la voient nue.

Cord se mit à rire.

— Je vois ! Il vous faut quelque chose ? demanda-t-il.

— Non, c'est bon. Le commandant des pompiers va utiliser le site comme point de chute. La Croix-Rouge va arriver. Je lui ai dit qu'il pouvait faire appel à l'équipe.

— Et toi, tu vas faire quoi ?

— Conduire le bulldozer, si besoin.

— Super. Alors amuse-toi bien et fais attention à toi.

— Entendu, chef.

— Cooper, au fait, plaisanterie mise à part, je suis content que tout le monde soit sain et sauf. Et merci de m'avoir démontré à quel point c'est important de mettre la sécurité de nos hommes en premier. Je n'aurais pas voulu devoir annoncer à leur famille qu'ils ne rentreraient pas chez eux.

— C'est mon boulot, Cord.

— Personne ne le fait mieux que toi.

— Merci du compliment et à bientôt.

Après avoir raccroché, Cooper se mit en quête de Britt. Il tomba sur deux pompiers qui la regardaient avec un peu trop d'insistance.

— La chasseuse d'orages est toute mouillée, fit remarquer l'un d'eux, goguenard.

Cooper se retint de lui balancer son poing dans la figure.

Britt ne lui appartenait pas, et il n'avait aucun droit sur elle, mais il en pinçait pour elle et souhaitait plus que tout qu'elle soit à lui. Rien qu'à lui.

Il se rassura en voyant que la chemise noire qu'elle portait, bien que trempée, ne révélait pas grand-chose et lui collait à la peau.

En y regardant de plus près, deux détails attirèrent son attention. Il se souvenait très bien de son corps qu'il avait eu le temps d'explorer et d'admirer au cours de trois nuits inoubliables. D'une part, il ne se souvenait pas que ses seins étaient aussi gros et il ne souvenait pas non plus de la rondeur de son bas-ventre…

Il cligna des yeux.

Puis se figea.

- 9 -

Britt continua à faire des mises à jour pour la chaîne jusqu'à ce que l'un de ses collègues vienne la remplacer. Entre les conversations qu'elle avait avec l'équipe en studio et ses passages à l'écran, elle observait Cooper.

Les quelques fois où elle avait réussi à croiser son regard, elle n'était pas parvenue à déchiffrer son expression. Il avait l'air à la fois en colère, déconcerté et méfiant.

Soudain elle vit son propre reflet dans les vitres teintées de son pick-up… et comprit aussitôt d'où venait le problème.

Comment n'y avait-elle pas pensé avant ?

Ses vêtements étaient encore mouillés, et sa chemise lui collait au corps, épousant ses moindres formes. Ses nouvelles rondeurs étaient visibles à l'œil nu pour quiconque voulait regarder. Et un œil averti ne serait pas dupe.

Elle crut défaillir de panique et de honte. C'était la catastrophe. Une de plus. Cooper avait sûrement deviné le pot aux roses, et ce, avant qu'elle ait eu le loisir de le lui dire.

Ou alors il se disait qu'il n'était pas le père et qu'elle voyait quelqu'un d'autre alors qu'elle l'avait retrouvé dans l'intimité d'un lit à trois reprises, ces derniers mois. Peut-être que ce dernier scénario était le moins risqué ? S'il ne pensait pas être le père, elle n'était pas obligée de lui dire…

Non. C'était ridicule. Elle ne pouvait pas lui cacher une telle chose. Elle devait absolument lui dire. Mais pas ici. Pas maintenant.

Une rafale de vent la fit frissonner. Elle se rappela qu'elle avait un sac avec des affaires sèches à l'arrière du pick-up et qu'elle n'était pas obligée de garder ses vêtements mouillés. Il lui suffisait de trouver un endroit où se changer.

Elle observa les lieux de plus près. Il y avait un bâtiment de bureaux préfabriqués. Avec un peu de chance, il serait équipé de toilettes. Comme elle n'avait pas envie de parler à Cooper, elle attendit qu'il soit en grande conversation avec le commandant des pompiers pour aborder un autre membre de l'équipe.

— Excusez-moi, y a-t-il des toilettes dans ce bâtiment ?

— Oui, allez-y.

— Merci, répondit-elle en ne s'attardant pas.

Cooper était encore occupé. La voie était libre.

Une fois seule, elle se retrouva face à un problème de taille, littéralement, quand elle voulut remonter la fermeture Éclair du jean qu'elle venait d'enfiler. Impossible de le fermer !

Une fois sortie des toilettes, elle trouva un endroit à l'abri des regards indiscrets, au cas où quelqu'un entrerait, et s'allongea sur un bureau pour pouvoir remonter la fermeture. Puis elle roula sur le côté pour se remettre debout tellement elle avait du mal à bouger et à respirer.

Tant qu'elle ne devait pas s'asseoir, elle arriverait à gérer la situation. En effet, dans cette tenue, s'asseoir et respirer étaient deux activités incompatibles. Elle baisserait la fermeture au moment de se mettre au volant.

Elle s'en voulait de ne pas avoir acheté un jean de maternité dans la boutique où elle s'était rendue le matin même.

Tout bien réfléchi, elle ne faisait que repousser les échéances. À tous les niveaux.

Il était temps d'assumer, de faire face à ses responsabilités et de parler à Cooper. Au plus vite.

Cooper observait Britt à la dérobée.

Il n'aimait pas les pensées qui l'assaillaient. Avec le dossier Susan Maddox qui n'était pas encore réglé, il avait du mal à savoir à quel saint se vouer et s'il devait vraiment s'inquiéter du cas « Britt Owens ». Peut-être qu'elle avait simplement pris du poids ? C'était une possibilité, après tout.

Malgré tout, plus il la regardait et plus il la trouvait différente.

Avant de lui parler, il décida de tâter le terrain avec Leo.

Une fois qu'il eut trouvé un angle d'approche avec l'ancien joueur de foot, il passa à l'attaque.

— Plaqueur ? s'enquit-il.

— Plaqueur gauche.

— Super. Comment vous êtes arrivé à la télé ?

— Vous voulez dire comment je suis arrivé derrière une caméra ? J'ai fait un diplôme en communication et je voulais être reporter sportif. Un jour, j'ai entendu ma voix, et c'est là que j'ai pris une caméra.

— Je vois ! Vous bossez avec Britt depuis longtemps ?

— Un moment.

Cooper réfléchit à sa prochaine question mais Leo, qui semblait être un homme perspicace, le devança.

— Si Britt vous intéresse, autant vous dire tout de suite qu'il faut avoir le cœur bien accroché. En deux ans, elle a rejeté tous les hommes qui ont essayé de l'approcher.

C'était à la fois une bonne et une mauvaise nouvelle. Elle ne l'avait pas rejeté. Du moins, pas totalement. Mais s'il avait été le seul homme dans sa vie ces derniers mois, cela voulait dire que…

Britt était assise au volant, le regard dans le vide.

Quelle mauvaise idée ! Pourquoi avait-elle accepté de

dîner avec Cooper ? Elle était fatiguée, et ses cheveux sentaient encore la fumée malgré plusieurs shampoings.

Elle n'avait pas envie de se confier à lui mais à force de reculer pour mieux sauter, elle n'avait plus le choix. Il avait le droit de savoir qu'il allait être père. Elle n'avait que trop tardé.

Ne voyant pas son pick-up sur le parking du restaurant mexicain où il lui avait donné rendez-vous, elle avait décidé d'attendre dans son véhicule.

C'était une heureuse coïncidence qu'il ait suggéré cet endroit car elle avait justement très envie d'y manger depuis longtemps. Cependant, étant donné son état de panique et la peur qui lui tiraillait le ventre, elle se demandait dans quelle mesure elle pourrait vraiment profiter des plats proposés.

Elle redoutait ce moment depuis qu'elle avait fait un test de grossesse et que la petite croix était apparue. Pour ce qui était du père, elle n'avait pas eu à se poser de question. Elle n'avait fait l'amour qu'avec un homme, ces derniers mois.

Quelqu'un frappa à sa vitre.

Elle sursauta puis elle reconnut le visage de Cooper.

Elle baissa sa vitre.

— Tout va bien, Miss Météo ?

— Oui. J'attendais que tu arrives.

— J'étais déjà là. Je t'attendais.

— Où est ton pick-up ?

— Chez moi. J'ai pris un autre véhicule, pour brouiller les pistes.

— Très drôle !

— Tu viens ? On ne va pas passer la soirée sur le parking.

L'heure avait sonné, elle ne pouvait plus reculer.

Une fois à leur table, il recula la chaise pour qu'elle s'y installe. Elle s'enfonça dans le siège, en espérant pouvoir l'épouser au point de disparaître.

Puis elle vit les chips, la salsa, le guacamole et le fromage fondu et en eut l'eau à la bouche. C'était bon de sentir que son estomac était en état d'accepter de la nourriture.

Quand la serveuse vint prendre leur commande, elle prit des tortillas chaudes à la farine de maïs.

Alors qu'elle grignotait des chips trempées dans du guacamole, elle réfléchissait à la façon dont elle allait annoncer la nouvelle à Cooper. Peut-être qu'elle pouvait attendre après le plat principal ? Ou après le dessert… ou le café ? Oui, à la fin du repas. Ce serait…

— C'est pour quand ? demanda Cooper.

Elle manqua de s'étrangler avec un morceau d'enchilada coincé dans sa gorge. Après avoir avalé tant bien que mal et bu une gorgée de thé glacé, elle le dévisagea, les yeux écarquillés. Peut-être avait-elle mal entendu ?

— Pardon ?

— Le bébé, il est prévu pour quand ?

Zut ! Elle avait bien entendu. Elle prit une nouvelle gorgée de thé, s'essuya les lèvres avec sa serviette puis regarda Cooper droit dans les yeux.

— Première semaine de juin, répondit-elle.

Elle lui laissa quelques instants pour faire les calculs.

— Comment as-tu deviné ? s'enquit-elle.

Il la fixa, l'air grave, et ne répondit pas à sa question. Il en posa une autre.

— Qui est le père ?

Elle regarda autour d'eux. Ils n'avaient pas de voisins de table donc elle ne pouvait pas utiliser cette excuse pour ne pas répondre.

— Toi.

— Qu'est-ce que tu veux ?

Sa réaction la prit au dépourvu.

Il n'avait ni l'air en colère, ni l'air de vouloir nier les faits.

Peut-être qu'après tout, cette conversation tant redoutée ne serait pas aussi terrible que ce à quoi elle s'attendait.

— Rien, répondit-elle.

— Rien ?

— C'est ça. Je ne veux rien de toi. Surtout pas ton argent.

— Britt…

Elle l'interrompit, baissant la voix :

— J'imagine qu'un préservatif était percé donc voici un petit conseil : pour éviter les déconvenues, tu devrais penser à renouveler ton stock.

Elle espérait qu'en optant pour une approche offensive, elle mettrait Cooper hors-jeu. Elle n'arrivait pas à déchiffrer son expression. Au fond d'elle, elle voulait le pousser à réagir car son manque de réaction la dérangeait. Énormément. Ils allaient être parents d'un enfant et… rien ?

Il continua à la dévisager en silence. Elle se promit de ne jamais jouer au strip-poker avec lui.

— Je suis une grande fille. Je ne cherche pas à te piéger. On a passé de bons moments. Maintenant, c'est à moi de gérer.

— Je vois. Donc le fait que je sois le père n'entre pas du tout en ligne de compte dans tes projets d'avenir ?

— Ce n'est pas ce que j'ai dit. Mais je comprends que cette nouvelle tombe mal, étant donné les circonstances.

— Quelles circonstances ?

— L'autre femme qui attend aussi un bébé de toi.

— Je n'ai jamais vu cette autre femme. C'est un coup monté, et ce bébé n'est pas le mien.

— C'est toi qui le dis.

— Oui, parce que je le sais. Le test ADN prouvera que j'ai raison. Et j'ai une solution pour nous.

— Laquelle ? s'enquit-elle, curieuse.

— Marions-nous.

Elle manqua de nouveau de s'étrangler.

— Non mais ça va pas ? s'exclama-t-elle.

— Si, ça va très bien. Pas toi ?

Elle se força à garder son calme pour répondre :

— Si tu veux payer une pension alimentaire, génial. Seulement je ne vais pas t'épouser parce que j'attends ton enfant.

— Pourquoi pas ?

— *Pourquoi pas* ? Mais pour un tas de raisons ! On ne se connaît pas, et… je ne t'aime pas !

— Pourtant au lit, ça se passe bien entre nous.

— Oui, mais cela ne suffit pas pour se marier.

Il marqua une pause pour manger, sans jamais la lâcher des yeux.

— Pourquoi l'as-tu gardé ? s'enquit-il.

Elle tressaillit. Ria lui avait posé la même question, mais venant de Cooper, c'était… c'était différent. Presque choquant.

— Parce que c'est aussi ton bébé, répondit-elle. Je n'aurais jamais fait une chose pareille sans t'en parler. Même si la plupart des hommes dans ce cas-là sont d'accord.

— Je n'aurais pas été d'accord. Et je veux t'épouser.

— Sans savoir si tu es le père d'un autre enfant ?

— Britt, s'il te plaît, arrête. Je n'ai jamais vu cette autre femme de ma vie. Elle ment comme elle respire.

— Qu'est-ce qui te fait dire que je ne mens pas ?

— Parce que je te crois. Et je me suis aperçu que le préservatif était percé. Je me suis dit que tu prenais un autre moyen de contraception. Apparemment, non.

Elle rougit.

— C'était une période où j'étais très occupée, et j'ai oublié d'aller faire mon injection. Comme je n'avais pas de partenaire, je n'en ai pas fait grand cas. Et comme tu as utilisé un préservatif, je me suis dit que c'était bon. Et puis… Et puis mon monde a été chamboulé. Le temps que je me souvienne de prendre rendez-vous pour mon injection, j'étais déjà en train d'avoir des nausées, et le test de grossesse a confirmé mes doutes.

— Quand avais-tu l'intention de me le dire ?

Elle fut surprise par son air blessé.

— J'allais te le dire. Seulement je ne voulais pas que tu te sentes obligé de t'occuper de moi. Surtout après la scène du gala.

— Britt, pour la dernière fois, arrête de parler de ça. Sache que je ne me sens pas *obligé* de m'occuper de toi mais je veux assumer mes responsabilités. Tu n'es pas seule. N'oublie pas que pour faire un bébé, il faut être deux, dit-il en lui offrant un sourire qui la fit fondre sur place.

— Oui, tu as raison.

— Donc nous allons nous marier car je veux prendre soin de toi et du bébé.

— Pas question.

— Pourquoi es-tu si têtue ? N'importe quelle femme sauterait sur l'occasion.

— Je ne suis pas n'importe quelle femme. Je suis moi.

Il ferma les yeux, vaincu.

Quand il les rouvrit, son expression avait changé.

— Si tu ne veux pas m'épouser, je veux une garde partagée, décréta-t-il.

- 10 -

Cooper resta de marbre face à la confusion qui animait le visage de Britt. Il était d'ailleurs fier d'avoir gardé son calme pendant leur échange et satisfait d'avoir pris le contrôle des opérations. Après tout, c'était sa spécialité.

Il avait deviné qu'elle était enceinte, après l'avoir vue dans sa chemise mouillée qui lui moulait le corps. C'est lui qui l'avait invitée à dîner et qui en avait parlé en premier. Il avait su par Leo qu'elle n'avait fréquenté aucun homme depuis deux ans, et elle lui avait confirmé que c'était lui le père. Dans son esprit, il n'y avait aucun doute.

Si elle voulait se montrer têtue, il saurait jouer à ce jeu.

D'autant que c'est elle qui lui avait fait des avances, le soir de leur rencontre. C'est elle qui avait voulu qu'il dorme avec elle et qui s'était montrée aguicheuse. Et c'est aussi elle qui avait disparu le lendemain matin.

Il n'avait pas l'impression qu'elle le menait en bateau, mais il devait néanmoins se montrer méfiant.

— Tu plaisantes ? demanda-t-elle enfin.

— Non.

Loin de lui l'idée de plaisanter. Si le test ADN prouvait qu'il était le père, il voulait assurer l'éducation de cet enfant au niveau financier mais aussi émotionnel. Il insisterait pour avoir la garde partagée, c'était un minimum. Cela lui donnerait bien sûr l'occasion de rester en contact avec Britt et de la voir régulièrement.

Il aurait bien aimé qu'elle accepte de l'épouser. Il était

déjà à moitié épris d'elle, même si la notion le choquait. En y pensant, il ne serait pas le seul dans sa famille à avoir été frappé par la Malédiction des Tate. Une théorie établie par son père et qu'il avait exposée à chacun de ses fils quand ils étaient arrivés à l'âge de la puberté.

D'après Denver Tate, les hommes Tate étaient voués à tomber amoureux une seule fois dans leur vie. Et cet amour était plus puissant que tout.

Et si son père avait raison ? Si Britt était la femme de sa vie ? Franchement, l'idée ne lui déplaisait pas. Elle était drôle, intelligente, belle et… très déterminée. Peut-être que ce dernier trait de caractère pouvait facilement aller dans la colonne des défauts, mais au moins, il savait qu'il ne s'ennuierait jamais avec elle.

Par certains côtés, elle lui faisait penser à sa mère mais il se garderait bien de faire part de cette ressemblance ! À Britt comme à sa mère, d'ailleurs.

— Pourquoi un homme comme toi aurait envie d'avoir la garde conjointe d'un enfant ?

— Un homme *comme moi* ? Qu'est-ce que tu veux dire par là ? s'enquit-il, étonné et limite contrarié par sa question.

Britt parut gênée.

Il garda les yeux rivés sur elle, attendant qu'elle trouve une façon de rebondir.

En observant sa mine contrite, un violent éclair de désir le foudroya. Ce n'était pas le moment mais sa réaction prouvait que le courant passait bien entre eux.

Alors qu'elle s'enfonçait dans son mutisme, il inclina la tête, tout en la regardant, l'air circonspect.

— Alors ? demanda-t-il.

— Eh bien, tu sais…

— Non, je ne sais pas. D'où ma question.

— Tu es riche.

— Je travaille beaucoup.

— Tu es célibataire.

— J'ai proposé de t'épouser.

— Tu n'as jamais eu d'enfants.

— J'ai des nièces et des neveux. Et mes cousins ont aussi des enfants.

— Pourquoi tu voudrais t'engager dans ça ?

— Et toi ?

Elle sembla surprise par sa question et prit quelques secondes pour y répondre :

— Pourquoi me poses-tu cette question ?

— Parce que je pourrais te rendre la pareille. Tu travailles à plein temps. Tu as même deux boulots. Dont l'un avec des horaires abracadabrants, pas idéal pour élever un enfant. Tu es célibataire. Tu n'as jamais eu d'enfants donc tu ne t'y connais pas plus que moi.

Britt le regarda, amusée.

— Bravo, joli contre de la défense. Mais tu es un homme.

— Ravi que tu l'aies remarqué.

— Tu vois ce que je veux dire.

— Non, pas du tout mais je t'écoute.

— Je me disais que tu serais content de ne pas devoir prendre tes responsabilités par rapport à cet enfant.

— D'une part tu te trompes, et d'autre part je suis choqué que tu puisses penser cela de moi. Et comme tu ne fais que m'insulter chaque fois que tu ouvres la bouche, je propose que tu ne l'ouvres que pour finir ton assiette, conclut-il sur le ton de la plaisanterie.

Son intervention n'était pas innocente, ni le choix de ses mots car en parlant de la bouche de Britt, il pensa aussi à tout ce qu'elle pouvait faire avec, hormis manger ou parler…

Pour calmer ses ardeurs, il se concentra sur son plat. Tout en dégustant son assiette mexicaine, il réfléchit aux prochaines étapes importantes.

Il ne manquerait pas d'en parler à Chance pour savoir

quel genre de garanties il pouvait mettre en place au cas où Britt déciderait de ne pas accepter la garde partagée.

Il avait confiance en Britt, mais il ne pouvait s'empêcher d'avoir une légère inquiétude quant à son caractère indépendant. Elle n'était pas venue le voir dès qu'elle avait su qu'elle était enceinte, elle lui avait bien fait comprendre qu'elle ne voulait rien de lui et elle refusait de l'épouser.

Même s'il était sûr d'être le père de cet enfant, il voulait assurer ses arrières.

— Tu as la date de ta prochaine visite médicale ? s'enquit-il.

— Pourquoi ?

— Parce que je viendrai avec toi.

— Ah non ! Tu…

— Ah si. Je veux donner les informations concernant mon assurance pour que les frais médicaux soient couverts et que tu n'aies pas à t'en soucier. Et en plus, je veux être là.

Elle réfléchit quelques instants à son offre, visiblement surprise qu'il prenne les choses en main de manière aussi efficace.

— C'est une échographie, dit-elle.

— Tant mieux. Mais cela ne me dit pas quand c'est.

— C'est prévu juste avant Noël.

— Envoie-moi la date, le lieu et l'heure, et j'y serai.

Cooper était assis à son bureau, face à des hommes qu'il connaissait très bien puisqu'ils étaient de sa famille, mais avec la nette impression d'être devant un jury d'examen.

La veille, il avait appelé Chance pour parler de sa situation. Il avait préféré en parler en premier avant que la nouvelle s'ébruite et qu'il se retrouve dans l'embarras. À présent, il redoutait les réactions que l'annonce de la nouvelle avait provoquées au sein de sa famille.

Pour tenir le coup, il lui fallait de toute urgence une tasse de café. Comme par miracle, son assistante personnelle, Nikki, entra avec un plateau de tasses et un thermos de son breuvage préféré, surtout le matin, et surtout pour faire face à un moment aussi difficile.

Nikki déposa le plateau sur son bureau puis disparut.

Chance lança aussitôt les hostilités.

— Nous sommes réunis pour parler du dossier Britt Owens.

Cooper se força à rester calme.

— Chance, il ne s'agit pas d'un *dossier* et il n'y a rien à faire à ce sujet, répliqua-t-il. Je gère.

— Cooper…, intervint Bridger.

— J'ai appelé Chance hier soir après avoir parlé à Britt, l'interrompit-il. Je suis sûr d'être le père, je sais que le test ADN le prouvera donc ce n'est pas le problème. En revanche, Chance…

Cette fois ce fut Cash qui l'interrompit :

— Cooper, Chance a raison. On doit quand même traiter cela comme un dossier. On ne sait jamais.

— Toujours est-il que je suis sûr d'être le père de l'enfant de Britt.

— Tu n'as pas retenu les enseignements de papa ?

— Si, Bridger, et pour ta gouverne, j'ai mis un préservatif.

— Si je comprends bien, étant donné les dates, Britt est la fille qui t'a filé entre les doigts cet été ? demanda Cord.

Décidément, à en juger par les informations qui fusaient, les discussions sur sa vie privée allaient bon train, derrière son dos !

— Tu ne trouves pas cela étrange qu'elle débarque au même moment que Susan Maddox ? ajouta Bridger.

— Je vous arrête tout de suite. Les deux choses n'ont absolument rien à voir. Je n'ai jamais couché avec cette Susan Maddox. Et même si je n'aime pas l'idée de déballer ma vie privée devant vous, je vous ai avoué que j'avais eu une aventure d'un soir cet été avec Britt. Enfin, deux soirs. Je sais que je suis le père de son enfant.

— Comment peux-tu en être sûr ?

— L'un des préservatifs était percé.

— Elle aurait pu l'avoir percé elle-même, fit remarquer Chance.

— Non ! Arrête ! C'est n'importe quoi. C'est moi qui ai fourni les préservatifs. Elle ne pouvait pas y avoir accès.

— Elle peut très bien avoir eu des relations avec d'autres hommes.

— Non. Elle m'a assuré que non, et je la crois.

— Vu comment tu en pinces pour elle, ton jugement est forcément subjectif.

— Non, je la crois, un point c'est tout.

Les autres échangèrent des regards de connivence. Visiblement, ils ne le croyaient pas capable d'être lucide sur la question.

Il eut l'impression d'avoir de nouveau quinze ans quand son père lui avait parlé d'homme à homme au sujet des femmes. Il n'avait jamais oublié la conversation de son père et sa théorie sur la malédiction des Tate en amour.

Était-il amoureux de Britt ?

Il n'en était pas sûr.

Était-il en train de tomber amoureux d'elle ?

Sans nul doute.

Et elle portait son bébé. Ça, il en était certain.

— Cooper, il va falloir que tu…

Il fut sauvé par le gong.

Une sonnerie venait de lui rappeler qu'il avait rendez-vous.

— Je vais devoir vous laisser, dit-il. Britt a une échographie ce matin, et je veux absolument y être. Et j'aimerais l'épouser. Mais si elle continue de freiner des quatre fers, je veux assurer mes arrières pour avoir la garde partagée de l'enfant, dit-il en regardant Chance droit dans les yeux.

Puis il quitta son bureau sans se retourner, conscient du silence stupéfait qu'il laissait derrière lui.

Assise dans la salle de pause des studios de KOCX TV, Britt buvait un jus d'orange avant de partir pour son rendez-vous pour l'échographie. Ria était avec elle et l'observait du coin de l'œil.

— Britt, tu me rends folle. Je te sens tendue et agitée. Tu devrais être contente que Cooper assume ses responsabilités et fière de l'effet que tu as sur lui.

— Il a demandé un test de paternité mais il m'a aussi dit qu'il était convaincu d'être le père.

— Toi, tu sais qu'il n'y a aucun doute. Même moi je pourrais témoigner à la barre. Tu n'as eu qu'un seul compagnon depuis un an. Lui.

— On peut même dire deux ans.

Elle avait agi de manière tellement irréfléchie, le jour où elle s'était jetée au cou de Cooper. Elle avait vu Leo flancher, les eaux monter, et les débris valser. Constatant que la mort rôdait autour d'elle, elle avait pris conscience de la fragilité de la vie. Et de sa solitude.

Quand Cooper avait ouvert la porte, elle l'avait vu comme son sauveur et n'avait eu qu'une idée en tête : se blottir contre lui, agir spontanément, à l'opposé de ce qu'elle faisait d'habitude. Pour célébrer la vie, elle lui avait fait des avances. Et il avait accepté.

Jamais elle ne pourrait regretter leurs ébats. La première nuit, la deuxième nuit… ou la troisième nuit. Mais c'est la première fois qui avait bouleversé sa vie. Le fait qu'il l'ait de nouveau sauvée le lendemain n'avait pas aidé.

D'un côté, dès qu'elle le voyait, elle se sentait irrésistiblement attirée par lui, et de l'autre, elle n'avait eu de cesse de le fuir, pour se préserver. Il était tout ce qu'une femme pouvait souhaiter chez un homme.

Mais il n'était peut-être pas fait pour elle.

— Je suis trop bête, marmonna-t-elle.

— Ne dis pas ça. Prends ton temps. Apprends à le connaître. C'est déjà formidable qu'il soit prêt à vouloir s'occuper de toi et du bébé. Je sais que tu n'as pas aimé sa demande en mariage, et que tu ne veux pas dépendre de lui, mais il n'y a pas beaucoup d'hommes qui seraient prêts à se lancer dans pareille aventure. Sors avec lui, laisse-le prendre les choses en main… et qui sait ? Ce courant fou qui passe entre vous pourrait peut-être se transformer un jour en quelque chose d'encore plus fort…

C'était justement ce qui inquiétait Britt.

- 11 -

Britt entra dans le cabinet médical et s'arrêta net. Cooper était déjà en grande conversation avec la réceptionniste qui le regardait comme s'il s'agissait d'un dieu de l'Olympe fraîchement arrivé sur Terre. Cela dit, il était beau à craquer, dans sa tenue. Un jean qui seyait à merveille ses jambes de cow-boy, des santiags, une chemise bleue rappelant la couleur de ses yeux et une veste en cuir qui mettait en avant sa carrure athlétique. Aujourd'hui, il ne portait pas de stetson.

Quand il se tourna vers elle, ce fut comme une scène de cinéma au ralenti. Il lui offrit le plus beau des sourires alors que ses yeux brillaient d'un éclat sensuel. Il la fixa de son regard perçant, provoquant en elle une vague de chaleur intense. Puis il avança vers elle, lentement, et elle en eut quasiment le souffle coupé.

Chaque fois qu'elle était en sa présence, il avait le même effet dévastateur sur elle. Et à en croire les regards envieux des femmes dans la salle d'attente, elle constatait qu'elle n'était pas la seule à être victime de son charme.

— Salut, Miss Météo.

— Tiens, tiens, cow-boy, comme on se retrouve.

— Ravi de te voir. J'ai donné les coordonnées de mon assurance.

— Merci. Je dois m'enregistrer.

Peu de temps après, elle fut appelée.

Ils se levèrent, et une échographiste très souriante les

emmena dans une grande pièce avec un lit d'examen gynécologique et des fauteuils. Un chariot équipé de matériel électronique se trouvait à côté du lit, prêt à l'emploi. Un grand écran était accroché au mur d'en face.

— Vous pouvez rapprocher le fauteuil, papa.

Papa… Britt serra les dents. Même si Cooper était le père de l'enfant, elle n'était pas entièrement à l'aise qu'il soit là, d'autant qu'elle s'était levée du mauvais pied, ce matin, et que tout l'irritait.

Elle s'était réveillée avec une indigestion, une terrible envie de faire pipi et un mal de tête lancinant. Puis on lui avait demandé si elle pouvait remplacer au pied levé un professeur qui avait annulé son cours. Toujours prête à rendre service, elle avait accepté. Donc elle avait dû se rendre à l'université alors que ce n'était pas prévu. Le réservoir de son pick-up étant quasiment vide, elle avait dû s'arrêter faire le plein d'essence, mais la pompe qu'elle avait utilisée était défaillante et elle s'était retrouvée avec de l'essence sur ses chaussures.

Pendant ce temps, Cooper avait eu tout le loisir de se préparer, de se présenter à l'accueil et d'avoir droit au sourire de la réceptionniste et maintenant de l'échographiste.

— Chérie, tu es prête ?

Cooper la tira de ses pensées.

— Pardon ?

— L'échographiste te demande si tu es prête.

— Oui, oui.

— Alors prépare-toi derrière le rideau.

Décidément, elle était tellement à cran qu'elle avait même perdu le fil de ce qui se passait dans la salle.

Pendant que l'assistant l'installait sur le petit lit, Cooper tira le fauteuil pour être tout à côté d'elle, puis ils entrèrent dans le vif du sujet.

L'échographiste étala du gel froid sur son ventre et

commença l'examen. Quelques instants plus tard, une image arriva sur le grand écran et l'exploration commença.

Puis le silence se fit dans la pièce quand deux têtes firent leur apparition.

Britt retint son souffle.

Puis elle compta.

Quatre bras, quatre jambes…

— Vous attendez des jumeaux, leur annonça l'échographiste en souriant.

Britt regarda Cooper qui lui avait pris la main sans quitter l'écran des yeux. Ils étaient tous les deux hypnotisés par ce qu'ils voyaient.

— Incroyable, murmura-t-elle.

L'échographiste poursuivit l'examen pour prendre les mesures et les entrer dans le dossier pour la visite suivante.

— Je vais vous imprimer des copies des photos, dit-elle.

— Est-ce qu'on peut connaître le sexe ? s'enquit Cooper.

— Non, c'est trop tôt.

Britt se rhabilla et quitta la salle, toujours aussi stupéfaite. Des jumeaux…

Trente minutes plus tard, ils se retrouvèrent dans le pick-up de Cooper, avec chacun un lot de photos de l'échographie.

Elle était encore sous le choc et avait du mal à parler.

— Et dire qu'on attend des jumeaux ! s'exclama Cooper, visiblement ravi.

— J'ai vu, répliqua-t-elle sèchement.

— Je suis tellement content !

En effet, il avait l'air très content.

Bizarrement, elle n'arrivait pas à partager sa joie.

Il se tourna pour lui faire face.

— Épouse-moi, Britt !

— Non.

— Pourquoi ?

— On en a déjà parlé.

— Alors emménage chez moi.
— Pourquoi ?
— Pour que je puisse m'occuper de toi.
— Je ne veux pas que l'on s'occupe de moi.
Il se tut quelques instants avant de repartir à l'assaut.
— Passe Noël avec moi.
— Non.
— Pourquoi ?
— J'ai des projets, mentit-elle.
— J'aimerais te présenter à ma famille.
— Sans façon.
Il faisait tout pour l'attirer dans ses filets.
— Alors passons le nouvel an ensemble.
— Je suis prise.
Cooper se raidit.
— Tu as quelqu'un ?
Décelait-elle une pointe de jalousie ? C'était absurde. Avant qu'elle ait eu le temps de lui répondre, il reprit :
— Dois-je te rappeler que tu attends mes bébés ?
Elle se tourna vers lui, agacée et à bout de patience.
— Parce que tu penses que c'est un élément que je pourrais facilement oublier ? Malgré mes pieds et mes chevilles enflées, les reflux acides, les nausées et le besoin compulsif de savoir où se trouvent les toilettes les plus proches ?
— Britt, voyons…
— Pourquoi insistes-tu à ce point ? Je t'ai donné maintes fois l'occasion de t'extraire de l'équation, mais chaque fois tu reviens à l'attaque. La plupart des hommes auraient pris leurs jambes à leur cou mais pas toi. Tu veux imposer tes exigences, agir selon ton sens de l'honneur et du devoir, tu veux assumer tes responsabilités, tu…
Avant qu'elle ait pu finir sa diatribe, il la prit dans ses bras et l'embrassa. Vraiment. Goulûment, en profondeur,

avec la langue. Comme s'il en allait de sa vie et que sa bouche contenait la substance la plus succulente du monde.

Elle avait aussi envie de sa bouche, de lui tout entier, mais elle le repoussa, perdue.

En voyant son sourire satisfait et son air conquérant, elle eut envie de le gifler mais elle se retint.

Il était temps pour elle de quitter le pick-up de Cooper pour rejoindre le sien.

— Cooper Tate, écoute-moi bien. Je ne veux pas t'épouser et je ne veux pas emménager avec toi. Je n'ai pas besoin d'un mari ni d'un petit ami. Laisse-moi tranquille.

Elle ouvrit la portière.

— Je passe te prendre pour le dîner, dit-il alors qu'elle sortait.

Elle claqua la portière tellement fort que tout le pick-up trembla.

Il l'avait poussée à bout.

Tel un robot, elle monta dans son véhicule, démarra, fit marche arrière, prit la route pour chez elle et se retrouva devant son garage sans même savoir comment son esprit avait pu l'emmener ici.

Puis elle posa la tête contre le volant et laissa les larmes couler.

Elle attendait des jumeaux !

Comment allait-elle s'en sortir ? Et quelle était la meilleure solution pour elle et les bébés ?

Britt contemplait le magnifique bouquet de Noël qu'elle avait arrangé dans le vase en cristal qui avait été livré dans un colis à part. D'après le poids, ce devait être du cristal d'excellente qualité. Elle avait failli ne pas ouvrir la porte. À présent, elle regrettait de l'avoir ouverte. Le livreur lui avait mis le colis et le bouquet dans les mains et s'était sauvé avant qu'elle ait eu le temps de réagir.

Elle prit l'enveloppe glissée dans le joli ruban en velours vert et rouge et lut la carte à l'intérieur.

Joyeux Noël.
Je passe te prendre à 19 heures pour le dîner.
Tenue décontractée exigée.

Cooper.

Elle sourit en lisant le message, éprouvant soudain un immense élan de tendresse envers cet homme qui essayait de l'avoir à l'usure. C'était trop beau pour être vrai et elle refusait de se laisser happer par cette illusion à la Cendrillon.

Il n'arrêtait pas de lui faire livrer des plats de ses restaurants préférés et de lui envoyer des fleurs. Quelle femme n'aimait pas les fleurs ? Des fleurs et des mets raffinés, comment ne pas être conquise ?

Sans compter ses appels attentionnés pour prendre de ses nouvelles, et savoir s'il pouvait faire quelque chose pour aider.

Chaque fois, sa résolution faiblissait face à cet homme on ne peut plus obstiné.

Elle irait dîner avec lui, car elle appréciait l'invitation, mais elle ne manquerait pas de lui dire qu'il n'était pas question pour elle de l'épouser. Sauf que plus les jours avançaient et plus elle se demandait à quoi sa vie pourrait ressembler avec Cooper…

Un jour, elle avait laissé son esprit divaguer et imaginer un lieu dans la maison de Cooper où elle pourrait installer son bureau. Un endroit où elle accrocherait des cartes, des tableaux blancs, des photos… Avec un bureau, un ordinateur, une imprimante. Une pièce qu'elle pourrait décorer à son goût, où elle pourrait s'enfermer, faire ses recherches en paix. Une pièce qu'elle pourrait quitter en sachant que tout serait exactement à la même place à son retour.

Sans compter toutes les fois où elle rêvait de dormir dans les bras de Cooper, de l'embrasser, de le toucher, et de faire l'amour avec lui, dans son immense lit.

Mais même si ces rêves étaient alléchants, dans la pratique, c'était de la folie de se laisser aller à pareils scénarios. Cela ne pourrait jamais fonctionner. Elle aimait trop son indépendance.

Pour avoir l'esprit tranquille, elle aurait souhaité qu'il arrête de la solliciter et de lui manifester autant d'intérêt. Mais à bien y réfléchir, s'il venait à arrêter de lui écrire, de l'appeler, de passer la voir ou de lui envoyer des fleurs… cela lui manquerait terriblement.

C'était un casse-tête insoluble.

Cooper s'adossa à son siège, réprimant l'envie de toucher Britt. Depuis qu'ils avaient appris la nouvelle pour les jumeaux, il avait réussi à l'inviter à plusieurs reprises et il était ravi que l'invitation avec le bouquet de Noël ait été couronnée de succès. Il était passé la chercher et ils étaient allés chez Othello, à Norman, le célèbre restaurant italien non loin de l'université.

Confortablement installés à une table dans un recoin tamisé du restaurant, il la regardait manger tout en se demandant comment il allait arriver à ses fins. Il voulait passer Noël avec elle. Et il voulait qu'elle emménage chez lui. Bien sûr, quitte à choisir, il aurait préféré qu'elle accepte de l'épouser, mais si au moins elle acceptait d'habiter sous le même toit que lui, il aurait davantage le loisir de la séduire.

— Ta maman ne t'a jamais dit que l'on ne fixait pas les gens ? lui demanda-t-elle.

— Si, mais je ne peux pas m'en empêcher.

— Fixer les gens quand ils mangent, c'est impoli.

— Tu es magnifique.

Elle leva les yeux au ciel de manière exagérée.

— Ne change pas de sujet.

— C'est vrai, tu es magnifique et je ne peux pas m'empêcher de te regarder. Mais je trouve aussi que tu as les traits tirés et je n'aime pas te voir fatiguée. Je veux m'occuper de toi, dit-il en lui prenant la main.

— Je m'occupe très bien de moi toute seule.

— Je sais mais…

— Cooper, pourquoi tu continues à insister ?

S'il avait osé lui répondre de la manière la plus sincère possible, il lui aurait dit qu'il était en train de tomber amoureux d'elle et qu'il espérait qu'elle l'aime en retour. Que son amour pour elle n'avait rien à voir avec le fait qu'elle attendait des bébés de lui, mais tout à voir avec le fait qu'il avait eu le coup de foudre quand elle était entrée dans sa vie comme un ouragan.

Mais pour le moment, il avait trop peur de la faire fuir davantage en lui ouvrant son cœur.

Donc il opta pour la simplicité.

— Parce que je veux être avec toi, répondit-il.

Elle dégagea sa main et l'étudia quelques instants.

— Moi je trouve que l'on est trop différents, dit-elle.

— Comment ça ?

— Tu as des idées trop arrêtées et trop traditionnelles. Pourquoi tu ne veux pas avouer que ça ne pourrait pas marcher entre nous ?

— Parce que je suis convaincu du contraire.

- 12 -

« Parce que je suis convaincu du contraire. »

Depuis deux semaines, Britt n'arrêtait pas de tourner et retourner l'affirmation de Cooper dans sa tête. Et depuis deux semaines, elle évitait ses appels et ses messages. Elle avait décliné l'invitation à passer Noël dans la famille Tate et en avait profité pour avancer sur sa thèse.

Avec la coupure universitaire de l'hiver et la météo sans grandes intempéries à l'horizon, elle avait fini le premier jet. Elle avait hâte de retourner sur le terrain, et tant que son médecin ne le lui interdisait pas, elle continuerait.

De plus, elle avait été aux anges d'apprendre que le documentaire sur lequel elle avait travaillé avec Leo avait été sélectionné pour un prix régional. La cérémonie de récompenses aurait lieu dans une semaine et elle avait décidé d'aller faire des emplettes pour se trouver une tenue. Même si elle n'avait aucune chance de gagner, elle avait envie de se montrer sous son meilleur jour.

Leo serait accompagné de sa femme et elle irait seule. Elle aurait pu proposer à Cooper de venir, mais elle ne voulait pas l'inclure plus avant dans sa vie de peur qu'il ne se fasse des idées. Pas question de dépendre de lui ou de perdre son indépendance. Elle voulait agir selon ses termes à elle.

Après avoir trouvé une robe, elle décida de faire une pause. Les jumeaux étaient actifs et elle se sentait légèrement fatiguée. Désireuse de s'asseoir, elle se rendit dans un café qu'elle aimait bien, en bordure du canal, et choisit une table avec une vue agréable.

— Je peux me joindre à vous ?

Britt se retourna en sursautant.

Elle n'eut pas le temps de répondre.

Katherine Tate était déjà en train de prendre une chaise pour s'installer à sa table.

— Je vous en prie, madame Tate, maintenant que vous êtes assise.

Un serveur s'approcha, et elles passèrent commande.

Un long silence s'installa entre elles puis Britt se décida à ouvrir la bouche sans savoir ce qu'elle voulait dire.

— Madame Tate…

— S'il vous plaît, appelez-moi « Katherine ». Après tout, vous portez mes petits-enfants. Sachez que je ne suis pas du genre à mâcher mes mots et j'apprécie que les gens soient francs avec moi en retour.

— C'est noté.

Britt chercha à ajouter quelque chose de plus élaboré, mais elle était à court d'inspiration.

Au bout de quelques instants, elle décida d'être aussi directe que son interlocutrice.

— J'avoue que je suis surprise. Je pensais que vous alliez mettre en doute la véracité de ma situation et m'accuser d'avoir voulu piéger votre fils.

— Pas du tout. Cooper a passé quelques mois sans entrain après vous avoir rencontrée. Puis le soir du gala, j'ai vu qu'il avait repris vie. Ses frères et ses cousins restent sceptiques mais moi, je crois à votre histoire et j'ai confiance en mon fils. Je savais qu'il n'avait rien à voir avec cette fille, Maddox. Mais vous…

— Moi ?

— Il vous poursuit avec la même intensité que son père quand il voulait quelque chose. Les hommes Tate sont comme ça. Quand ils tombent amoureux, c'est fort et c'est pour la vie.

Britt n'en revenait pas d'avoir cette conversation abracadabrante avec la mère de Cooper. Elle cherchait désespérément un moyen de s'extirper de cette situation. Comme elle ne trouvait pas de subterfuge, elle opta une fois de plus pour l'approche directe.

— Pourquoi vous me dites ça ? demanda-t-elle.

Katherine joua avec son collier de perles, sans mot dire.

Britt décida d'attendre qu'elle réponde, mais elle finit par s'impatienter.

— Je n'ai pas envie d'épouser votre fils, ni de vivre avec lui. Je n'ai pas besoin de lui, décréta-t-elle.

— C'est pour cela que vous avez tardé à lui dire que vous étiez enceinte de lui ?

— J'ai d'abord hésité à le lui dire parce que nous n'étions pas en couple et que c'était clairement une erreur de parcours. Puis, après la scène du gala, j'ai hésité. Je n'avais pas envie de le lui dire de peur qu'il pense que je faisais cela pour le piéger. Moi aussi j'avais des doutes à son sujet.

— Plus maintenant ?

— Non, mais je ne veux rien de lui.

— Vous êtes sûre ?

— Oui, j'en suis sûre ! J'aurais fini par lui dire car c'est lui le père et qu'il avait le droit de savoir mais… il m'a demandée en mariage et j'ai refusé. Un homme et une femme ne doivent pas se marier sous prétexte qu'ils attendent un enfant. Surtout s'ils ne sont pas en couple. C'est une idée idiote et dépassée.

Katherine Tate s'apprêtait à la couper mais Britt leva la main pour lui faire savoir qu'elle n'avait pas fini son petit exposé.

— Je n'ai pas besoin de votre fils. Les bébés sont à

moitié à lui, donc il pourra participer à leur éducation s'il le souhaite. Quant à moi, je ne suis pas à prendre, ni à marier.

Katherine Tate sourit d'un air satisfait.

— Parfait. Vous ferez tout à fait l'affaire.

Britt s'adossa à sa chaise, encore plus épuisée qu'après son shopping.

Elle ferait l'affaire ?

Que voulait-elle dire par là ?

Décidément, dans cette famille, ils n'écoutaient que ce qu'ils voulaient bien entendre !

Telle mère, tel fils.

Cooper était assis sur le canapé dans le bureau de Cash, le chien de son cousin tranquillement installé sur lui. Il adorait ce gros toutou adorable. Lucifer ne serait sûrement pas content de savoir qu'il lui faisait des infidélités.

Sa mère et son frère étaient chacun assis dans des fauteuils tandis que Cash restait debout, appuyé contre le canapé.

Après avoir abordé quelques points des affaires courantes, l'attention se concentra sur lui. Une fois n'était pas coutume…

— Maintenant, j'aimerais que l'on fasse le point sur l'affaire Britt Owens, annonça sa mère.

— Pardon ? dit Cooper, pris au dépourvu.

Il s'attendait à tout sauf à un point sur sa vie privée.

— Que vas-tu faire de Britt et des bébés ?

— J'en ai assez que l'on se mêle de ma vie privée, et ça me regarde, affirma-t-il, peu enclin au compromis.

— Il en va aussi de la réputation de notre famille, donc cela nous regarde aussi, Cooper, lui dit sa mère.

— Je lui ai demandé de m'épouser.

— Quoi ? s'exclamèrent son frère et son cousin.

Bizarrement, sa mère ne parut pas aussi choquée.

— Mais elle a refusé, dit-elle.

Il se tourna vers elle, étonné.

— D'où tiens-tu cette information ?

— De Britt elle-même. Je l'ai invitée à déjeuner.

— Pardon ? Mais pourquoi ?

— Un concours de circonstances.

Cooper n'arrivait pas à trouver ses mots tellement il était en colère contre sa mère d'être intervenue dans ses affaires de cœur.

— Maman…, dit-il sur un ton qui se voulait menaçant.

— Cooper. Je suis simplement tombée sur elle dans un café au bord du canal. Je me suis assise à sa table et nous avons parlé un petit moment.

— De quoi ?

— Peu importe. En tout cas, elle est très indépendante.

Cooper préféra se taire.

Avec sa mère, mieux valait ne rien dire et toujours avoir recours au droit de garder le silence.

— Tu dois la courtiser, reprit sa mère.

— La *courtiser* ? répéta Cooper, à bout de patience.

— D'ailleurs, tu aurais dû l'inviter à Noël.

— Je l'ai invitée mais elle était occupée.

— Occupée à rester seule chez elle ?

Cooper ne répondit pas. Il commençait à avoir mal à la tête.

Sa mère se leva et se dirigea vers la porte.

Avant de sortir, elle se retourna vers lui.

— Je sais qu'elle compte beaucoup pour toi. Trouve une solution.

- 13 -

Chase dévisagea Cooper, interloqué.

— Cooper, tu n'es pas sérieux. Tu sais que c'est un événement important pour ceux qui sont nominés. Je peux facilement te faire entrer puisque ça se passe à l'hôtel Crown Barron. Mais ce que tu me demandes est quasiment impossible. Tu es sûr que ce sera une bonne surprise pour elle ? C'est peut-être un peu risqué.

Son cousin avait raison mais Cooper n'était pas du genre à abandonner. Il voulait aller à la cérémonie de récompenses pour surprendre Britt et il voulait donc avoir une place à la table de KOCX TV pour que son plan soit infaillible et qu'il puisse passer toute la soirée avec elle.

Il était vexé qu'elle ne lui ait pas dit qu'elle avait été nominée pour l'événement, et surtout qu'elle se soit appliquée à l'éviter. Toutefois, il lui en fallait plus pour baisser les bras.

C'est au détour d'une conversation lors d'un repas de famille qu'il avait appris la nouvelle. Britt et Leo avaient fait un documentaire de trente minutes qui montrait que ce qu'ils faisaient en tant que journalistes de terrain allait plus loin qu'une simple chasse aux orages.

Après avoir visionné le documentaire, qui était passionnant, il avait pris peur pour Britt. Il comprenait son attrait pour les reportages sur le terrain, mais maintenant qu'elle attendait leurs jumeaux, il n'était pas d'accord pour qu'elle risque sa vie et celles de leurs bébés.

— Je sais que c'est un peu risqué mais je veux tenter

le coup, dit-il. S'il te plaît, aide-moi à obtenir une place à la table de KOCX TV sans que Britt l'apprenne. Pour le reste, j'en fais mon affaire.

— Tu sais que tu devras porter ton costume de pingouin ?

Pour Britt, il était prêt à porter n'importe quoi. Il serait même capable de parader nu sur le stade des Bricktown Ballpark devant des tribunes combles !

— Mon smoking est prêt à l'emploi, répondit-il.

— Comme tu voudras.

— Tu sais que l'on doit la passer au crible avant de savoir si elle est assez bien pour toi ? intervint Savannah, la femme de Chase.

— Je m'en doute bien, répliqua Cooper d'un ton moqueur.

— Personnellement, je trouve que c'est une super idée de lui faire une surprise, dit-elle.

— Au moins, tu as l'avis d'une femme, fit remarquer Chase.

Cooper reçut une notification sur son téléphone.

Après avoir lu le message, il se tourna vers Chase.

— Je dois y aller. Je compte sur toi, cousin. Merci !

— Ne me remercie pas. Je t'ai dit ce que j'en pensais. Le fait que ma femme pense que c'est une bonne idée me conforte dans l'impression que c'est une mauvaise idée, marmonna Chance.

— L'avenir nous le dira ! lança Cooper, content de lui.

Britt sortit de la limousine affrétée par KOCX TV avec l'aide de Leo. C'était beaucoup plus facile de monter à bord de son pick-up et d'en descendre, même avec la boule grossissante qu'elle portait vingt-quatre heures sur vingt-quatre. Elle caressa son ventre pour rappeler aux bébés qu'elle les aimait même si elle râlait souvent après eux.

Levant les yeux, elle vit le tapis rouge. Un vrai tapis

rouge avec des cordes dorées empêchant les photographes et les fans d'envahir la zone réservée aux personnalités et célébrités. Elle ne se prenait pas pour une célébrité et ce n'était pas Hollywood, mais c'était quand même un moment très émouvant.

Les portes du Barron Crown Hotel étaient grandes ouvertes. En haut du tapis rouge, les gens entraient dans l'impressionnant lobby du bâtiment historique et se dirigeaient vers un écran installé pour l'occasion et devant lequel ils se faisaient prendre en photo.

Britt n'en revenait pas de vivre une scène pareille.

Leo et sa femme passèrent en premier. Bientôt, ce serait à son tour d'être le centre d'attention et d'avoir toutes les caméras et appareils photo pointés sur elle.

Elle tressaillit quand quelqu'un, arrivant derrière elle, lui posa la main dans le dos et lui souffla à l'oreille :

— Comme on se retrouve, Miss Météo.

Cooper !

Elle tenta de se soustraire à son toucher qui lui embrasait les sens mais il la suivit.

Elle n'en revenait pas !

Décidément, il avait le don d'être là où elle ne l'attendait pas.

— Que fais-tu ici ? s'enquit-elle.

— Je suis venu pour toi. Je voulais te soutenir et t'accompagner sur le tapis rouge.

Sa voix, douce et moelleuse comme le meilleur des caramels, l'enveloppa, la transportant dans une autre dimension, comme à chaque fois qu'il lui murmurait des paroles. Cette voix qu'elle avait essayé d'oublier pendant un mois.

Cela n'avait pas été facile de se couper de Cooper, et elle aurait dû se douter qu'il tenterait une offensive, à un moment donné et quand elle s'y attendrait le moins. Il ne lâchait pas l'affaire. Elle devrait au moins lui donner des points pour sa persévérance.

Au fond d'elle, au lieu d'éprouver de la colère, elle ressentit un étrange sentiment de bien-être. Elle était loin d'être insensible à son acharnement et à son charme, et c'était agréable d'être de nouveau à ses côtés.

Ils avancèrent devant l'écran pour la séance photos.

Cooper la prit par la taille, puis se pencha vers elle.

— Souris, chérie.

— Ne m'appelle pas « chérie », répliqua-t-elle entre ses dents tout en continuant de sourire face aux objectifs.

— Pardon, Miss Météo.

— Tu vas me le payer, Cooper, dit-elle, amusée malgré tout.

— J'ai hâte de savoir comment tu vas t'y prendre…

Sa peau s'embrasa, le courant entre eux faisant de nouveau des étincelles. Les souvenirs de leurs ébats étaient encore frais dans son esprit, et Cooper venait de déclencher en elle un flot d'images toutes plus excitantes les unes que les autres…

Alors qu'ils quittaient les journalistes, elle repensa à toutes les questions qu'elle se posait par rapport à sa relation avec Cooper Tate et qu'elle avait repoussées au fin fond de son esprit, refusant de donner à cet homme trop d'importance dans sa vie.

Depuis qu'il savait qu'elle était enceinte de lui, il la poursuivait, tel un limier. Non, un limier c'était trop gentil. Un loup. Un grand méchant loup, prêt à tout pour l'attirer dans son piège.

Elle frissonna.

Cooper la prit par l'épaule.

Elle se laissa happer par sa chaleur et se serra contre lui comme si c'était la chose la plus naturelle du monde.

Alors qu'ils se dirigeaient vers la salle de réception,

du coin de l'œil elle vit le sourire satisfait qu'il arborait et retint un cri de frustration.

Pourquoi lui avait-elle avoué être enceinte de lui ?

Pourquoi ne pouvait-il pas simplement lui proposer une pension alimentaire et la laisser tranquille ?

Non. Monsieur se comportait comme un gentleman et insistait pour l'épouser, fonder une famille, participer à l'éducation de leurs enfants.

Se marier ? Mais à quoi pensait-il ? Ils avaient des tempéraments et des styles de vie aux antipodes ! Leur union ne pourrait jamais fonctionner. Ils divorceraient au bout d'un an et ensuite, qu'adviendrait-il des bébés ?

Malgré tout, elle le trouvait très beau dans le smoking qu'il arborait pour l'occasion. Une veste blanche avec trois boutons, qui mettait en valeur sa carrure imposante, un gilet gris assorti au nœud papillon, un pantalon noir qui épousait à merveille ses jambes athlétiques et élancées, sans oublier son stetson noir avec un bandeau argenté qui trônait sur sa tête comme s'il avait été créé pour lui, sur lui. D'ailleurs, à la réflexion, toute sa tenue devait avoir été confectionnée sur mesure.

Elle marqua une pause en entrant dans la salle de réception. La pièce ressemblait à un décor luxueux d'un film hollywoodien des années 1930. Tout était blanc et argenté, dans un style Art déco. Les tables étaient couvertes d'un tissu satiné, les chaises ornées d'un gros nœud, le plafond était paré d'une étoffe soyeuse d'où pendaient des étoiles argentées, et de magnifiques lustres brillaient de mille feux.

Sur chaque table ronde, les couverts en argent scintillaient, et les serviettes disposées sur les assiettes étaient pliées comme des origamis de compétition. Un vase en cristal où s'élançait un lis blanc venait compléter le décor.

Après avoir admiré les lieux, elle observa Cooper. Il

avait l'air comme un poisson dans l'eau, alors qu'elle se sentait comme un poisson hors de l'eau.

Cooper n'était pas impressionné par le décor mais par la femme à ses côtés. Quand il l'avait vue sortir de la limousine, il l'avait trouvée belle comme jamais. Sa robe couleur champagne lui allait à ravir. La longue jupe bouffante était digne des grands galas hollywoodiens, et le haut à manches longues en mousseline transparente laissait entrevoir juste ce qu'il fallait de féminité. La découpe sous la poitrine permettait de masquer son ventre de femme enceinte. Elle avait relevé ses cheveux en un chignon élaboré, ayant pris soin de laisser quelques mèches libres qui venaient lui entourer le visage à merveille.

À ses yeux, elle était la femme la plus belle et la plus sexy du monde. Il avait eu envie d'elle dès l'instant où elle avait foulé le tapis rouge.

Pour bien faire, il avait recruté Leo pour l'aider dans son entreprise. Si bien qu'après avoir aidé Britt à sortir de la limousine, Leo l'avait guidée pour que Cooper puisse prendre le relais.

Maintenant, il avait la joie d'être aux côtés de sa star préférée.

— J'ai l'impression que tu es aux anges, dit-il, amusé.

— Je n'ai jamais été dans un endroit aussi magnifique ! s'exclama-t-elle.

Un serveur s'approcha avec des flûtes de champagne.

Cooper prit un verre d'une main puis de l'autre glissa un billet dans la poche du serveur en lui murmurant quelque chose à l'oreille.

L'homme disparut puis revint quelques instants plus tard, une flûte à la main.

— Madame, dit-il à Britt en lui tendant un verre contenant un breuvage à la couleur similaire à celle du champagne.

— C'est un jus de pomme pétillant, précisa Cooper.

— Merci, dit-elle, la mine ravie.

— Tu veux t'asseoir ou tu préfères te livrer aux joies de ce pince-fesses ?

Elle éclata de rire.

— Je ne pensais pas que cette expression faisait partie de ton vocabulaire !

— Tu vois, je suis un homme plein de surprises.

C'était tellement agréable de voir son visage radieux et d'entendre son rire communicateur. Il aurait donné n'importe quoi pour l'embrasser. Et plus si affinités.

Ce soir, elle était différente, avec ses cheveux relevés. L'envie le démangeait d'enlever les pinces de son chignon pour pouvoir enfouir ses doigts dans ses boucles blondes pendant qu'il scellerait ses lèvres aux siennes jusqu'à en perdre le souffle.

Dès qu'il était aux côtés de Britt, il avait envie d'elle. Même quand ils étaient dans des situations peu propices, comme maintenant. Cela dit, les Barron avaient une suite dans l'hôtel, et il avait le code pour y accéder. Il suffisait de prendre l'ascenseur, et la nuit serait à eux !

Le problème était qu'il voulait passer plus d'une nuit avec elle. Il voulait passer sa vie avec elle.

C'était la femme de sa vie.

Il ne lui restait plus qu'à l'en convaincre.

— Alors, prête pour ton triomphe ?

— Je suis sûre que l'on ne gagnera pas, et je me suis entraînée devant la glace pour féliciter les gagnants avec le sourire, mais je suis contente de participer à l'événement.

— Moi, je crois en toi.

— C'est bon à savoir.

Il lui caressa la joue du bout des doigts et sourit quand il vit que cela ne la laissait pas insensible.

— Quand accepteras-tu de m'épouser, Miss Météo ?

- 14 -

Britt se retint de hurler, faisant appel à son self-control pour se maîtriser. D'une part, elle ne s'attendait pas à voir Cooper ce soir, et d'autre part, elle ne s'attendait pas à ce qu'il ose lui reposer cette question épineuse du mariage.

Entre cet homme buté et ses hormones qui lui jouaient des tours, ses émotions étaient sens dessus dessous.

Certes, Cooper était beau comme une star de Hollywood, riche comme Crésus. Il avait une maison superbe, une vie idéale. Et ils avaient vécu des moments extraordinaires au lit, détail non négligeable.

Mais leur histoire devait s'arrêter là.

— Au risque de me répéter, je ne veux pas t'épouser, répondit-elle. Et arrête de vouloir jouer au héros car je n'ai pas besoin d'être sauvée.

L'expression de Cooper se durcit. Mâchoires serrées, regard verrouillé, elle découvrait un homme qui n'aimait pas que l'on contrecarre ses plans.

Alors qu'elle cherchait un moyen de sortir de l'impasse, un homme qui ressemblait beaucoup à Cooper arriva à leur hauteur avec à son bras une jolie jeune femme brune qu'elle reconnut aussitôt. C'était la célèbre chanteuse Zoe Parker, la femme de Tucker Tate. Elle était une grande fan mais ce n'était pas le moment de jouer à la groupie.

— Alors, c'est pour quand ? s'enquit Zoe sans même prendre la peine de dire bonjour ou de se présenter.

Britt avait fait exprès de choisir une robe Empire, avec

une découpe sous la poitrine, pour masquer son ventre naissant. Cooper ne lui avait rien dit mais il avait sûrement dû en parler à sa famille, donc mentir ou feindre la surprise ne servirait à rien.

— Les jumeaux devraient naître début juin, répondit-elle le plus naturellement possible.

— En tout cas, s'ils sont aussi actifs que mon fils Nash, je te souhaite bien du courage.

— Merci !

— Je voulais aussi te dire que j'avais vu ton documentaire. Je te félicite. Dans le Tennessee, nous n'avons pas d'intempéries pareilles mais j'étais impressionnée quand j'ai vu ce que tu faisais. Bonne chance pour ce soir, dit-elle avant de reprendre son mari par le bras.

— Merci pour tes encouragements et tes compliments.

Tucker regarda sa femme puis prit la parole :

— Ce que Zoe n'a pas dit…

— Chéri, je suis assez grande pour m'exprimer.

— Alors vas-y, on t'écoute.

Zoe leva les yeux au ciel, néanmoins amusée.

— En fait, Britt, je voulais savoir si tu serais prête à m'emmener dans une de tes expéditions. Katherine a remporté l'enchère silencieuse du gala de charité en mettant le prix au nom de Cooper. J'ai demandé à Cooper mais il a refusé de me laisser sa place. Tu penses pouvoir faire quelque chose pour moi ?

— Zoe, je ne vois pas de quoi tu veux parler, intervint Cooper, pince-sans-rire.

Britt sourit, amusée.

Elle fit mine de réfléchir à la proposition de Zoe, une main posée sur son ventre. Elle avait oublié l'enchère silencieuse et avait récemment découvert l'entourloupe. Cooper n'avait pas encore cherché à profiter de son prix, mais elle imaginait qu'il gardait cette carte comme joker.

Le connaissant, il utiliserait sûrement cette occasion pour pouvoir passer du temps avec elle si jamais elle restait trop à l'écart et continuait à ne pas vouloir communiquer avec lui.

Pour en revenir à Zoe, si elle faisait une sortie avec elle, cela lui permettrait d'avoir de la publicité sur son activité, et elle était fan de ses chansons, ce serait pour elle l'occasion de côtoyer son idole.

— Si tu promets de chanter pendant notre expédition et de me signer un autographe, je suis sûre que l'on pourra trouver un terrain d'entente, répondit-elle.

— Formidable ! s'exclama Zoe, ravie.

— On se retrouve plus tard, dit Tucker en entraînant Zoe, visiblement peu satisfait de savoir que sa femme allait chasser les orages.

— Tu viens, Miss Météo ? demanda Cooper posant une main dans le creux de son dos pour la guider.

Alors qu'ils avançaient vers leur table, Britt fut prise de panique. Non pas à cause de la cérémonie mais à cause de la famille de Cooper et de la conversation qu'elle venait d'avoir avec Zoe. Si un jour elle cédait aux avances de Cooper, elle devrait côtoyer des gens célèbres et fortunés. Avec son prêt étudiant et sa vie de bohème, elle ne se sentait pas du tout en adéquation avec le cercle social et familial de Cooper. Et même si elle ne l'épousait pas, elle devrait s'y habituer, ne serait-ce que pour ses enfants.

Chassant ce vent de panique, elle se reconcentra sur le moment présent.

Prenant conscience de la main de Cooper posée dans son dos, une vague de chaleur s'empara d'elle, et une nouvelle fois elle se sentit irrésistiblement attirée par cet homme qui la faisait chavirer physiquement et émotionnellement. D'un côté, il avait le don de la faire fondre sur place, et de l'autre, il pouvait l'exaspérer au plus haut point en un clin d'œil.

Prenant place à table, alors que Cooper attendait derrière

sa chaise, une autre pensée déstabilisante s'empara d'elle. Devait-elle craindre la puissance de Cooper ? Il avait le pouvoir de détruire sa carrière et de lui prendre ses bébés, s'il le souhaitait ou si elle ne se montrait pas coopérative.

Levant les yeux vers lui, elle chassa ce scénario improbable. Cooper la regardait avec attention, avec langueur, avec douceur. Avec amour ?

Parler d'amour, c'était prématuré, mais elle se rassura en se disant qu'elle n'avait rien à craindre de lui et qu'il ne voulait que son bien et celui des bébés.

— Tout va bien ? lui demanda-t-il, s'asseyant à ses côtés et regardant son ventre avec tendresse.

Conquise par son comportement affectueux, elle décida de se montrer plus clémente.

— Tu veux toucher ? lui proposa-t-elle en lui prenant la main pour le guider.

Un des bébés choisit ce moment pour donner un coup.

Cooper écarquilla les yeux, l'air ébahi mais surtout ému.

Cette émotion fut pour Britt de l'ordre de la révélation.

Cooper était le père de ses jumeaux et il les voulait plus que tout. Et même si elle n'avait pas aimé sa proposition de mariage prématurée, peut-être que malgré tout, il la voulait elle aussi plus que tout ?

Cooper était sous le choc. Il avait vu les jumeaux durant l'échographie mais il n'avait jamais touché le ventre de Britt, ni pleinement pris conscience de ce que cela signifiait, en vrai. Avoir senti l'un des bébés bouger dans le ventre de Britt avait été pour lui une véritable révélation.

Les bébés étaient en vie, pleins d'énergie, et il allait être papa… Il n'aurait pu exprimer le sentiment de joie intense qu'il éprouvait en cet instant à l'idée que ses bébés étaient en train de grandir dans le ventre de la femme qu'il aimait…

C'était extraordinaire. Dans ce corps féminin qu'il

chérissait tant, deux êtres qui étaient à moitié lui et à moitié Britt étaient en train de se préparer à entrer dans le monde.

Il espérait que leurs enfants seraient aussi intelligents que leur mère. Mais peut-être pas aussi têtus ! Et si c'étaient des filles, il souhaitait qu'elles soient aussi belles que leur mère.

Il leva les yeux vers Britt, reconnaissant.

— Merci, murmura-t-il. C'était formidable.

— Je suis contente que l'un d'eux t'ait fait signe.

— Est-ce que ça fait mal ?

— Non, pas vraiment. Disons que ça fait comme ça, répondit-elle en le frappant légèrement dans les côtes.

Il la regarda, amusé, et toujours sous le charme.

Avant qu'il ait eu le temps de dire autre chose, la pièce fut plongée dans le noir et le maître de cérémonie commença à énoncer le programme de la soirée.

Quand il arriva à la catégorie documentaire, tout le monde à la table s'assit bien droit pour écouter.

Cooper sentit Britt se raidir à côté de lui.

D'abord, le maître de cérémonie cita les documentaires.

— *Autant en emporte l'orage*, diffusé sur KOCX TV et réalisé par Britt Owens et Leo Blevins.

Puis il continua avec les autres participants de la catégorie, tandis que Britt enfonçait ses ongles dans la cuisse de Cooper.

Il lui prit la main pour la rassurer.

Puis ce fut l'heure de vérité.

— Et le gagnant est…

La personne qui tenait l'enveloppe l'ouvrit, en tira un rectangle cartonné, s'avança vers le micro et fit son annonce.

— *Autant en emporte l'orage* !

Britt et Leo laissèrent exploser leur joie. Leo embrassa sa femme et Cooper fut pris par surprise quand Britt l'embrassa. Quand elle s'arracha à lui, son regard indiquait qu'elle était aussi surprise que lui.

— Félicitations, Miss Météo. Je suis fier de toi.

Il se leva et lui tira sa chaise pour qu'elle se lève. Tout le monde à la table en fit autant, applaudissant à tout rompre alors que Britt et Leo se rendaient sur scène, suivis du producteur et du responsable du département météorologie de la chaîne.

Chacune leur tour, les personnes concernées firent un petit discours de remerciement en tenant la statuette à la main. Puis le petit groupe fut guidé sur le côté pour une séance photos pendant que la cérémonie continuait.

Quelques instants plus tard, Leo et Britt revinrent à la table la mine réjouie et eurent droit à une nouvelle salve d'applaudissements et de félicitations.

À la fin de la cérémonie, Cooper mit son plan à exécution. Son objectif était de se débarrasser de sa famille, des collègues de Britt et d'emporter sa dulcinée dans son Lincoln Navigator rutilant.

Le seul petit contretemps fut d'attendre le résultat de la partie de pierre-ciseaux-feuille entre Britt et Leo pour savoir qui emmènerait la statuette pour ce soir.

Ce fut Britt qui l'emporta.

Une fois installé au volant de son véhicule de luxe, Cooper se tourna vers Britt qui l'observait en silence.

— Britt ?

— Cooper ?

— Accepterais-tu de venir passer la nuit chez moi ?

— Avec plaisir, répondit-elle.

— On pourrait mettre la statuette sur la cheminée, faire un feu, s'asseoir sur le canapé et admirer ton trophée ?

— Bien sûr. Te connaissant, ce scénario est tout à fait crédible, répliqua-t-elle sur le ton de la plaisanterie.

Ils rirent tous les deux de bon cœur alors que le Lincoln Navigator filait dans la nuit noire.

Quand Britt ouvrit les yeux, un soleil hivernal filtrait à travers la mousseline drapant les portes-fenêtres et illuminait la statuette dorée posée sur la table de chevet.

Elle avait remporté une récompense pour son documentaire ! Les images de la soirée affluèrent dans son esprit, comme dans un rêve. Mais c'était bien la réalité. C'était un sentiment tellement formidable de savoir que le travail qu'elle avait accompli avec Leo avait été reconnu par la profession et était apprécié du public.

La soirée s'était déroulée comme un tour en montagnes russes, et elle avait fait de son mieux pour gérer l'apparition surprise de Cooper. Jamais elle n'aurait voulu lui proposer de venir, de peur qu'il n'aille se faire des idées, mais elle avait été contente qu'il soit venu.

Et la nuit, donc… En dépit de toutes ses bonnes résolutions de ne plus céder à ses avances… elle y avait cédé. Et ne le regrettait pas !

Cela dit, étant donné l'effet que Cooper avait sur elle, était-il raisonnable d'espérer pouvoir résister à son attrait ?

Elle avait beau tourner le problème dans tous les sens, Cooper ne lâcherait pas l'affaire de sitôt, et… elle n'avait pas vraiment envie qu'il lâche l'affaire non plus.

De plus, c'était tellement agréable de se réveiller à ses côtés, de l'entendre respirer, de sentir son bras autour d'elle et sa main reposant sur son ventre, le cocon de leurs jumeaux.

Elle frissonna en sentant ses lèvres lui chatouiller le cou.

— Salut, Miss Météo. Bien dormi ?

— Comme un charme.

— Je pense que je pourrais m'y habituer. Et toi ?

— En effet, ce n'est pas désagréable, avoua-t-elle, sentant que la discussion allait vite glisser vers un terrain miné.

— Tu pourrais emménager avec moi.

— Pas question.

— Tu n'aimes pas ma maison ?

— Si, beaucoup.

— Alors où est le problème ?

— Cooper, on en a déjà parlé.

À cet instant, leurs deux téléphones sonnèrent. Il s'agissait de notifications d'alerte : une tempête de pluie verglaçante imprévue venait de prendre la région par surprise.

Une fois qu'il eut pris connaissance des informations, Cooper se tourna vers elle pour l'embrasser.

— Je vais me doucher, lancer le café et nous préparer un petit déjeuner, dit-il. Prends ton temps, j'ai des appels à passer.

Elle le regarda, étonnée, pensant qu'elle serait la seule sur le qui-vive.

— Mais… on est dimanche, lui fit-elle remarquer.

— Et alors ?

— J'ignorais que tu travaillais le dimanche.

— C'est parce que tu ne t'intéresses pas assez à moi ! La moitié de l'État est en alerte rouge à cause de l'orage de pluie verglaçante. J'ai des puits en activité dans la zone et je veux m'assurer que mes équipes ne sont pas en danger.

C'était un homme responsable, songea-t-elle, émue malgré elle.

Il avait manifesté un intérêt incessant pour elle et ses activités, mais elle ne s'était jamais vraiment intéressée à ce qu'il faisait. Depuis le départ, elle le considérait uniquement comme un riche héritier d'une grande famille du pétrole qui avait un grand bureau dans la Tour Barron d'Oklahoma City.

Mais en y réfléchissant, elle avait fait sa connaissance dans une zone d'ouragan où il était allé prêter main-forte à ses équipes. Ensuite, quand elle l'avait retrouvé, il avait été recruté pour aider les secouristes du comté. Elle l'avait vu organiser une mission pour protéger son équipe d'un feu de végétation et conduire un bulldozer pour sauver du bétail.

En fin de compte, elle savait peu de choses sur lui. Il était beaucoup plus actif qu'elle ne le pensait. Il aimait les missions physiques, et pas uniquement dans un lit, et il aimait se servir de ses mains pour se rendre utile, et pas uniquement dans un lit.

À en juger par la façon dont il se souciait de ses équipes, d'elle et de leurs bébés, il savait se montrer attentionné sur tous les fronts, aussi bien dans sa vie professionnelle que dans sa vie privée. Et plus elle le côtoyait, plus elle était attirée par son style de vie.

N'était-ce pas le moment de lui donner une chance et de céder à l'une de ses requêtes ?

- 15 -

Cooper était dans la cuisine quand Britt rentra de sa journée de travail.

— Tu es de nouveau partie sans me dire au revoir ce matin, dit-il, tentant de masquer au maximum sa contrariété.

Pourtant, au bout de deux mois, il aurait dû être habitué. Quand elle avait emménagé chez lui, il s'était dit que l'un des plus beaux moments de la journée serait de se réveiller à ses côtés. Sauf qu'elle avait la fâcheuse habitude de prendre la poudre d'escampette à l'aube. Chaque fois qu'il trouvait le lit vide, il commençait la journée de mauvaise humeur, ce qui ne lui ressemblait pas.

Après les trois jours de tempête de glace en janvier, la majeure partie de la garde-robe de Britt avait migré dans son dressing à lui, ainsi que d'autres objets personnels. Britt vivait sous le même toit que lui, mais elle refusait de reconnaître qu'elle vivait « avec lui ». Il avait parfois du mal, avec le raisonnement des femmes.

— J'avais un rendez-vous de bonne heure et je ne voulais pas être en retard, expliqua-t-elle, croisant les bras sur son ventre de plus en plus protubérant, l'air méfiant.

— Parce que cela te mettrait beaucoup en retard de me réveiller pour me donner un baiser et me dire au revoir ?

Il vit ses joues rougir.

Il aimait avoir cet effet sur elle, même si dans le cas présent, elle était rouge d'énervement.

— Cooper, tu ne t'arrêtes jamais à un baiser.

— Ah non ?

— Non. Si j'ai le malheur de te donner un baiser, tu commences à me caresser et…

— Et ?

Il adorait jouer à ce petit jeu avec elle.

— Et je me retrouve nue, et en retard. Je ne suis pas chef, contrairement à toi. Je ne suis même pas à temps plein et je ne peux pas me permettre des écarts de conduite. De plus, j'ai pas mal de route pour aller à l'université.

— Dans ce cas, j'ai la solution toute trouvée. Épouse-moi et arrête de travailler.

Ah. Il n'aurait peut-être pas dû dire ça, à en juger le regard que Britt lui jeta.

— Cooper, arrête ça tout de suite. Ce n'est pas parce que…

— Je t'aime, dit-il pour la faire taire.

Son regard s'attendrit et il eut le cœur plein d'espoir jusqu'à ce qu'elle réplique :

— Moi je ne t'aime pas.

— Tu finiras par m'aimer.

— Autant abandonner et t'épargner des déconvenues.

— Tu n'as pas encore compris que je n'étais pas du genre à abandonner ?

Elle leva les yeux au ciel de manière exagérée.

— Tu as faim ? demanda-t-il.

Elle le regarda, interloquée.

— Quoi ?

— Tu veux que je cuisine ou tu veux sortir ?

— Quand tu changes de sujet, tu ne fais pas les choses à moitié. Moi aussi, je peux faire à dîner.

— Tu as l'air fatiguée. Repose-toi, je m'en occupe.

— Tu as changé de sujet car tu perdais du terrain, lui fit-elle remarquer.

— Pas du tout. Mais tu as l'air fatiguée.

— Et tu essaies de m'amadouer en me dorlotant.

— C'est ça ! Est-ce que ça marche ?

— Non. Peut-être.

Peut-être ? Pour l'instant, il s'en accommoderait.

Britt s'installa sur un ballot de paille dans l'écurie de Cooper. Le mois de mars était passé à la vitesse de l'éclair et avril était arrivé en grande pompe. C'était agréable de voir Cooper s'occuper du ranch et de profiter du beau temps.

En ce moment, il brossait un grand cheval gris et elle se régalait du spectacle. Il portait un T-shirt qui moulait ses biceps à merveille, et un jean qui mettait en valeur son derrière de star.

Pourquoi était-il aussi séduisant ?

Pourquoi était-il aussi gentil et attentionné ?

Pourquoi ne pouvait-il pas se comporter en goujat au lieu de mettre son cœur en péril ?

Même s'ils continuaient à passer des moments merveilleux au lit, elle ne pouvait s'ôter de l'idée qu'ils n'avaient rien en commun et que leur couple était voué à l'échec. Un homme et une femme ne se mariaient pas sous prétexte qu'ils allaient être parents.

En attendant de savoir ce que l'avenir leur réservait, elle voulait profiter de ces moments d'intimité avec Cooper, avant l'arrivée des bébés.

C'était un régal de contempler ce bel homme au teint hâlé et aux bras musclés, qui était tout sauf un goujat. Hélas.

Car c'était bien là le problème.

Les hommes comme lui étaient aussi rares que les licornes ! Alors pourquoi avait-elle autant de mal à accepter d'unir leurs destinées ?

— Comment s'appelle-t-elle ? s'enquit-elle, désireuse de mettre ses questions existentielles de côté.

— C'est un mâle. Il s'appelle Tramp.

— Tramp, entendu.

— Il y a trois sortes de chevaux. Les juments, c'est-à-dire les femelles.

— Merci ! Ça, je le savais.

— Les étalons.

— Les mâles, je sais.

— Et les hongres, qui sont des étalons qui ont été castrés.

— C'est bizarre, quand les chiens sont castrés, on les appelle encore des chiens.

— C'est la même chose pour le bétail. Un taureau castré est un bouvillon.

— Je ne savais pas que l'on castrait aussi les bovins.

— En fait, le veau qui n'est pas castré devient un taureau à un an, aussi appelé « taurillon », alors que le veau castré devient bouvillon puis bœuf.

— Arrête ! J'ai la tête qui va exploser !

Cooper fit le tour de Tramp pour brosser l'autre côté.

— Dommage, j'allais aussi t'expliquer comment ça marche avec les génisses, les poulains et les pouliches, dit-il en riant.

Elle se boucha les oreilles.

— Cooper, tais-toi, s'il te plaît !

— Fais-moi taire, répliqua-t-il sur un ton coquin.

— C'est exactement ce que je comptais faire, répondit-elle sur un ton tout aussi coquin en s'approchant de lui.

Quelques jours plus tard, Britt entrait dans la maison, alléchée par une odeur sucrée. Pénétrant dans la cuisine, elle surprit Cooper une cuillère à la bouche.

— Tu m'en as laissé ? demanda-t-elle.

Cooper baissa les yeux, le regard coupable.

Elle tenta de se retenir mais finit par sourire face à son visage penaud désarmant.

Le plat était vide et le pot de glace à la vanille aussi.

Il avait mangé tout le crumble à la pêche !

Il descendit du tabouret et alla droit vers le réfrigérateur.

— Assieds-toi, Miss Météo. Tu dois faire un vrai repas.

Britt poussa un soupir de frustration mais obtempéra néanmoins tout en salivant à la vue du bol qu'il avait laissé sur le comptoir. On pouvait y voir des traces de glace fondue et de compote de fruits. Voilà tout ce qui restait du crumble à la pêche que Katherine avait apporté pour elle. Pas pour Cooper. La mère de Cooper l'avait appelée pour lui dire qu'elle allait déposer son dessert préféré.

Et il avait tout mangé !

Elle passa la main sur son ventre. L'un des jumeaux utilisait sa cage thoracique comme un ring.

Cooper déposa une salade composée devant elle.

— Si tu manges tout, tu auras un dessert, dit-il avant de retourner dans le réfrigérateur pour lui montrer qu'il y avait encore tout un plat de crumble à la pêche.

— Monsieur est farceur.

— Plus qu'on ne le croit.

Rassurée de savoir qu'elle aurait un bon dessert, elle se concentra sur le plat principal. Elle fut impressionnée par la présentation artistique de son plat. Les œufs mollets avaient été coupés en quatre et disposés en étoile, le jambon de parme était disposé en petits rouleaux, et les légumes avaient été finement coupés. Pour compléter, Cooper déposa un panier avec des petits pains chauds sur le comptoir.

Pour un homme qui semblait être un célibataire invétéré, il faisait attention à son régime alimentaire en composant des menus équilibrés.

Elle pensait que s'il faisait aussi attention à ses repas, c'était d'une part parce que la santé de ses enfants était en jeu, et d'autre part, parce qu'elle avait eu le malheur de lui avouer que lorsqu'elle était seule, elle se nourrissait exclusivement de plats tout prêts et de menus de fast-food.

Depuis qu'elle avait emménagé chez Cooper, ils mangeaient souvent chez lui, et la plupart du temps, c'est lui qui cuisinait. Elle aurait pu facilement s'y habituer et ne plus se poser de questions, mais elle n'y parvenait pas. Dans son esprit, son passage chez Cooper restait temporaire.

Lucifer apparut et poussa un petit miaulement. Un salut de chat, sans doute.

Elle laissa tomber un morceau de jambon qui n'eut pas le temps d'atteindre le sol car Lucifer s'en empara aussitôt. Content de sa pêche du jour, il prit place sous le siège de Britt, à l'affût.

— Ne donne pas à manger au chat, lui dit Cooper. Il a son bol.

— Oui, chef.

— N'oublie pas que si tu n'es pas sage et que tu ne finis pas ton assiette, tu n'auras pas droit à ton dessert.

— Oh ! mais je n'oublie pas.

Rien ne pourrait distraire son attention du crumble à la pêche qui l'attendait au four. Après, ils pourraient passer à autre chose…

Cooper ne regrettait pas d'avoir accroché une balançoire dans son jardin. À l'origine, il avait pensé que ses neveux et nièces pourraient s'en servir. En réalité, peu d'enfants s'étaient servis de cette balançoire. Aujourd'hui, il récoltait le fruit de son idée. Britt, vêtue d'une ample robe à fleurs, se balançait doucement et semblait ravie.

Comme elle ne lui demandait pas de la pousser, il s'assit sur l'un des fauteuils de jardin tout en continuant de contempler la femme avec qui il voulait faire sa vie.

Le soleil disparut alors que des nuages gris s'amoncelaient à l'horizon. Le vent tourna, transportant des odeurs de pluie et d'ozone.

Instinctivement, Britt ralentit la cadence jusqu'à ce que la balançoire s'immobilise et qu'elle puisse descendre.

— Où est mon téléphone ? demanda-t-elle en s'avançant vers lui.

Il le tira de sa poche et le lui tendit.

Alors qu'elle vérifiait ses messages, les premières grosses gouttes se mirent à tomber. Cooper entraîna Britt vers la maison. Le temps qu'ils arrivent devant les portes-fenêtres de leur chambre, ils étaient trempés jusqu'aux os.

Riant comme des enfants, ils se précipitèrent à l'intérieur et allèrent directement dans la salle de bains.

Cooper entoura Britt d'une grande serviette et en prit une autre pour envelopper ses longs cheveux.

— Et toi ? s'enquit-elle.

— Ne t'inquiète pas pour moi. Je veux te mettre au sec car je ne veux pas que tu attrapes froid. Tu es plus sucrée que moi, donc tu as plus de chance de fondre, précisa-t-il avec un clin d'œil.

Il lui enroula la serviette autour des cheveux sans la quitter des yeux. Son expression était plus douce, tellement douce qu'il aurait voulu plonger dans ses yeux moelleux.

— À quoi penses-tu, Britt ?

— Pourquoi es-tu si gentil avec moi ?

— J'ai déjà répondu à cette question.

— Tu ne devrais pas être aussi attentionné avec moi.

— Pourquoi ? demanda-t-il, interloqué.

— Parce que je vais finir par t'aimer et je ne veux pas.

— J'espère que tu m'aimes quand même un peu.

— Je ne sais pas si je peux t'aimer. J'ai peur.

Il la prit par les épaules et recula d'un pas pour mieux la voir et plonger son regard dans le sien.

— Britt, de quoi as-tu peur ?

— Je n'arrête pas de penser à cette autre femme.

— N'y pense plus, dit-il en prenant son visage entre ses mains pour venir déposer un baiser sur ses lèvres.

— Mais…

— Je te montrerai le test ADN, si cela peut te rassurer. Je te promets que tu es la seule femme à porter mes enfants.

Elle recula d'un pas, sans le lâcher des yeux.

— Es-tu sûr de vouloir les jumeaux ?

Sa voix tremblait. Elle avait l'air si fragile, à cet instant. Aux antipodes de la chasseuse d'orages intrépide.

Sans répondre, il la serra quelques instants contre lui puis il lui enleva ses vêtements mouillés, l'habilla d'un T-shirt à manches longues à lui et la déposa sur le lit. Puis il ôta ses vêtements trempés, se sécha, enfila un caleçon et la rejoignit.

Ils restèrent allongés, lovés l'un contre l'autre, à écouter le bruit de la pluie, le craquement des éclairs venant parfois éclairer la pièce et le grondement du tonnerre.

Il la caressa doucement, profitant du calme et de leur intimité.

Sentant que le moment était venu, il prit la parole :

— J'ai six cousins qui ont le même père mais trois mères différentes. Et j'ai six frères. La famille, c'est très important pour nous. J'étais avec Cord quand il a appris l'existence de son fils, CH. Il était désolé d'avoir raté autant d'années de sa vie, mais il a pardonné à Jolie, et aujourd'hui ils sont très heureux. Deacon, lui, se fichait pas mal de ne pas être le père biologique de Noelle, et il est devenu son père dès qu'il l'a prise dans ses bras. Pareil pour Tucker. Il se fichait que Zoe attende l'enfant d'un autre homme. Il aime Zoe de tout son cœur, et Nash est comme son fils. Comment peux-tu imaginer que je puisse ne pas vouloir de nos bébés ?

— Vous êtes spéciaux, dans ta famille !

— À qui le dis-tu !

— Et vous avez tous très bien réussi.

— Je dirais que c'est lié à la rivalité entre frères. Mais finalement, je suis le seul sans don réel.

— Tu oublies ton don pour sauver les chasseuses d'orages.

— Ah, c'est vrai ! Je n'oublierai pas de le dire lors de mon prochain entretien d'embauche.

Il s'installa de sorte que la tête de Britt repose sur son épaule et qu'ils puissent tous les deux regarder la pluie tomber par la fenêtre.

Un silence confortable s'installa dans la chambre, les enveloppant comme un cocon rassurant.

Quand la pluie cessa de tomber en trombe, les odeurs montèrent du jardin par la fenêtre ouverte, surtout le parfum de chèvrefeuille.

L'orage s'éloignait, les grondements faiblissaient, et le déluge se transforma petit à petit en crachin.

Bientôt la pénombre s'installa mais Cooper n'alluma pas la lumière.

— J'adore cette odeur de pluie et de chèvrefeuille, ça me fait penser au printemps, murmura Britt.

— La pluie et le chèvrefeuille me feront toujours penser à toi.

— Arrête de dire des choses comme ça.

Elle leva la tête et se tordit le cou pour le regarder avant d'ajouter :

— Arrête d'être adorable avec moi.

— Si tu me trouves adorable, c'est bon signe.

- 16 -

Il fallait toujours se méfier du calme avant la tempête.

Ils avaient passé un printemps très agréable, placé sous le signe de la clémence météorologique. Mais les intempéries allaient bon train et Cooper se rendit compte qu'il était allé trop loin en interdisant à Britt de partir à la chasse au cataclysme.

— Tu n'as aucun droit de me dire ce que je peux et ne peux pas faire ! C'est la saison des orages, et mon boulot c'est d'aller sur le terrain.

— Mais tu es enceinte !

— Belle déduction, Sherlock ! rétorqua-t-elle, hors d'elle.

— S'il te plaît…

— Cooper, arrête. Je suis en bonne santé et tout à fait capable d'aller sur le terrain. Mon médecin m'a donné le feu vert et la chaîne aussi.

Il s'apprêtait à la contrer mais elle l'en empêcha.

— Je conduis mon pick-up, je reste dans mon pick-up. J'analyse les résultats. Léo sera avec moi. Il a son permis. L'accouchement est prévu pour juin, on est en avril et le médecin a dit que je pouvais travailler jusqu'à ce que je perde les eaux.

Cooper résista à l'envie de se boucher les oreilles et de chanter « la-la-la-la-la » comme un enfant de six ans qui ne veut pas écouter ses parents.

Ravalant sa colère, il tenta une approche plus factuelle.

— Le médecin a aussi dit qu'avec des jumeaux, bien

souvent, l'accouchement arrive avant le terme, dit-il. Que se passerait-il si tu perdais les eaux au milieu de nulle part ? Tu ne penses pas que c'est raisonnable de ma part de m'inquiéter ?

— Toutes les villes ont un hôpital et des médecins.

— Mais pas *ton* médecin.

Elle poussa un soupir d'agacement.

— Je ne veux pas me battre avec toi, mais que les choses soient claires, Cooper. Je ne t'appartiens pas, et tu ne diriges pas ma vie. Tu ne peux pas me dire ce que je dois faire ou pas, que ce soit au niveau de mon travail ou de mon corps.

— Britt, ce sont aussi *mes* bébés. Pourquoi tu ne comprends pas que je veux simplement m'assurer que vous soyez en sécurité ?

Il lui prit le visage dans les mains.

Elle le regarda dans les yeux, froidement.

— L'idée de ne pas savoir où tu es ou de ne pas pouvoir te rejoindre me rend fou. Imaginer qu'il puisse t'arriver quelque chose de grave, c'est encore pire.

L'expression de Britt s'adoucit légèrement, mais il sentait que sa colère était encore très présente.

— Tu me rends folle, Cooper.

Elle enleva ses mains de son visage.

— Le fait que je porte des bébés et que mon corps soit un désastre hormonal ne fait pas de moi quelqu'un de différent ou de moins capable.

— Britt, je n'ai jamais dit une chose pareille. Mais là, ça n'a rien à voir avec tes capacités intellectuelles ou autres. Tu n'es plus toute seule. Il s'agit aussi de nos bébés. Il y a deux autres vies qui dépendent de toi. Trois, avec moi. Je veux t'épouser. Je veux que tu sois ma femme. Je veux que l'on élève nos enfants ensemble, et peut-être même que l'on pourrait en avoir d'autres, si tu te sentais prête à retenter l'aventure.

— Arrête de me parler de ce que tu veux, et sois un peu plus à l'écoute de ce que je veux moi ! s'exclama-t-elle, au comble de la colère.

Il allait répondre quand son téléphone sonna.

Comme c'était le travail, il répondit tout en réprimant l'envie de jurer. Cette femme le rendait folle !

Il écouta ce qu'on lui disait puis répondit sèchement car il voyait que Britt allait partir :

— Quelqu'un d'autre peut s'en charger.

Il écouta de nouveau son interlocuteur alors que Britt tentait d'attirer son attention.

— C'est fini, Cooper, dit-elle simplement dans un murmure presque inaudible.

Puis elle tourna les talons et se dirigea vers la chambre qu'ils partageaient depuis des mois. Avec un peu de chance, elle s'allongerait, les pieds sur un oreiller, et réfléchirait. Sinon, le temps qu'il arrive, elle serait déjà en train de faire ses valises.

Après avoir terminé son appel, il alla la rejoindre.

Elle était sous la douche. Peut-être que c'était de bon augure et qu'elle avait décidé de l'écouter. Il frappa légèrement à la porte de la salle de bains et cria pour couvrir l'eau qui coulait.

— Je dois me rendre sur l'un des puits ! Je serai de retour dans quelques heures !

Elle ne répondit pas.

Il eut envie de lui demander si elle serait là à son retour mais se ravisa et changea de point de vue.

— Je peux te laisser seule ?

Une voix étranglée s'éleva de la douche, et il comprit qu'il était allé trop loin.

Il devait lui laisser le temps de réfléchir, mais pas trop longtemps quand même. Son souhait le plus cher était de l'épouser avant la naissance de leurs bébés.

Une fois le portail électrique ouvert, il regarda dans le rétroviseur en se demandant si Britt serait là à son retour.

Britt envisagea de rester sous la douche jusqu'à ce qu'il n'y ait plus d'eau chaude. Puis elle se rappela que la maison était équipée d'un réservoir d'eau qui pouvait être chauffée à tout moment. Or elle ne comptait pas passer la journée ici.

Voyant qu'elle avait déjà passé vingt minutes sous la douche, elle décida que c'était suffisant. Elle éteignit l'eau et écouta.

Le silence régnait dans la maison.

Elle s'enveloppa dans un drap de bain et regagna la chambre sur la pointe des pieds pour voir comment la situation se présentait.

Cooper n'était pas là.

Poussant un soupir de soulagement, elle termina de se sécher, se brossa les cheveux et s'habilla. Ces derniers temps, ses tenues consistaient en des bas de yoga en stretch et des T-shirts amples.

Dans la penderie, elle prit son grand sac de voyage à roulettes et commença à rassembler ses affaires. Elle se rendit compte que la plupart des T-shirts qu'elle portait appartenaient à Cooper. Elle adorait porter ses T-shirts mais elle ne pouvait pas les emporter. Si elle voulait couper les ponts, elle n'avait pas le choix.

Il était allé trop loin en voulant lui interdire de faire son travail. Sa grossesse ne l'empêchait pas de travailler. Tout le monde était d'accord sur ce point, hormis Cooper Tate. Ce goujat vieux jeu qui pensait que deux personnes devaient absolument être mariées pour élever un enfant.

N'importe quoi !

De plus, elle se sentait tout à fait capable d'être mère célibataire. Même avec des jumeaux.

Cooper lui donnerait une pension alimentaire. Il l'avait déjà ajoutée à sa police d'assurance maladie, à la plus grande joie de la responsable des ressources humaines de la chaîne. Il payerait pour la crèche et les écoles.

Elle ne s'en faisait pas pour le côté financier.

Quant au reste… Il était tellement macho qu'il s'attendait peut-être à ce qu'elle reste à la maison pour élever les enfants et s'occuper des repas et du ménage ?

Cette pensée l'arrêta dans son élan.

Non, pour être honnête, il n'avait jamais fait allusion à un scénario pareil. Et jamais il ne lui avait interdit de travailler. Il voulait simplement qu'elle travaille en toute sécurité. À l'intérieur, de préférence. Il n'avait jamais parlé non plus de lui interdire de reprendre sa chasse aux orages après la naissance des jumeaux.

Cooper ne voulait pas l'empêcher de se livrer à sa passion, il ne voulait simplement pas qu'elle prenne de risques et qu'elle mette les jumeaux en danger. Il lui avait aussi dit qu'après la naissance des jumeaux, elle devrait en profiter pour prendre du temps pour finir sa thèse. Ce qui, ma foi, était assez raisonnable.

En cet instant précis, elle prit conscience qu'à sa façon, il la soutenait dans ce qu'elle faisait. C'était attentionné de sa part de lui proposer de prendre le temps de finir ses études, d'autant qu'elle avait très envie d'être le Dr Brittney Owens, professeure en météorologie.

Elle était tellement absorbée dans ses pensées qu'elle sursauta quand le chat vint se frotter à elle.

— Lucifer ! Tu m'as fait peur !

Ignorant l'animal, elle reporta son attention sur sa garde-robe. Comment autant de ses vêtements avaient pu atterrir dans le dressing de Cooper ? Ce n'est pas comme si elle avait emménagé chez lui… Enfin, si, mais pas vraiment.

Il avait tout fait pour la convaincre que c'était ce qu'il y avait de mieux pour tous les deux. Et il avait tout fait pour que tout se passe pour le mieux.

Comment ne pas se laisser charmer par un environnement pareil ? La maison était magnifique, située dans un endroit privilégié, entourée de verdure avec des vues imprenables sur Oklahoma City. Ils avaient passé de nombreuses soirées sur la terrasse couverte à admirer le paysage nocturne. Tout était beau, confortable. Trop.

Ce n'était pas son monde. Il était temps de rentrer chez elle. Elle s'arrangerait pour récupérer le reste de ses affaires un autre jour. Aujourd'hui, elle ne prendrait que son gros sac à roulettes en tentant de ne pas se faire mal en le mettant dans son pick-up.

Elle mit l'alarme, sortit et referma la porte en utilisant le boîtier électronique.

Elle eut un pincement au cœur. Faisait-elle une erreur ?

Non. Pour l'heure, l'important était de s'extraire de cette situation qui ne lui convenait pas.

Cooper ne la croyait pas capable de prendre soin des bébés, et elle n'avait aucune envie d'avoir une relation avec un homme qui ne lui faisait pas confiance.

Et de toute façon, ils n'étaient pas d'accord sur beaucoup de choses et ils se disputaient trop pour former un couple, ou même être amis.

Le seul point positif, c'était leur entente sexuelle. Elle était tellement…

Mais ce n'était pas le moment de penser à ça.

Cooper savait pertinemment l'effet qu'il avait sur elle, et si elle le laissait faire, elle craignait de perdre son indépendance et son individualité. Elle avait une vie à vivre et elle serait bien mieux sans lui.

Du moins, c'est ce dont elle essayait de se convaincre.

- 17 -

Cooper ne savait plus quoi faire.

Deux semaines. Cela faisait deux semaines que Britt était partie. Elle refusait ses appels et avait bloqué ses messages. Quelle femme têtue !

Une grande partie de sa garde-robe était encore dans la partie du dressing qu'il avait libérée pour elle. Dans un esprit revanchard, il avait demandé à Bridger de mettre des codes dans le système d'alarme pour recevoir une notification au cas où elle chercherait à revenir prendre ses affaires quand il n'était pas là. Lui aussi pouvait se montrer têtu.

Démuni face à la situation, il était prêt à demander à Chance de déposer le dossier de garde partagée pour être sûr d'avoir le droit de s'occuper de ses jumeaux après leur naissance.

Dans l'ensemble, il faisait tout pour garder son calme, mais la conversation avec son frère Bridger fut la goutte d'eau qui fit déborder le vase.

— Coop, on doit parler de Britt.

— Pas question de tomber dans ce piège ! s'exclama-t-il en frappant dans le mur.

— Frérot, tu es déjà tombé dans le piège et tu vas droit dans le mur. Comme tu viens de le prouver. Reconnais que la situation ne mène nulle part.

Bridger avait raison.

La situation était hors de contrôle et le chaos menaçait d'exploser à tout moment.

Et sa main saignait. Quel idiot !

— C'est la mère de mes enfants, marmonna-t-il. J'ai un devoir envers elle.

— Et tu as un devoir envers toi. As-tu vraiment envie de t'unir à une femme qui ne veut pas de toi ? Une femme qui est peut-être en train de se servir de toi et qui est sûrement en train de te mentir ?

— Elle n'a aucune raison de me mentir ! Elle ne savait pas que le préservatif était percé. Et les dates correspondent. Je suis le seul homme dans sa vie, en ce moment.

— Sois honnête envers toi-même, Coop. Le vrai problème c'est que tu es tombé amoureux d'une femme à qui tu ne peux pas faire confiance.

— Bridger, arrête.

— Non, je vais continuer. Mais d'abord, je vais chercher de la glace pour ta main.

Bridger ne tarda pas à revenir, et Cooper regarda son petit frère jouer à l'infirmier avec lui.

— Pour en revenir à nos moutons, je pense que tu devrais tirer les enseignements du passé, reprit Bridger. Regarde Hunter.

Le rappel de l'expérience de son frère aîné eut l'effet d'une douche écossaise pour Cooper.

Hunter était tombé amoureux d'une femme qui n'était pas digne de lui, et quand il avait découvert qu'elle l'avait trahi, il s'était refermé sur lui-même.

Cooper continuait à fixer ses pieds, l'esprit assailli de pensées qui s'entrechoquaient en un amas confus.

Il ne devait rien à Britt. D'autant qu'elle refusait tout contact avec lui et qu'il ne semblait pas l'intéresser.

Seulement voilà, Bridger avait raison.

Il était tombé amoureux d'elle.

Sa colère s'estompa légèrement.

— Dis donc Bridger, tu es un petit malin. Je ne savais pas que tu étais aussi perspicace.

Son frère sourit.

— C'est grâce à mes frères aînés, expliqua-t-il. Vous faites des erreurs, moi je prends des notes et du coup, je m'en tire plutôt pas mal.

Cooper n'aimait pas le sourire satisfait qu'arborait son frère, mais c'était de bonne guerre.

Il s'adossa au canapé, les yeux clos, la douleur dans la main lui causant de vifs élancements.

— Je peux être honnête, Cooper ?

Il entrouvrit un œil.

— Si je te dis de la fermer, tu le feras ? s'enquit-il.

— Non.

— Alors vas-y, je t'écoute.

— Pourquoi c'est aussi important ?

— Qu'est-ce que tu veux dire ?

— Je veux dire que tu connais à peine cette femme. OK, elle a vécu quelques mois chez toi, mais ce n'est pas comme si vous aviez beaucoup de choses en commun. Vous avez les bébés, je sais, mais si tu finis par l'épouser, à ta place, je ferais un contrat de mariage pour te protéger, sinon tu pourrais te retrouver sur la paille.

La théorie de son frère le fit réagir. Il se redressa.

— Je n'ai pas besoin d'un contrat de mariage, affirma-t-il.

— Cette femme ne veut pas de toi.

— Cette femme porte *mes* jumeaux.

— Mais elle a tout fait pour t'exclure de sa vie, pourquoi tu t'accroches à elle de manière aussi obstinée ?

— Je te répète : elle porte mes jumeaux.

— Tu n'es pas assez méfiant, mon vieux. C'est peut-être un piège. Son but est peut-être de te fuir pour te faire mijoter et attendre que tu sois aux abois et que tu lui manges dans la main ?

— Arrête. Elle n'est pas comme ça.

— Permets-moi d'en douter. Et permets-moi de douter de ta capacité à prendre du recul par rapport à la situation. Je pense qu'elle t'a ensorcelé.

— Peut-être, marmonna Cooper, fatigué de cette discussion qui l'embrouillait encore plus. Mais je tiens à elle plus que tout au monde.

Son frère, visiblement à court d'arguments, ne relança pas le débat.

Cooper soupira. Il avait besoin d'un peu de silence.

Il jura quand la sonnerie de son téléphone retentit.

Il ignora l'appel.

Une minute plus tard, l'Interphone sur son bureau sonna.

Il ignora également l'appel.

Deux minutes plus tard, Nikki passa la tête dans l'embrasure de la porte.

— Vous devez répondre au téléphone, Cooper. Votre frère est au bord de l'hystérie.

— Quel frère ?

— Tucker. Il m'a parlé de Zoe et Britt.

Son téléphone portable sonna de nouveau, et il répondit aussitôt.

— Tucker ?

— Cooper ! Enfin ! Tu savais que Britt avait emmené Zoe en mission dans son pick-up de compétition ?

— Quoi ? Non, je ne savais pas. Mais pourquoi ?

— À ton avis ? Je suis hors de moi. Que peut-on faire ?

Britt s'arrêta sur le bord de la route pour vérifier son ordinateur. À l'arrière du pick-up, Zoe était aux anges. Leo lui avait dit qu'il n'était pas convaincu par le bien-fondé de l'opération mais il était néanmoins impressionné par la présence de la chanteuse car il était lui aussi un grand fan.

Au loin, Britt vit un arcus. C'était un nuage en rouleau formant un tube géant. Une supercellule pouvait se former à tout moment.

Leo était au téléphone avec la chaîne. Dave faisait des points météo réguliers et Britt pourrait bientôt passer à l'écran en direct. Tout était prêt.

Zoe passa la tête entre les deux sièges.

— Je promets de me taire quand tu seras à l'écran, mais je voulais juste dire que je suis vraiment super contente que tu m'aies contactée, Britt, dit-elle. En plus, ça tombait bien car j'étais justement de passage dans la région. Mes amis de Nashville vont être jaloux.

— Si cet orage se transforme en supercellule, tu auras quelque chose à raconter, c'est certain ! répondit Britt en riant.

Dans les heures qui suivirent, ils changèrent plusieurs fois d'endroits en empruntant des petites routes et même parfois des pistes, bravant les rafales, les trombes d'eau et s'approchant toujours plus près de l'énorme orage qui se préparait à l'horizon.

Britt était au volant, observant le front orageux tout en restant à l'écoute des indications de Leo qui suivait le système GPS. Quant à Zoe, elle s'amusait à prendre des photos pour les poster sur Instagram.

— Britt, on est dans une zone avec des ranchs donc on pourrait se retrouver coincés, lui fit remarquer Leo.

— Mais non, ça va aller. Je ne veux surtout pas rater ça.

Quelque chose tomba sur le toit. Puis très vite, le pick-up fut criblé de grêlons qui tombaient de plus en plus dru.

Britt continuait à rouler en parlant à Dave.

— On est au milieu d'une tempête de grêle. Au début c'étaient des petits pois, mais maintenant, les grêlons sont quatre fois plus gros. Non, attends. Tu vois les images de Leo ? On dirait plutôt des balles de golf.

— Britt, il se passe quelque chose dans la zone sud-ouest,

intervint Ria. Vous pouvez vous y rendre ? Attention, les données indiquent des vents de cent vingt kilomètres/heure pour le moment. S'il y a un courant d'air ascendant, tu sais ce que ça pourrait donner.

— On y va ! répondit Britt sans réfléchir ni consulter Leo.

Elle ne prit pas la peine de faire demi-tour. Leur véhicule était le seul sur cette section donc elle fit marche arrière jusqu'à l'intersection suivante. Elle prit la route en direction du sud jusqu'à tomber sur un embranchement pour les amener vers l'ouest.

C'est là qu'elle vit comment l'orage se présentait. Une énorme supercellule semblable à un vaisseau spatial géant planait au-dessus des plaines de l'ouest de l'Oklahoma. La structure nuageuse tournait sur elle-même tandis qu'une pluie diluvienne tombait au centre.

Le courant ascendant était clairement visible.

— Leo, dis-moi que tu es en train de filmer cette merveille.

— Britt, on reçoit les images de Leo en direct, intervint Dave.

Puis ce dernier reprit son intervention en studio à l'attention des téléspectateurs :

— « Sachez que cet orage paraît aussi dangereux que les tornades Moore EF-4 et EF-5. Vous devez prendre vos précautions et vous mettre à l'abri au plus vite. Si vous… »

Britt décrocha, préférant reporter son attention sur les écrans de son tableau de bord. Elle gardait un œil sur le radar et un œil sur l'orage devant eux. Elle avait eu l'occasion d'étudier cette formation, courante dans l'Oklahoma, et elle savait à quoi s'attendre.

Elle s'arrêta en haut d'une colline pour faire le point. De là où ils étaient, ils voyaient des montagnes Wichita jusqu'à Lawton et encore plus loin, Oklahoma City. L'orage avait pas mal de terrain à couvrir avant de toucher la ville mais elle était prête à parier qu'il viendrait la chatouiller, d'une façon ou d'une autre.

Une rafale de vent d'une force phénoménale secoua le pick-up.

Britt vérifia l'instrument de mesure puis appela Ria.

— On vient d'être malmenés par une rafale à cent vingt kilomètres/heure ! La supercellule s'apprête à pondre des tornades à tout moment !

Zoe était au comble de l'excitation, Leo s'affairait à ajuster la caméra et Britt criait dans son micro Bluetooth accroché à sa ceinture de sécurité.

— Il faut prévenir les gens qu'il va y avoir des tornades multiples au sol !

- 18 -

Cooper freina brusquement. Son pick-up dérapa avant de s'arrêter sur le parking où il venait d'arriver. Son cœur battait à mille à l'heure, et il pouvait à peine respirer.

Tucker n'attendit même pas qu'il éteigne le moteur pour sortir du véhicule et claqua la portière au point de faire trembler le pick-up.

Quand Cooper les rejoignit, Britt et Zoe parlaient avec animation tandis que son frère, agrippé à Zoe, lançait des regards noirs à Britt.

Cependant, il vit que Tucker se détendait en entendant le récit enthousiaste de Zoe.

— Cela faisait longtemps que je n'avais pas vécu une telle poussée d'adrénaline ! Et je n'avais pas roulé aussi vite dans une voiture depuis la fois à Knoxville où on essayait d'échapper aux Smithees. Tu t'en souviens, chéri ? dit-elle, se tournant vers son mari, les yeux rieurs et le visage animé d'une jubilation sans borne.

Cooper avait déjà entendu l'histoire, et ce n'était pas du tout aussi dangereux que le scénario d'aujourd'hui.

Britt semblait tout aussi enthousiaste que Zoe.

Sans savoir d'où cela venait, il fut submergé par d'intenses émotions toutes nouvelles pour lui.

L'instant d'après, il vit rouge.

Sans réfléchir plus avant, il attrapa Britt par les épaules.

Il aurait eu envie de la secouer mais il se contenta de

la tenir fermement en place. En revanche, même s'il avait mesuré ses gestes, il ne put contrôler le volume de sa voix.

— Britt, tu as perdu la tête ? s'exclama-t-il.

Elle tressaillit.

Il bouillonnait de colère. Non, ce n'était pas de la colère. Enfin, pas uniquement. C'était un sentiment qui dépassait la colère.

Il avait eu peur. Terriblement peur. En voyant les conditions météorologiques dans lesquelles Britt était partie en mission, il avait été pris de terreur. Une terreur qui l'avait empêché de respirer et de penser.

Elle était là, devant lui, saine et sauve, heureuse même, et malgré tout, il n'arrivait pas à lui pardonner. Il ne comprenait pas comment elle pouvait parler de son expédition comme d'une aventure légère alors qu'elle aurait pu mourir et emporter leurs jumeaux avec elle !

— Regarde-moi ! À quoi pensais-tu ? hurla-t-il.

Elle tenta de se libérer.

— Je faisais mon travail ! rétorqua-t-elle, hargneuse.

— Ton travail ? Ton contrat t'oblige-t-il à frôler la mort à chaque fois que tu vas sur le terrain ?

— Je suis indemne.

— Tu aurais pu mourir !

Ces mots sortirent des profondeurs de son être et portaient en eux ce qu'il ressentait pour cette femme, et ce qu'elle représentait pour lui.

— Mais je ne suis pas morte !

— Tu as pensé à ce qui se serait passé si Zoe n'était pas sortie indemne de cette mission à cause de ta stupidité ?

Elle lui jeta un regard assassin.

— Je ne suis pas stupide ! rétorqua-t-elle. Je fais toujours super attention, mais parfois, il y a des imprévus, c'est tout.

— Des *imprévus* ? On parle d'une tornade de niveau F3 ! Et vous l'avez suivie à la trace, je le sais parce que je regardais les mises à jour sur la chaîne. Pourquoi tu n'as pas voulu lâcher l'affaire et te mettre à l'abri, avec tes coéquipiers ?

— Mes coéquipiers n'ont rien. Zoe a une super histoire à raconter et Leo a pris des images géniales. Hein, Leo ?

Pour une fois, son cameraman et ami, toujours très conciliant, se désolidarisa d'elle.

— Non, Britt. J'avoue que cette fois, je suis d'accord avec Cooper. On était avec toi mais c'est toi qui as pris la décision d'aller jusqu'au bout. Tu ne m'as pas consulté. Je ne suis pas un expert en météorologie, mais j'ai beaucoup appris en filmant sur le siège passager et je pense qu'aujourd'hui, c'était trop risqué et que tu nous as mis en danger.

Britt le regarda, bouche bée, stupéfaite.

— Merci du soutien, Leo ! Je pensais que l'on était une équipe soudée mais je vois en effet que comme Cooper, tu ne me fais pas confiance et tu ne me crois pas capable de faire mon travail. Mais je me fiche de ce que tu penses ! Je sais ce que je fais. C'est mon domaine. Parfois, il y a des imprévus mais on s'en est sortis. Et si tu n'aimes pas mes méthodes, je trouverai un autre cameraman !

Leo choisit de se taire.

Cooper, qui voyait bien qu'elle était hors d'elle, chercha quoi dire pour la calmer.

— Britt…

— Je vais bien, tout le monde va bien ! l'interrompit-elle. J'en ai assez de votre cinéma ! D'ailleurs, l'orage continue de gronder, mon pick-up est indemne donc je vais retourner sur le terrain. Et je ne te demande pas ton avis, Cooper, conclut-elle avant de s'éloigner.

— Britt, j'ai le droit…

— Tu n'as *aucun* droit ! Salut, répondit-elle sans se retourner.

— Mais tu portes mes bébés !

Là, elle s'arrêta et prit la peine de lui faire face.

Yeux plissés, regard furibond, joues rouges, et mains sur les hanches.

— Crois-moi, j'en suis bien consciente.

Elle n'avait pas crié, cette fois, mais sa voix était aussi tranchante qu'un rasoir. Et cela n'augurait rien de bon pour la suite de leur relation.

— Ton pick-up n'est pas indemne, Britt. La fenêtre arrière est brisée, le capot a été criblé de grêlons, et le hayon arrière est endommagé. Tu aurais pu mourir. Et tuer mes enfants. *Nos* enfants. Zoe était dans le véhicule avec toi. Ma belle-sœur. La femme de mon frère qu'il aime plus que tout. La maman de leur fils qu'ils adorent. Et Leo. Tu as pensé à sa femme et à sa famille ? Et même si tu avais été seule, tu aurais pu mourir.

Britt prit une grande inspiration. Il s'apprêta à entendre une nouvelle diatribe sur le fait qu'il n'avait aucun droit sur elle, qu'elle savait ce qu'elle faisait, et qu'elle n'avait besoin de personne, surtout pas de ses conseils.

Il décida de ne pas la laisser parler et reprit :

— Tu veux savoir à quoi je pensais pendant que je te suivais à la trace par écran interposé ? Tu veux que je te le dise ? Je me disais que j'allais vous perdre, toi et nos bébés. Je me suis imaginé en train de devoir organiser votre enterrement au lieu d'organiser notre mariage.

Il s'arrêta, les larmes aux yeux.

— J'ai fait face à mon pire cauchemar, Britt. Je me disais que je n'aurai jamais la chance de voir naître mes enfants. De les aimer. Et de te montrer mon amour, jour après jour.

Il s'arrêta, la gorge nouée par l'émotion.

Puis il regarda Britt droit dans les yeux. Elle soutint son regard sans laisser entrevoir aucune compassion.

Elle était tellement indépendante, à toujours vouloir prouver qu'elle avait raison et qu'elle pouvait tout faire toute seule. Elle ne voyait pas à quel point il l'admirait, à quel point il respectait son intelligence et sa volonté.

Tout ce qu'il voulait c'est qu'elle comprenne qu'elle ne pouvait pas se permettre, aujourd'hui, de ne penser qu'à elle et ses envies d'adrénaline.

Comme elle ne répondait pas, il décida de lui dire une dernière chose avant de partir :

— Je ne pense pas que j'aurais pu survivre si je vous avais perdus, toi et les bébés.

Britt se figea, interloquée.

En écoutant Cooper, sa colère s'était estompée pour laisser place à quelque chose qu'elle n'arrivait pas à définir.

Des remords ? Peut-être.

Elle évoluait dans un monde d'hommes et elle avait été habituée à se battre bec et ongles pour ses droits, ne comptant sur personne pour défendre ses intérêts, et cherchant toujours à faire valoir ses qualités et son indépendance.

Puis elle était tombée enceinte. Le père des enfants était un homme avec des valeurs démodées. Un homme qui prenait ses responsabilités très au sérieux et qui avait été prêt à assumer les conséquences de ses actes et les accepter.

Seulement cet homme était aussi étouffant, agaçant et insistant, si bien que si elle ne faisait pas attention, elle lui offrirait son cœur sur un plateau et il serait libre de le briser. Comme elle venait de briser le sien.

« Je me disais que je n'aurai jamais la chance de voir naître mes bébés. De les aimer. Et de te montrer mon amour, jour après jour. »

Ces mots lui avaient brûlé les oreilles et s'étaient gravés dans son esprit en lettres de feu. Il lui avait dit plusieurs fois qu'il l'aimait mais elle ne l'avait jamais pris au sérieux, rejetant ses déclarations en invoquant le fait qu'il disait cela pour la manipuler et non parce qu'il le pensait vraiment.

Elle ferma les yeux de peur de pleurer.

Malgré cette déclaration déchirante, elle avait quand même des doutes. Comment pouvait-il l'aimer alors qu'il la connaissait à peine ? Bien sûr, ils s'entendaient bien au lit et ils avaient vécu quelques mois sous le même toit. Mais comment pouvait-il être sûr de l'aimer ?

Les yeux clos, elle repensa à sa dernière phrase.

« Je ne pense pas que j'aurais pu survivre si je vous avais perdus, toi et les bébés. »

La force de l'émotion émanant de Cooper l'avait heurtée comme une rafale à cent cinquante kilomètres/heure.

C'était la déclaration la plus sincère qu'on lui ait jamais faite…

Il l'aimait. Et il aimait leurs bébés. Il ne pouvait envisager de les perdre car ils étaient son monde et que sans eux, il perdrait toute raison de vivre. Elle comprenait son sentiment puisque leurs bébés étaient tout pour elle aussi.

En rouvrant les yeux, elle vit que Cooper s'en allait.

Leo était à côté du pick-up, l'air désemparé. Et Tucker étreignait Zoe comme s'il ne voulait plus jamais la laisser s'en aller.

Sa vue se troubla alors qu'elle prenait conscience de la situation et de ce qu'elle avait fait.

— Tu as raison, Cooper. Je suis désolée.

— Qu'as-tu dit ?

Il avait murmuré la phrase mais elle contenait néanmoins un élément de dureté, comme s'il refusait de la croire.

— J'ai dit que tu avais raison et que j'étais désolée.

Cooper était sur le point de faire un pas dans sa direction mais se ravisa. Les bras ballants, son visage exprimait le trouble et le désespoir. Elle lut dans ses yeux qu'il était encore en colère.

Comment lui en vouloir ? Il avait tous les droits d'être en colère après l'épreuve qu'elle venait de lui faire traverser.

Il était temps d'assumer ses erreurs et de réparer le mal qu'elle avait fait autour d'elle.

Elle comprit que Cooper ne s'avancerait pas vers elle.

C'était à elle de venir à lui, pour toutes les fois où il était revenu vers elle et qu'elle l'avait durement rejeté.

Elle ne pouvait pas lui reprocher de ne pas la croire, après le comportement qu'elle avait eu envers lui ces derniers mois.

Lentement mais sûrement, elle fit un pas vers lui. Puis un autre. Comme si elle s'approchait d'un chien apeuré. Elle eut même envie de sourire en pensant à l'expression que l'on disait dans ces cas-là. « Tout doux. » Mais elle ne sourit pas car Cooper ne comprendrait pas.

Elle s'arrêta devant lui.

Le plus doucement du monde, pour qu'il ne s'effarouche pas, elle lui caressa le visage du bout des doigts, les yeux vissés aux siens.

— Je suis désolée, Cooper. Désolée d'avoir pris des risques inutiles et désolée de t'avoir fait vivre un cauchemar.

Il lui prit les mains et embrassa chacun de ses doigts, puis il les posa sur son torse, appuyant ses paumes contre son cœur.

Le battement était rapide, comme s'il avait couru.

— Voilà l'effet que tu me fais, Miss Météo.

Elle sourit, contente de sentir qu'elle était en train de retrouver son calme et que Cooper semblait s'être adouci.

— C'est bon à savoir, murmura-t-elle.

Il la prit dans ses bras, et elle leva les yeux vers lui.

Maintenant, c'était à son tour d'avoir le cœur qui battait la chamade.

Elle avait envie de l'embrasser, cet homme qui lui faisait perdre le nord aussi facilement, de se fondre contre lui et de le laisser l'envelopper avec la certitude qu'il serait toujours là pour la protéger.

— Épouse-moi, Britt.

Aussitôt elle se raidit.

Elle ne pouvait pas accepter qu'il cherche à la pousser dans ses derniers retranchements. Elle n'était pas prête à s'engager sur cette voie. C'était trop prématuré.

Il lui avait donné un aperçu de ses craintes, de sa vulnérabilité, et même de son amour.

Mais étaient-ils pour autant capables de mener une vie de couple alors qu'ils se connaissaient si peu ? Qu'arriverait-il au prochain obstacle ? Tout serait-il de nouveau remis en question ? Devraient-ils tout reconstruire à chaque fois ?

Non, mieux valait se retirer.

Elle s'arracha à son étreinte et tourna les talons.

— Je suis désolée, Cooper, je ne peux pas, dit-elle, rejoignant son pick-up sans se retourner.

- 19 -

Cooper regardait par la fenêtre de son bureau, les yeux dans le vide. Il reconnaissait qu'il avait fait une erreur en réitérant sa demande en mariage alors que Britt venait à peine d'avouer qu'elle était désolée de lui avait fait vivre le pire cauchemar de sa vie.

Elle était partie sans se retourner et depuis, elle n'avait pas donné de nouvelles. Et pas répondu à ses appels non plus, comme d'habitude.

Quelqu'un frappa à la porte.

— Entrez, dit-il en se levant du canapé. Jolie ?

Il ne s'attendait pas à la visite de la femme de son cousin.

— Bonjour, Cooper, dit-elle, lui offrant un sourire compatissant.

— Bonjour.

Elle entra aussitôt dans le vif du sujet.

— Tu connais mon histoire avec Cord. Je suis partie sans lui dire que j'étais enceinte. J'ai réussi à finir mes études d'infirmière et à élever CH seule jusqu'à ses quatre ans. Ce n'était pas très malin de ma part, mais je m'en suis sortie. Je ne connais pas beaucoup Britt, mais d'après ce que j'ai vu, cette femme est capable de tout. Y compris d'élever des jumeaux toute seule. Mais si je suis venue te voir c'est pour te rappeler que la grossesse n'est pas un handicap.

Il le savait, il n'était pas idiot. Seulement le travail de Britt comportait des dangers, et elle ne semblait pas vouloir faire de concessions.

Elle portait des jumeaux. Ses jumeaux. Leurs jumeaux.

Il l'aimait plus que tout et ne supportait pas l'idée qu'il puisse lui arriver quelque chose. C'était plus fort que lui.

Il voulait protéger ses bébés. Et la femme qu'il aimait.

Le cauchemar qui le réveillait nuit après nuit, le cœur tambourinant, le souffle court ? Que Britt soit au milieu de nulle part en pleine tornade au moment où elle perdrait les eaux et qu'il ne puisse pas la secourir à temps.

— Elle me fait peur, avoua-t-il.

— Non, elle ne te fait pas peur. C'est ce qu'elle fait dans le cadre de son travail qui te fait peur. Tu vas devoir te faire une raison pour ne plus la faire fuir sinon tu pourrais la perdre pour toujours.

Elle vint se positionner derrière lui, le prenant brièvement par les épaules en un geste de réconfort.

— J'ai confiance en toi, Cooper. Et tu sais que tu peux compter sur ta famille.

— Je sais, merci.

Jolie repartit aussi discrètement qu'elle était arrivée, le laissant seul avec ses pensées.

Tant que Britt vivait chez lui, il savait où elle était. Tant qu'elle était à la chaîne, il était rassuré. Tant qu'elle était avec lui, il pouvait la protéger.

Quand elle partait en mission loin d'elle et sans savoir où elle était, il paniquait.

Cela faisait deux semaines que Britt refusait de lui parler. Elle avait de nouveau bloqué ses messages et ne prenait pas ses appels. Il savait qu'elle n'avait pas arrêté son activité car il avait vu ses reportages à la télévision.

Maintenant, il n'osait quasiment plus regarder la météo de peur d'apprendre qu'il lui était arrivé quelque chose. Le temps n'était pas de son côté car, en cette saison, les intempéries allaient bon train.

Il y avait des orages dans tous les sens. Des orages avec

pluies torrentielles provoquant des inondations. Des orages avec tempête de grêlons de la taille d'une balle de base-ball. Des orages avec des rafales phénoménales et des tornades.

Britt continuait d'aller affronter les éléments pour relayer les informations à la chaîne. Elle était sur le terrain, nuit et jour, sans relâche. Chaque fois qu'il la voyait à l'écran, il était effaré de voir les cernes sous ses yeux, ses traits tirés.

C'était du Britt tout craché. Prouver aux autres qu'elle en était capable et se prouver de quoi elle était capable. Mais elle avait déjà fait ses preuves, et la chaîne était prête à lui offrir un poste en studio, si elle le souhaitait. Elle refusait, bien sûr, ne voulant pas lâcher ses missions sur le terrain et les poussées d'adrénaline qui en découlaient.

Une notification sur son téléphone l'arracha à ses mornes pensées.

Une alerte météo. Encore une.

À maintes reprises, il avait envisagé d'effacer l'application, mais il n'avait jamais pu s'y résoudre. Tant que Britt prenait des risques et continuait à affronter le danger, il voulait se tenir au courant des intempéries dans la région.

Il lut la mise à jour. Un orage de grande envergure était en préparation. Il devait s'occuper de ses équipes.

Après avoir reposé son téléphone il appuya sur l'Interphone.

— Nikki, vous regardez la météo ?

— Oui. J'ai les données du radar sur mon ordinateur. J'allais justement contacter les équipes.

— Décidément, je n'ai plus rien à faire.

— En effet. Justement, j'allais vous demander une augmentation.

— Nikki, je vous aime beaucoup mais n'exagérez pas.

— Qui ne tente rien n'a rien ! répliqua-t-elle en riant avant de couper la communication.

Il se posta devant la fenêtre pour tenter de voir le front qui arrivait du sud-ouest.

Un mauvais sentiment s'empara de lui. L'orage s'annonçait mal, et Britt allait se retrouver dans l'œil du cyclone.

Impossible de rester ici à tourner comme un lion en cage.

Il prit sa veste, son téléphone et sortit de son bureau.

— Je vais sur le terrain, Nikki. Renvoyez les équipes chez elles.

— Entendu.

— Et dites à Cord de vérifier les données du radar. L'orage s'annonce monstrueux. Mieux vaut éviter d'être sur la route à ce moment-là.

— J'imagine que vous allez prendre la route donc je vous rappelle que charité bien ordonnée commence par soi-même…

Elle avait raison mais il ne releva pas, trop préoccupé.

Au réveil, Britt eut un sentiment étrange, et son humeur n'était pas au beau fixe, à l'instar de la météo. Ces derniers temps, il lui était difficile de contrôler ses hormones en montagnes russes. Même Ria en avait assez d'elle. Quant à Leo, il ne voulait plus partir en mission avec elle tant que son tempérament n'était pas sous contrôle.

Elle s'était disputée avec lui en arguant qu'elle n'avait pas mauvais caractère et qu'elle en avait assez de ces hommes donneurs de leçons. Non mais franchement !

Depuis quelque temps, elle avait établi une théorie comme quoi la plupart des hommes n'étaient bons qu'à se servir de leurs muscles, attraper des choses sur les étagères et déshabiller les femmes. Et rien d'autre.

Elle resta sous la douche plus longtemps qu'à son habitude. Son dos était douloureux mais avec deux joueurs de football dans son ventre, ce n'était pas une grande surprise !

Et surtout, elle était en colère.

Deux semaines.

Cela faisait deux semaines que Cooper n'avait pas pris de ses nouvelles. À part ça, il était fou amoureux d'elle et il avait hâte d'être papa ? Tu parles !

Pour être honnête, c'est elle qui le snobait. Il avait tenté de l'appeler mais elle n'avait pas répondu. Elle n'avait pas non plus cherché à le recontacter.

Alors à quoi jouait-elle ? Que voulait-elle, au juste ?

Les bébés étaient très agités. Elle attendit qu'ils finissent de gigoter pour se concentrer de nouveau sur sa relation compliquée avec Cooper.

Pourquoi avait-il soudain arrêté de la poursuivre, lui qui avait tellement insisté, ces derniers mois ? Avait-il trouvé quelqu'un d'autre ? Une femme belle et mince ? Et douce et gentille ?

En sortant de la douche, elle vit que son téléphone était en état d'implosion tellement elle avait reçu de messages et d'appels.

Un gros front orageux menaçant de produire de multiples supercellules était apparu dans la partie sud-ouest de l'État et se déplaçait vers le nord-est.

Elle fut soudain prise d'une vague de frissons alors qu'un mauvais pressentiment s'emparait d'elle. Si les prévisions étaient justes, ce front orageux pourrait être dévastateur.

Une fois prête, elle monta dans son pick-up pour se rendre à la chaîne chercher un cameraman prêt à l'accompagner.

Tout en roulant, elle ne pouvait chasser le sentiment étrange qu'elle avait depuis le réveil et qui se traduisait à présent par un mal de ventre à la croisée entre des crampes de trac et une indigestion liée aux bonbons qu'elle avait ingurgités la veille.

De plus, elle en voulait terriblement à Cooper.

Plus elle roulait vers le nord, en direction de chez lui, plus la colère montait. Si elle faisait un petit détour, elle pourrait passer par chez lui. Et s'il était là, elle pourrait lui dire ses quatre vérités. Cela ne résoudrait rien, sûrement, mais cela la soulagerait.

Plus elle y pensait et plus elle se disait que c'était une excellente idée. Elle lui dirait ce qu'elle pensait de lui et de son comportement.

Soudain, une douleur cinglante lui traversa l'abdomen, et elle sentit un liquide chaud couler entre ses jambes. Elle se gara sur le bas-côté pour évaluer la situation. Son T-shirt et son pantalon de maternité étaient couverts d'un liquide rougeâtre.

Une puissante nausée monta en elle alors que la douleur abdominale persistait.

Tant bien que mal, elle trouva son téléphone.

Une sonnerie. Deux. Trois. Quatre.

— Réponds, réponds, réponds…

— Britt ?

— Il y a un problème !

Cooper se figea. Son pire cauchemar concernant Britt était en train de se réaliser.

— Où es-tu ? s'enquit-il alors qu'il sortait de l'ascenseur qui menait au parking en sous-sol.

— Je suis…

Il était terrifié à l'idée qu'elle soit seule au milieu de nulle part, sans réseau téléphonique.

— … sur la 35.

— Sois plus précise.

— Vers le nord. Au sud de la 40.

Il courut vers son pick-up.

— Britt, parle-moi. Qu'est-ce qui se passe ?

— Je ne sais pas. J'ai mal. Il y a du sang. J'ai peur.

Il sauta au volant de son véhicule, mit son téléphone sur Bluetooth et sortit du garage en trombe.

— J'arrive. Ne bouge pas. Parle-moi.

— Cooper ?

— Je suis là, chérie.

— J'ai peur pour les bébés. Ce matin… j'ai eu… un sentiment étrange et… j'avais mal au dos et… j'ai pris une douche et… je t'en voulais.

— Tu m'en voulais ? Pourquoi ?

— Parce que… tu n'étais pas là. Et que tu ne crois pas en moi.

— Si, je crois en toi mais je ne voulais pas que tu prennes de risques avec nos bébés. C'est tout.

Bon sang ! Il avait été trop fier, trop buté, lui aussi.

Sans ça, il serait en ce moment aux côtés de Britt.

— Tu aurais pu essayer de me parler autrement, au lieu de vouloir diriger ma vie, reprit Britt.

Sa voix semblait lointaine et fragile. Ce n'était pas la femme confiante et intrépide qu'il connaissait.

— Tu as raison, mon cœur. Et tu veux que je te dise ? J'étais malheureux sans toi.

— C'est bon à savoir.

Il sourit.

Sa réponse était encourageante. L'une de ses préférées.

— J'arrive, chérie. Et plus jamais je ne te laisserai partir.

— Tu le promets ?

De nouveau, cette voix faible et perdue.

Il se sentait perdu lui aussi.

— Promis juré.

Il se concentra sur le réseau complexe de routes qui s'enchevêtraient pour être sûr de ne pas rater l'intersection et arriver auprès de Britt au plus vite. Il s'était tu, elle aussi, et il écoutait sa respiration. L'orage imminent signifiait qu'il y avait beaucoup de circulation, mais il finit par apercevoir le pick-up de Britt sur le bas-côté.

Il se gara derrière elle et jaillit de son pick-up comme un diable sortant de sa boîte.

Dès qu'il ouvrit la portière, Britt tomba dans ses bras, en larmes.

Son siège était tout mouillé.

— Tu as des contractions ? s'enquit-il.

— Non.

Tout en la gardant dans ses bras, il attrapa son sac à dos et verrouilla le véhicule.

Une fois Britt installée sur le siège passager de son pick-up, il reprit le volant et démarra en trombe.

Ils étaient à moins de cinq kilomètres de l'hôpital. Il appela d'abord le médecin de Britt. Puis il appela sa mère pour la tenir au courant de la situation. Son attention jonglait entre Britt, la circulation, sa conversation téléphonique et l'amoncellement de nuages noirs à l'horizon.

— Maman, je te laisse, on arrive à l'hôpital. Reste au ranch. Je te tiens au courant.

Il se gara directement devant les urgences, comme s'il était au volant d'une ambulance. Prenant Britt dans ses bras, il se précipita à la réception où une infirmière les accueillit avant de les emmener dans une salle où Britt fut prise en charge.

Pendant ce temps, il passa quelques appels. Un à la chaîne où Britt travaillait, pour qu'ils ne s'inquiètent pas de sa disparition. Et un à Bridger pour qu'il s'occupe de la voiture de Britt.

Après un examen complet et une échographie, ils attendirent le verdict de la gynécologue de Britt, le Dr Morgan, qui venait d'arriver sur les lieux.

— La bonne nouvelle c'est que les jumeaux vont bien, leur dit cette dernière. La mauvaise, c'est qu'ils doivent naître au plus vite. Britt, vous devez choisir entre un accouchement provoqué ou une césarienne. Même si vous optez pour l'accouchement provoqué, on devra peut-être quand même avoir recours à la césarienne si jamais les bébés sont en détresse.

Le Dr Morgan se tourna vers Cooper.

— C'est à toi de choisir, Britt, dit-il.

— Il faut combien de temps pour préparer la césarienne ? s'enquit-elle.

— On peut intervenir dès que le chirurgien sera sur les lieux, répondit le Dr Morgan. L'anesthésiste est sur place, et on peut déjà vous poser l'intraveineuse pour vous administrer l'ocytocine.

— Tentons d'abord de provoquer l'accouchement, dit Britt, une main sur son ventre, l'autre dans celle de Cooper.

- 20 -

Le médicament fit effet avant que Britt arrive dans la salle d'accouchement. Cooper ne l'avait jamais entendue prononcer autant de gros mots en si peu de temps ! Le Dr Morgan lui expliqua que certaines femmes réagissaient très vite à l'ocytocine et que cela devait être le cas de Britt.

Très vite, Britt commença à avoir des contractions à deux minutes d'intervalle.

Pour la distraire, il continuait à lui montrer la diffusion des bulletins météo sur son téléphone, comme il le faisait depuis le début.

— J'ai besoin de plus de données ! ordonna-t-elle. Et je veux un grand écran pour voir le direct !

— Tout va bien ? s'enquit une infirmière, inquiète.

— Oui, ne vous inquiétez pas, elle est météorologue pour KOCX TV, répondit Cooper.

— Ah, mais c'est pour ça que j'avais l'impression de vous avoir déjà vue quelque part.

Cinq minutes plus tard, un membre du personnel technique apportait un écran de télévision sur un chariot.

— Je vous mets quelle chaîne ?

— La 2 ! répondit toute la salle en chœur.

Dès qu'elle eut accès aux données en temps réel, Britt se mit à marmonner un flot de paroles incompréhensibles jusqu'à ce que Cooper comprenne qu'elle faisait des calculs. Entre deux contractions.

— Combien de gens dans l'hôpital ? demanda-t-elle.

— Aucune idée, répondit le Dr Morgan.
— Quel est votre protocole d'urgence ?
— En cas de tornade ?
— Oui.
— Tout le monde au sous-sol.
— Alors faites-le ! Maintenant !
— Britt, tu es sérieuse ? lui demanda Cooper.
— Cooper, les gens doivent se mettre à l'abri. Au plus vite !
Une femme en tailleur arriva dans la salle.

— Je suis la directrice de l'hôpital. Une des infirmières m'a parlé d'un problème.

— Un gros problème, oui ! répondit Britt. Il faut mettre en œuvre votre protocole d'urgence. Écoutez mon collègue, ajouta-t-elle en montrant l'écran où Dave expliquait la situation.

— « Le radar indique des rafales de catégorie EF4. Nous lançons donc un avis à tous nos téléspectateurs. Si vous êtes ou pensez être sur le trajet de cette tornade, ne prenez pas la route et mettez-vous à l'abri sous terre. Au plus vite. »

Suite à cette annonce s'ensuivit un chaos ordonné dans la salle. Une infirmière et la gynécologue restèrent avec Britt le temps que le reste du personnel déplace les patients au sous-sol.

— Va les aider, Cooper, suggéra Britt.
— Pas question. Je reste avec toi.
— C'est toi le héros secouriste, à toi de jouer.

Il n'avait pas envie de la laisser mais il sentait que le vent de panique s'emparait des gens. Il était temps d'intervenir.

— Ne bouge pas et n'accouche pas sans moi, dit-il avant de l'embrasser et de quitter la pièce.

Dès qu'il sortit de la salle, Cooper constata par lui-même ce qui se passait dehors. Les rafales dévastaient tout sur leur passage et la pluie qui tombait à l'horizontale allait provoquer des inondations dans toute la zone touchée.

Malgré les fenêtres qui commençaient à céder et les débris

qui volaient au-dehors, Cooper s'attela à la tâche, content de se rendre utile et d'être dans le même bâtiment que Britt.

Dès que les patients et le personnel furent à l'abri au sous-sol, l'urgentiste en chef et Cooper retournèrent dans la salle où se trouvaient Britt, le Dr Morgan et une infirmière qui s'était portée volontaire pour aider.

Quand ils entrèrent, Cooper vit le Dr Morgan en pleine observation entre les jambes de Britt.

— Poussez !

— Je ne fais que ça ! hurla Britt.

Les lumières vacillaient.

— Ne vous inquiétez pas, on a un générateur.

Cooper était très inquiet, au contraire. Ils étaient exactement sur la trajectoire de la tornade.

Il s'approcha du lit et prit la main de Britt.

Au bout d'un certain temps qui parut durer une éternité, et après beaucoup de cris, trois choses se passèrent en même temps. La lumière s'éteignit, un bébé cria plus fort que la tempête qui rugissait à l'extérieur, puis un autre bébé cria encore plus fort, pour ne pas être en reste.

Le téléphone de Britt était déchargé, mais Cooper avait encore un peu de batterie qu'il gardait comme un survivaliste s'apprêtant à faire face au Jugement dernier.

La salle était quasiment intacte. Une partie du faux plafond était tombée mais personne n'avait été blessé.

Britt se reposait avec leur fille et leur fils langés dans ses bras. Il avait réussi à ouvrir une porte de la salle et déblayer quelques débris dans le couloir, mais pour le moment, impossible d'envisager de sortir Britt de là.

Cooper savait que sa famille était à l'extérieur et qu'ils faisaient leur possible pour les aider, mettant en œuvre tous les moyens à leur disposition pour les sortir des décombres.

Il savait qu'il pouvait compter sur sa famille, et c'était un sentiment rassurant.

C'était le plus beau jour de sa vie. La femme qu'il aimait venait de donner naissance à deux adorables chérubins. Sachant que l'aide extérieure arrivait, il pouvait pleinement se consacrer à son nouveau bonheur.

— Comment s'appellent-ils ? demanda l'infirmière.

— Je pensais à Archie et Veronica, répondit Britt.

Cooper la regarda, se demandant si elle plaisantait.

— Pas question ! s'exclama-t-il.

Le bruit d'un moteur mit fin à leur conversation.

Les secours arrivaient. Aussitôt, Cooper cria pour indiquer où ils étaient.

— Par ici !

Le moteur s'arrêta.

— Coop ?

— Bridger, on est là !

— Tout va bien ?

— Oui, on est sains et saufs.

— Britt et les bébés ?

— Tout le monde va bien ! Je suis papa !

— Filles ou garçons ?

— Les deux !

Le message fut relayé à la foule qui se tenait à l'extérieur, et des applaudissements retentirent.

Trente minutes plus tard, Britt et les jumeaux étaient transportés vers une ambulance en toute sécurité, avec une haie d'honneur constituée de tous les membres des familles Tate et Barron réunies.

Cooper était tiraillé. Les secouristes avaient besoin d'aide, mais la femme de sa vie et ses enfants allaient partir dans un autre hôpital, et il ne supportait pas l'idée d'être séparés d'eux.

— Monte, Cooper, ta famille a besoin de toi, lui dit sa mère après l'avoir serré tendrement dans ses bras.

Épilogue

Cooper regardait Britt d'un air défiant.

— Pas question d'appeler nos enfants comme des personnages de bande dessinée, murmura-t-il.

Elle lui offrit un sourire coquin.

— Britt…

— Cooper…

Toute la famille de Cooper était réunie dans la cathédrale Saint-Paul, l'église historique d'Oklahoma City. Tucker et Zoe étaient près d'eux en tant que parrain et marraine des jumeaux.

Cooper se tourna vers son frère et le regarda d'un air suppliant.

— Pas question de me mêler de ça, répondit ce dernier.

La révérende s'éclaircit la voix.

— Peut-on continuer ?

Alors qu'elle reprenait, Cooper s'arma de courage, redoutant le choix de Britt. Après d'interminables conversations, il lui avait laissé la décision finale mais il n'était pas entièrement serein.

En entendant les prénoms, il eut les larmes aux yeux.

Dès que la cérémonie fut terminée, Britt se tourna vers lui pour lui expliquer son choix.

— Daniella Katherine pour mon père et ta mère, et Denver Owens pour ton père et mon nom de famille.

Cooper embrassa Britt, aux anges.

— Je t'aime, Miss Météo.

— Tant mieux car je t'aime aussi.

Il faillit continuer sur sa lancée, mais trop échaudé par le passé, il se ravisa et ne posa pas sa question préférée.

— Alors, tu ne me demandes pas ? s'enquit Britt.

— Quoi donc ?

— Tu plaisantes ?

— Je ne vois pas du tout de quoi tu parles.

— Si tu ne demandes pas, tu n'auras pas la réponse.

— Quel culot ! s'exclama-t-il. J'ai déjà demandé. Plusieurs fois.

— Demande-moi encore.

— D'accord. Épouse-moi.

— Ce n'est pas une question.

— Britt, accepterais-tu…

— Un genou à terre, voyons !

Quand il regarda autour de lui, il vit que tout le monde souriait et attendait ce moment avec impatience.

— Attends, frérot, tu vas avoir besoin de ça, lui dit Bridger en lui tendant une petite boîte.

Cooper avait chargé son frère de garder l'écrin à portée de main, au cas où. Écrin qu'il cachait dans son tiroir à chaussettes depuis Noël.

— Britt Owens, veux-tu m'épouser ? demanda-t-il, un genou à terre, en lui présentant la bague.

— Oui !

Comblé, il s'empressa de lui glisser la bague au doigt avant qu'elle change d'avis.

Tout le monde applaudit et vint à tour de rôle les féliciter.

Britt était rayonnante, nota Cooper. Et lui, il était aux anges. Et même au-delà !

La femme qu'il aimait avait enfin accepté d'être son épouse et de former une famille avec leurs jumeaux.

Cooper Tate était vraiment à l'aise dans sa peau, et surtout très à l'aise dans sa nouvelle vie pleine de merveilles.

Retrouvez prochainement,
dans votre collection

PASSIONS

Son patron interdit, de Joanne Rock - N°995

SÉRIE : IDYLLES À BROOKLYN 1/3

À l'instant où Sable voit entrer Roman Zayn, son patron, dans l'atelier de haute couture où elle travaille, elle se sent fondre. Le temps d'une nuit, elle décide d'oublier que cet homme lui est interdit... Mais bientôt elle découvre que ce moment d'égarement a eu des conséquences qui pourraient mettre en péril son métier de rêve... et son cœur !

Pour un baiser de lui, de Joanne Rock

SÉRIE : IDYLLES À BROOKLYN 2/3

Blair Wescott, nouvelle recrue chez Deschamps Cosmetics, est-elle une espionne industrielle ? Lucas, l'héritier de la société, est résolu à le découvrir... en séduisant la jeune femme ! Mais, alors qu'il se rapproche d'elle, il craint de perdre toute lucidité. Car les doux baisers de Blair le détournent de sa mission...

Une si douce vengeance, de Joanne Rock

SÉRIE : IDYLLES À BROOKLYN 3/3

Chase est la dernière personne que Tana s'attendait à voir débarquer à Brooklyn, huit ans après leur séparation. Persuadé qu'elle l'a trahi autrefois, son amour de jeunesse exige qu'elle s'acquitte de la dette qu'elle a envers lui... en jouant le rôle de sa fiancée durant un long week-end !

Un *bad boy* au grand cœur, de Kira Sinclair - N°996

Si Dominic cultive sa réputation de *bad boy*, c'est uniquement pour cacher la mission qu'il effectue auprès de femmes dans le besoin. Or Meredith, la meilleure amie de sa sœur, risque aujourd'hui de saboter sa couverture en publiant un article contre lui ! Furieux, il tente de la raisonner mais ne fait que raviver le désir que la jeune femme a toujours éveillé en lui...

Un bébé à Rust Creek Falls, de Melissa Senate

Seule et enceinte, Mikayla emménage à Rust Creek Falls pour prendre un nouveau départ. C'est décidé : jamais plus elle ne laissera un homme lui gâcher la vie. Pourtant, sa rencontre avec Jensen Jones fait vaciller ses résolutions. Le trouble qu'il éveille en elle est si intense ! Hélas, tout le monde sait que le millionnaire n'est pas du genre à s'engager...

Dans les bras de Rafe Cortez, de Barbara Dunlop - N°997

Éclaboussée par un scandale financier causé par son demi-frère, Gina est résolue à venir en aide aux personnes ruinées. Pour cela, elle propose une vente aux enchères dont le premier prix est une journée avec Rafe Cortez-Williams, un sublime rancher. Malgré l'hostilité que lui témoigne cet homme qui fait partie des victimes de l'escroquerie, Gina est très attirée par lui – au point de rêver de gagner le gros lot…

Impossible liaison, de Zuri Day

Quand Avery comprend que son nouveau client est Cayden Barker, qu'elle n'a pas revu depuis le lycée, elle sait que les problèmes ne font que commencer… Elle devra organiser un gala pour lui mais, hélas, Avery doute de pouvoir rester professionnelle à ses côtés. En effet, le mauvais garçon devenu un puissant homme d'affaires éveille en elle le même émoi qu'autrefois…

Presque mariés, de Reese Ryan - N°998

Série : Les héritiers de Moonlight Ridge 3/3

Pour toucher son héritage, Riley doit se marier – et vite ! Désespérée, elle se tourne vers Travis Holloway, son premier amour, pour lui faire une proposition qu'il ne pourra refuser. S'il l'épouse, elle l'aidera à sauver Moonlight Ridge, l'hôtel de sa famille tombé en désuétude. Hélas, si cet arrangement est parfait sur le papier, il ravive quelques rancœurs – et de troublants sentiments…

Amoureuse d'un rancher, de Joanna Sims

Depuis que Bonita a engagé Gabe pour qu'il transporte son cheval dans le Montana, le beau dresseur ne quitte plus ses pensées… Tous deux n'ont pourtant rien en commun, et elle ferait bien de ne pas s'attacher à lui. Car jamais cet homme amoureux de la nature ne s'intéressera à une citadine comme elle…

Son enfant, leur bonheur, de Charlene Sands - N°999

Brooke peine à le croire : alors que la nuit qu'elle a passée entre les bras de Wyatt ne devait être qu'une simple parenthèse, la voilà... enceinte ! Si elle se refuse d'abord à partager cette nouvelle avec lui, elle change d'avis quand elle apprend que son amant – père de jumeaux – cherche une nourrice pour s'occuper de ses enfants. Soudain, une idée folle germe dans son esprit : et si elle postulait ?

Pour les yeux de Libby, de Janice Maynard

Libby est aussi belle qu'incompétente ! Alors qu'il a engagé la jeune femme en tant que secrétaire pour faire plaisir à sa mère, Patrick regrette déjà sa décision. Heureusement, leur collaboration n'est pas prévue pour durer. Car, non seulement cette enfant gâtée n'est pas très rigoureuse, mais elle lui plaît aussi beaucoup trop ! Une situation dangereuse pour lui qui est promis à une autre femme...

Un rival au regard vert, d'Anna DePalo - N°1000

SÉRIE : L'EMPIRE DES SERENGHETTI 1/2

Cole Serenghetti – le célèbre joueur de hockey – refuse de parrainer la construction du gymnase du lycée où elle exerce ? Pour Marisa, c'est une véritable catastrophe. Bien sûr, elle se doutait que Cole, son premier et unique amour, ne lui aurait pas pardonné sa trahison passée, mais elle ne s'attendait pas à ce qu'il lui réserve un accueil aussi glacial. Et encore moins à ce que son regard vert lui fasse toujours autant d'effet...

Le choix de Chiara, d'Anna DePalo

SÉRIE : L'EMPIRE DES SERENGHETTI 2/2

Chiara en est persuadée : feindre d'avoir épousé le cascadeur Rick Serenghetti est la solution idéale pour faire taire les rumeurs que véhiculent les tabloïds sur sa vie privée. Seulement voilà, maintenant qu'ils font semblant d'être mari et femme, un doute l'étreint. Car, en plus d'être sexy, Rick se montre terriblement attentionné... comme s'il tenait vraiment à elle. Une situation impossible pour Chiara, qui refuse de tomber amoureuse après l'échec de sa dernière relation...